KB052441

THE MYSTERY OF THE BLUE TRAIN

AGATHA CHRISTIE COMPLETE COLLECTION

THE MYSTERY OF THE BLUE TRAIN

블루 트레인의 수수께끼 애거서 크리스티 장편 소설 | 김소연 옮김

황금가지

THE MYSTERY OF THE BLUE TRAIN

정식 한국어 판 출간에 부쳐

나는 한국에서 우리 할머니의 작품을 정식으로 출간한다는 소식을 듣고 무척 기뻤다. 할머니가 1920년부터 1970년 무렵까지 오랜 세월에 걸쳐 집필한 작품들은 21세기인 지금 읽어도 신선하고 재미있다. 등장 인물들이 워낙 자연스러워서 요즘 사람들과 다를 바 없고 이들이 등장하는 상황과 장소가 전 세계 사람들의 애정과 향수를 자극하기 때문이다. 한국 독자들은 이번에 새로 나온 정식 한국어 판을 통해 그동안 접하지 못했던 애거서 크리스티의 일부 작품들을 읽을 수 있을 것이다. 덕분에 한국에 새로운 세대의 애거서 크리스티 팬들이 탄생할지도 모르겠다는 생각을 하면 가슴이 벅차다.

애거서 크리스티는 대표적인 두 명의 주인공으로 기억되는 작가이다. 14권의 작품에 등장하는 마플 양은 영국의 작은 시골 마을에서 평온한 나날을 보내며 뜨개질과 수다로 소일하는 미혼의 할머니이지만, 놀라운 기억력과 날카로운 두뇌 회전으로 주변에서 벌어진 살인 사건을 해결한다.

그리고 마플 양과 상반되는 성격을 지닌 에르퀼 푸아로는 자신만만하고 콧수염을 포함한 자신의 외모와 벨기에라는 국적에 대한 자부심이 상당하다. 그는 이집트와 이라크를 비롯한 세계 각지에서 수수께끼를 해결하며 『오리엔트 특급 살인 *Murder On The Orient Express*』, 『나일 강의 죽음 *Death On The Nile*』, 『애크로이드 살인 사건 *The Murder Of Roger Ackroyd*』 등 애거서 크리스티의 여러 대표작에 모습을 드러낸다.

황금가지의 대담하고 참신한 표지와 전반적인 디자인 덕분에 작품의 성격이 잘 살아난 것 같아 기쁘다. 또한 한국 독자들이 할머니의 원작이 지닌 참된 묘미를 느낄 수 있도록 충실한 번역을 위해 애써 준 점도 높이 사고 싶다.

할머니의 작품이 20세기의 그 어떤 작가들보다 많이 팔리고 있는 이유는 나이와 국적에 상관없이 읽을 수 있는 재미와 감동을 갖추었기 때문이다. 모쪼록 한국 독자들도 황금가지에서 선보이는 애거서 크리스티 작품들을 즐겁게 감상하기를 바란다.

매튜 프리처드

애거서 크리스티의 손자

ACL 이사장중년 부인

차례

백발의 사나이

남자가 콩코드 광장을 가로질렀을 때는 자정이 가까운 시각이었다. 볼품없는 몸매를 멋진 털 코트로 가렸지만 그에게서는 본질적으로 유약하고 비열한 냄새가 묻어 났다.

쥐같이 생긴 왜소한 남자. 남보다 뛰어난 일을 해내거나 세상 어디에서도 번듯한 명함 한 장 내밀 가능성이 없어 보이는 남자. 그러나 단지 겉모습만으로 그런 판단을 내렸다면 오산이다. 하찮고 별볼 일 없어 보이는 이 남자는 사실 세계의 운명을 좌우하는 유명 인사였다. 그는 비열한 인간들이 지배하는 세상에서 제일 위에 군림하는 제왕이었다.

지금도 대사관에선 그가 돌아오기를 기다리고 있었다. 하지만 남자에겐 대사관이 공식적으로 파악하지 못한 급한 용무가 있었다. 남자의 얼굴이 달빛을 받아 희고 날카롭게 번뜩였다. 뾰족한 콧날

에선 부드러운 곡선이라곤 찾아볼 수 없었다. 남자의 아버지는 폴란드계 유대인으로 유능한 재봉사였다. 그가 오늘 밤에 이렇게 멀리까지 온 이유를 아버지가 알았다면 몹시 반겼을 터였다.

남자는 센 강을 가로지른 다리를 건너 파리의 빈민가로 접어들었다. 그 후 삐죽하니 솟은 다 쓰러져 가는 집 앞에서 걸음을 멈추더니 4층 방을 향해 계단을 올라갔다. 미처 문을 두드리기도 전에 한 여자가 문을 열었다. 그를 기다리고 있었음이 분명했다. 여자는 인사도 않고 외투를 벗는 남자를 도와주곤 값싼 장식으로 꾸민 거실로 안내했다. 후줄근한 분홍색 장식용 줄 때문에 전구 불빛이 몹시 침침했다. 그 덕에 싸구려 화장품을 덕지덕지 바른 여자의 얼굴이 다소 부드러워 보이긴 했지만 완전히 감춰지지는 않았다. 그녀의 이목구비에서 확연히 드러나는 몽골 인종의 특색 역시 잘 보였다. 올가 드미로프의 직업이며 국적은 의심의 여지가 없었다.

"별일 없었겠지?"

"별일 없었어요, 보리스 이바노비치 씨."

남자는 고개를 끄덕이며 나지막이 중얼거렸다.

"따라붙은 놈은 없었던 것 같군."

하지만 그의 목소리에는 근심이 서려 있었다. 남자는 창가로 다가가 커튼을 살짝 젖히고 조심스레 밖을 내다봤다. 그는 화들짝 놀라며 옆으로 비켜섰다.

"건너편 인도에 사내놈 둘이 있어. 아무래도……."

남자는 말을 하다 말고 손톱을 물어뜯기 시작했다. 걱정거리가 있을 때면 습관적으로 하는 행동이었다. 러시아 여자는 걱정 말라는 듯이 천천히 고개를 가로저었다.

"당신이 오기 전부터 여기 있었어요."

"틀림없이 이 집을 감시하고 있던 거야."

"그럴지도 모르죠."

여자는 심드렁하니 그의 말에 수긍했다.

"그렇다면……."

"무슨 걱정이에요? 저들이 설령 알았다 쳐요. 이제부터 놈들이 미행할 사람은 당신이 아니잖아요."

"그렇지."

남자의 입가에 잔인한 미소가 어렴풋이 번졌다. 그는 여자의 말에 수긍하곤 잠시 생각에 잠겼다가 말했다.

"빌어먹을 미국 놈. 좀처럼 호락호락하지가 않단 말이야."

"그런 것 같더군요."

남자는 다시 창가로 다가갔다. 그는 실실 웃으면서 중얼거렸다.

"만만치 않은 상대지. 경찰에 알려진 인물이라 그게 걱정이거든. 어쨌거나 녀석들이 일을 제대로 해 줘야 할 텐데."

올가 드미로프는 고개를 저었다.

"그 미국인이 정말 사람들 말처럼 대단한 인물이라면 변변찮은 조직원 두엇으론 어림도 없을 거예요. 혹시……."

"뭔가?"

"아니에요. 그냥 오늘 저녁에 웬 남자가 집 앞을 두 번이나 지나갔거든요. 머리가 백발인 남자였어요."

"그래서?"

"들어 보세요. 그런데 저 두 남자 곁을 지나면서 장갑을 떨어뜨리더군요. 그러자 한 명이 그걸 집어 남자에게 돌려줬어요. 케케묵은 수법이죠."

"그럼 그 백발의 사내가 저놈들을 사주한 놈이라는 얘기인가?"

"그럴 수도 있단 얘기예요."

러시아 남자는 흠칫 놀라며 불안한 표정을 지었다.

"그 소포는 틀림없이 안전하겠지? 누가 바꿔치진 않았겠지? 워낙 소문이 무성해서 말이야……. 아는 놈이 한둘이 아니거든."

남자는 또다시 손톱을 물어뜯었다.

"직접 보고 판단하세요."

여자는 벽난로로 몸을 굽히고 능숙한 솜씨로 석탄 덩이를 치웠다. 그러더니 구겨진 신문 뭉치 한복판을 헤집어 잔뜩 그을린 신문지에 동그랗게 싸인 가늘고 긴 꾸러미를 골라내서 남자에게 건넸다.

"제법이군."

남자는 잘했다는 듯이 고개를 끄덕였다.

"놈들이 이 방을 두 번이나 뒤졌더군요. 침대 매트리스까지 찢어 놓은걸요."

"짐작대로군. 역시 아는 놈들이 너무 많아. 값을 흥정한 게 실수였어."

남자는 으르렁거리듯이 말했다.

남자가 꾸러미를 싼 신문지를 풀자 안에서 다시 작은 갈색 종이 꾸러미가 나왔다. 그는 꾸러미를 벗겨 내용물을 확인하곤 잽싸게 다시 쌌다. 그때 초인종 소리가 날카롭게 울려 퍼졌다.

"칼같이 정확하군요."

올가가 시계를 흘깃 쳐다보곤 말했다.

그러고는 방을 나갔다. 잠시 후 그녀는 분명 바다 건너에서 왔음 직한 어깨가 떡 벌어진 거구의 낯선 외국인을 데리고 들어왔다. 외국인의 예리한 시선이 번갈아 두 사람을 향했다.

"당신이 크라스닌 씨인가요?"

그의 정중한 질문에 보리스가 대답했다.

"그렇습니다. 우선 양해부터 구해야겠군요. 이렇게 격에 맞지 않는 곳에서 뵙자고 해서 죄송합니다. 하지만 남의 눈을 피하는 게 급선무라 어쩔 수 없었습니다. 제 입장이…… 그게 어떤 식으로든 이런 일에 연루되면 안 되거든요."

미국인은 정중하게 되물었다.

"그렇습니까?"

"제 기억이 맞다면 이번 거래와 관련해서 어떤 얘기도 밖으로 새어 나가지 않게 하겠다고 약속하신 걸로 압니다. 그것이 아마 이 물건을 파는 조건 중 하나였죠?"

미국인은 고개를 끄덕였다. 그는 무덤덤하게 말했다.

"그 얘긴 이미 끝났습니다. 그러니 이젠 당신이 물건을 내놓을 차렙니다."

"돈은 가져왔겠죠? 그것도 지폐로?"

"물론입니다."

그러나 남자는 좀처럼 돈을 꺼낼 기미가 없었다. 잠시 망설이던 보리스 크라스닌은 탁자 위에 놓인 작은 꾸러미를 턱으로 가리켰다.

미국인은 꾸러미를 집어 들고 포장지를 벗긴 뒤, 안에 든 내용물을 작은 전등 밑으로 가져가 면밀히 살폈다. 이윽고 흡족한 얼굴로 주머니에서 두툼한 가죽 지갑을 꺼내더니 지폐 한 다발을 집어 들었다. 그가 돈다발을 건네자 러시아 남자는 일일이 금액을 셌다.

"틀림없죠?"

"고맙습니다. 틀림없군요."

미국인은 갈색 종이 꾸러미를 아무렇게나 주머니에 쑤셔 넣었다. 그는 올가에게 고개를 숙이며 작별 인사를 건넸다.

"그럼 이만 실례하겠습니다. 크라스닌 씨도 안녕히 계십시오."

미국인은 방을 나서며 등 뒤로 문을 닫았다. 방에 남은 두 사람의 시선이 마주쳤다. 남자는 혀로 마른 입술을 축였다.

"저 사람, 호텔로 돌아가는 거겠지?"

보리스가 중얼거렸다.

둘은 생각이 일치한 듯 일제히 창가로 돌아섰다. 조금 전에 왔던 미국인이 때마침 창문 바로 밑의 출입구를 나서고 있었다. 그는 왼쪽으로 돌아서더니 고개 한 번 돌리지 않고 빠른 속도로 성큼성큼 걸어갔다. 그림자 둘이 출입구 쪽에서 슬금슬금 움직이더니 소리 없이 그를 미행했다. 이윽고 쫓는 이들과 쫓기는 이가 모두 밤의 어둠 속으로 자취를 감췄다. 올가 드미로프가 입을 열었다.

"저 사람, 아마 별 탈 없이 호텔로 돌아갈 거예요. 어떻게 되든 당신은 겁낼 필요도 기대할 필요도 없어요."

"왜 저자가 무사할 거라고 생각하지?"

크라스닌은 궁금하다는 듯이 물었다.

"저 사람처럼 엄청난 재력을 쌓은 사람은 절대 바보가 아니거든요. 그건 그렇고 돈 얘기를 해야죠……?"

여자는 의미심장한 눈빛으로 크라스닌을 바라봤다.

"뭐?"

"내 몫요, 보리스 이바노비치 씨."

크라스닌은 썩 내키지 않는 태도로 지폐 두 장을 건넸다. 여자는 완전히 무표정한 얼굴로 고맙다고 고개를 끄덕이곤 돈을 스타킹 안에 구겨 넣었다.

"이제 됐군요."

올가는 흡족한 얼굴로 말했다.

보리스는 그런 올가를 흥미로운 표정으로 쳐다봤다.

"정말로 미련 없나, 올가 바실로브나?"

"미련? 무슨 미련요?"

"당신이 간직하던 물건 말이야. 내가 알기로는 여자들은 그런 걸 보면 대부분 정신이 홀딱 나가던데."

여자는 아쉬운 얼굴로 고개를 끄덕였다.

"그래요. 당신 말이 맞아요. 여자들은 대체로 그런 것에 열광하죠.

난 아니에요. 지금 내가 궁금한 건……."

여자는 말을 끊었다.

"궁금한 건?"

남자는 의아하다는 듯이 물었다.

"저 미국인이 과연 그걸 무사히 가져갈 수 있을까 하는 점이에요.
맞아요, 틀림없이 별일 없을 거예요. 하지만 그 다음엔……."

"무슨 소리야? 지금 무슨 생각을 하는 거지?"

올가는 곰곰이 생각에 잠겨 말했다.

"분명히 저 물건을 어떤 여자에게 줄 거거든요. 그 다음에 무슨
일이 벌어질지 그게 걱정이에요."

여자는 못 참겠다는 듯이 고개를 저으며 불길한 생각을 털어 버
리곤 창가로 다가갔다. 별안간 그녀가 외마디 비명을 지르더니 남
자를 불렀다.

"봐요. 그 남자가 지금 저 앞을 지나가요, 내가 말한 그 사람요."

둘은 일제히 창 밑을 주시했다. 호리호리하고 멋스런 느낌을 풍
기는 누군가가 느긋한 걸음걸이로 길을 걷고 있었다. 머리에는 오
페라해트(야외나 극장에서 관람할 때 쓰는 모자, 용수철 장치가 되어 있
어 납작하게 접을 수 있음 — 옮긴이)를 쓰고 몸에는 망토를 걸치고
있었다. 그가 가로등 밑을 지나자 덥수룩한 백발이 불빛에 훤히 드
러났다.

마키스

백발의 남자는 급한 기색 없이 주변에 전혀 아랑곳하지 않는 태도로 계속해서 길을 걸었다. 그는 옆길을 따라 걷다가 오른쪽으로 꺾더니 이번에는 다시 왼쪽으로 꺾었다. 그러면서 이따금 콧노래까지 흥얼거렸다.

그가 별안간 우뚝 멈춰서더니 가만히 귀를 기울였다. 분명 무슨 소리가 들렸기 때문이었다. 타이어 터지는 소리 같기도 하고 총소리 같기도 했다. 그의 입가에 얼핏 묘한 미소가 피어올랐다. 잠시 후 그는 다시금 느긋한 산보를 이어갔다.

모퉁이를 돌아서자 웅성거리는 사람들이 눈에 들어왔다. 경찰관 한 명이 수첩에다 뭔가를 적고 있었고, 밤늦게 길을 지나던 행인 한둘이 주위에 모여 있었다. 백발의 사내는 그중 한 명에게 정중히 무슨 일이냐고 물었다.

"무슨 일이 있었습니까?"

"예. 폭력배 두 놈이 미국인 노신사를 덮쳤다는군요."

"사람은 안 다쳤답니까?"

행인은 큰 소리로 웃어 젖혔다.

"아뇨, 괜찮대요. 그 미국인 신사가 주머니에 권총을 가지고 있었
는데 놈들이 덮치기 전에 몇 발을 쏜 모양이에요. 그 양반이 쏜 총
알이 아슬아슬하게 빗나가자 놈들이 혼비백산해서 줄행랑을 쳤답
니다. 뻔한 얘기지만 경찰이 도착했을 땐 이미 상황이 종료된 뒤였
다는군요."

"아, 그런 일이 있었군요."

백발의 사내가 대꾸했다.

그는 감정을 전혀 드러내지 않았다.

백발의 사내는 평온하고도 냉담한 태도로 심야의 산보를 다시 시
작했다. 이윽고 사내는 센 강을 건너 파리의 부촌으로 접어들었다.
그는 20여 분 뒤 고요하지만 상당한 부잣집으로 보이는 도로변의
어느 주택 앞에서 걸음을 멈췄다.

그가 찾은 집의 정체는 골동품 상점으로 주인의 절제와 겸손함이
고스란히 묻어났다. 가게 주인인 파포폴루스는 워낙 유명 인사라
굳이 광고 따위를 할 필요가 없었다. 실제로 그의 일은 대부분 상
점 밖에서 이루어졌다. 파포폴루스는 샹젤리제 거리가 내려다보이
는 곳에 제법 근사한 아파트를 가졌는데, 사실 지금처럼 야심한 시
각이면 사업장이 아니라 아파트에 있어야 마땅했다. 하지만 백발의

사내는 확신에 찬 표정으로 인적이 없는 거리를 재빨리 훑어보곤 구석에 달린 벨을 눌렀다.

그의 확신은 틀리지 않았다. 문이 열리면서 그 사이로 한 남자가 나타났다. 양쪽 귀에 금귀고리를 했고 안색이 가무잡잡했다.

낯선 방문객이 말을 건넸다.

"실례하겠습니다. 주인장 안에 계신가요?"

하인은 험악한 목소리로 대답했다.

"계시지만 이런 야심한 시간에는 길 가다 우연히 들르는 손님은 만나지 않으십니다."

"내가 왔다고 하면 만나 주실 겁니다. 주인장께 마키스라는 친구가 찾아왔다고 전해 줘요."

하인은 문을 좀 더 열고 손님을 안으로 들였다.

마키스라는 이름으로 자신을 소개한 남자는 말을 할 때도 한 손으로 얼굴을 가리고 있었다. 문을 연 하인이 돌아와서 기꺼이 손님을 맞이하겠다는 파포폴루스의 전갈을 전했을 때 그는 조금 전과는 전혀 딴사람이 되어 있었다. 그러나 하인은 까만 새틴 마스크로 얼굴 전체를 감춘 그를 보고도 전혀 놀라지 않았다. 원래부터 관찰력이 부족하거나 철저히 훈련을 받았거나 둘 중에 하나가 틀림없었다. 하인은 앞장서서 홀 끄트머리로 가더니 문을 열고 공손히 손님이 왔다고 알렸다.

"마키스 씨 오셨습니다."

파포폴루스는 낯선 방문객을 맞으려고 자리에서 일어섰다. 그는 누가 봐도 눈에 확 띄는 인물이었다. 그에게선 넘치는 덕망과 존경스러움이 묻어 났다. 이마는 툭 튀어나왔으며 허옇게 센 턱수염은 기품이 넘쳤다. 그의 태도에서는 어딘지 모르게 성직자 같은 온화함마저 느껴졌다.

"자네 왔나?"

파포폴루스가 말했다. 프랑스어로 말하는 음성이 풍부하고 감미로웠다.

"이렇게 야심한 시각에 찾아온 것을 용서하십시오."

"무슨, 그런 소리 말게. 오늘 밤은 흥미진진한 밤 아닌가. 그래, 자네도 흥미진진한 저녁 시간을 보냈겠군?"

"개인적으로는 그렇지 못합니다."

"개인적으로는 그렇지 못하다."

파포폴루스가 그의 말을 되풀이했다.

"그래, 그래, 물론 그랬겠지. 그건 그렇고 새로운 소식은?"

그는 상대를 곁눈질로 날카롭게 쏘아봤다. 성직자 같은 온화함은 간데없는 눈길이었다.

"없습니다. 작전이 실패했습니다. 일이 다르게 흘러갈 거라고는 예상조차 안 했지만요."

"그랬군. 어딘가 서툴렀던 게지……."

파포폴루스는 깔끔하지 못한 마무리는 질색이라는 듯이 손을 내저었다. 실제로 파포폴루스라는 인물은 물론이고 그가 취급하는 물건들은 철두철미하기로 유명했다. 그는 대부분의 유럽 왕실에서 유

명 인사로 통했고 그를 친근히 여긴 왕들은 디미트리오스라는 애칭
을 붙여 주었다. 그는 빼어난 안목을 지닌 사람으로 명성이 자자했
으며 고상한 외모와 더불어 이런 평판 덕분에 힘든 거래를 수차례
성사시킨 바 있었다.

"습격이란……."

파포폴루스는 말을 하다 말고 고개를 저었다.

"가끔은 먹히지만 성공할 확률이 지극히 낮은 법이지."

상대방은 어깨를 으쓱해 보였다.

"대신 시간을 벌지 않습니까? 그리고 실패해도 손해 볼 것 없고
요. 아니, 거의 없다고 봐야죠. 다음엔 절대 틀림없을 겁니다."

"난 자네의 뭐랄까…… 그래, 이름값을 믿네."

파포폴루스는 그를 날카롭게 쏘아보며 말했다.

마키스는 천천히 고개를 끄덕이고는 온화한 미소를 지었다.

"제가 말씀드릴 수 있는 건 선생님의 믿음이 헛되지 않을 거라는
사실입니다."

"자네는 기회를 찾아내는 눈이 비상해."

파포폴루스는 부러운 듯이 말했다.

"기회란 만들기 나름이니까요."

마키스는 자리에서 일어서더니 의자 등받이에 아무렇게나 던져
뒀던 망토를 집어 들었다.

"파포폴루스 씨, 통상적인 연락망을 통해 계속 소식은 전해 드리
겠지만 맡으신 일만큼은 추호의 실수 없이 해 주셔야 합니다."

파포폴루스는 자존심이 상했다. 그는 투덜대듯이 말했다.

"나는 맡은 일에 관한 한 절대 실수를 용납하지 않는 사람이네."

상대방은 씩 웃더니 별다른 작별 인사 없이 방을 나서서 문을 닫았다.

파포폴루스는 멋스러운 흰 턱수염을 쓰다듬으며 잠시 생각에 잠겼다가 이윽고 방을 가로질러 안으로 열리는 두 번째 문으로 다가갔다. 손잡이를 돌리자 웬 아가씨가 냅다 방 안으로 곤두박질쳤다. 열쇠 구멍에 귀를 갖다 댄 채 문에 기대 있었던 모양인데 정작 파포폴루스는 놀라거나 개의치 않았다. 그에게는 너무나 자연스러운 일임에 틀림없었다.

"무슨 일이냐, 지아?"

그가 물었다.

"그 사람이 간 줄 몰랐어요. 소리가 안 들려서요."

지아가 설명했다.

그녀는 당당하고 매력적인 아가씨로 기품 있고 아리따운 몸매에 또랑또랑한 까만 눈을 지니고 있었다. 게다가 전체적인 분위기가 파포폴루스와 흡사해서 누가 봐도 두 사람이 부녀지간임을 쉽게 알 수 있었다.

지아는 볼멘소리로 말했다.

"짜증나요. 열쇠 구멍으로는 보고 듣는 일을 동시에 할 수 없잖아요."

"가끔 나도 그게 답답하더구나."

파포폴루스는 너무 천연덕스럽게 말했다. 지아가 천천히 물었다.

"그러니까 아까 그가 마키스란 사람이죠? 그 남자 늘 그렇게 마스크를 쓰고 다녀요, 아버지?"

"그렇단다."

잠시 침묵이 흘렀다.

"아까 그거 루비 얘기 맞죠?"

그녀의 아버지가 고개를 끄덕였다. 파포폴루스는 말똥말똥 빛나는 까만 눈에 장난기를 담고 물었다.

"얘, 네 생각은 어떠냐?"

"마키스 씨 말인가요?"

"그래."

지아는 천천히 대답했다.

"좋은 가정 교육을 받고 자란 영국인 중에 그 사람처럼 프랑스 말을 잘하는 사람은 흔치 않을 거라고 생각했어요."

"오호! 그게 네 생각이구나."

그는 여느 때처럼 자신의 견해를 밝히지는 않았지만 같은 생각이라는 듯 다정한 얼굴로 지아를 바라봤다.

"이런 생각도 했어요. 그 남자 머리통이 괴상하게 생겼다는."

"크긴 크지. 꽤 큰 편이긴 해. 하지만 그건 평소에 가발을 쓰고 다니기 때문에 그래 보이는 거야."

부녀는 서로를 쳐다보며 미소를 지었다.

불의 심장

    루퍼스 반 올딘은 사보이 호텔의 회전문을 지나 프런트로 다가갔다. 호텔 직원이 깍듯이 예의를 갖추고 반갑게 미소를 지었다.

    "다시 뵙게 되어 반갑습니다, 반 올딘 씨."

    미국인 백만장자는 인사치레로 고개를 끄덕였다.

    "별일 없었지?"

    "그럼요. 나이튼 소령님은 2층 스위트룸에 계십니다."

    반 올딘은 다시 고개를 끄덕이더니 질문을 건넸다.

    "우편물 온 건 없었고?"

    "모두 올려 보냈습니다, 반 올딘 씨. 아! 잠깐 기다려 보십시오."

    직원은 급히 서류 선반을 뒤지더니 편지 한 통을 꺼냈다.

    "방금 전에 온 겁니다."

    루퍼스 반 올딘은 편지를 건네받곤 여성의 유려한 글씨체를 보더니 별안간 표정이 달라졌다. 냉혹한 표정은 부드러워졌으며 굳었던 입매도 누그러졌다. 조금 전과는 전혀 다른 사람처럼 보였다. 그는 입가에 미소를 띤 채 편지를 쥐고 건너편 엘리베이터로 향했다.

그가 묵고 있는 스위트룸의 객실에는 청년 한 명이 책상 앞에 앉아 오랫동안 손에 익은 능숙한 솜씨로 민첩하게 편지를 분류하고 있었다. 반 올딘이 방으로 들어서자 청년이 벌떡 일어섰다.

"잘 있었나, 나이튼?"

"돌아오셔서 기쁩니다, 사장님. 가셨던 일은 잘되셨습니까?"

백만장자는 무덤덤하게 대답했다.

"뭐, 그럭저럭! 요즘은 파리도 손바닥만 한 도시처럼 여겨지더군. 어쨌거나 소기의 목적은 달성하고 왔네."

반 올딘은 다소 음산한 미소를 지었다.

"제가 아는 사장님은 늘 빈틈이 없으십니다."

비서는 소리 내어 웃으며 말했다.

"그야 그렇지."

상대도 맞장구를 쳤다. 누구나 아는 사실을 말하듯이 지극히 사무적인 말투였다. 반 올딘은 무거운 외투를 내팽개치고 책상 앞으로 다가갔다.

"급한 용무는?"

"없는 것 같습니다. 대부분 일상적인 것들이라서요. 아직 분류가 미처 안 끝났습니다."

반 올딘은 짧게 고개를 끄덕였다. 그는 비난이든 칭찬이든 좀체 표현을 않는 사람이었다. 자신이 채용한 사람을 다루는 방식도 간단해서 시험 삼아 써 보고 신통치 않으면 즉시 해고하는 식이었다. 그가 사람을 고르는 법은 파격적이었다. 나이튼만 해도 불과 두 달 전에 스위스의 한 휴양지에서 우연히 만난 사람이었다. 청년이 마음에 든 반 올딘은 참전 기록을 뒤져 그가 다리를 저는 이유를 밝혀냈다. 나이튼은 일자리를 찾고 있다는 사실을 숨기지 않았고, 이 백만장자에게도 자기가 갈 만한 마땅한 자리가 있으면 주선해 달라고 조심스럽게 청했다. 반 올딘은 당시 자기 같은 거물의 비서직을 제안받고 나이튼이 깜짝 놀라던 모습을 떠올리며 얼핏 즐거운 미소를 지었다.

"하지만…… 하지만 저는 이런 일을 해 본 적이 없는데요."

그가 더듬거리며 이렇게 말하자 반 올딘은 "경험 따윈 필요 없네."라고 대답했다.

"그런 일이라면 보좌할 비서가 셋이나 있네. 하지만 앞으로 반 년 동안 영국에 머물 것 같아서 뭐랄까, 나를 대신해서 요령 있게 사교계 일을 맡아 줄 영국인이 필요하다네."

지금까지 본 바로 반 올딘의 판단은 정확했다. 나이튼은 상황 판단이 빠르고 머리가 비상하며 수완이 뛰어났다. 게다가 사람을 대하는 태도도 매력적이었다.

반 올딘의 비서는 책상 위에 놓인 서너 통의 편지를 가리켰다.

"사장님, 이 편지들을 한번 훑어보시는 게 좋을 것 같습니다. 맨 위의 편지가 콜튼 계약에 관한 내용이고……."

하지만 루퍼스 반 올딘은 싫다는 뜻으로 손을 들어올렸다. 그는 단언했다.

"오늘 밤엔 이딴 것들은 보고 싶지 않네. 전부 내일 아침까지 기다리라고 해. 물론 이것은 예외지만."

그는 손에 쥔 편지를 내려다보며 이렇게 덧붙였다. 다시금 표정이 달라지며 얼굴 위로 묘한 미소가 슬금슬금 번져갔다.

리처드 나이튼은 짐작이 간다는 듯 미소를 지었다.

"케터링 부인의 편지군요? 어제부터 계속 전화를 하셨거든요. 당장 사장님을 뵙고 싶어 하시는 눈치던데요."

"그 녀석, 설마!"

백만장자의 얼굴에서 미소가 사라졌다. 그는 쥐고 있던 편지 봉투를 찢고 편지지를 꺼냈다. 편지를 읽어 내려 가면서 얼굴이 점점 어두워졌다. 입매는 험상궂게 변했으며 눈썹도 험악하게 일그러졌다. 월 가 사람들이라면 누구나 그의 이런 얼굴에 익숙했다. 나이튼은 눈치 빠르게 자리를 떠나 다시 편지를 뜯고 분류하는 작업을 계속했다. 백만장자의 입에서 나지막한 욕설이 흘러나오더니, 이윽고 주먹을 불끈 쥐고 탁자를 쾅하고 내리쳤다.

그는 혼잣말처럼 중얼거렸다.

"이건 도저히 못 참아. 가여운 녀석, 늙은 아비가 등 뒤에서 버티고 있으니 망정이지."

반 올딘은 성난 얼굴로 미간을 잔뜩 찌푸리고 한동안 방 안을 오락가락했다. 나이튼은 그때까지도 계속 책상에 고개를 처박고 있었다. 반 올딘이 별안간 멈춰 서더니 팽개쳐 뒀던 외투를 의자에서 집어 들었다.

"또 나가시게요, 사장님?"

"응. 루스에게 가 봐야겠어."

"콜튼 측 사람들이 전화를 걸어 오면 뭐라고……?"

"당장 꺼져 버리라고 해."

"잘 알겠습니다."

비서는 무감각하게 대답했다.

반 올딘은 어느새 외투를 입고 있었다. 그는 모자를 푹 눌러쓰고 문으로 향했다. 그는 손잡이에 손을 댄 채 잠시 머뭇거렸다.

"자넨 좋은 친구야, 나이튼. 내가 기분이 언짢을 땐 전혀 신경을 건드리지 않거든."

나이튼은 얼핏 미소를 지었지만 아무 대답도 하지 않았다.

"루스는 내 외동딸이네. 그 녀석이 나한테 어떤 존재인지는 세상 어느 누구도 모를 걸세."

희미한 미소가 그의 얼굴에 생기를 불어넣었다. 그는 한 손을 주머니에 집어넣었다.

"보여 줄 게 있는데 어떤가, 나이튼? 한번 볼 텐가?"

반 올딘은 비서 곁으로 되돌아왔다.

그는 갈색 종이로 아무렇게나 싼 꾸러미를 주머니에서 끄집어내더니 단숨에 포장지를 뜯고 다 낡아빠진, 큼지막한 빨간색 벨벳 상자를 꺼냈다. 상자 한복판에 일그러진 글씨체로 뭔가 새겨졌고 그

위엔 왕관 무늬가 박혀 있었다. 반 올딘이 딸깍하고 상자를 여는 순간 나이튼은 숨을 죽였다. 보석이 약간 때가 탄 상자 내부의 흰색과 대비를 이루며 핏빛으로 반짝거렸다.

나이튼이 탄성을 질렀다.

"세상에, 사장님! 이게…… 이게 다 진짜입니까?"

반 올딘은 뿌듯한 얼굴로 껄껄 웃었다.

"내 그렇게 물을 줄 알았네. 전 세계에서 가장 큰 보석 세 개가 이 루비 중에 들어 있지. 러시아의 예카테리나 여제(女帝)가 쓰던 것이라네, 나이튼. 여기 한가운데 있는 것이 바로 '불의 심장'이라고 알려진 보석일세. 흠 잡을 데 없는 완벽한 보석이지."

"그렇다면 값이 엄청날 텐데요."

비서는 나지막이 속삭였다.

"40만 내지 50만 달러쯤 하지. 물론 역사적인 가치는 제하고."

반 올딘은 태연하게 말했다.

"그런데 이렇게 아무렇게나 주머니에 넣고 다니셨어요?"

반 올딘은 재미있다는 듯이 껄껄댔다.

"좀 그런가? 그래 봤자 루스에게 줄 작은 선물인데 뭐."

비서는 조심스럽게 미소를 지었다.

"케터링 부인이 왜 그렇게 전화에 매달렸는지 이제야 이해가 가는군요."

그가 나지막이 말했다. 하지만 반 올딘은 고개를 저었다. 어느새 딱딱한 표정으로 돌아와 있었다.

"잘못 짚었어. 그 녀석은 이 보석들에 대해 아직 몰라. 녀석을 놀라게 해 주려고 내가 몰래 준비해 둔 선물이거든."

반 올딘은 상자 뚜껑을 닫고 찬찬히 싸기 시작했다.

"나이튼, 사랑하는 사람을 위해 작은 힘이나마 보태 주고 싶은데 그게 그리 쉽지가 않아. 루스를 위해서라면, 녀석에게 다만 얼마라도 보탬이 된다면 난 지구의 땅덩어리를 뚝 떼어 살 수도 있네. 하지만 필요가 없다는군. 이걸 딸아이 목에 걸어 주면 또 아나, 잠깐이라도 녀석의 기분이 좋아질지. 하지만……."

그는 고개를 저었다.

"여자가 집안에서 행복을 찾지 못하면……."

반 올딘은 말끝을 흐렸다. 나이튼은 조심스럽게 고개를 끄덕였다. 그는 데릭 케터링 경에 대한 세간의 평을 익히 알고 있었다. 반 올딘은 한숨을 짓더니 종이 꾸러미를 외투 주머니에 도로 집어넣고 나이튼에게 인사를 건넨 뒤 방을 나섰다.

커즌 가에서

케터링 부인이 사는 곳은 커즌 가였다. 집사는 문을 열자마자 루퍼스 반 올딘을 알아보고 환영의 뜻으로 공손히 미소를 지었다. 집사는 앞장서서 계단을 올라 2층에 위치한 널따란 응접실로 반 올딘을 안내했다.

창가에 앉아 있던 여인이 화들짝 놀라며 환호성을 질렀다.

"어머, 아버지! 이게 어떻게 된 일이에요? 아버지하고 연락하려고 온종일 나이튼 소령에게 전화를 했어요. 근데 아버지가 언제 돌아오실지 잘 모르겠다고 하더라고요."

루스 케터링은 스물여덟 살이었다. 미인도 아니고 엄밀히 말해 귀여운 인상도 아니었지만 피부색 때문에 꽤나 인상적인 여자였다. 한창때 반 올딘의 별명이 '홍당무와 빨간 머리'였다더니 루스의 머리칼 또한 순수한 적갈색에 가까웠다. 적갈색 머리칼에 새까만 눈동자와 새까만 눈썹…… 거기에 화장까지 보태어 한층 대조적인 효과를 자아냈다. 그녀는 늘씬하고 큰 키에 걸음걸이도 우아했다. 얼핏 보면 라파엘로가 그린 성모 마리아의 얼굴을 연상시켰다. 자세히 들여다봐야만 위아래 턱 선이 반 올딘을 그대로 닮았고 똑같이 엄하고 결연한 분위기를 풍긴다는 사실을 알 수 있었다. 그러나 엄하고 결연한 인상은 남자라면 몰라도 여자에게는 썩 어울리지 않았다. 루스 반 올딘은 어려서부터 제 고집대로 하는 데 익숙했기 때문에 그녀와 맞서 본 사람은 곧 루퍼스 반 올딘의 딸은 절대 남에게 지는 법이 없다는 사실을 깨달아야 했다.

반 올딘이 말했다.

"나이튼에게서 네가 전화했었다는 얘기 들었다. 나는 불과 30분 전에 파리에서 돌아왔다. 그나저나 데릭에 관한 얘기들은 다 뭐냐?"

루스 케터링은 노여움으로 얼굴이 벌겋게 달아올랐다. 그녀는 울부짖었다.

"차마 입에 담을 수가 없어요. 정말 해도 해도 너무해요. 그 사람…… 그 사람은 내가 하는 말은 도무지 듣기 싫은가 봐요."

그녀의 목소리에는 분노 못지않은 당혹스러움이 깃들어 있었다.

"내 말은 들을 거다."

백만장자는 엄한 목소리로 말했다.

루스의 하소연은 계속되었다.

"지난 한 달 동안 그이 얼굴을 거의 본 적이 없어요. 그 여자하고 여기저기 쏘다니지 않는 곳이 없대요."

"어떤 여자하고 말이냐?"

"미렐이라고 파르테논의 댄서예요."

반 올딘은 고개를 끄덕였다.

"지난주에 르콘베리에 다녀왔어요. 시아버님께 그이 얘기를 했더니 너무나 따뜻하게 대해 주시면서 제 심정을 이해하셨어요. 그이를 만나서 차분히 말씀을 나눠 보시겠대요."

"하!"

반 올딘이 콧방귀를 뀌었다.

"'하!'라뇨, 그게 무슨 뜻이에요?"

"네가 짐작하는 대로다. 가여운 르콘베리 영감탱이는 인생의 낙오자야. 당연히 네 처지에 공감하고 위로하려고 했겠지. 대를 이을 아들을 미국 최고 갑부의 딸과 결혼시킨 작자가 일이 엉망진창으로 틀어지는 걸 원할 리가 없지. 하지만 진즉부터 무덤에 발 한 짝을 들여놓은 다 죽어 가는 늙은이니 뭔 소리를 해도 데릭에겐 안 먹힐 거다."

"아버지가 좀 어떻게 해 주시면 안 돼요?"

잠시 후 루스가 졸라 대듯이 말했다.

"글쎄다."

백만장자는 말했다. 그는 잠시 입을 다문 채 깊은 생각에 잠겼다가 이윽고 입을 열었다.

"아비가 할 수 있는 일이 없는 건 아니다만, 실제로 소용이 있을 만한 건 한 가지뿐인 것 같구나. 네게 용기가 있느냐, 루스?"

그녀는 아버지를 물끄러미 쳐다봤다. 반 올딘은 대답으로 고갯짓을 해 보였다.

"내가 말한 그대로다. 세상천지를 향해 내 판단이 실수였다고 인정할 자신 있어? 지금의 이 골치 아픈 상황을 벗어날 방법은 한 가지밖에 없다. 루스, 더 이상 손해 보지 말고 새로 시작해라."

"그 말씀은……?"

"이혼해."

"이혼이라고요!"

반 올딘은 차갑게 미소를 지었다.

"어째 이혼이라는 말을 생전 처음 들어 본 사람 같구나, 루스. 하지만 네 주변에도 이혼한 친구가 꽤 여럿 있지 않느냐?"

"그야 그렇지만……."

루스는 말을 멈추고 입술을 깨물었다. 그녀의 아버지는 이해한다는 듯이 고개를 끄덕였다.

"나도 안다, 루스. 넌 날 닮아서 손에 쥐었던 것을 놓기가 힘들 거야. 하지만 이 아비도 알고 있고 또 너도 알아야 할 점은 이혼만이 유일한 해결책이라는 거다. 물론 데릭을 설득해서 너한테 돌아오게 만들 방법이 없는 건 아니다. 그래도 결과는 마찬가지일 거다. 그 자식은 구제불능이야, 루스. 속속들이 썩은 놈이다. 지금 나는 널 그놈과 결혼시킨 일 때문에 정말 발등을 찍고 싶은 심정이다. 하지만 그때 넌 그 자식에게 마음이 기울었고 그놈도 단단히 정신 차리고 살 작정을 한 줄 알았다. 게다가 그전에 이미 네 뜻을 꺾은 일도 있고 해서……."

반 올딘은 마지막 말을 하면서 딸의 얼굴을 외면했다. 그렇지 않았으면 딸의 얼굴에 언뜻 홍조가 피어오르는 것을 봤을 터였다.

"그랬죠."

루스는 굳은 목소리로 말했다.

"그놈의 인정이 뭔지 두 번씩이나 네 뜻을 꺾을 수가 없더구나. 하지만 끝끝내 막았어야 했다고 얼마나 후회했는지 몰라. 넌 지난 몇 년 동안 비참하게 살았다, 내 딸아."

"유쾌한 결혼 생활은 아니었죠."

케터링 부인은 아버지의 말에 수긍했다.

반 올딘은 손으로 탁자를 쾅하고 내리쳤다.

"그러니까 당장 이 짓을 그만두란 말이다! 아직도 그놈에게 미련이 남아 있다면 당장 집어치워. 그리고 현실을 똑바로 봐. 데릭 케터링은 돈 때문에 너하고 결혼했어. 그게 다다. 갈라서라, 루스."

루스 케터링은 한동안 방바닥을 내려다보더니 고개를 떨군 채 말했다.

"그이가 안 해 주겠다고 하면요?"

반 올딘은 깜짝 놀라서 딸을 쳐다봤다.

"그놈은 반대할 자격이 없어."

루스는 상기된 얼굴로 입술을 깨물었다.

"그래요……. 맞아……. 그럴 자격 없죠. 그냥 제 말은……."

그녀는 말을 멈추었다. 아버지가 매서운 눈으로 딸을 노려봤다.

"무슨 소릴 하려는 거냐?"

루스는 조심스레 말을 고르느라 잠시 숨을 돌렸다.

"제 말은…… 그이가 순순히 이혼을 받아들이지 않을 거라는 이야기예요."

백만장자는 험악하게 턱을 내밀었다.

"그놈이 소송에 맞서기라도 한단 얘기냐? 마음대로 하라고 해! 하지만 그건 네가 잘못 안 거다. 놈은 그런 짓을 안 할 거다. 변호사 100명을 붙잡고 물어봐도 승산 없다는 얘기밖엔 못 들을 테니까."

루스는 망설였다.

"아버지는 그런 생각 안 드세요? 제 말은…… 그러니까 순전히 저에 대한 반감으로…… 그이가 일을 엉뚱한 방향으로 끌고 갈지도 모른다는 생각요."

반 올딘은 사뭇 의아하다는 표정으로 딸을 쳐다봤다.

"결국 소송에 맞설 거라는 얘기냐?"

그는 이내 고개를 가로저었다.

"그럴 리 없다. 믿는 구석이 있지 않고서야 그런 짓은 못 할 거다."

케터링 부인은 아무 대꾸도 하지 않았다. 반 올딘은 딸을 날카롭게 쏘아봤다.

"루스, 무슨 일인지 털어놔라. 뭔가 골치 아픈 일이 있는 게구나. 그게 뭐냐?"

"아니에요. 그런 일 없어요."

하지만 그녀의 목소리는 자신이 없었다.

"남들에게 알려지는 게 겁나서 그러니, 응? 그래? 그건 이 아비한 테 맡겨 둬라. 모든 절차는 내가 알아서 조용히 처리할 테니 시끄러 울 일은 절대 없을 거다."

"알겠어요, 아버지. 아버지가 보시기에 그게 최선이라면 그렇게 할게요."

"아직도 그놈에게 미련이 남은 게냐, 루스? 그래?"

"아니에요."

그녀는 분명히 힘주어 말했다. 반 올딘은 흡족한 눈치였다. 그는 딸의 어깨를 토닥였다.

"다 잘 될 거다, 얘야. 아무 걱정 마라. 자, 이제 그 일은 잊어버리 자. 파리에서 너한테 줄 선물을 가져왔다."

"선물요? 근사한 건가 보죠?"

"네가 그리 생각해 주면 좋겠구나."

반 올딘은 웃음을 띠고 말했다.

그는 외투 주머니에서 꾸러미를 꺼내 딸에게 건네주었다. 루스는 신이 나서 포장지를 벗기곤 딸각하고 상자 뚜껑을 열었다. 그녀의 입에서 "어머나……!" 하는 긴 감탄사가 흘러나왔다. 루스 케터링은 예전부터 보석이라면 사족을 못 썼다.

"아버지, 정말…… 정말 너무 아름다워요!"

"어떠냐, 다른 보석하곤 상대가 안 될 만큼 멋지지 않니? 마음에 드는 모양이구나."

백만장자는 한껏 뿌듯해하며 말했다.

"마음에 들어요. 아버지, 이건 비할 데 없이 최고예요. 이런 걸 어디서 구하셨어요?"

반 올딘은 씩 웃었다.

"오! 그건 비밀이다. 물론 비밀리에 사들여야 했지, 워낙 유명한 것들이니까. 여기 한가운데 박힌 큰 보석 보이지? 너도 들어 봤겠지만 이게 바로 '불의 심장'이란다."

"불의 심장!"

케터링 부인은 아버지가 한 말을 되풀이했다.

그녀는 어느새 상자에서 보석들을 꺼내 가슴에 꼭 끌어안고 있었다. 백만장자인 아버지는 그런 딸을 바라보며 과거에 이 보석들로 치장했을 일련의 여인을 떠올렸다. 고뇌, 절망, 질투. 다른 유명한 보석들처럼 '불의 심장' 또한 그 뒤에 비극과 폭력의 발자취를 간직하고 있으리라. 그러나 루스 케터링의 단단한 손바닥에 놓여 있으니 '불의 심장'이 지닌 사악한 기운이 사라지는 듯했다. 냉정하고 침착한 성격을 지닌 이 미국 여인은 비극이나 가슴에 사무친 원한 따위와는 상극처럼 보였다. 루스는 보석들을 상자에 도로 집어넣었다. 그러고는 펄쩍 뛰면서 아버지의 목을 두 팔로 와락 감싸 안았다.

"고마워요, 고마워요. 정말 고마워요, 아버지. 이렇게 아름다운 목걸이를 선물로 주시다니! 아버진 언제나 제게 가장 놀라운 선물을 안겨 주는 분이세요."

반 올딘은 딸의 어깨를 토닥이며 말했다.

"뭐 그리 대단한 거라고. 넌 내 전부다. 알지, 루스?"

"기다렸다가 함께 저녁 식사 하고 가세요. 그러실 거죠, 아버지?"

"글쎄다. 외출할 참 아니었니?"

"맞긴 한데요, 그 일은 얼마든지 뒤로 미룰 수 있어요. 그리 신나는 일도 아닌데요."

"그러지 마라. 약속을 했으면 지켜야지. 아버진 가서 해야 할 일이 산더미다. 내일 보자, 얘야. 내가 전화를 걸겠지만 그래, 갤브레이스 사무실에서 보면 되겠구나?"

갤브레이스라. 커스버트슨과 갤브레이스는 런던에 있는 반 올딘의 사무 변호사들이었다.

"알겠어요, 아버지."

루스는 망설였다.

"저기 혹시…… 이 일로…… 리비에라로 가려던 계획을 취소해야 되는 건 아니겠죠?"

"언제 떠나니?"

"14일요."

"아, 그럼 상관없을 거다. 이런 일은 원래 제대로 마무리되려면 오랜 시간이 걸리는 법이야. 그나저나 내가 너라면 그 루비들을 외국으로 가져가진 않겠다. 은행에 맡겨 둬라."

케터링 부인은 고개를 끄덕였다.

"그 '불의 심장'인지 뭔지 때문에 네가 강도의 표적이 되거나 목숨을 잃는 일이 생겨서는 안 되잖니?"

백만장자 반 올딘은 농담 삼아 말했다.

"하지만 아버지도 호주머니 속에 아무렇게나 넣고 다니셨잖아요."

그의 딸이 웃는 얼굴로 따져 물었다.

"하긴……."

아버지의 태도에서 뭔가 망설이는 기색이 느껴지자 루스가 물었다.

"왜요, 아버지?"

그는 미소를 지었다.

"아니다. 그냥 파리에서 있었던 작은 사건이 생각나서 그런다."

"사건이라니요?"

"그래, 이걸 사던 날 밤에 일이 좀 있었거든."

반 올딘은 보석 상자를 가리켰다.

"어머, 무슨 일인지 말씀해 주세요."

"딱히 말할 것도 없다, 루스. 어디서 조직 폭력배 놈들이 나타나서 에워싸기에 총 몇 방 쏴 줬더니 그냥 꽁무니를 빼더구나. 그게 다야."

루스는 사뭇 자랑스러운 눈으로 아버지를 쳐다봤다.

"정말 대단하신 분이세요, 아버지는."

"그걸 말이라고 하느냐?"

반 올딘은 딸에게 애정 어린 입맞춤을 한 뒤 집을 나섰다. 그는 사보이 호텔로 돌아온 즉시 나이튼에게 간단한 지시를 내렸다.

"고비라는 자에게 연락을 취하게. 내 비밀 장부에 그 친구 주소가 있을 거야. 내일 아침 9시 30분에 이리로 오기로 되어 있네."

"알겠습니다, 사장님."

"그리고 케터링도 만나 봐야겠어. 수단 방법 가리지 말고 샅샅이 뒤져서 놈을 찾아내. 녀석이 자주 가는 클럽을 찾아보든지, 하여간 어떻게 해서든 내일 아침에 여기서 대면할 수 있게 조처해 주게. 기왕이면 느지막이, 그래, 정오쯤이 좋겠군. 그런 자식들은 게을러빠져서 아침 일찍 못 일어나니까."

비서는 지시를 알아듣고 고개를 끄덕였다. 반 올딘은 하인의 시중에 몸을 내맡겼다. 목욕물이 준비되자 뜨거운 물에 몸을 푹 담그고 딸과 나눴던 대화를 머릿속에 되새겼다. 대체로 그만하면 만족스럽다는 생각이 들었다. 그는 사태를 파악하는 눈이 예리해서 오래전부터 이혼만이 유일한 돌파구임을 깨닫고 있었다. 루스는 기대보다 훨씬 흔쾌히 그가 제안한 해결책을 받아들였다. 하지만 루스가 아니라고 잡아뗐는데도 그의 마음속에는 어렴풋이 불안한 느낌이 남아 있었다. 딸의 태도가 어딘가 몹시 어색했다는 생각이 들었다. 그는 인상을 찌푸렸다.

"괜한 생각이겠지. 아무리 그래도…… 그 녀석, 나한테 뭔가 숨기고 있는 게 분명해."

유용한 신사

　여느 때와 다름없이 루퍼스 반 올딘이 버터를 바르지 않은 토스트와 커피로 빈약한 아침 식사를 막 끝마칠 즈음, 나이튼이 방으로 들어섰다.

　"고비 씨가 아래층에서 기다리고 계십니다."

　반 올딘은 시계를 흘깃 쳐다봤다. 정확히 9시 30분이었다. 그는 짤막하게 말했다.

　"알았네. 올려 보내게."

　잠시 후에 고비가 방으로 들어섰다. 작은 키에 초라한 옷차림을 한 늙수그레한 이 남자는 방 안 여기저기를 유심히 살피면서도 자신과 대화를 나누는 사람에게는 일절 눈길을 주지 않았다.

　"잘 왔네, 고비. 좀 앉지."

　"고맙습니다, 반 올딘 씨."

고비는 의자에 앉아서 양손을 무릎 위에 올려놓은 채 난로를 뚫어져라 쳐다봤다.

"자네가 해 줄 일이 있어."

"무슨 일인가요, 반 올딘 씨?"

"자네도 알겠지만 내 딸이 데릭 케터링 경과 부부지간이네."

고비의 시선이 난로에서 책상 왼편의 서랍으로 옮겨 갔다. 냉소가 그의 얼굴 위로 스쳐 지나갔다. 고비는 웬만한 일은 다 알고 있었지만 언제나 그런 사실을 인정하기가 싫었다.

"딸아이는 내 뜻에 따라 이혼 소송을 제기할 참이네. 물론 그건 변호사가 알아서 할 일이지. 하지만 난 사적인 이유에서 모든 정보를 빠짐없이 알고 싶네."

고비는 커튼의 칸막이를 쳐다보며 나지막이 물었다.

"케터링 씨에 관해서 말인가요?"

"케터링에 관해서."

"잘 알겠습니다."

고비는 자리에서 일어섰다.

"언제까지 알아 줄 수 있겠나?"

"급하십니까?"

"난 급하지 않은 일은 부탁 안 하네."

백만장자는 대답했다.

고비는 벽난로의 울을 쳐다보며 알아듣겠다는 듯이 미소를 지었다.

"오늘 오후 2시, 어떻습니까?"

"좋아."

반 올딘은 그의 제안을 받아들였다.

"그럼 나중에 보세."

"이만 가 보겠습니다, 반 올딘 씨."

고비가 방을 나가고 비서가 안으로 들어서자 백만장자는 말했다.

"아주 쓸모 있는 친구야. 이런 일은 저 친구가 전문가지."

"이런 일이라뇨?"

"뒷조사 말일세. 24시간 정도만 주면 캔터베리 대주교의 사생활도 모조리 까발려 놓을 친구지."

"수완이 좋은 작자군요."

나이튼이 미소를 지으며 말했다.

"한두 번 신세를 진 적이 있지. 자, 그럼 일을 시작해 볼까?"

그 뒤로 서너 시간 동안 엄청난 양의 업무가 일사천리로 처리되었다. 전화벨이 울린 것은 12시 30분이었고, 나이튼이 반 올딘에게 케터링이 찾아왔다는 전갈을 전했다. 나이튼은 반 올딘이 짧게 고갯짓을 하자 알겠다는 듯이 말했다.

"케터링 씨에게 올라오라고 전해 주세요."

비서는 서류를 챙겨서 방을 나갔다. 데릭 케터링은 문간에서 마주친 나이튼이 방을 나갈 수 있도록 한쪽으로 비켜섰다. 이윽고 그는 방 안으로 들어와 문을 닫았다.

"그간 안녕하셨습니까, 장인어른? 저를 무척이나 보고 싶어 하셨다고요."

약간의 빈정거림이 담긴 그의 나른한 목소리는 반 올딘의 머릿속에 과거의 기억을 되살려 주었다. 케터링의 목소리는 매력적이었다. 그 점은 예전부터 마찬가지였다. 반 올딘은 사위를 날카롭게 쏘아 봤다. 서른네 살의 데릭 케터링은 호리호리한 체구에 얼굴이 가무잡잡하고 갸름했다. 그래서인지 서른이 넘은 지금까지도 어딘지 모르게 소년 같은 모습이 남아 있었다.

반 올딘은 퉁명스럽게 말했다.

"들어와서 앉게."

케터링은 팔걸이의자에 가볍게 주저앉았다. 그는 다소 여유 있고 즐거운 표정으로 장인을 바라봤다.

그는 유쾌하게 인사를 건넸다.

"오랜만에 뵙습니다, 장인어른. 한 2년 만인 것 같은데요. 집사람은 벌써 만나셨나 보죠?"

"어젯밤에 만났네."

"얼굴이 꽤 좋아 보이죠?"

케터링이 가볍게 물었다.

"자네가 루스의 건강 상태를 알 만큼 그 애와 많은 시간을 보냈는지 미처 몰랐군."

반 올딘이 냉담하게 맞받았다.

데릭 케터링은 눈썹을 치켜 올렸다. 그가 쾌활하게 말했다.

"아, 같은 나이트클럽에서 종종 만나거든요."

반 올딘이 재차 퉁명스럽게 말했다.

"쓸데없이 돌려 말하진 않겠네. 루스에게 이혼 소송을 내라고 했네."

데릭 케터링은 전혀 동요하지 않는 눈치였다.

"대단히 세게 나오시는군요. 담배 한 대 피워도 되겠습니까?"

그는 담배에 불을 붙인 뒤 한 차례 연기를 내뿜고는 태연하게 덧붙였다.

"루스는 뭐라고 하던가요?"

"내가 시키는 대로 하겠다더군."

"정말로 그러던가요?"

"자넨 할 말이 그것밖에 없나?"

반 올딘이 날카롭게 따져 물었다.

케터링은 벽난로의 연료받이에 담뱃재를 가볍게 털었다. 그는 초연하게 말했다.

"아내가 큰 실수를 저지르는 것 같더군요."

"자네가 보기엔 당연히 그렇겠지."

반 올딘이 험악하게 말했다.

"오호, 이런. 너무 그렇게 삐딱하게만 보지 마십시오. 그때 전 절대로 제 생각을 한 게 아닙니다. 루스 생각을 했어요. 장인어른도 아시겠지만 늙고 가여운 제 아버지는 가실 날이 얼마 남지 않았습니다. 보는 의사마다 열이면 열 모두 그렇게 말합니다. 루스가 2년 정도만 기다려 주면 전 르콘베리 경이 될 테고, 그럼 아내는 르콘베리 성의 안주인이 됩니다. 루스가 저와 결혼한 이유가 바로 그것 아닌가요?"

"자네의 그 말도 안 되는 건방진 수작 따윈 단 한마디도 듣고 싶지 않네."

반 올딘은 으름장을 놓았다.

데릭 케터링은 전혀 동요하지 않고 미소를 지었다.

"물론 그러실 겁니다. 한물간 수법이죠. 요즘 세상에 작위 따위가 무슨 소용이 있겠습니까? 하지만 르콘베리는 유서 깊고 아름다운 곳이고, 알고 보면 저희 집안도 영국에서 가장 유서 깊은 가문 중에 하나입니다. 만약 제가 아내와 헤어지고 나서 재혼이라도 하면, 그래서 웬 엉뚱한 여자가 자기 대신 르콘베리의 안주인으로 앉게 되면 루스는 화병이 나서 못 견딜 겁니다."

"이보게, 난 지금 농담할 기분이 아니야."

"아, 저도 마찬가지입니다. 전 지금 몹시 돈에 쪼들리고 있습니다. 이런 상황에서 루스와 이혼하면 전 곤란한 상황에 처하게 됩니다. 솔직한 말로 지금까지 10년이란 세월을 잘 참아 온 마당에 조금 더 못 참을 일도 없지 않습니까? 장인어른 앞에서 제 명예를 걸고 말씀 드리지만 저희 집 노인네는 앞으로 18개월도 버티기 힘듭니다. 이런 상황에서 이혼하면 방금 말씀드린 대로 유감스럽지만 루스는 저와 결혼한 목적을 달성하지 못하게 됩니다."

"그 말은 내 딸이 자네의 귀족 작위나 사회적 지위를 보고 결혼했다는 뜻인가?"

데릭 케터링은 허허 하고 웃었지만 딱히 즐거워서 웃는 것은 아니었다.

"저희가 사랑해서 결혼했다고 믿으시는 건 아니잖습니까?"

데릭 케터링이 되물었다.

반 올딘이 천천히 대답했다.

"내가 아는 건 자네가 10년 전 파리에서 지금과는 전혀 다른 말을 했다는 사실이네."

"제가요? 그랬는지도 모르죠. 알다시피 루스는 대단한 미인이었습니다. 오죽하면 천사나 성인이 성당 벽감에서 걸어 나온 줄로 착각했겠습니까? 기억납니다. 그때 저는 마음을 고쳐먹고 살자, 그래서 나를 사랑하는 아리따운 여인과 함께 영국 가정생활의 숭고한 전통을 지키며 살자고 머릿속에 온갖 훌륭한 구상을 했죠."

그는 다시금 너털웃음을 터뜨렸다. 아까보다 한층 귀에 거슬리는 웃음소리였다.

"하지만 장인어른은 믿지 않으시겠죠?"

"자네가 돈을 보고 루스와 결혼했다는 사실은 똑똑히 알고 있네."

반 올딘은 무감각하게 말했다.

"그리고 아내가 사랑 때문에 저하고 결혼했다는 사실도 말이죠?"

케터링이 비아냥거리듯이 물었다.

"물론."

반 올딘이 말했다.

데릭 케터링은 잠시 그를 노려보다가 이윽고 조심스레 고개를 끄덕였다.

"그렇게 믿으시는군요. 그땐 저도 그랬습니다. 자신 있게 말씀드리지만 존경하는 장인어른, 아내와 결혼하고 얼마 지나지 않아 전 모든 게 착각이었음을 깨달았습니다."

"자네가 무슨 소리를 하는지 모르겠군. 아무래도 상관없네. 자넨 루스에게 참으로 몹쓸 짓을 했어."

케터링은 아무렇지 않은 듯이 수긍했다.

"아, 그건 사실입니다. 하지만 아시다시피 아내는 고집불통입니다. 그 아버지에 그 딸이죠. 연분홍빛 나긋나긋함 밑에 화강암처럼 단단한 고집이 숨어 있으니까요. 제가 듣기로 장인어른께서 평소 바늘로 찔러도 피 한 방울 나지 않을 분이라지만 루스는 그 점에선 장인어른보다 한술 더 뜨는 여자입니다. 어찌되었건 장인어른은 자신보다 누군가를 더 사랑할 줄 아는 분이니까요. 하지만 루스는 지금까지도 그런 적이 없고 앞으로도 절대 그러지 못할 여자입니다."

"그만하게. 내가 자넬 여기로 부른 것은 앞으로 내가 하려는 일을 분명히 일러두기 위해서일세. 내 딸은 행복하게 살아야 할 의무가 있어. 그리고 잊지 말게, 그 아이 뒤에는 내가 있다는 걸."

데릭 케터링은 일어서더니 벽난로 앞 장식물 곁에 가서 섰다. 그는 피우던 담배를 던져 버리고 더없이 침착한 목소리로 입을 열었다.

"무슨 말씀인지 잘 모르겠는데요."

"괜히 변호사를 선임하는 짓 따위는 않는 게 신상에 좋을 거란 얘길세."

"아, 지금 협박하시는 겁니까?"

"좋을 대로 해석하게."

케터링은 탁자 앞으로 의자를 끌어당겨 반 올딘을 마주하고 앉았다. 그가 나긋나긋한 목소리로 말했다.

"만약에 말입니다. 기왕에 말이 나왔으니 말인데 제가 변호인을 세우면 어쩌시겠습니까?"

반 올딘은 어깻짓을 해 보였다.

"어리석은 친구 같으니라고. 그래 봤자 자넨 못 이겨. 자네 변호사들을 불러다 놓고 물어봐, 당장 그렇게 말할 테니. 자네 행실이 엉망진창인 건 런던 사람이면 다 알아."

"루스가 미렐을 두고 야단법석을 떤 모양이군요. 한심한 사람. 전 자기 친구 문제는 일절 간섭하지 않는데 왜 그러는지 모르겠어요."

"무슨 소린가?"

반 올딘은 신경이 곤두서서 물었다.

데릭 케터링은 큰 소리로 웃었다.

"장인어른도 모르시는 게 있군요. 하긴 당연하겠네요, 원래가 편견이 있으신 분이니."

데릭은 모자와 지팡이를 집어 들고 문가로 향했다. 그는 마지막 일격을 가했다.

"남에게 충고하는 일은 제 적성이 아닙니다. 하지만 이번만큼은 부녀 사이에 허심탄회한 대화가 필요할 것 같군요."

데릭 케터링은 잽싸게 방을 나섰다. 그는 반 올딘이 자리에서 벌떡 일어서는 것과 동시에 등 뒤로 문을 닫았다.

"빌어먹을 놈, 도대체 무슨 소릴 하는 거야?"

반 올딘은 의자에 풀썩 주저앉으며 중얼거렸다.

온갖 불안함이 물밀듯이 몰려왔다. 아직까지 진상을 밝히지 못한 뭔가가 있는 것이 틀림없었다. 그는 바로 옆에 있는 전화기를 움켜쥐고 딸네 집의 전화번호를 물었다.

"여보세요! 여보세요! 거기가 메이페어 81907번지 맞소? 케터링 부인 있나? 아, 없다고. 점심 식사하러 나갔다고. 언제 돌아오겠나? 모른다고? 아, 잘 알겠네. 괜찮네. 전할 말은 없다네."

그는 분을 못 참고 또다시 수화기를 쾅 하고 내려놓았다.

오후 2시 정각, 반 올딘은 고비를 기다리며 방 안을 서성이고 있었다. 고비는 2시 10분에 반 올딘의 방으로 안내되었다.

"어찌 됐나?"

백만장자는 날 선 목소리로 고함을 쳤다.

하지만 그와 달리 이 왜소한 사내는 급할 일이 없었다. 탁자 앞에 앉아 후줄근한 수첩을 꺼내더니 단조로운 목소리로 적힌 내용을 읽어 내려갔다. 반 올딘은 흡족한 얼굴로 주의 깊게 귀를 기울였다. 고비는 수첩에 적힌 내용을 끝까지 읽더니 휴지통을 골똘히 쳐다봤다.

"으음! 그만하면 제법 결정적인 자료가 되겠군. 일이 일사천리로 진행되겠어. 호텔에서 잡은 증거는 틀림없겠지?"

"틀림없습니다."

고비는 이렇게 말하면서 금장을 입힌 팔걸이의자에 악의 어린 눈길을 던졌다.

"그놈은 지금 재정적으로 몹시 궁한 처지네. 놈이 공채를 모집하러 다닌다고 했나? 놈은 제 아비에게 받아 낼 수 있는 유산은 사실상 다 받은 상태야. 일단 이혼 얘기가 새어 나가면 돈줄은 완전히 끊길 테고, 그럼 설상가상으로 갖고 있던 채권까지 팔아넘겨야 할 테니 시장에서 압박을 받게 될 걸세. 이제 놈은 우리 손아귀에 있네, 고비. 그 자식은 이제 진퇴양난의 늪에 빠졌어."

그는 주먹으로 탁자를 쾅 하고 내리쳤다. 냉혹한 얼굴에 승리의 기쁨이 가득했다.

"제가 가져온 정보가 마음에 드시나 보군요."

고비가 가는 목소리로 말했다.

"당장 커즌 가에 다녀와야겠네. 정말 고맙네, 고비. 자넨 최고야."

왜소한 사내의 얼굴에 언뜻 만족스러운 미소가 떠올랐다.

"그리 말씀해 주시니 감사합니다, 반 올딘 씨. 맡은 일은 최선을 다하자는 것이 제 평소 신조입니다."

반 올딘은 곧장 커즌 가로 가지 않았다. 먼저 런던 시내로 가서 두 사람을 만나 이야기를 나누고 만족스러운 결과를 얻어 낸 뒤 다운 가로 가는 지하철을 탔다. 커즌 가를 걷는데 160번지 건물에서 웬 남자가 거리로 나서더니 그를 향해 다가왔다. 두 사람은 자연스레 인도에서 엇갈려 지나가게 되었다. 그때까지 반 올딘은 키나 체격으로 미루어 그 남자가 데릭 케터링일지도 모른다고 생각했는데 막상 얼굴을 보니 모르는 남자였다. 아니, 최소한 아주 처음 보는 사람은 아니었다. 반 올딘은 그 남자를 어디선가 본 듯 했다. 아련한 기억이었지만 필시 불쾌한 일과 연관이 있었다. 반 올딘은 열심히 머리를 쥐어짰지만 애쓴 보람도 없이 기억은 머릿속을 비껴갔다. 그는 신경질적으로 고개를 저으며 계속 걸었다. 머릿속이 복잡해지는 일은 딱 질색이었다.

루스 케터링은 그를 기다렸음이 분명했다. 그녀는 아버지가 들어서자 뛰어나와 입을 맞췄다.

"어서 오세요, 아버지. 일은 잘 되어 가세요?"

"그럼. 한데 한두 마디 물어볼 게 있다, 루스."

그는 은연중에 딸의 태도가 돌변하는 것을 느꼈다. 열렬히 반기던 기색은 간데없고 예민하게 뭔가를 경계하는 듯한 태도로 바뀌었다. 루스 케터링은 큼지막한 팔걸이의자에 주저앉았다.

"무슨 얘긴데요, 아버지? 뭘 물어보신다는 거예요?"

"오늘 아침에 네 남편을 만났다."

"데릭을 만나셨다고요?"

"그래. 이런저런 얘길 장황하게 늘어놓더라만 하나같이 뻔뻔하기 짝이 없는 소리였어. 그런데 집을 나서면서 도무지 알 수 없는 얘기를 하더구나. 너하고 둘이서 흉금을 털어놓고 솔직하게 얘기를 나눠 보라는 거야. 그게 무슨 소리냐, 루스?"

케터링 부인은 의자에 앉은 채 움찔했다.

"글쎄요……. 잘 모르겠는데요. 제가 어떻게 알겠어요?"

"시치미 떼지 말아라. 그것 말고 딴 얘기도 했다. 친구들은 자기나 너나 똑같이 있다고, 그런데 자긴 절대 간섭을 않는다고. 그게 무슨 뜻이냐?"

"모르겠어요."

루스 케터링은 똑같은 말만 되풀이했다.

반 올딘은 자리에 앉았다. 입매가 험악하게 일그러져 있었다.

"잘 들어, 루스. 난 정확한 상황도 모르고 이 일에 뛰어들 수는 없다. 네 남편이 문제를 일으킬 뜻이 없다고 딱히 자신할 수 없다는 얘기야. 지금으로선 놈이 그럴 리 없다는 게 내 생각이다. 이 아비에겐 놈을 막을, 무덤에 갈 때까지 놈의 입을 다물게 만들 방법이 없지는 않아. 하지만 그 전에 과연 그런 방법까지 쓸 필요가 있는지 알아야 해. 네가 따로 만나는 친구가 있다는 그놈 말이 도대체 무슨 뜻이냐?"

케터링 부인은 어깻짓을 해 보였다. 그녀는 애매하게 말했다.

"제 친구가 어디 한둘인가요? 그이가 무슨 뜻으로 그런 얘길 했는지 모르겠어요. 정말이에요."

반 올딘이 사업상의 적수에게 하는 듯한 투로 말했다.

"넌 알고 있어. 좀 더 알아듣기 쉽게 말하마. 그 남자가 누구냐?"

"남자라뇨?"

"'그 남자' 말이다. 데릭이 겨냥해서 말한 네 친구라는 그 특별한 남자 말이야. 괜히 겁먹을 것은 없다. 얘야, 별 생각 없이 그랬으리라는 건 알아. 하지만 법정에서 이야기가 불거져 나올 때를 대비해서 사소한 일 하나도 그냥 넘겨서는 안 된다. 그쪽에서 이 일을 트집 잡을 수도 있어. 해서 아비는 그 남자가 누구며, 또 너하고 얼마나 깊은 관계였는지 알아야겠다."

루스는 대답하지 않았다. 극도의 초조감 속에서 두 손을 만지작거리릴 뿐이었다.

반 올딘은 한층 부드러운 목소리로 말했다.

"어서, 애야. 늙은 이 아비가 뭐가 무서워서 그래? 내가 언제 너한테 모질게 굴던? 파리에서 그 일이 있었을 때만 해도 봐라…… 맙소사!"

그는 별안간 기겁을 하면서 말을 멈췄다.

"그래, 그놈이었어. 어쩐지 낯이 익더라니."

반 올딘은 혼잣말을 중얼거렸다.

"무슨 말씀이세요, 아버지? 도무지 무슨 소리인지 모르겠어요."

백만장자는 뚜벅뚜벅 다가가서 딸의 손목을 와락 움켜쥐었다.

"말해 봐라, 루스. 그놈을 다시 만난 거냐?"

"그놈이라뇨?"

"옛날에 우리가 되니 안 되니 하고 난리치게 만든 놈 말이다. 누굴 말하는지 잘 알 거다."

"그러니까…… 저기 로슈 백작 말씀이세요?"

그녀는 머뭇거렸다.

반 올딘은 경멸하듯이 내뱉었다.

"그래, 로슈 백작! 그때 내가 말했지, 그 자식은 사기꾼이나 다름 없다고. 넌 놈에게 홀딱 넘어가서 제정신이 아니었지만 난 놈의 손아귀에서 널 끄집어냈다."

루스가 씁쓸하게 말했다.

"맞아요. 그러셨죠. 그리고 전 데릭 케터링과 결혼했고요."

"네가 원해서 한 일이다."

백만장자는 일침을 가했다.

그녀는 어깨를 으쓱해 보였다.

반 올딘은 천천히 말했다.

"이제 보니 내가 그렇게 말렸는데도 놈을 다시 만나고 있었구나. 그놈이 오늘은 집에 왔었던 게지? 밖에서 마주쳤는데 그땐 미처 알아보지 못했다."

루스 케터링은 어느새 평정을 되찾았다.

"한 가지만 말씀드릴게요, 아버지. 아버진 아르망, 아니 로슈 백작을 잘못 알고 계세요. 아, 그 사람이 철없던 시절에 여러 번 후회스러운 일을 저지른 건 알아요. 그 사람이 직접 얘기해 줬으니까요. 하지만 그이는 언제나 저를 위해 줬어요. 파리에서 아버지가 우리를 갈라놓으신 일로 그이는 깊은 상처를 입었고 지금은……."

루스의 말은 아버지가 역정을 내며 호통을 치는 소리에 끊기고 말았다.

"그래서 그 자식한테 또 마음을 준 거냐? 네가, 내 딸인 네가? 하느님 맙소사! 여자들은 어찌 이리 한심할꼬!"

반 올딘은 몹시 실망했다.

미렐

데릭 케터링은 반 올딘의 스위트룸에서 정신없이 뛰쳐나오다가 그만 복도를 지나던 여인과 부딪치고 말았다. 그가 미안하다며 사과하자 여자는 괜찮다는 미소로 사과를 받아들이고는 바로 지나갔다. 상대방을 편하게 해 주는 사람이라는 유쾌한 인상과 더불어 유독 아름다운 회색 눈동자를 그에게 뚜렷이 각인시킨 채였다.

태연한 척 했지만 마음을 단단히 먹고 갔음에도 불구하고 반 올딘과의 맞대면은 케터링을 온통 뒤흔들어 놓았다. 그는 혼자 점심식사를 마치고 착잡한 심정으로 미렐이 사는 호화 아파트로 향했다. 균형 잡힌 몸매의 프랑스 여인이 미소로 그를 맞았다.

"들어오십시오. 부인께서는 휴식 중이십니다."

데릭은 눈에 매우 익은, 동양풍으로 꾸며 놓은 긴 방으로 안내되었다. 미렐은 긴 의자에 누워 있었다. 그녀가 몸을 기댄 수많은 쿠션들은 같은 노란색 계통이지만 조금씩 달라서 그녀의 노르스름한 얼굴빛과 제법 그럴듯하게 어울렸다. 미렐은 타고난 미인이었다. 노란색 화장으로 감춘 얼굴은 실제로는 제법 매서운 구석이 있음에도 불구하고 그 자체로 야릇한 매력을 풍겼다. 그녀는 데릭 케터링을 보자 유혹하듯 오렌지 빛 입가에 미소를 지었다.

데릭 케터링은 미렐에게 입을 맞추고 의자에 털썩 주저앉았다.

"혼자서 뭘 하고 있었어? 이제 일어난 건가?"

미렐의 오렌지 빛 입술이 옆으로 벌어지더니 한동안 미소를 머금었다.

"아니, 일하고 있었는데."

그녀는 악보가 어지럽게 흩어진 피아노 위로 희고 가녀린 손가락을 뻗었다.

"앙브로즈가 다녀갔어, 새 오페라 곡을 들려주겠다고."

케터링은 건성으로 고개를 끄덕였다. 그는 클로드 앙브로즈란 사람이나 그가 작곡한 입센의 「페르귄트」 오페라 곡 악보 따위에는 눈곱만큼도 관심이 없었다. 그 점은 미렐도 마찬가지였다. 그녀 또한 아니트라 역으로 무대에 오를 수 있는 흔치 않은 기회 정도로만 여겼다.

"정말 굉장한 춤이거든. 젖 먹던 힘을 다해서 모든 열정을 이 춤에 쏟아 부을 거야. 온몸에 보석을 칭칭 감고 춤을 추는 거지…….
아, 참! 그건 그렇고 자기야, 어제 본드 가에 갔다가 구경한 진주가 있거든, 흑진주."

미렐은 유혹하는 듯한 눈길로 데릭을 쳐다보더니 말을 끊었다.

"이봐요, 앙큼한 아가씨. 나한테 흑진주니 뭐니 말해 봤자 소용없어. 지금 내 처지가 어떤 줄 알아? 당장이라도 목이 달아날 판이라고."

미렐은 그의 말에 곧바로 반응을 보였다. 그녀는 커다랗고 새까만 눈을 왕방울만 하게 뜨고 똑바로 일어나 앉았다.

"그게 무슨 소리야, 데릭? 무슨 일이 있어?"

"그 대단하신 장인어른이 무모한 일을 벌이시겠다잖아."

"뭐?"

"루스와 날 이혼시키겠대."

"말도 안 돼! 그 여자가 뭣 때문에 당신하고 이혼을 해?"

데릭 케터링은 이를 드러내고 씩 웃으며 말했다.

"그야 당신 때문이지 뭐겠어, 이 아가씨야!"

미렐은 어깨를 으쓱해 보였다. 그녀는 사무적인 말투로 말했다.

"그건 바보짓이야."

"대단한 바보짓이지."

데릭이 맞장구를 쳤다.

"그래서 당신은 어쩔 생각이야?"

"내가 뭘 할 수 있겠어? 저쪽은 막대한 재산을 지닌 갑부고 이쪽은 막대한 빚을 진 빚쟁인데. 누가 이길지 불 보듯 뻔한 일이지."

미렐이 한마디했다.

"하여간 미국인들은 별나다니까. 아내가 당신을 좋아하지 않나 보지."

"이제 우린 어떻게 해야 되지?"

미렐은 무슨 소리냐는 눈길로 그를 쳐다봤다. 데릭이 그녀에게 다가와 두 손을 잡았다.

"나 안 떠날 거지?"

"무슨 소리야? 언제를 말하는……?"

"그래, 빚쟁이들이 흡사 양 떼를 덮치는 늑대들처럼 들이닥칠 때를 말하는 거야. 난 당신 없이는 못 살아, 미렐. 날 실망시키진 않겠지?"

미렐은 그의 손아귀에서 두 손을 잡아 뺐다.

"내가 당신을 얼마나 사랑하는지 알잖아, 데릭."

데릭은 미렐의 목소리에 회피하는 기색이 담겨 있음을 간파했다.

"결국 당신도 별 수 없군. 안 그래? 어려운 처지가 되니까 다들 떠나는 거야."

"오, 데릭!"

"솔직히 말해. 당신도 날 못 본 척 할 거지?"

그는 잔뜩 성이 나서 다그쳤다.

미렐은 어깨를 으쓱했다.

"몽 아미(자기야), 난 자기를 많이 사랑해. 진정으로 사랑한다고. 당신은 정말 매력 있어. 엉 보 가르송(근사한 남자지). 하지만 쓰네 파 프렉티크(현실적이지는 않아)."

"결국 당신은 부자가 거느리는 사치품이라는 얘긴가? 그래?"

"정 그렇게 말하고 싶다면. 당신이 뭐라든 난 당신을 사랑해, 데릭."

미렐은 쿠션에 등을 기대고 고개를 젖혔다.

데릭은 창가로 다가가더니 그녀를 등진 채 한동안 밖을 내다봤다. 이윽고 미렐이 몸을 일으키더니 상체를 팔꿈치로 지탱한 채 호기심 어린 표정으로 그를 물끄러미 쳐다봤다.

"무슨 생각 해, 자기?"

데릭이 어깨 너머로 알 수 없는 미소를 짓자 미렐은 공연히 불안해졌다.

"그냥 어떤 여자 생각을 하고 있었어."

미렐은 그의 말뜻을 간파하고 발끈해서 물었다.

"여자? 나 말고 딴 여자 생각을 하고 있었다고?"

"아, 괜히 신경 곤두세울 필요 없어, 그냥 상상 속의 여자니까. '회색 눈을 지닌 상상 속의 여인.'"

미렐은 날카롭게 쏘아붙였다.

"언제 만났는데?"

데릭 케터링은 큰 소리로 웃어 젖혔다. 비웃음이 섞인 묘한 웃음이었다.

"사보이 호텔 복도에서 우연히 마주쳤어."

"내가 그럴 줄 알았어! 그래, 그 여자가 뭐랬는데?"

"글쎄, 기억하기로는 내가 '미안합니다.'라고 하니까 그녀가 '괜찮아요.'라든가 하여간 그 비슷한 말을 한 것 같아."

"그 다음엔?"

미렐은 집요하게 다그쳤다.

케터링은 어깨를 으쓱했다.

"그 다음엔…… 그게 다야. 그게 사건의 결말이야."

"당신이 하는 말을 한 마디도 이해 못하겠어."

미렐이 소리쳤다.

데릭은 곱씹듯이 중얼거렸다.

"회색 눈동자의 여인이라. 하지만 두 번 다시 그 여자를 만날 일
은 없을 거야."

"왜?"

"나한테 불행을 가져다줄지도 모르거든. 여자들은 원래가 그래."

미렐은 긴 의자에서 살며시 빠져 나와 그에게 다가오더니 뱀처럼
긴 팔을 목에다 감았다.

그녀가 속삭였다.

"당신은 바보야, 데릭. 멍청한 바보. 당신은 좋은 남자고 난 그런
당신을 사랑해. 하지만 난 가난한 건 못 참는 여자야. 아무렴, 가난
한 건 못 참지. 자, 내 말 좀 들어 봐. 모든 건 아주 간단해. 당신이
아내하고 화해만 하면 돼."

"미안하지만 그건 현실적으로 불가능해."

데릭은 무덤덤하게 말했다.

"어떻게 그런 말을 해? 알 수가 없네."

"이봐, 반 올딘은 남의 말 따윈 안 듣는 사람이야. 한번 마음먹으
면 끝까지 밀어붙이는 사람이라고."

미렐은 고개를 끄덕였다.

"나도 그런 얘긴 들었어. 그 사람 굉장한 갑부라며? 미국에서 가장

돈이 많다던데. 며칠 전 파리에서 이 지구상을 통틀어 가장 아름다운 루비를 그가 샀다는 이야기를 들었어. 이름이 '불의 심장'이라지."

케터링은 아무 대꾸도 하지 않았다. 미렐은 생각에 잠긴 채 계속 말했다.

"진짜 굉장한 보석이라고들 하더라. 그런 건 나 같은 여자가 가져야 제격인데. 난 보석이 좋아, 데릭. 보석은 나한테 뭔가를 말해 주거든. 아아! '불의 심장' 같은 루비를 목에 걸고 다녀 봤으면."

그녀는 짧게 한숨을 쉬더니 다시 현실로 돌아왔다.

"당신은 남자라서 이런 일을 몰라, 데릭. 반 올딘은 그 루비들을 자기 딸에게 줄 거야. 당신 아내가 그 사람의 외동딸 맞지?"

"맞아."

"그럼 그 사람이 죽으면 딸이 전 재산을 물려받을 테고, 그럼 당신 아내는 엄청난 부자가 되겠네."

"아내는 이미 갑부야. 결혼할 때 자기 아버지에게서 200만 달러를 물려받았거든."

케터링이 무덤덤하게 말했다.

"200만 달러! 정말 어마어마하다. 그럼 만약에 그 여자가 별안간 죽기라도 하면 어떻게 되지, 응? 그 돈이 다 당신 게 되나?"

케터링은 천천히 대답했다.

"지금으로선 그렇지. 내가 알기로 아내는 유언장을 만들어 놓지 않았으니까."

미렐이 외쳤다.

"그래! 그 여자가 죽으면 모든 게 해결되겠네."

잠시 침묵이 흐르더니 이윽고 데릭 케터링이 드러내 놓고 웃음을 터뜨렸다.

"당신의 그 단순하고도 현실적인 생각이 마음에 드는군, 미렐. 하지만 미안한데 당신이 바라는 일은 일어나지 않아. 집사람은 누구보다도 건강한 여자야."

"또 알아? 사고사(事故死)라는 것도 있잖아."

데릭은 그녀를 날카롭게 쏘아봤지만 아무 대꾸도 하지 않았다.

그녀는 계속 떠들었다.

"하지만 자기 말이 맞아. 미래의 가능성 따위에 목을 맬 수는 없지. 어쨌거나 데릭, 이혼이니 뭐니 하는 얘기는 더 이상 입에 올리지도 마. 당신 아내는 이혼할 생각을 포기해야 해."

"포기하지 않는다면?"

미렐이 눈이 가늘어졌다.

"포기할 거야. 그 여잔 절대 남들 입에 오르내리는 일을 좋아할 부류가 아니거든. 그 여자와 관련해서 한두 가지 재미난 얘기가 돌던데, 자기 친구들이 신문에서 그런 기사를 보게 되길 바라겠어?"

"무슨 소리야?"

케터링이 날카롭게 물었다.

미렐은 고개를 뒤로 젖히고 깔깔거렸다.

"파블류(무슨 소리긴)! 자칭 로슈 백작이라고 부르짖고 다니는 점잖은 신사 얘기지. 난 그 남자를 속속들이 알아. 알다시피 내가 파리에 살잖아. 그 남자, 당신 아내의 결혼 전 애인이었어. 어때, 내 말이 틀렸어?"

케터링은 미렐의 어깨를 와락 움켜쥐었다.

"그건 새빨간 거짓말이야. 그리고 넌 지금 내 아내 얘길 하고 있다는 걸 잊지 마."

미렐은 다소 냉정을 되찾았다. 그녀는 투덜거렸다.

"당신 같은 영국 사람들은 정말 희한해. 아무래도 상관없어. 당신 말이 맞을지도 모르지. 미국인들은 정말 냉정하니까. 안 그래? 그런데 이 말을 꼭 해야겠어. 그 여잔 당신 아내가 되기 전에 분명히 그 남자와 사랑하는 사이였고, 중간에 그 여자의 아버지가 끼어들어 그 백작인지를 쫓아 버렸어. 그러니 나이 어린 아가씨는 눈물로 날 밤을 새우면서도 아버지 말에 따를 수밖에 없었지. 그런데 데릭, 당신도 알아야 할 게 있어. 지금은 그때하곤 사정이 전혀 달라졌어. 그 여자는 거의 매일 백작을 만나고 있고, 14일엔 그를 만나러 파리로 갈 거야."

"그걸 어디서 알았지?"

"어떻게 알았냐고? 가여운 데릭, 파리에 있는 내 친구들이 백작과 절친한 사이거든. 이미 모든 준비를 끝마쳤대. 다른 사람들에게는 리비에라로 갈 거라고 말해 놓고 사실은 파리에서 로슈 백작과 만나는 거지……. 아마 그럴 거야! 틀림없으니까 내 말을 믿어. 당신 아내는 이미 모든 준비를 끝마쳤다고."

데릭 케터링은 선 채로 꼼짝하지 않았다.

미렐이 구슬리듯이 말했다.

"잘 들어. 조금만 머리를 쓰면 아내를 완전히 손아귀에 쥐고 흔들수 있어. 일을 그 여자에게 아주 힘들게 만들 수 있다고."

케터링이 외쳤다.

"제발 그만 해. 제발 그 빌어먹을 입 좀 다물라고!"

미렐은 깔깔거리며 긴 의자에 몸을 날렸다. 케터링은 모자와 외투를 집어 들고 아파트를 나서며 문을 거칠게 쾅 닫았다. 그때까지도 미렐은 긴 의자에 앉아서 혼자 키득거리고 있었다. 그녀는 자신이 한 행동이 만족스러웠다.

편지들

새뮤얼 하필드는 캐서린 그레이 양에게 감사의 말을 전함과 더불어 이러저러한 사정 때문에 그레이 양이 모르고 있을 사실을 지적해 주고자 합니다······.

새뮤얼 부인은 막힘없이 편지를 줄줄 써 내려가다가 수많은 사람들을 더없이 난처하게 만든 대목, 다시 말해 제3자의 입장에서 자신을 유창하게 표현해야 하는 난감한 대목에 이르자 별안간 손놀림을 멈췄다.
새뮤얼 부인은 잠시 망설이던 끝에 종이를 찢어 버리고 처음부터 다시 써 내려가기 시작했다.

친애하는 그레이 양, 제 사촌 엠마(얼마 전에 그녀가 죽어서 우리 모두 심한 충격을 받았답니다.)에게 베풀어 준 당신의 충실한 보살핌에 심심한 감사를 표하며 저는 이렇게 느끼지 않을 수……

새뮤얼 부인은 또다시 글쓰기를 멈췄다. 그녀는 편지지를 한 번 더 휴지통에 던져 넣었다. 새뮤얼 부인은 네 차례나 마음에 들지 않는 서두를 쓴 뒤에야 마음에 드는 편지를 완성할 수 있었다. 알맞게 겉봉을 씌우고 우표를 붙인 그녀의 편지는 이렇게 해서 켄트 주(州) 세인트 메리 미드의 리틀 크램턴에 사는 캐서린 그레이 양 앞으로 보내졌고, 이튿날 아침 식사 시간에 캐서린의 접시 옆에 놓일 수 있었다. 옆에는 길고 파란 편지봉투에 든, 모름지기 그보다 훨씬 중요한 내용이 담겼을 법한 편지 한 장도 함께 놓여 있었다.
　캐서린 그레이는 새뮤얼 부인의 편지부터 열어 보았다. 편지 내용은 이러했다.

　친애하는 그레이 양,
　우리 부부는 가여운 사촌 엠마를 위해 당신이 베풀어 준 보살핌에 감사를 표합니다. 물론 엠마의 정신 상태가 한참 전부터 계속 나빠진 걸 알았으나 그녀의 죽음은 크나큰 충격이었답니다. 그녀가 죽기 전에 유언으로 지정한 재산 처분 내역이 워낙 특이해서 당연히 어느 법정에서도 효력을 인정받지 못할 거라는 사실을 압니다. 당신은 지각 있는 사람이니까 이런 사실을 이미 알 거라고 믿어 의심치 않습니다. 남편은 이런 문제는 조용히 해결하는 편이 훨씬 좋을 거라는군요. 우리 부부는 당신에게 먼젓번과 비슷한 일자리를 적극 추천하게 되어 기쁩니다. 부디 보잘것없는 선물이지만 받아 주시길 바랍니다. 날 믿어 주세요, 친애하는 그레이 양.

당신의 벗
메리 앤 하필드가.

캐서린 그레이는 편지를 끝까지 읽고 나서 살짝 미소를 머금은 채 다시 한 번 읽었다. 편지를 되풀이해서 읽고 내려놓았을 땐 표정이 눈에 띄게 밝아져 있었다. 그녀는 이번엔 두 번째 편지를 집어 들었다. 그녀는 내용을 간단히 훑어본 뒤 편지를 내려놓고 정면을 뚫어져라 쳐다봤다. 이번에는 미소가 사라진 얼굴이었다. 사실 누군가가 그녀를 바라보고 있었던들 고요하고 사려 깊은 시선 밑에 어떤 감정이 숨어 있을지 짐작하기는 어려웠을 것이다.

캐서린 그레이는 서른세 살이었다. 좋은 집안에서 태어났지만 아버지가 전 재산을 탕진하는 바람에 어려서부터 생업 전선에 나서야 했다. 하필드 부인의 말동무로 왔을 때는 겨우 스물세 살이었다.

늙은 하필드 부인은 '까다롭기'로 소문이 자자했다. 말동무들이 왔다가도 부리나케 도망치기 일쑤였다. 한껏 희망을 안고 왔다가 눈물범벅이 되어 떠나는 일이 다반사였다. 하지만 10년 전 캐서린 그레이가 리틀 크램턴에 발을 내디딘 순간부터 하필드 부인의 집에는 완벽한 평화가 찾아왔다. 어떻게 그런 일이 가능했는지는 아무도 모른다. 뱀을 부리는 재주는 만들어지는 것이 아니라 타고난다더니 캐서린 그레이는 늙은 귀부인이며 개며 어린 사내아이를 다루는 능력을 타고났을 뿐 아니라 남들이 보기에 그런 일을 전혀 힘들이지 않고 해냈다.

스물세 살 무렵, 캐서린은 아름다운 눈을 지닌 조용한 아가씨였다. 그리고 서른세 살이 된 지금도 그녀는 여전히 말수가 없었고 같은 회색 눈을 지녔다. 무엇도 뒤흔들 수 없을 정도로 침착하게, 세상을 향해 끊임없이 빛을 발하는 회색 눈을. 게다가 그녀에게는 타고난 유머 감각이 있었다.

캐서린이 정면을 노려보면서 식탁에 앉아 아침 식사를 기다리는데 한 차례 벨소리가 나더니 곧바로 누군가가 힘껏 쇠고리를 쾅쾅 두드리는 소리가 이어졌다. 땅딸한 하녀가 문을 열더니 다급한 목소리로 외쳤다.

"해리슨 박사님이세요."

때려 부수듯 쇠고리를 두드릴 때부터 알아봤지만 상당한 체구의 중년 의사가 과연 기운차고도 요란하게 법석을 떨며 안으로 들어섰다.

"안녕하십니까, 그레이 양?"

"안녕하세요, 해리슨 박사님?"

"일찌감치 들렀습니다. 하필드 부인의 사촌들 중 누군가가 소식을 전했을까 싶어서 왔습니다. 새뮤얼 부인 얘깁니다. 아, 본인 입으로 자신을 그렇게 소개하더군요. 천하에 못된 여자입니다."

캐서린은 아무 말 없이 식탁에서 새뮤얼 부인의 편지를 집어 해리슨에게 건넸다. 그러고는 그가 덥수룩한 눈썹을 찌푸리며 콧방귀를 흥흥 뀌어 가며 말도 안 된다고 버럭 호통을 치며 편지를 숙독하는 광경을 재미있어 죽겠다는 표정으로 지켜보았다. 해리슨은 편지를 식탁 위에 내동댕이쳤다. 그는 노발대발했다.

"정말 터무니없는 인간이구먼! 이런 인간들은 아예 신경도 쓰지 마세요. 이것들은 순전히 허풍이에요. 엠마 하필드 부인의 정신 상태는 당신이나 나 못지않았어요. 지나가는 사람 아무나 붙잡고 물어봐도 다 그렇게 말할 겁니다. 이 인간들은 전혀 근거 없는 주장을 펴고 있어요. 그건 자기네도 알아요. 유산 상속 건을 법정으로 가져가니 어쩌니 하는 얘기는 완전히 허풍이에요. 당신을 이런 식으로 은근슬쩍 꼬여 내서 설득하려는 겁니다. 내 말 잘 들어요. 절대 이 작자들의 감언이설에 속아 넘어가선 안 됩니다. 돈을 넘겨주는 게 당신의 의무라느니 양심의 가책이 느껴지니 어쩌니 하는 바보 같은 생각은 아예 하지도 마요."

"미안하지만 양심의 가책 같은 건 느껴 본 적 없는데요. 이 사람들은 하필드 씨의 먼 친척이에요. 한 번도 근처에 찾아온 적도 없거니와 살아생전 부인에게 아는 척 한 번 한 적 없는 사람들인걸요."

"당신은 참으로 현명한 여인이군요. 난 당신이 지난 10년 동안 고달프게 살았다는 사실을 누구보다 잘 압니다. 늙은 귀부인의 전 재산을 소유하고 누릴 자격이 충분해요."

캐서린은 생각에 잠긴 채 미소를 지었다.

"전 재산이라."

그녀는 의사의 말을 따라했다.

"선생님은 그게 얼마인지 아세요?"

"글쎄요……. 이자 수익이 1년에 500파운드쯤 나올 만큼은 되겠죠."

캐서린은 고개를 끄덕였다.

"그렇게 생각하실 줄 알았어요. 그럼 이걸 한번 읽어 보세요."

그녀는 길고 파란 봉투에서 편지를 꺼내 해리슨에게 건넸다. 편지를 읽은 해리슨은 기절할 것 같은 얼굴로 탄성을 질렀다.

"이럴 수가, 이건 말도 안 돼요."

그가 중얼거렸다.

"하필드 부인은 모털즈의 원주주 가운데 한 명이었어요. 모르긴 해도 이미 40년 전에 연간 8000파운드에서 1만 파운드 정도를 벌어들였을 거예요. 그런데도 분명히 부인은 1년에 400파운드 이상을 절대 쓰지 않았어요. 돈 쓰는 문제에는 늘 극도로 신중했죠. 그걸 보면서 저는 늘 '아, 한 푼도 아껴 쓸 수밖에 없는 이유가 있나 보다.' 하고 생각했고요."

"결국 오랫동안 모은 돈이 복리로 불어났다는 얘기군요. 오호, 이제 캐서린 양은 엄청난 갑부가 되겠는데요."

"네, 그렇죠."

캐서린 그레이는 고개를 끄덕였다. 그녀는 전혀 남의 일처럼, 마치 외부에서 지금의 상황을 바라보는 사람처럼 무심하게 말했다.

의사는 떠날 채비를 하면서 말했다.

"자, 그럼. 진심으로 축하 인사를 드립니다."

그는 엄지손가락으로 새뮤얼 하필드의 편지를 툭 하고 튕겼다.

"이 여자나 이 여자가 쓴 불쾌한 편지 따윈 잊어버리세요."

"그리 불쾌한 편지도 아닌걸요. 지금 같은 상황에서 얼마든지 일어날 수 있는 일이라고 생각해요."

그레이 양이 너그럽게 말했다.

"그레이 양, 가끔 당신이 너무나 미심쩍게 여겨질 때가 있어요."

"왜요?"

"무슨 일이든 너무 자연스럽게 받아들이니까요."

캐서린 그레이는 깔깔거리며 웃었다.

해리슨은 그날 점심 식사를 하면서 아침에 들었던 엄청난 소식을 아내에게 전해 주었다. 그녀는 대단한 관심을 보였다.

"세상에 하필드 할망구가 그렇게 큰 돈을 갖고 있었다니! 캐서린 그레이가 그 돈을 물려받았다니 정말 잘됐네요. 그 여자는 살아 있는 성자(聖者)나 다름없거든요."

해리슨은 얼굴을 찡그렸다.

"난 성자라고 하면 항상 까다로울 거라는 생각부터 든단 말이야. 근데 캐서린 그레이는 성자가 되기에는 너무 인간적이거든."

해리슨의 아내는 눈을 반짝이며 말했다.

"성자라고 유머 감각이 없겠어요? 그리고 당신은 미처 몰랐겠지만 캐서린은 얼굴도 얼마나 고운데요."

의사는 정말로 놀라서 말했다.

"캐서린 그레이가? 하긴 눈이야 더할 나위 없이 아름답지."

그의 아내가 소리쳤다.

"어머, 하여간 남자들이란! 저렇게 사람 볼 줄을 모른다니까. 캐서린은 미인이 될 자질을 완벽하게 갖춘 여자예요. 옷만 잘 차려입으면 된다니까요!"

"옷? 캐서린이 입은 옷이 어때서? 내 눈엔 그만하면 훌륭하던데."

아내가 답답해 죽겠다는 듯이 한숨을 내쉬자 해리슨은 자리에서 일어서며 왕진 갈 채비를 했다.

"당신이 한번 캐서린을 찾아가 보지, 폴리."

"안 그래도 그럴 작정이에요."

남편의 말이 끝나기가 무섭게 해리슨 부인이 말했다.

그녀는 3시쯤 캐서린을 찾아갔다.

"캐서린, 정말 잘됐어요. 우리 마을 사람들 모두 똑같이 기뻐할 거예요."

해리슨 부인은 캐서린의 손을 꽉 움켜쥐면서 다정한 목소리로 인사를 건넸다.

"이렇게 와서 인사까지 해 주시고 정말 고맙습니다. 그렇지 않아도 조니에 대해 물어볼 게 있어서 부인이 와 주셨으면 했어요."

"아! 조니요. 글쎄요……."

조니는 해리슨 부인의 막내아들이었다. 다음 순간 그녀는 봇물이 터지듯 조니의 아데노이드며 편도선이 큼지막하게 부어오르게 된

기나긴 사연을 장황하게 늘어놓기 시작했다. 캐서린은 동병상련의
심정으로 이야기에 귀를 기울였다. 습관은 쉬 없어지지 않는다던가.
지난 10년 동안 남의 이야기를 경청하는 일은 그녀의 몫이었다.

"얘, 내가 혹시 포츠머스에서 열렸던 선상(船上) 무도회 얘기를 한
적 있니? 찰스 경이 내 드레스를 칭찬했던 얘기 말이다."

그러면 캐서린은 침착하고도 친절하게 이렇게 대답하고는 했다.

"들은 적이 있는 것 같아요, 하필드 부인. 하지만 잊어버렸어요.
한 번만 더 말씀해 주시면 안 될까요?"

그러면 노파는 신바람이 나서 수시로 말을 바꿨다가 여기저기 끊
었다가, 심지어 이런저런 시시콜콜한 일화들까지 떠올려 가면서 떠
들어 댔다. 캐서린은 건성으로 귀를 기울이면서 어쩌다 노파의 말
이 끊기면 기계적으로 그때그때 적절하게 맞장구를 쳐 주었다.

그녀는 지금 역시 그때처럼 몸에 밴, 이른바 이중성으로 무장한
호기심을 품고 해리슨 부인의 말을 경청했다.

30분이 다 되어 갈 즈음에 해리슨 부인은 퍼뜩 정신이 들었다.

그녀는 호들갑을 떨었다.

"그러고 보니 혼자 떠들고 있었네. 어쩌나, 원래는 당신의 앞날에
대해 얘기하러 온 건데."

"아직 특별한 계획은 없어요."

"그래도…… 여기 남을 생각은 아니잖아요?"

캐서린은 상대방의 목소리에 담긴 우울한 기색을 알아차리고 미
소를 지었다.

"그건 그래요. 여행을 좀 다녀 볼까 해요. 세상 구경을 해 본 적이 워낙 없어서."

"왜 아니겠어요? 오랜 세월을 이런 시골구석에 갇혀서 지내는 게 정말 끔찍했을 거예요."

"글쎄요, 저로선 더없이 자유로운 삶이었는걸요."

캐서린은 해리슨 부인이 어이없다는 표정을 짓자 약간 얼굴을 붉혔다.

"제 말이 어처구니없게 들리실 거예요. 물론 엄밀히 말해서 몸은 그리 자유롭지 못했지만……."

"왜 아니겠어요?"

해리슨 부인은 캐서린이 누구에게나 필요한 것, 다시 말해 하루 동안의 '휴식'을 누린 적이 거의 없었다는 사실을 떠올리고는 한숨을 지었다.

"하지만 신체적으로 어딘가에 매이면 정신적으로는 더 넓은 시각을 갖게 되거든요. 생각은 언제든 자유롭게 할 수 있으니까. 전 늘 정신적인 자유를 소중하게 생각해 왔어요."

해리슨 부인은 고개를 저었다.

"도무지 이해가 안 돼요."

"아! 제 입장이 되어 보면 이해하실 거예요. 하지만 그렇다 해도 뭔가 변화가 필요하단 생각은 들어요. 제가 원하는 건 뭐랄까, 무슨 일이든 생겼으면 하는 거예요. 아! 저한테 일이 생기길 바라는 건 아니에요. 하지만 사건의 중심, 아주 흥미로운 사건의 중심에 있고 싶어요. 비록 구경꾼에 지나지 않아도 말예요. 아시겠지만 여기 세인트 메리 미드는 사건이라곤 없는 곳이잖아요."

"그건 그래요."

해리슨 부인은 열심히 맞장구를 쳤다.

"우선은 런던으로 갈 생각이에요. 어쨌거나 변호사부터 만나 봐야 하니까요. 그런 뒤에 외국으로 나갈까 해요."

"정말 멋지다."

"근데 물론 제일 먼저……."

"제일 먼저?"

"옷부터 좀 마련해야겠어요."

해리슨 부인이 목소리를 높였다.

"그렇지 않아도 오늘 아침에 아서에게 그 얘기를 했다니까요. 있잖아요, 캐서린. 당신은 노력만 하면 얼마든지 끝내주는 미인이 될수 있어요."

캐서린은 터져 나오는 웃음을 참지 못했다. 그녀는 솔직하게 말했다.

"어머나! 어떡하죠. 전 아무래도 미인이 될 자질이 없는 것 같은데. 하지만 진짜로 근사한 옷 몇 벌이 생기면 기분은 좋을 것 같아요. 어쩌다 보니 제 얘기만 한 보따리 늘어놓는 것 같아 죄송하네요."

해리슨 부인은 재빨리 그녀를 쳐다보더니 담담하게 말했다.

"아주 색다른 경험이 될 거예요."

캐서린은 마을을 떠나기 전에 바이너 양에게 작별 인사를 하러

갔다. 바이너 양은 하필드 부인보다 두 살이 많은데 친구보다 오래 살았다는 성취감에 사로잡혀 있었다.

"내가 제인 하필드보다 오래 살 줄 몰랐지?"

바이너 양은 캐서린에게 의기양양하게 말했다.

"제인하고 난 학교를 함께 다녔지. 그런데 지금 제인은 가고 난 남았어. 그럴 줄 누가 알았겠어?"

"아주머님은 저녁 식사로 꼭 흑빵을 드셨잖아요."

캐서린은 기계적으로 속삭였다.

"오, 네가 그걸 기억하는구나. 맞아, 제인 하필드도 매일 저녁 식사 때마다 흑빵 한 조각하고 술을 조금씩만 먹었어도 아직 살아 있을 텐데."

노파는 잠시 말을 끊고 우쭐거리며 고개를 끄덕였다. 그러더니 별안간 생각이 났는지 이렇게 덧붙였다.

"듣자 하니 네가 큰 재산을 물려받았다며? 잘됐어. 암, 잘됐고 말고. 부디 돈 관리 잘해. 그리고 런던에 가서 재미난 시간을 보낼 거라고? 아무리 그래도 넌 아예 가망이 없으니까 행여 결혼하게 될 거란 생각은 하지도 마. 넌 남자들이 좋아할 여자가 아니야. 나이는 또 적니? 올해 네 나이가 몇이지?"

"서른셋이에요."

바이너 양은 믿어지지 않는다는 듯이 말했다.

"그럼 아주 한물간 건 아니구나. 그래도 이미 상큼함이 없어."

"그러게 말예요."

캐서린은 그녀의 말에 십분 공감하며 말했다.

바이너 양이 다정하게 말했다.

"하지만 넌 아주 훌륭한 아가씨야. 그리고 하느님의 뜻을 어기고 아무 데나 넓적다리를 훤히 내놓고 싸돌아다니는 수다쟁이들보다야 아무렴 너 같은 여자를 아내로 맞고 싶어 할 남자들이 많을 거다. 암, 잘 가거라, 애야. 그리고 부디 재미나게 살아. 하지만 인생이란 게 보기처럼 만만치는 않을 거야."

캐서린은 그녀의 충고에 용기를 얻고 마을을 떠났다. 마을 사람 절반이 역까지 나와 그녀를 배웅했다. 온갖 허드렛일을 도맡아 하던 앨리스라는 하녀는 뻣뻣한 철사로 동여맨 꽃다발을 들고 나와 아예 목 놓아 울었다.

마침내 기차가 역을 출발하자 앨리스는 눈물을 훌쩍이며 말했다.

"세상에 저런 여자는 없을 거예요. 찰리가 우유 가게에서 일하는 여자랑 바람이 났을 때 그레이 양만큼 나한테 다정하게 대해 준 사람은 없었어요. 하긴 놋그릇에 먼지가 묻어 있으면 한 번 덜 손질한 걸 제일 먼저 알아채는 것도 그레이 양이었지만요. 하여간 언제가 됐든 캐서린을 위해서라면 전 몸이 부서지든 말든 상관 않을 거예요. 캐서린은 진짜 숙녀예요."

이렇게 해서 캐서린은 세인트 메리 미드를 떠났다.

레이디 탬플린의 편지

"그래, 이거야."

레이디 탬플린은 중얼거렸다.

그녀는 《데일리 메일》을 손에서 내려놓고 저 너머 지중해의 푸른 바다를 뚫어져라 바라봤다. 머리 위에 매달린 황금빛 미모사 가지 한 개가 절묘한 효과를 빚으며 환상적인 화폭을 만들어 냈다. 맞춘 듯이 어울리는 실내복 차림에 금발과 파란 눈을 지닌 여인. 분홍색 과 흰색이 조화를 이룬 얼굴빛도 그렇고 금발 역시 공들여 꾸민 흔 적이 역력했지만 파란 눈동자만큼은 자연이 선물해 준 그대로였다. 레이디 탬플린은 마흔넷의 나이에도 여전히 미모를 자랑했다.

레이디 탬플린은 매력적인 외모에도 불구하고 한 번도 자신을 별 스럽게 생각한 적이 없었다. 그만큼 외모에 관심이 없었다. 그녀의 관심사는 외모가 아닌 좀 더 무거운 문제들이었다.

레이디 탬플린은 리비에라에서 유명 인사였기 때문에 마거리트 별장에서 여는 그녀의 파티 역시 명성이 자자했다. 대단한 인생 편력의 소유자인 그녀는 결혼 경력도 네 번이나 되었다. 첫 번째 결혼은 철모르던 시절에 경솔하게 저지른 짓이어서인지 좀체 입에 올리는 법이 없었다. 첫 번째 남편이 기특하게도 결혼하고 얼마 되지 않아 세상을 떠나자 미망인은 옳다구나 하면서 돈 많은 단추 공장 사장과 재혼했다. 이 남자 역시 결혼한 지 3년 만에 저세상으로 떠났는데, 들리는 말로는 몇몇 유쾌한 친구들과 어울려 신나게 저녁 시간을 보내다 죽었다고 했다. 다음으로 그녀의 남편이 된 사람은 탬플린 자작으로, 그는 로절리를 그토록 꿈꾸던 명성과 권력이 보장된 자리로 올려놔 주었다. 그녀는 네 번째 남편을 맞을 때도 먼저 남편이 준 자작 부인이라는 작위를 유지했다. 이 네 번째의 무모한 도전은 순전히 재미 삼아 저지른 일이었다. 화끈하게 잘생긴 외모에 끝내주는 매너, 운동이라면 사족을 못 쓰고, 이 세상 온갖 재화를 사랑해 마지않는 이 스물일곱 살의 청년 찰스 에번스는 그러나 재산이라곤 눈을 씻고 찾아봐도 없는, 한마디로 빈털터리였다.

　대체로 삶에 만족하며 인생을 즐기는 레이디 탬플린도 돈 문제에는 집착이 강했다. 그녀는 단추 공장 사장이 상당한 유산을 남겨 주었는데도 '이런저런 이유로'('이런'이란 전쟁의 여파로 주식이 헐값이 된 일이고 '저런'이란 고인이 된 탬플린 경의 낭비벽을 뜻했다.) 돈이 없다고 입버릇처럼 떠들었다. 사실 그녀는 지금도 먹고 사는 데는 지장이 없었다. 하지만 단지 먹고 살 만하다는 것은 로절리 탬플린 같은 성미의 여자에게는 절대 성에 차지 않았다.

 그렇기 때문에 오늘 이 특별한 1월의 아침, 그녀는 신문에 난 기사를 읽다 말고 파란 눈을 왕방울만 하게 뜨고서 '그래.'라는 아리송한 한 마디를 내뱉은 것이다. 발코니에는 그녀말고 한 사람이 더 있었다. 바로 그녀의 딸 레녹스 탬플린이었다. 레녹스는 레이디 탬플린에게는 아픈 가시와도 같은 존재였다. 그녀는 재주라고는 눈을 씻고 찾아봐도 없는 데다 외모도 실제보다 훨씬 나이 들어 보였다. 게다가 아무리 좋게 보려고 해도 그녀가 내뱉는 지독히 냉소적인 유머를 듣고 있자면 거북하기가 짝이 없었다.

 "애, 이것 좀 봐라."

 레이디 탬플린이 말했다.

 "뭔데요?"

 레이디 탬플린은《데일리 메일》을 집어 들어 딸에게 건넨 뒤 흥분해서 덜덜 떨리는 손으로 관심을 끈 구절을 가리켰다.

 레녹스는 흥분한 티가 역력한 어머니와 달리 너무나 무덤덤하게 기사를 읽었다. 그녀는 신문을 다시 어머니에게 돌려줬다.

 "이게 어때서요? 이런 얘긴 오늘 처음 보는 것도 아니잖아요. 구두쇠 할망구가 고향 마을에서 숨을 거두면서 자신을 돌봐 준 가난한 말동무에게 막대한 재산을 물려주었다는 얘기네요, 뭐."

 "그야 나도 알지. 장담하지만 실제 금액은 여기 적힌 것보다 적을 거야. 원래 신문 기자들은 잘 알지도 못하면서 떠들어 대거든. 그래도 이 절반만 된다고 해도……."

"하지만 그건 우리 몫으로 남겨진 게 아니잖아요."

"엄밀히 말하면 그렇지. 하지만 캐서린 그레이라는 이 여자는 사실 내 사촌 동생이거든. 에지워스 지역의 우스터셔 그레이 가문 출신. 바로 내 사촌이라는 말이지! 어쩜 살다 보니 이런 일도 다 있구나."

"아하."

"그래서 말인데 엄마가 궁금한 건……."

"그중에 우리 몫이 얼마나 되느냐 이거겠죠."

레녹스는 자기 어머니를 늘 어리둥절하게 만드는 으레 그 경멸 어린 미소를 띠고 말끝을 맺었다.

"어머, 얘."

레이디 탬플린은 얼핏 나무라는 투 같지만 아주 약한 어조로 말했다. 그건 로절리 탬플린이 노골적으로 속마음을 드러내는 딸의 태도와 소위 듣기 거북한 말투에 이골이 났음을 뜻했다.

"내가 궁금한 건 말이다……."

레이디 탬플린이 열심히 공들여 그린 눈썹을 다시금 가지런히 모으며 말했다.

"과연……. 어머나, 잘 잤어요, 처비? 테니스 치러 가나 보네? 너무 멋지다!"

처비는 아내가 말을 걸자 다정하게 미소를 지어 보이며 마지못해 한마디했다.

"분홍색 실내복을 차려입으니 당신이야말로 세상 최고의 미녀 같은데요."

그러더니 그는 쏜살같이 이들 모녀 곁을 지나쳐 계단 밑으로 내려갔다.

"귀염둥이 같으니."

레이디 탬플린은 사랑스럽다는 눈으로 남편의 뒷모습을 바라보며 말했다.

"어디 보자, 무슨 말을 하고 있었지? 아, 그렇지!"

그녀는 얼른 정신을 차리고 아까 하던 이야기로 돌아왔다.

"내가 궁금한 건……."

"나 참, 제발 그 다음 말로 넘어가시면 안 돼요? 그 말만 벌써 세 번째네."

"알았어, 얘. 이 엄마 생각은 말이다, 캐서린에게 잠깐만이라도 여기 와서 지내다 가라고 편지를 쓰면 어떨까 하는 거야. 정말 좋은 생각 아니니? 지금까지 살아온 걸 보면 그 아인 사회와 담을 쌓고 산 게 분명해. 기왕이면 같은 집안사람의 도움을 받아서 사회에 발을 내디디는 게 걔를 위해서도 훨씬 좋을 거야. 그 애도 좋고 우리도 좋고."

"그 여자한테서 얼마나 뜯어낼 작정이신데요?"

레이디 탬플린은 나무라는 듯한 눈길로 딸을 쳐다보며 중얼거렸다.

"물론 우리가 어느 정도 재산 문제를 정리할 때가 된 건 사실이야. 이런저런 일, 그러니까 그놈의 전쟁 때문에 네 한심한 아버지가……."

"처비는 왜 빼세요? 돈 잡아먹는 귀신으로는 그 사람도 만만치 않은데."

레이디 탬플린은 머릿속에서 펼쳐지는 생각의 능선을 따라가며 중얼거렸다.

"내 기억에 캐서린은 아주 훌륭한 아가씨였어. 조용하고 절대 나서는 법 없고. 그뿐이니, 예쁘지도 않고 남자한테 꼬리치는 법도 없고."

"그럼 처비는 건드리지 않겠네요?"

레이디 탬플린은 성난 얼굴로 딸을 노려봤다.

"처비는 절대……."

"그럼요. 처비가 어디 그럴 사람인가요? 어딜 찾아가야 기름진 밥을 얻어먹을 수 있는지 귀신같이 아는 사람인데요."

"얘, 넌 어쩜 그렇게 말을 함부로 하니?"

"죄송해요."

레이디 탬플린은《데일리 메일》을 비롯해서 벗어 놓은 실내복이며 화장 상자며 온갖 희한한 편지들을 주섬주섬 챙겼다.

"지금 당장 그리운 캐서린에게 편지를 써야겠다. 그 옛날 에지워스에서 보낸 좋았던 시절들을 떠올릴 수 있도록."

그녀는 목표 의식에 불타는 눈으로 집 안으로 들어갔다.

레이디 탬플린의 펜 끝에서는 새뮤얼 하필드 부인과 달리 글귀가 술술 흘러나왔다. 그녀는 아무 어려움 없이 단숨에 편지지 넉 장을 너끈히 채워 한 차례 검토를 거친 뒤 수정할 부분이 한 군데도 없음을 확인했다.

런던에 도착하던 날 아침, 캐서린은 레이디 탬플린의 편지를 받았다. 그녀가 편지 글에 담긴 속뜻을 알아채든 못 알아채든 상관없었다. 캐서린은 편지를 핸드백에 넣은 뒤 하필드 부인의 변호인단과 약속한 시간에 맞춰 집을 나섰다.

그들의 사무실은 링컨즈 인 필즈(런던에 있는 광장 — 옮긴이)에 있는 오래된 건물이었다. 캐서린은 3~4분가량을 기다린 뒤 임원급 변호사와 대면할 수 있었다. 변호사는 예리하게 번뜩이는 파란 눈에 자상한 태도가 인상적인 친절한 노인이었다.

캐서린은 족히 20여 분 동안 하필드 부인의 유언장 및 각종 법률적인 문제들을 늙은 변호사에게 의논한 뒤 새뮤얼 부인의 편지를 꺼냈다.

"이걸 변호사님께 보여 드리는 게 좋을 것 같아서요. 터무니없는 내용이라 좀 그렇긴 하지만."

변호사는 가벼운 미소를 띠고 편지를 읽었다.

"얄팍한 수작입니다. 그레이 양, 이것만 알아 두십시오. 그들은 하필드 부인의 유산에 대해 어떠한 권리도 없습니다. 또한 만에 하나 그들이 부인의 유언 내용에 이의를 제기하더라도 손을 들어 줄 법정은 한 군데도 없을 겁니다."

"저도 그 정도는 생각했어요."

"인간의 본성이 늘 이성적이지만은 않습니다. 내가 새뮤얼 하필드 부인이었다면 그레이 양의 인정에 호소하는 데 더 정성을 기울였을 겁니다."

"그게 바로 제가 변호사님께 드리고 싶은 말씀이에요. 제 몫의 일정 금액을 그들에게 주고 싶습니다."

"그럴 필요 없어요."

"저도 알아요."

"그렇게 해 준들 그레이 양의 본심을 전혀 깨닫지 못할 겁니다. 아마 자기네를 떨어 버리려는 시도쯤으로 여길걸요? 물론 그렇다고 해서 돈을 거절할 위인들도 아니지만 말입니다."

"무슨 말씀인지 알겠지만 어쩔 수 없잖아요."

"충고하지만 그레이 양, 그런 생각은 아예 머릿속에서 지워 버리세요."

캐서린은 고개를 저었다.

"변호사님 말씀이 백번 옳다는 건 알지만 그래도 꼭 그렇게 하고 싶어요."

"그 사람들, 옳다구나 하고 날름 돈을 받아먹고 나서는 전보다도 훨씬 더 당신을 헐뜯을 겁니다."

"글쎄요. 정 그러고 싶으면 그러라고 하죠. 사람마다 즐거움을 찾는 방법은 다르잖아요. 어쨌거나 그들은 하필드 부인의 유일한 피붙이고, 가난한 친척이라고 깔보면서 생전에 아는 척도 안 했지만 그렇다고 돈 한 푼 안 주고 매정하게 대하는 건 부당한 처사 같아요."

캐서린은 못내 탐탁지 않아 하는 변호사에게 자신의 뜻을 전하고서야 비로소 마음대로 돈을 쓸 수 있게 됐으며, 지금껏 꿈꿔 왔던 일을 구체적으로 실행할 수 있다는 생각에 홀가분한 마음으로 런던

시내로 향했다. 제일 먼저 실행에 옮길 일은 유명 의상 디자이너의
옷 가게를 찾는 것이었다.

꿈속에 잠겨 사는 공작부인 같은 느낌을 풍기는, 호리호리한 몸
매의 나이 지긋한 프랑스 여인이 인사를 건네자 캐서린은 순진함이
여실히 드러나는 말투로 말했다.

"저기, 선생님께 제 옷을 부탁드리고 싶어서 왔어요. 지금까지 워
낙 어렵게 살아서 옷에 대해선 아무것도 모르거든요. 하지만 이젠
여유가 좀 생겨서 남들에게 근사하다는 소릴 들을 만큼 차려입고
싶어요."

프랑스 여인은 캐서린에게 마음이 끌렸다. 예술가의 감성을 지닌
그녀는 마침 아침부터 웬 안방마님 같은 아르헨티나 여자가 찾아와
서 이국적인 미인에겐 전혀 어울리지 않는 자기네 의상을 굳이 입
겠다고 우기는 바람에 자존심이 상해 있던 참이었다. 그녀는 날카
롭고 영리한 시선으로 캐서린의 요모조모를 살폈다.

"좋아요. 그렇게 하죠. 기분 좋은 작업이 되겠는데요. 아가씨는 몸
매가 좋으니까 단순한 디자인이 가장 잘 어울리겠어요. 게다가 영
국적이기도 하고요. 이렇게 말하면 불쾌해 하시는 분도 있는데 알
고 보면 그런 뜻이 아니랍니다. 영국적인 아름다움처럼 매혹적인
건 없거든요."

그러더니 꿈꾸는 공작부인 같던 그녀가 별안간 딴사람으로 돌변
했다. 의상실 안주인은 여러 모델들에게 소리를 지르며 지시를 내
렸다.

"클로틸드, 비르지니, 다들 빨리빨리 움직여. 이건 앙증맞은 디자인의 딱 떨어지는 회색 맞춤복이고 저건 '수피르 도톰므(가을의 한숨)'라는 파티복이랍니다. 마르셀, 이리 와 봐. 미모사 빛의 중국산 크레이프로 만든 앙증맞은 슈트도 있죠."

기분 좋은 아침이었다. 마르셀, 클로틸드, 비르지니 이들 세 모델은 지겨움과 경멸이 뒤섞인 표정으로 역사와 전통을 자랑하는, 소위 패션모델의 어색하면서도 꿈틀거리는 듯한 전형적인 걸음걸이로 주위를 걸어 다녔다. '공작부인'은 캐서린 옆에 붙어 서서 조그만 수첩에 이런저런 사항을 적어 넣었다.

"탁월한 선택이세요. 취향이 정말 고급이시군요. 아무렴요, 그렇고 말고요. 제 생각엔 리비에라로 가신다면 저 앙증맞은 슈트가 안성맞춤일 것 같군요. 특히 이번 겨울에는요."

"저 파티복 한 번만 더 보여 주시면 안 될까요? 분홍빛이 도는 연자주색 옷요."

비르지니가 나타나 천천히 주위를 돌았다.

"저 옷이 제일 예쁘네요."

캐서린이 연자주에 회색과 푸른빛까지 감도는 우아한 주름을 자세히 뜯어보며 말했다.

"저 옷 이름이 뭐라고 하셨죠?"

"'수피르 도톰므(가을의 한숨)'요. 역시 안목이 대단하세요. 저 옷이야말로 아가씨를 위한 옷이에요."

의상실을 나선 캐서린은 가게 주인이 한 마지막 말을 떠올리며 어렴풋이 우울한 기분을 느꼈다. 도대체 그 말에 담긴 무엇이 그녀를 슬프게 했을까?

"'수피르 도톰므(가을의 한숨)'요. 저 옷이야말로 아가씨를 위한 옷이에요."

가을, 그랬다. 가을은 캐서린의 계절이었다. 그녀는 예전이나 지금이나 봄이나 여름을 전혀 알지 못했다. 그녀가 과거와 함께 잃어버린 것들은 두 번 다시 돌아올 수 없었다. 세인트 메리 미드에서 말동무 노릇으로 세월을 보내는 동안 그녀의 인생도 흘러가 버린 것이다.

"바보 천치. 난 바보 천치야. 내가 원하는 게 뭐지? 봐, 한 달 전에는 지금보다 훨씬 만족스러웠어."

그녀는 핸드백을 열고 아침에 레이디 탬플린에게서 받은 편지를 꺼냈다. 캐서린은 절대 바보가 아니었다. 그 편지에 담긴 미묘한 느낌을 누구보다도 잘 알았으며, 레이디 탬플린이 까마득히 오래전에 잊은 사촌에게 갑작스런 애정을 보이는 이유 또한 모르지 않았다. 레이디 탬플린이 사랑스러운 사촌과 이토록 못 어울려 안달하는 것은 반가워서가 아니라 자신이 받은 유산 때문이었다. 하지만 굳이 가지 않아야 할 이유는 무엇인가? 양쪽 모두에게 이득이 될지도 모를 일이었다.

"그래, 가자."

캐서린은 혼자 중얼거렸다.

마침 피커딜리 광장(영국 런던 소호 지역에 위치한 중심 광장 — 옮긴이)을 걷던 그녀는 당장 이 문제를 매듭지을 생각으로 쿡의 사무실로 들어섰다. 자신의 차례가 올 때까지 그녀는 3~4분가량을 기다려야 했다. 담당 직원은 역시 행선지가 리비에라인 어떤 남자와 상담 중이었다. 캐서린은 '다들 여행도 다니는구나.'라는 생각이 들었다. 하긴 그녀 자신도 누구나 했던 그 일을 평생 처음으로 하려고 마음먹었으니까.

캐서린은 앞에 있던 남자가 뒤로 돌아서자 그 자리로 들어섰다. 담당 직원에게 찾아온 용건을 전하는 와중에도 마음의 절반은 다른 일로 부산스러웠다. 조금 전에 본 남자의 얼굴이 어렴풋하긴 해도 낯이 익었다. 어디서 봤을까? 퍼뜩 기억이 떠올랐다. 그날 아침, 사보이 호텔에서 방을 나서다가 우연히 복도에서 부딪친 남자였다. 불과 하루 사이에 같은 남자와 두 번이나 우연히 마주치다니 정말 묘한 인연이 아닐 수 없었다. 캐서린은 어깨 너머로 남자를 흘깃 쳐다보고는 알 수 없는 불안감에 휩싸였다. 하지만 그게 무엇인지는 알 수 없었다. 남자는 문가에 멈춰서더니 그녀를 돌아다봤다. 싸늘한 전율이 캐서린의 온몸을 휩쓸고 지나갔다. 도저히 잊을 수 없을 것 같은 비극의 예감, 금방이라도 덮칠 것 같은 운명의 예감과도 같은…….

그러나 그녀는 평소 자신의 무기였던 상식적인 사고를 되찾으며 이내 이상한 느낌을 털어내고 직원이 하는 말에 귀를 기울였다.

거절당한 제안

데릭 케터링이 화를 못 이기는 경우는 거의 없었다. 그의 가장 큰 특징은 만사태평식의 느긋함인데, 이런 점은 특히 마땅히 손 내밀 곳 없이 막다른 궁지에 몰릴 때면 큰 위력을 발휘했다. 지금도 마찬 가지였다. 그는 미렐의 아파트를 나섰을 때 이미 냉정을 되찾은 상 태였다. 그에게는 냉정함이 필요했다. 지금 그가 몰린 궁지는 과거 어느 때보다도 숨통을 조여 왔고, 예상치 못한 일들이 마구 불거져 나오는데 지금으로서는 어떻게 해결해야 할지 막막하기만 했다.

케터링은 생각에 잠긴 채 천천히 길을 걸었다. 미간에는 잔뜩 골 이 팼으며 평소 그를 지배하던 느긋하고 쾌활한 태도는 찾아볼 수 없었다. 이런저런 가능성들이 머릿속을 맴돌았다. 데릭 케터링은 보 기보다 어리석은 사람이 아닐지도 몰랐다. 그는 앞으로 택하게 될 여러 갈래 길 중에서 특히 한 갈래 길이 내다보였다. 그것을 피한들

미봉책에 불과했다. 독한 병에는 독한 약이 필요한 법. 장인에 대한 그의 판단은 정확했다. 데릭 케터링과 루퍼스 반 올딘의 싸움에는 오직 한 가지 결과밖에 없었다. 데릭은 돈과 그 돈이 가진 힘을 치가 떨리게 저주했다. 그는 세인트 제임스 가를 따라서 피커딜리 광장 쪽으로 걸음을 옮겼다. '토머스 쿡 앤드 선스'의 사무실 앞을 지나치면서 발걸음이 더뎌졌다. 하지만 그는 머릿속으로 계속해서 똑같은 문제를 곱씹으며 걸음을 멈추지 않았다. 마침내 그가 고개를 한 차례 짧게 끄덕이고는 뒤로 휙 돌아섰다. 워낙 갑작스럽게 돌아선 탓에 뒤따라오던 두 사람과 하마터면 부딪칠 뻔했다. 그는 온 길을 되돌아갔다. 이번에는 쿡의 사무실을 지나치지 않고 안으로 들어섰다. 사무실이 비교적 한산해서 즉시 직원의 접대를 받을 수 있었다.

"다음 주에 니스로 가려고 하는데 자세한 정보를 알 수 있을까요?"

"언제 출발하실 건데요?"

"14일요. 제일 좋은 기차가 뭡니까?"

"제일 좋은 기차라면 당연히 블루 트레인이죠. 칼레에서 짜증나는 통관 수속을 밟지 않아도 되거든요."

데릭은 고개를 끄덕였다. 이런 일을 어떻게 처리해야 하는지 누구보다도 잘 알고 있었다.

"14일이라면……. 시간이 좀 촉박하군요. '블루 트레인'은 거의 예외 없이 예약이 다 차거든요."

직원은 중얼거렸다.

"침대가 남아 있나 좀 봐 주십시오. 혹여 없으면⋯⋯."

그는 얼굴에 묘한 미소를 띤 채 말의 여운을 남겼다.

직원은 잠시 어디론가 사라졌다가 이내 자리로 돌아왔다.

"정말 다행입니다, 손님. 마침 침대 세 개가 남아 있네요. 한 개를 손님 성함으로 예약해 드리죠. 성함이?"

"패빗입니다."

데릭은 이렇게 말하곤 저민 가에 있는 자신의 집 주소를 댔다.

직원은 고개를 끄덕이고 주소를 받아 적은 뒤 정중히 인사를 건네고 다음 손님을 맞았다.

"니스에 가려고 하는데요⋯⋯. 날짜는 14일이에요. 블루 트레인 이라는 열차 편이 있지 않나요?"

데릭은 고개를 홱 돌렸다.

우연의 일치, 묘한 우연의 일치였다. 그는 미렐에게 즉석에서 둘러대다시피 한 말을 떠올렸다.

'회색 눈동자를 지닌 상상 속의 여인. 하지만 두 번 다시 그 여자를 만날 일은 없을 거야.'

그러나 데릭은 그녀를 다시 만났을 뿐더러 그 여자가 자기와 같은 기차를 타고 리비에라로 여행을 떠날 거라고 했다.

전율이 그의 온몸을 순식간에 휩쓸고 지나갔다. 한편 데릭에게는 미신적인 구석이 있었다. 반은 농담이었지만 그는 이 여자가 불행을 가져다 줄 거라는 말을 했었다. 만에 하나 그 말이 사실로 드러난다면⋯⋯. 그는 문가에 멈춰 서서, 자리에 앉지도 않은 채 직원과 얘기하고 있는 여인을 돌아다봤다. 이따금 그의 기억력이 신통하게 맞을 때가 있었다. 요조숙녀. 그녀는 요조숙녀가 갖춰야 할 모든 것을 지니고 있었다. 그리 젊지도 않았고 눈에 띄는 미인도 아니었다. 하지만 그녀에게는 뭔가가 있었다. 무엇이든 꿰뚫어 볼 것 같은 회색 눈동자. 데릭은 문을 나서면서 왠지 모르게 그녀가 두려운 생각이 들었다. 일종의 운명적인 예감이었다.

데릭은 저민 가에 있는 자신의 방으로 돌아오자 하인을 불렀다.

"패빗, 이 수표를 들고 피커딜리에 있는 쿡의 사무실로 가게. 거기서 자네 이름으로 예약된 차표를 내주면 값을 치르고 이리로 가져와."

"잘 알겠습니다."

패빗은 물러갔다.

데릭은 천천히 사이드 테이블로 다가가 우편물을 한 움큼 집어 들었다. 익히 눈에 익은 것들이었다. 크고 작은 계산서들, 하나같이 돈을 내라고 독촉하는 내용들 일색이었다. 그래도 아직까지는 말투가 공손했다. 데릭은 우편물들에 적힌 점잖은 말투가 조만간 달라지리라는 것을 알고 있었다. 만약 그 일이 사람들에게 알려지는 날엔.

그는 침울한 얼굴로 큼지막한 가죽 의자에 몸을 던졌다. 지금 그는 젠장할 덫에 빠져 있었다. 그랬다. 젠장할 덫! 그리고 그놈의 덫에서 빠져나올 방법이 있다 해도 성공할 가능성은 희박했다.

패빗이 얌전히 기침 소리를 내며 나타났다.

"웬 신사분이 오셨는데요. 나이튼 소령님이랍니다."

"나이튼이?"

데릭은 인상을 쓰고 똑바로 일어나 앉았다. 별안간 긴장이 되었다. 그는 한결 누그러진 목소리로 혼잣말을 하듯 중얼거렸다.

"나이튼이 날 찾아오다니……. 도대체 무슨 일이 진행되고 있는 거지?"

"저기…… 안으로 모실까요?"

데릭은 고개를 끄덕였다. 나이튼이 방으로 들어서자 집주인은 매력적이고 온화한 미소로 맞았다.

"이렇게 날 찾아 주시다니 고맙군요."

나이튼은 불안해하고 있었다.

데릭의 예리한 눈은 당장 그 점을 알아차렸다. 반 올딘의 비서가 여기까지 찾아왔을 땐 불쾌한 얘기를 전하러 온 것이 틀림없었다. 나이튼은 데릭의 입에서 술술 흘러나오는 이런저런 이야기들에 거의 기계적인 대답만 늘어놓았다. 그는 술도 거절했고 예전에 비해서 태도도 한결 딱딱했다. 데릭도 결국 그 점을 눈치 챈 듯했다.

데릭이 쾌활한 목소리로 물었다.

"자, 고매하신 장인어른께서 내게 무슨 볼일이 있으시답니까? 장인어른 심부름으로 찾아온 게 아닌가요?"

나이튼은 정색을 하고 대답했다.

"맞습니다."

그는 조심스럽게 입을 열었다.

"저로선…… 그게 반 올딘 씨가 저 말고 다른 사람을 택했으면 좋왔을 것 같다는 생각입니다."

데릭은 짐짓 놀라는 척하며 눈썹을 치켜 올렸다.

"그렇게 안 좋은 일인가요? 걱정 말아요, 나이튼. 난 그리 예민한 사람이 아니니까."

"그런 건 아니지만 이 일은……."

나이튼은 말을 끊었다.

데릭은 그를 날카롭게 쏘아봤다. 그는 친절하게 말했다.

"어서 말해 봐요. 존경하는 장인어른께서 보내시는 심부름이 늘 기분 좋은 일만은 아니라는 것쯤은 짐작하니까."

나이튼은 목청을 가다듬고 사무적으로 말했다. 당황한 기색을 털어 버리려고 안간힘을 쓰는 목소리였다.

"제가 여기 온 것은 반 올딘 씨의 지시로 케터링 씨에게 한 가지 분명한 제안을 하기 위해서입니다."

"제안?"

데릭은 잠시 놀라움을 드러냈다. 나이튼의 입에서 처음 나온 말은 예상과는 전혀 달랐다. 그는 나이튼에게 담배를 권한 뒤 자기 것에도 불을 붙였다. 그리고 의자 깊숙이 등을 기대고 다소 냉소적인 목소리로 말했다.

"제안이라고 했나요? 흥미롭군요."

"계속 말씀드릴까요?"

"부디. 참, 의외라는 반응을 보인 걸 용서해요. 그러나 존경하옵는 장인어른께서 오늘 아침에 나하고 잠시 면담을 하고 나서 뜻을 굽히신 게 아닌가 싶어서요. 그리고 뜻을 굽힌다는 건 뭐랄까, 경제계의 나폴레옹이랄 수 있는 철인에게는 왠지 어울리지 않는다는 생각이 드는군요. 아무래도 그 양반이 당신께서 생각보다 불리한 입장이라는 걸 깨달으신 게 아닐까 싶군요."

나이튼은 느긋하면서도 빈정대는 듯한 데릭의 말을 공손하게 듣고 있었다. 그러나 다소 무신경해 보이는 얼굴에는 어떤 반응도 드러내지 않았다. 그는 데릭의 말이 끝나기를 기다렸다가 조용히 말했다.

"그분의 제안을 최대한 간략하게 말씀드리겠습니다."

"말해 봐요."

나이튼은 상대방의 얼굴을 외면한 채 무뚝뚝하고 사무적으로 말했다.

"용건만 간단히 말씀드리겠습니다. 아시겠지만 케터링 부인은 지금 이혼 소송을 준비 중이십니다. 소송이 순조롭게 진행되면 케터링 씨는 법원의 명령이 떨어지는 바로 그날에 10만을 받게 되실 겁니다."

데릭은 담배에 불을 붙이려다 말고 동작을 멈췄다. 그는 날카롭게 외쳤다.

"10만! 달러로 말인가요?"

"파운드입니다."

쥐죽은 듯한 침묵이 최소 2분가량 지속되었다. 케터링은 미간을 찌푸린 채 곰곰이 생각에 잠겼다. 10만 파운드라. 그 돈이면 미렐을 곁에 두는 것은 물론이고 그가 추구하는 즐겁고 안온한 삶도 계속 이어 갈 수 있었다. 이런 제안을 한다는 것은 반 올딘이 뭔가 낌새를 차렸다는 뜻이었다. 반 올딘은 절대 헛돈을 쓸 사람이 아니었다. 데릭은 일어서서 벽난로 앞 장식 옆에 섰다.

"만약 그분의 후한 제안을 거절하면 어떻게 되죠?"

그는 정중하게, 그러나 빈정거림이 뒤섞인 차가운 말투로 물었다.

나이튼은 비난하는 듯한 몸짓을 취했다. 그는 진심으로 말했다.

"분명히 말씀드리지만 케터링 씨, 저는 이런 용무로 여기 오는 것이 정말 싫었습니다."

"난 괜찮으니까 괜히 괴로워할 필요 없어요. 당신 잘못이 아니니까. 그럼 한 가지 물어볼 테니 대답해 줄 수 있습니까?"

나이튼도 자리에서 일어섰다. 그는 조금 전보다도 한결 내키지 않는 목소리로 말했다.

"제안을 거절할 경우, 반 올딘 씨는 당신을 파멸시키겠다는 말을 아주 쉬운 표현으로 전하라고 당부하셨습니다. 그것뿐입니다."

케터링은 눈썹을 치켜 올렸지만 쾌활하고 기분 좋은 태도는 잃지 않았다.

"좋아요. 잘 알겠습니다! 그 양반은 얼마든지 그러고도 남을 분이죠. 내가 미국의 백만장자를 상대로 한 싸움에 무슨 수로 맞서겠어요? 10만 파운드라! 누군가를 매수하려면 원래 철저히 매수하는 게 최고인 법이죠. 만약 20만 파운드를 주면 그분이 원하는 대로 하겠다고 하면 어떻게 되나요?"

나이튼은 냉정하게 말했다.

"돌아가서 반 올딘 씨에게 그렇게 전해 드리겠습니다. 그게 케터링 씨 대답인가요?"

"아뇨. 우습지만 내 대답은 그게 아닙니다. 돌아가서 장인어른께 이렇게 전해 주세요. 그 귀하신 몸뚱이와 뇌물로 안겨 줄 돈을 챙겨서 지옥에나 가시라고 말입니다. 알겠어요?"

"잘 알겠습니다."

나이튼은 이렇게 대답했다. 그는 일어서서 잠시 머뭇거리더니 이내 얼굴이 벌게져서 말했다.

"저기…… 이런 말씀을 드려도 될지 모르겠지만 저는 케터링 씨가 그렇게 대답해 주셔서 기쁩니다."

데릭은 아무 대꾸도 하지 않았다. 그는 나이튼이 방을 나가자 가만히 생각에 잠겼다. 묘한 미소가 그의 입가에 떠올랐다.

"이제 끝이군."

데릭은 조용히 말했다.

블루 트레인을 타고

"아버지!"

케터링 부인은 깜짝 놀라서 외쳤다. 오늘 아침 그녀는 예민해진 마음을 좀처럼 가라앉힐 수가 없었다. 긴 밍크코트 차림에 중국식으로 옻칠한 작고 빨간 모자를 쓰고 인파로 붐비는 빅토리아 역의 승강장을 생각에 잠겨 걷는데, 별안간 아버지가 눈앞에 나타나 다정하게 인사를 건넸다. 그녀로서는 예상치 못한 일이다.

"어허, 루스, 뭘 그리 깜짝 놀라니?"

"이런 데서 아버지를 만날 거라곤 생각도 못 했거든요. 아버지가 어젯밤에 오늘 아침에 회의가 있다고 하시면서 저한테 잘 다녀오라고 하셨잖아요."

"그랬지. 하지만 그놈의 빌어먹을 회의가 제아무리 많은들 아비에게는 네가 더 중요한 걸 어쩌겠냐. 마지막으로 네 얼굴을 보고 싶어 왔다. 당분간 널 보지 못할 테니."

"고마워요, 아버지. 아버지도 같이 가시면 좋을 텐데."

"정말 그래도 괜찮겠냐?"

반 올딘은 단지 농담으로 한 얘기에 루스의 뺨이 순간 빨갛게 달아오르는 것을 보고 의아한 생각이 들었다. 잠깐이었지만 딸의 눈에 얼핏 당혹한 기색이 스치는 듯했다. 루스는 깔깔거리며 웃음을 터뜨렸다. 왠지 모호하고 불안감이 묻어 나는 웃음이었다.

"전 또 잠깐이나마 아버지가 진심으로 하신 말씀인 줄 알았잖아요."

"그럼 너도 좋았겠지?"

"그럼요."

루스는 과장되게 힘주어 말했다.

"그렇담 다행이구나."

"그리 오래 걸리진 않을 거예요, 아버지. 아버지도 다음 달에 오실 거잖아요."

반 올딘은 냉정한 목소리로 말했다.

"아! 이따금은 할리 가의 그 잘난 양반들 중에 아무나 찾아가서 제발 이렇게 좀 말해 달라고 애원하고 싶은 심정이다. '지금 당장 어디 멀리 가서 햇볕도 쏘이고 맑은 공기도 마시고 오십시오.'라고 말이야."

루스가 소리쳤다.

"그렇게 한가한 말씀 마세요. 거긴 지금보다 한 달 뒤가 훨씬 멋

있어요. 아버진 당장은 할 일이 너무 많으셔서 그걸 두고 떠나실 수
없을 거예요."

"하긴 그렇구나."

반 올딘은 한숨을 내쉬며 말했다.

"어서 기차에 올라타야겠다, 루스. 자리는 어디냐?"

루스 케터링은 막연히 기차를 올려다봤다. 풀먼식 열차(침대 설비
가 있는 특별 차량, 상표명 — 옮긴이) 한 량의 입구에 까만 옷을 입은
키가 큰 여자가 서 있었다. 루스 케터링의 하녀였다. 그녀는 주인이
다가오자 옆으로 비켜섰다.

"마님 화장 가방은 좌석 밑에 놔뒀어요. 혹시나 필요하실까 싶어
서요. 무릎덮개는 전부 제가 가져갈까요? 아님 마님께서 하나 갖고
계시겠어요?"

"아니, 됐어. 난 필요 없어. 그보다 얼른 가서 네 자리가 어딘지나
찾아봐, 메이슨."

"네, 마님."

하녀는 자리를 떠났다.

반 올딘은 루스와 함께 열차에 올랐다. 루스가 자리를 찾아 앉자
반 올딘은 딸 앞에 놓인 탁자 위에 온갖 신문이며 잡지들을 놓아주
었다. 반 올딘은 이미 와서 앉아 있던 맞은편 자리의 임자를 흘깃
쳐다봤다. 매력적인 회색빛 눈동자를 한, 단정한 여행복 차림의 여
자였다. 반 올딘은 루스와 단란하게 이런저런 이야기를 주고받았다.
다른 사람을 기차로 떠나보내는 사람들이 흔히 하는 대화였다.

이윽고 기적이 울리자 반 올딘은 시계를 쳐다봤다.

"이제 그만 가야겠다. 잘 다녀오거라, 얘야. 아비가 다 알아서 할 테니 아무 걱정 말고."

"저기, 아버지!"

그는 나가려다 말고 문득 뒤로 돌아섰다. 루스의 목소리에 담긴 뭔가가, 평소 딸에게서 볼 수 없는 전혀 생경한 느낌이 그를 놀라게 했다. 마치 절망의 외침과도 같았다. 루스는 문득 아버지 곁으로 다가가려다 자제심을 발휘했다.

"그럼 다음 달에 뵈어요."

그녀는 조심스럽게 말했다.

2분 뒤, 기차는 출발했다.

루스는 아랫입술을 깨문 채 미동도 없이 앉아서 눈에서 흘러나오는 예사롭지 않은 눈물을 꾹꾹 눌러 참았다. 그녀는 별안간 무서운 고독을 느꼈다. 당장이라도 기차에서 뛰어내려 더 늦기 전에 돌아가고 싶다는 강한 열망이 덮쳐 왔다. 누구보다도 침착하고 자신감에 찬 그녀가 난생 처음으로 바람에 쓸려가는 나뭇잎 같은 느낌에 시달렸다. 아버지가 이 일을 아시면…… 뭐라고 하실까?

미친 짓! 그래, 그녀는 지금 바로 미친 짓을 하고 있었다. 루스는 태어나서 처음으로 감정에 휩쓸려서 자기가 봐도 믿어지지 않을 만큼 어리석고 경솔한 행동을 벌일 참이었다. 그녀는 다른 누구도 아닌 반 올딘의 딸이었기에 자신의 어리석음을 잘 알고 있었고, 지각 없는 사람이 아니었기에 지금 하고 있는 행동이 비난받아 마땅하

다는 사실도 알고 있었다. 하지만 그렇다면 그녀는 다른 의미에서
도 반 올딘의 딸이었다. 아버지와 똑같은 강철 같은 결단력이 있어
서 원하는 것은 반드시 손에 넣고야 말았고, 일단 마음먹으면 절대
고집을 꺾지 않았다. 그녀는 갓난아기 때부터 고집이 대단했다. 루
스가 처한 특수한 상황 탓에 그런 고집은 그녀 안에서 점점 더 커졌
고, 그로 인해 지금은 웬만한 일에는 꿈쩍도 않는 여자가 됐다. 그랬
다. 이미 주사위는 던져졌다. 이젠 헤쳐 나가는 수밖에 없었다.

　고개를 들자 앞자리에 앉은 여자와 시선이 마주쳤다. 루스는 문
득 그 여자가 자신의 속마음을 훤히 들여다보고 있을 거라는 상상
을 했다. 그녀의 회색빛 눈동자 속에서 이해한다는……, 그래, 동감
한다는 느낌을 읽은 탓이었다.

　그러나 일시적인 느낌에 불과했다. 두 여자의 얼굴은 이내 낯선
사람을 향한 전혀 무감각한 표정으로 굳어졌다. 케터링 부인은 잡
지를 집어 들었고 캐서린 그레이는 창밖으로 눈을 돌리고 끝없이
펼쳐지는 울적한 거리며 교외의 주택을 바라보았다.

　루스는 눈앞에 놓인 활자에 좀처럼 마음을 집중할 수가 없었다.
자신도 모르게 이런저런 걱정이 마음속을 침범해 왔다. 나는 지금
까지 얼마나 바보였던가! 그리고 지금은 또 이게 무슨 바보짓이란
말인가! 냉정하고 자존심 강한 사람들이 원래 그렇듯 그녀 또한 자
제력을 잃으면 철저히 무너지는 사람이었다. 이젠 너무 늦었어…….
과연 그럴까? 아, 누군가에게 말하기엔, 누군가에게 조언을 구하기
엔 너무 늦었어. 루스는 예전에는 한 번도 이런 바람을 가져 본 적

이 없었다. 과거의 그녀였다면 자기 자신이 아닌 다른 누구의 판단에 의지하겠다는 생각 자체를 경멸했겠지만 지금은……. 도대체 그녀에게 무슨 일이 생긴 걸까? 극도의 공포. 그랬다. 그것이 지금 그녀가 처한 상황이었다. 그녀는, 루스 케터링은 철저하고도 완벽하게 극도의 공포에 휩싸여 있었다.

루스는 맞은편에 앉은 여자를 흘끔거렸다. 저 여자처럼 멋지고 냉정하고 차분하고 남의 마음을 알아 주는 사람과 친구가 되면 얼마나 좋을까? 저런 사람이라면 누구나 속마음을 털어놓을 텐데. 그러나 낯선 사람을 붙잡고 속 얘기를 할 수는 없는 노릇이었다. 루스는 이런 생각을 하면서 혼자 피식 웃었다. 그녀는 잡지를 다시 집어들었다. 어떤 경우에도 자제심을 잃지 말아야 했다. 결과적으로 이 모든 것을 궁리해 낸 사람은 그녀였다. 자신의 자유 의지에 따라 결정을 내린 사람도 그녀였다. 지금까지 그녀의 인생에서 과연 단 한 번이라도 행복했던 순간이 있었던가? 루스는 안절부절못하며 혼잣말을 중얼거렸다.

"왜 난 행복해지면 안 되는데? 그래, 아무도 모를 거야."

도버까지는 얼마 남지 않은 듯했다. 루스는 여행에 일가견이 있었다. 그녀는 추위를 싫어했기 때문에 전보로 미리 예약해 둔 안락한 전용 객실에 들어갈 수 있다는 사실이 반가웠다. 본인은 좀처럼 인정하려 들지 않았지만 루스에겐 미신적인 면이 있었다. 그녀는 이를테면 우연을 믿는 부류였다. 칼레에서 하차한 뒤 하녀와 함께 블루 트레인의 2인용 칸막이 객실에 자리를 잡은 그녀는 점심 식사를 하려고 식당 칸으로 향했다. 작은 식탁 앞에 앉은 그녀는 앞서 풀먼식 열차에서 마주 앉았던 여자가 이번에도 맞은편에 앉아 있는 것을 보곤 적잖이 놀랐다. 두 여자의 입가에 어렴풋이 미소가 번졌다.

"정말 희한한 우연이네요."

케터링 부인이 먼저 말했다.

"그러게요. 살다 보면 별별 일이 다 일어나죠."

캐서린이 맞장구를 쳤다.

과연 '국제 침대차 협회'에서 운영하는 열차답게 번개 같은 웨이터가 총알처럼 놀라운 속도로 두 여자에게 들이닥치더니 수프 두 그릇을 내려놓았다. 수프에 뒤이어 오믈렛이 나왔을 때 두 여자는 다정한 친구처럼 함께 수다를 떨고 있었다.

루스가 한숨을 쉬듯이 말했다.

"햇볕이 정말 좋을 거예요. 그죠?"

"틀림없이 굉장한 기분일 거예요."

"리비에라에 대해 잘 아세요?"

"아뇨. 이번이 초행길인 걸요."

"어쩜."

"해마다 가시나 봐요?"

"거의 그런 셈이에요. 런던의 1월과 2월은 정말 끔찍하거든요."

"전 지금까지 죽 시골에서만 살았어요. 지루하고 따분하기로는 거기도 마찬가지죠. 별 볼 일 없는 것투성이거든요."

"갑자기 무슨 일로 여행을 결심하신 거예요?"

"돈이 좀 생겼거든요. 지난 10년 동안 어느 할머니의 말동무로 일했는데 정말 거짓말 안 보태고 주머니에 시골길을 걸을 수 있는 질긴 신발 한 켤레 살 돈밖에 없었어요. 그런데 이젠 나름대로 제법 큰돈을 물려받게 됐거든요. 물론 당신에겐 그리 큰 돈이 아니겠지만."

"왜 그런 소리를 하는지 모르겠군요. 나한테는 그 돈이 큰 돈으로 여겨지지 않을 거라니."

캐서린은 소리 내어 웃었다.

"저도 잘 모르겠어요. 그냥 무심코 그런 느낌이 들었던 것 같아요. 당신이 세상에서 아주 돈 많은 사람 중에 한 명일 거라고 제 맘대로 생각한 거죠. 그냥 그런 인상을 받았을 뿐이에요. 아무래도 생각이 틀렸나 봐요."

루스는 별안간 더없이 진지해졌다.

"아니에요. 틀리지 않았어요. 부탁인데 나에 대해서 또 어떤 느낌을 받았는지 말해 줄래요?"

"저……."

루스는 상대방이 당황해하는 것도 아랑곳하지 않고 밀어붙였다.

"제발 부탁이에요. 그렇게 답답하게 굴지 말고요. 궁금해서 그래요. 빅토리아 역을 떠났을 때 당신을 건너다보고 그런 느낌이 들었어요……. 뭐랄까, 내 마음속에서 벌어지는 일을 다 이해하고 있을 것 같다는 그런 느낌."

"어쩌죠, 전 독심술사가 아닌데요."

캐서린은 미소를 지으면서 말했다.

"그런 얘기가 아니라 그냥 당신 생각을 있는 그대로 말해 달라는 거예요."

루스가 그토록 열심히, 진심으로 강하게 몰아붙이는 데야 이길 장사가 없었다.

"정 그러시다면 말씀은 드리겠지만 절 주제넘는 사람이라고 생각하진 마세요. 죄송한 말씀이지만 그냥 당신이 심적으로 큰 고통에 빠져 있다는 생각이 들었어요."

"맞아요. 어쩜, 아주 정확히 맞혔어요. 난 지금 아주 어려운 상황에 처해 있어요. 저기……. 실례가 안 된다면 그 얘길 해 드리고 싶은데."

'오, 이런. 세상은 어쩜 이렇게 희한하리만큼 똑같을까! 세인트 메리 미드에서도 사람들은 나만 보면 붙잡고 얘기를 하더니 여기서도 똑같은 일이 벌어지다니. 정말 이제 더는 어느 누구의 고민도 듣고 싶지 않은데!'

캐서린은 생각과는 다르게 정중하게 대답했다.

"말씀해 보세요."

두 사람은 막 점심 식사가 끝나가던 중이었다. 루스는 급하게 커피를 들이켰다. 그러더니 캐서린이 아직 커피에 입도 대지 않았다는 사실은 염두에도 없이 벌떡 일어났다.

"같이 내 방으로 가죠."

루스의 객실은 1인용 객실 두 개가 연이어 붙어 있고 그 사이로 드나드는 문이 나 있었다. 옆방에서는 캐서린이 빅토리아 역에서 본 깡마른 하녀가 주홍색 염소 가죽으로 만든, '알. 브이. 케이.'라는 글자가 새겨진 큼지막한 상자를 꼭 움켜쥔 채 등을 꼿꼿이 세우고 앉아 있었다. 케터링 부인은 객실 사이의 문을 잡아당기곤 자리에 털썩 주저앉았다. 캐서린은 그 옆에 앉았다.

"난 지금 어려운 처지에 놓였는데 어찌 해야 할지 모르겠어요. 내겐 사랑하는 사람이 있어요. 그것도 아주 많이. 우리는 어려서부터 서로 사랑했어요. 하지만 우리의 의지와 상관없이 너무나 잔인하고 부당하게 헤어져야 했죠. 그런데 지금 다시 만난 거예요."

"그래서요?"

"나…… 난 지금 그 사람을 만나러 가는 길이에요. 아! 물론 당신은 안 될 일이라고 생각하겠지만 그건 상황을 몰라서 그래요. 내 남편은 구제불능이에요. 내게 수치심만 안겨 준 인간이죠."

"그렇군요."

"지금 내 기분이 엉망인 건 아버지를 속였다는 사실 때문이에요. 오늘 빅토리아 역으로 배웅 나오신 분이 바로 우리 아버지세요. 아버지는 내가 남편하고 헤어지기를 바라세요. 물론 내가 다른 남자를 만나러 가는 줄은 꿈에도 모르시죠. 아버지가 아시면 정말이지 미친 짓이라고 생각하실 거예요."

"본인은 그런 생각이 안 드세요?"

"그야…… 나도 그렇게 생각해요."

루스 케터링은 자신의 손을 내려다보았다. 부들부들 떨리고 있었다.

"하지만 이제는 돌이킬 수가 없어요."

"왜요?"

"그게…… 모든 준비를 끝내 놨거든요. 그리고 그랬다간 그 사람 마음을 다치게 할 거예요."

"그렇지 않아요. 사람의 마음은 생각보다 강한 데가 있거든요."

캐서린은 단호하게 말했다.

"나보고 용기가 없다고, 의지박약이라고 생각할 거예요."

"제 눈에는 지금 당신이 하려는 일이 너무나 어처구니없어 보여요. 당신도 그건 잘 알 거예요."

루스 케터링은 손바닥에 얼굴을 파묻었다.

"모르겠어요……. 모르겠어. 빅토리아 역을 떠난 뒤부터 자꾸만 무서운 기분이 들었어요. 도저히 피할 수 없는 뭔가가 당장이라도 내 앞에 닥쳐오고 있다는……."

그녀는 경기를 일으키듯 별안간 캐서린의 손을 와락 움켜쥐었다.

"이런 얘기를 하는 내가 정신 나간 사람처럼 보이겠지만 분명히 뭔가 끔찍한 일이 일어날 거예요. 난 알아요."

"괜한 생각이에요. 제발 마음을 가라앉히세요. 정 그러시면 파리에 가서 아버님께 전보를 보내세요. 그럼 당장 달려오실 거예요."

루스의 표정이 환해졌다.

"맞다, 그러면 되겠네. 사랑하는 우리 아버지. 이상해요……. 그게 바로 어제까지도 내가 아버지를 얼마나 끔찍이 사랑하는지 전혀 몰랐거든요."

그녀는 자세를 고쳐 앉으며 손수건으로 눈물을 닦았다.

"지금까지 너무 바보였어요. 내 얘기를 들어 줘서 정말 고마워요. 내가 왜 이렇게 이상하리만치 이성을 잃고 흥분했는지 모르겠어요."

루스는 자리에서 일어섰다.

"이젠 괜찮아요. 아무래도, 아니 솔직히 함께 얘기를 나눌 사람이 필요했던 것 같아요. 왜 그렇게 멍청한 바보짓을 했는지 지금은 이해가 안 가요."

캐서린도 따라서 일어섰다.

"기분이 좀 나아졌다니 다행이에요."

캐서린은 최대한 상투적인 목소리를 내려고 애쓰면서 말했다. 그녀는 남에게 속내를 털어놓은 뒤의 후유증이 무안함이라는 사실을 누구보다 잘 알고 있었다. 그녀는 재치 있게 덧붙였다.

"그만 제 방으로 가야겠어요."

캐서린이 통로로 나서는 것과 동시에 옆방에서 루스의 하녀가 객실 문을 열고 나왔다. 어깨 너머로 캐서린 쪽을 바라보던 하녀는 흠칫 놀란 표정을 지었다. 캐서린은 얼른 뒤를 돌아봤지만 여자였건 남자였건 여하간 하녀를 놀라게 한 사람은 이미 객실로 돌아갔는지 통로는 텅 비어 있었다. 캐서린은 다음 객차에 있는 자신의 객실을 향해 통로를 따라 걸었다. 맨 끝의 객실 앞을 지나가는데 문이 열리더니 웬 여자가 얼굴을 내밀었다. 여자는 잠시 밖을 내다보더니 이내 문을 홱 잡아당겼다. 쉬 잊히지 않는 얼굴이어서인지 캐서린은 그 여자를 보자마자 어디서 본 적이 있음을 알아차렸다. 가무잡잡하고 아름다운 계란형 얼굴과 이상야릇하게 덕지덕지 칠한 화장. 분명히 전에 어디선가 본 얼굴이었다.

별 탈 없이 객실로 돌아간 캐서린은 자리에 앉아서 방금 전 그 여자가 자신의 어떤 점을 믿고 그런 얘기를 털어놓았을까 하고 한동안 생각에 잠겼다. 캐서린은 멍하니 앉아서 그 밍크코트 차림의 여자가 누구이고 또 그녀가 한 이야기의 끝이 어떻게 될지를 곰곰이 생각했다.

'만약 나 때문에 누군가가 바보짓을 저지르려다 말았다면 그건 내가 좋은 일을 한 걸 거야. 하지만 누가 알아? 만약 그 여자가 평생을 냉정하고 이기적으로 사는 부류였다면 변화를 위해 전혀 색다른 일을 해 보는 것도 좋을지? 그러거나 말거나 두 번 다시 만날 일도 없을 텐데 뭐. 그녀도 분명 나를 다시 만나고 싶지 않을 거야. 남의 얘기를 들어 주는 건 그게 제일 안 좋아. 두 번 다시 안 만나려 하거든.'

캐서린은 저녁 식사 때는 제발 같은 자리가 아니기를 바랐다. 딱히 내키지 않는 것은 아니었지만 또다시 마주 앉게 되면 두 사람 모두 어색할 거라는 생각이 들었다. 쿠션에 머리를 기대고 있으려니 피로가 몰려오면서 괜히 우울한 기분이 들었다. 열차는 이미 파리에 들어선 뒤였다. 열차가 순환 노선을 따라 거북이걸음으로 달리고 정차하는 과정이 끝없이 되풀이되니 몹시 지루하고 따분했다. 마침내 열차가 리옹 역에 도착하자 캐서린은 반가운 마음에 기차에서 내려 승강장을 거닐었다. 증기가 뜨겁게 뿜어져 나오는 기차에 있다가 살을 파고드는 찬 공기를 쏘이니 기분이 상쾌했다. 캐서린은 자신과 얘기를 나눴던 그 밍크코트 차림의 여자가 저녁 식사 시간에 벌어질지도 모를 난처한 상황을 피하기 위해 나름대로 묘안을 짜내는 광경을 웃으면서 바라보았다. 누군가가 저녁 식사가 담긴 바구니를 차창 위로 들어올려 그녀의 하녀에게 건네주고 있었다.

기차는 다시 출발했고 잠시 후 요란한 벨 소리가 울리면서 저녁 식사 시간을 알렸다. 캐서린은 한결 가벼운 마음으로 식당 칸으로 향했다. 오늘 밤, 그녀의 상대역은 전혀 다른 사람이었다. 생김새로 미루어 볼 때 외국인이 분명한 이 작은 체구의 남자는 콧수염에 빳빳하게 기름칠을 했으며 달걀처럼 생긴 머리는 한쪽으로 삐딱하게 기울어져 있었다. 캐서린은 저녁 식사를 하면서 미리 챙겨 온 책을 읽었다. 그녀는 이 자그마한 남자가 호기심이 반짝이는 눈으로 자신이 읽는 책을 주시하고 있음을 알아챘다.

"이제 보니 로망 폴리시에(탐정 소설)를 읽고 계시는군요. 그런 책을 좋아하십니까?"

"재미있잖아요."

캐서린은 그렇다고 대답했다.

남자는 충분히 이해하고도 남는다는 얼굴로 고개를 끄덕거렸다.

"그런 책은 늘 잘 팔린다더군요. 그렇다면 이유가 뭘까요? 인간의 본성에 대해 학생 같은 궁금증으로 묻겠습니다. 과연 그 이유가 뭘까요?"

캐서린은 그에게 점점 관심이 끌렸다.

"그야 흥미진진한 삶에 대한 환상을 주기 때문이겠죠."

그녀가 의견을 내놓았다.

남자는 진지하게 고개를 끄덕였다.

"맞습니다. 일리 있는 얘기예요."

"물론 그런 일들이 실제로는 일어나지 않는다는 것을 알지만요."

캐서린은 말을 계속하려고 했지만 남자가 말을 자르며 끼어들었다.

"간혹 실제로 일어나기도 합니다! 간혹요! 지금 당신에게 이런 얘기를 하고 있는 내가 바로 경험자거든요. 언젠가는 당신도 그런 일에 휘말릴 때가 있을 겁니다. 그런 일은 사람을 가리지 않으니까요."

캐서린은 그에게 흥미로운 시선을 던졌다.

"그럴 것 같지 않은데요. 저한테 그런 일은 절대 일어나지 않을 거예요."

남자는 앞으로 몸을 기울였다.

"그런 일이 생겼으면 하는 생각은 안 해 보셨습니까?"

캐서린은 그의 질문에 깜짝 놀라며 숨을 훅 들이켰다.

자그마한 남자는 포크를 집어 들고 솜씨 좋게 윤을 내면서 말했다.

"상상인지 모르겠지만 내가 보기에 당신은 마음 깊은 곳에서 흥미진진한 일이 일어나기를 갈망하고 있어요. 내가 지금껏 살면서 한 가지 깨달은 게 뭔지 아십니까? 바로 '누구나 바라면 얻는다.'라는 진리입니다! 또 누가 압니까? 당신이 기대 이상의 것을 얻게 될지."

그의 얼굴이 익살맞게 우그러들었다.

"예언인가요?"

캐서린은 식탁에서 일어서면서 미소 띤 얼굴로 물었다.

남자는 고개를 저었다. 그는 거드름을 피우며 단언했다.

"난 예언 같은 건 안 합니다. 늘 옳은 말만 하는 습관이 있긴 하지만 남 앞에서 뻐기지는 않습니다. 그럼 안녕히 가십시오, 편안히 주무시고요."

캐서린은 새로 만난 이 자그마한 친구 덕분에 즐겁고 신나는 기분으로 기차 칸을 지나 자기 객실로 향했다. 낮에 만났던 여자의 객실 앞을 지나가는데 차장이 침대를 정리하는 모습이 보였다. 밍크 코트를 입은 그 귀부인은 창가에 서서 밖을 내다보고 있었다. 사잇문으로 하녀의 객실을 들여다보니 무릎덮개며 가방들만 좌석 위에 쌓여 있을 뿐 방은 텅 비어 있었다. 하녀는 보이지 않았다.

캐서린이 객실에 들어섰을 때는 이미 침대 정리가 끝나 있었다. 피곤했던 그녀는 밤 9시 30분쯤 침대로 가서 불을 껐다.

캐서린은 화들짝 놀라서 잠을 깼다. 얼마나 시간이 흘렀는지 알수가 없었다. 시계를 쳐다보니 바늘이 멈춰 있었다. 까닭 모를 불안감이 확 밀려오더니 시간이 흐를수록 점점 강해졌다. 결국 캐서린은 자리에서 일어나 잠옷 위에 걸치는 실내복을 어깨에 두르고 통로로 나섰다. 블루 트레인 전체가 곤한 잠에 빠져 있는 듯했다. 캐서린은 창문을 내리고 한동안 그 곁에 앉아서 시원한 밤공기를 쏘이며 어떻게든 불안한 공포를 가라앉히려고 안간힘을 썼다. 이윽고 그녀는 통로 끝에 있는 차장에게 가서 시간을 물어보고 시계 바늘을 맞춰야겠다고 생각했다. 하지만 차장이 앉아 있던 작은 의자는 비어 있었다. 캐서린은 잠시 망설이다가 통로를 지나 다음 객차로 들어섰다. 길고 어두컴컴한 통로를 굽어보는데 놀랍게도 웬 남자가 바로 밍크코트 여인의 객실 문에 손을 댄 채 서 있었다. 캐서린은 최소한 그 방을 밍크코트 여인의 객실이라고 믿었다. 하지만 착각일 수도 있었다. 남자는 잠시 등을 돌린 채 서 있었는데 뭔가 결정을 내리지 못하고 망설이는 태도였다. 이윽고 남자가 천천히 뒤돌아섰다. 순간 캐서린은 묘한 운명적인 예감을 느끼며 그가 앞서 두 번이나 만난 적이 있는, 한 번은 사보이 호텔의 복도에서, 또 한 번은 쿡의 사무실에서 만난 적이 있는 사람임을 알아차렸다. 남자는 객실 문을 열고 안으로 들어가더니 등 뒤로 문을 닫았다.

캐서린의 머리에 한 가지 생각이 번개처럼 스쳐갔다. 혹시 이 남자가 바로 밍크코트의 여자가 말했던…… 만나러 간다던 남자가 아닐까?

다음 순간 캐서린은 터무니없는 공상이라고 혼잣말을 중얼거렸다. 모든 정황으로 볼 때 자신이 객실을 착각한 것이 분명했다.

그녀는 자신의 객차로 돌아갔다. 5분 뒤에 기차는 속도를 줄이기 시작했고 다시 몇 분 뒤, 웨스팅하우스식 브레이크에서 처량맞게 쉬익 하는 소리를 길게 내뿜으며 리옹 역에 닿았다.

살인 사건

이튿날 아침, 캐서린은 눈부신 햇살에 눈을 떴다. 일찌감치 아침 식사를 하러 갔지만 전날 만났던 얼굴은 한 명도 볼 수가 없었다. 그녀가 객실로 돌아왔을 땐 콧수염을 축 처지게 기르고 우울한 얼굴에 살갗이 가무잡잡한 차장이 막 낮 시간의 모습대로 방을 정리한 뒤였다.

"부인은 운이 좋으세요. 해가 나니까요. 구름이 우중충하게 낀 아침에 도착하시는 분들은 실망이 이만저만이 아니시거든요."

차장이 캐서린에게 말했다.

"그랬으면 저도 틀림없이 실망했을 거예요."

차장은 방을 나설 채비를 했다.

"시간이 좀 지체됐습니다. 니스에 도착하기 직전에 알려 드리겠습니다."

캐서린은 고개를 끄덕였다. 그녀는 창가에 앉아서 햇볕이 빚어내는 장관에 흠뻑 빠져들었다. 야자나무들과 깊고 푸른 바다, 연노란색 미모사는 14년 동안 영국의 칙칙한 겨울만 알고 지내던 여인에게 온통 신선한 매력으로 다가왔다.

열차가 칸에 도착하자 캐서린은 객차에서 내려 승강장을 거닐었다. 문득 밍크코트 여인의 동정이 궁금해져서 그녀가 머무는 객실의 창문을 올려다봤다. 여전히 덧문이 드리워져 있었다. 객차 전체를 통틀어 덧문이 내려진 곳은 그 방이 유일했다. 캐서린은 뭔가 이상하다는 생각이 들어 다시 객차에 올라타서 통로를 따라갔다. 객실 앞에 가 보니 그 여인과 하녀가 쓰는 객실 모두 덧문이 드리운 채 잠겨 있었다. 밍크코트의 여인은 아침잠이 많은 사람임에 틀림없었다.

잠시 후 차장이 다가와서 3~4분 뒤면 기차가 니스에 도착할 거라고 했다. 캐서린이 팁을 건네자 그는 고맙다면서도 계속 꾸물거렸다. 어딘가 이상했다. 캐서린은 처음에는 '내가 준 팁이 적어서 저러나?'라고 생각했지만 비로소 그보다 훨씬 심각한, 대단히 큰일이 벌어졌음을 직감했다. 차장은 아픈 사람처럼 창백했으며 온몸을 사시나무 떨듯 떨고 있었다. 뭔가에 크게 놀란 사람 같았다. 그녀를 바라보는 차장의 태도가 어딘가 이상했다. 이윽고 그가 느닷없이 이렇게 말했다.

"부인께 이런 말씀을 드려서 죄송하지만 혹시 그 여자분이 니스에서 친구분들을 만날 거라고 하시던가요?"

"아마 그랬을 거예요. 왜요?"

하지만 차장은 고개를 저으며 캐서린이 알아듣지 못할 말을 중얼거리더니 물러갔다. 그러다 열차가 역에 정차한 뒤에야 다시 나타나서 그녀의 소지품을 창밖으로 내려 주기 시작했다.

캐서린이 막막한 심정으로 잠시 승강장에 서 있는데 천진난만한 얼굴에 살결이 흰 청년이 다가와 머뭇거리며 물었다.

"그레이 양이 맞으십니까?"

캐서린이 그렇다고 하자 청년은 천사처럼 환한 미소를 지으며 말했다.

"난 처비라고 합니다. 레이디 탬플린의 남편이죠. 아내가 내 얘기를 했을 줄 알았는데 잊어버린 모양이군요. 화물 표는 갖고 계세요? 올해 들어 차에서 내리다가 그걸 잃어버린 적이 있었는데 역무원들이 얼마나 난리법석을 떨었는지 아마 짐작도 못 하실 겁니다. 어딜 가나 볼 수 있는 프랑스의 관료적 형식주의라고나 할까요!"

캐서린이 화물 표를 꺼내며 청년 옆으로 막 비켜서는데 더없이 부드럽고 음산한 목소리가 귓가에 들려왔다.

"잠깐만요, 부인."

캐서린이 누군지 돌아보니 제복을 입은 사람이 서 있었다. 그는 보잘것없는 체격을 감추려고 제복 위에 엄청난 양의 금몰(금으로 도금한 장식용의 가느다란 줄 — 옮긴이)을 치렁치렁 감고 있었다. 그가 설명했다.

"필요한 절차가 있어서요. 부인께서 친히 동행해 주셨으면 합니다. 경찰 규정상⋯⋯."

그는 양손을 들어 보였다.

"어처구니없다는 건 잘 알지만 사정이 그렇습니다."

프랑스어 실력이 짧은 처비 에번스는 귀를 기울이고는 있었지만 실상 그가 하는 말을 거의 알아듣지 못했다.

"프랑스 놈들은 늘 저런 식이라니까요."

에번스는 투덜거렸다. 그는 남의 나라 일부를 자기네 땅으로 만든 뒤에 그곳에 사는 원주민들을 몹시 못마땅해하는, 소위 열혈 애국심에 불타는 영국인 중 한 명이었다.

"허구한 날 한심한 속임수 따위나 쓰고 말이죠. 그래도 기차역에서 사람을 바로 붙잡아 가는 일은 한번도 없었는데 어느새 새로운 강령이 생겼나 보군요. 아무래도 가져야겠는데요."

캐서린은 안내원을 따라갔다. 그런데 놀랍게도 그가 데려간 곳은 객차 한 량을 따로 떼어둔 측선(열차의 운행에 늘 쓰는 선로 이외의 선로. 열차 차량의 재편성, 혹은 화물의 적재나 하차 따위에 씀 ― 옮긴이)이었다. 그는 캐서린을 객차에 올라타게 하더니 앞장서서 통로를 걸어가 한 객실의 문을 붙잡고 섰다. 안에는 거만한 인상을 한 공직자 한 명과 서기관쯤으로 보이는 정체 모를 사람이 있었다. 거만한 인상의 남자가 일어서더니 캐서린에게 정중히 고개를 숙였다.

"죄송하게 됐습니다, 부인. 하지만 공식적인 절차라는 게 있어서요. 프랑스어는 할 줄 아시겠죠?"

"알아들을 정도는 됩니다, 몽 셰르(선생님)."

캐서린은 프랑스어로 대응했다.

"다행이군요. 좀 앉으시죠. 저는 이 지역 관할 경시청의 코 총경입니다."

그가 대단히 중요한 인물임을 과시하며 가슴을 한껏 부풀리자 캐서린은 애써 감동한 듯한 태도를 보였다.

"제 여권을 보고 싶어 하신다고요? 여기 있습니다."

총경은 날카로운 눈으로 그녀를 쏘아봤다.

"감사합니다, 부인."

그는 캐서린에게 여권을 건네받고는 다시 목청을 가다듬어 말했다.

"하지만 제가 정말로 원하는 것은 약간의 정보입니다."

"정보요?"

총경은 천천히 고개를 끄덕였다.

"부인과 함께 탑승했던 여자분에 관한 정보입니다. 부인은 어제 그 여자분과 점심 식사를 같이 하셨습니다."

"미안하지만 그녀에 대해서라면 드릴 말씀이 없는데요. 점심을 먹으면서 어쩌다 이런저런 얘기를 나눈 건 사실이지만 그 여자는 전혀 모르는 사람이에요. 어제 처음 만났거든요."

총경은 그녀의 말을 예리하게 받아쳤다.

"그리고 부인은 점심 식사가 끝난 뒤 그 여자의 객실로 가서 한동안 이야기를 나누셨죠?"

"맞아요, 사실입니다."

총경은 그녀의 입에서 무슨 말이 더 흘러나오기를 기대하는 눈치였다. 그는 어서 말해 보라는 듯한 표정으로 캐서린을 쳐다봤다.

"그래서요, 부인?"

"뭐가 그래서란 얘기죠?"

캐서린이 되물었다.

"어제 그 여자분과 나눈 대화가 어떤 내용이었는지 정도는 말씀
해 주실 수 있지 않나요?"

"그야 못 할 것도 없죠. 하지만 이 상황에서 왜 그런 얘기를 해야
하는지 모르겠군요."

그녀는 영국인으로서의 자존심 때문에 굴욕감을 느꼈다. 캐서린
은 눈앞에 있는 이 외국인 경찰관이라는 작자가 더없이 무례하고
뻔뻔해 보였다.

총경이 외쳤다.

"모르신다고요? 아, 그러시군요. 분명히 말씀드리지만 부인은 우
리에게 그 얘기를 해 주셔야 할 확실한 이유가 있습니다."

"그럼 총경님이 그 이유를 말씀하시면 되겠네요."

총경은 입을 다물고 생각에 잠긴 채 잠시 턱을 쓰다듬었다.

그가 마침내 입을 열었다.

"아주 간단합니다. 문제의 그 여자분이 오늘 아침 객실에서 죽은
채 발견되었습니다."

캐서린은 숨이 콱 막혔다.

"죽어요? 사인(死因)이 뭔가요……? 심장 마비였나요?"

총경은 깊은 생각에 잠긴 채 꿈을 꾸는 듯한 목소리로 대답했다.

"아뇨. 심장 마비가 아니라 누군가에게 살해되었습니다."

"살해되었다고요?"

캐서린은 소리쳤다.

"자, 부인, 이제 우리가 왜 그토록 가능한 한 많은 정보를 캐내고 싶어 하는지 이해가 가시겠죠?"

"하지만 그분에겐 하녀가……."

"하녀는 사라졌습니다."

"세상에!"

캐서린은 잠시 입을 다물고 생각을 정리했다.

"차장 말이 부인이 그 여자분의 객실에서 함께 대화를 나누는 걸 봤다더군요. 물론 당연히 그 사실을 경찰에 알렸죠. 따라서 우리는 뭔가 정보를 얻어 낼 수 있지 않을까 하는 기대를 품고 이렇게 부인을 억류하게 된 겁니다."

"그런데 미안해서 어쩌죠? 저는 그 여자분의 이름도 모르는데요."

"그 여자분의 이름은 케터링입니다. 여권과 수하물에 붙은 이름표를 보고 알아냈죠. 만약 우리가……."

누군가가 객실 문을 똑똑 두드렸다. 총경의 인상이 팍 일그러졌다. 그는 한 뼘가량 문을 열고 말했다.

"무슨 일입니까? 무슨 일인지 모르겠지만 지금은 안 됩니다."

캐서린이 저녁 식사 시간에 만났던, 머리가 달걀처럼 생긴 남자가 벌어진 문틈으로 모습을 드러냈다. 그의 얼굴에 환한 미소가 피어올랐다.

"난 에르퀼 푸아로라고 합니다."

"설마……?"

총경은 말을 더듬었다.

"설마 그 에르퀼 푸아로?"

"맞습니다. 코 총경, 우리는 파리 경시청에서 한 번 만난 적이 있습니다. 물론 당신은 날 잊어버렸겠지만요."

총경은 정색을 하고 말했다.

"그럴 리가 있습니까, 천만에요. 어서 안으로 들어오시죠. 혹시 이번 일을 알고……?"

"네, 압니다. 혹시 무슨 도움이라도 될까 해서 찾아왔는데 잘 온 건지 모르겠군요."

"무슨 그런 말씀을."

총경은 얼른 말을 받았다.

"푸아로 씨, 소개드리자면 이 여자분은……."

그는 손에 들고 있던 여권을 뒤적였다.

"그게…… 마담, 아, 마드무아젤 그레이입니다."

푸아로는 건너편에 앉은 캐서린을 향해 미소를 짓더니 나지막이 중얼거렸다.

"참 이상하죠? 내가 한 말이 이렇게 빨리 현실이 되다니 말입니다."

"마드무아젤께서는 우리에게 별로 할 말이 없답니다. 이거 원 답답해서!"

총경이 말했다.

"말씀드렸잖아요, 그 불쌍한 여자분은 기차에서 처음 만난 사람이었다고."

푸아로는 고개를 끄덕였다.

"하지만 그 여자분이 당신에게 말을 건 것은 사실이죠? 그렇다면 그녀에 대한 당신 나름대로의 인상이 있을 텐데요?"

그 부드러운 질문에 캐서린이 생각에 잠겨 말했다.

"그래요. 인상이 있긴 해요."

"그럼 그때 받은 인상이……?"

그때 총경이 불쑥 끼어들었다.

"그래요. 부디 그때 받은 그 여자에 대한 인상을 우리에게 말씀해주십시오, 마드무아젤."

캐서린은 자리에 앉은 채 머릿속으로 모든 기억을 곱씹었다. 한편으로는 자신을 믿고 비밀을 털어놓은 그녀에 대한 배신 행위라는 생각도 들었지만 '살인'이라는 입에 담기도 싫은 단어가 자꾸만 귓가에 맴도는 상황에서 작은 일 하나도 숨길 엄두가 나지 않았다. 어쩌면 자신의 고백에 많은 것이 달려 있을지도 모를 일이었다. 결국 캐서린은 죽은 여자와 나눴던 이야기를 최대한 당시 상황 그대로 옮겼다.

"거참 흥미롭군요."

총경이 푸아로를 흘깃 쳐다보며 말했다.

"푸아로 씨, 흥미롭지 않습니까? 그 일과 이번 범죄가 과연 연관이 있을지……."

총경은 말끝을 흐렸다.

"자살은 아닐 거예요."

캐서린이 약간 미심쩍어 하며 말했다.

총경이 맞장구를 쳤다.

"물론입니다. 자살은 아니에요. 까만 밧줄에 목이 졸려서 죽었으니까요."

"세상에!"

캐서린은 몸서리를 쳤다. 코 총경은 변명이라도 하듯이 두 손을 펴보였다.

"신사적이지는 않죠, 아무렴요. 모르긴 해도 여기 프랑스 열차 강도가 당신네 나라 열차 강도보다 훨씬 잔인할 겁니다."

"너무 끔찍해요."

코 총경은 계속해서 달래고 사과하는 말투였다.

"아무렴요. 그러실 겁니다. 하지만 마드무아젤께서는 아주 용기 있는 분입니다. 당신을 보자마자 대뜸 이런 생각이 들더군요. '이 여자는 대단히 용감한 사람이다.'라고 말이죠. 그래서 드리는 말씀입니다만 우리를 위해 좀 더 해 주실 일이 있습니다. 고통스러울 줄은 알지만 꼭 필요한 일이라서요."

캐서린은 염려스러운 얼굴로 그를 쳐다봤다.

총경은 또다시 변명하듯 두 손을 활짝 펴 보였다.

"그레이 양에게 부탁드릴 일은, 마드무아젤, 부디 함께 옆 객실로 가 주십사 하는 겁니다."

"꼭 그래야 하나요?"

캐서린은 낮은 목소리로 물었다.

"누군가는 그 여자의 신원을 확인해야 하니까요. 그리고 하녀가 자취를 감추는 바람에……."

총경은 다 들릴 정도로 헛기침을 했다.

"케터링 부인이 기차를 탄 뒤에 그녀의 얼굴을 가장 가까이서 본 사람이 그레이 양이기도 하고요."

"잘 알겠습니다. 꼭 필요하다면……."

캐서린은 조용히 대답하고 자리에서 일어섰다. 푸아로가 잘했다는 뜻으로 그녀에게 가벼운 고갯짓을 보내며 말했다.

"마드무아젤께서는 분별 있는 분이시군요. 나도 따라가도 될까요?"

"그래 주시면 영광이죠, 무슈 푸아로."

세 사람은 통로로 나섰다. 코 총경이 죽은 여자의 객실 문에 채워진 자물쇠를 열었다. 햇볕을 들이느라 그랬는지 맞은편 블라인드는 반쯤 올려져 있었다. 죽은 여자는 블라인드 왼편에 누워 있었는데 그 모습이 어찌나 자연스러운지 누가 봐도 단순히 잠이 든 줄 알 터였다. 여자의 몸 위에는 이불이 뒤집어 씌워져 있었으며 고개는 벽쪽을 향하고 있어서 불그스름한 적갈색 머리칼만 보였다. 코 총경은 아주 조심스럽게 죽은 여자의 어깨에 손을 대고 시체를 반대쪽으로 돌려 얼굴이 눈에 들어오게 했다. 캐서린은 움찔하면서 손바닥에 손톱자국이 날 만큼 주먹을 꽉 움켜쥐었다. 육중한 둔기에 맞은 듯 얼굴이 알아보기 힘들 만큼 만신창이가 되어 있었다. 푸아로의 입에서 예리한 탄성이 흘러나왔다.

"언제 이렇게 된 겁니까? 죽기 전인가요? 아니면 죽은 뒤인가요?"

푸아로의 물음에 코 총경이 답했다.

"의사 말로는 죽은 뒤랍니다."

"이상하군요."

푸아로가 미간을 찌푸리며 말했다. 그는 캐서린에게 돌아섰다.

"부디 마음을 단단히 먹고 이 여자의 얼굴을 잘 들여다보세요, 마드무아젤. 이 여자가 어제 기차에서 얘기를 나눴던 여자분이 맞습니까?"

캐서린은 대단한 담력을 지닌 여자였다. 그녀는 마음을 굳게 먹고 침대에 드러누운 여자를 한동안 자세히 들여다보았다. 그러더니 앞으로 몸을 기울여 죽은 여자의 손을 잡았다. 이윽고 캐서린이 대답했다.

"확실해요. 얼굴은 너무 망가져서 알아볼 수 없지만 체격이며 분위기며 머리카락까지 모두 맞아요. 무엇보다 이걸 본 기억이 나요……."

캐서린은 죽은 여인의 손목에 난 작은 사마귀를 가리켰다.

"얘기를 나누다가 봤거든요."

푸아로가 감탄하며 말했다.

"대단하십니다. 아주 훌륭한 목격자군요. 그럼 이제 이 여자분의 신원에 대해서는 의심할 여지가 없군요. 하지만 그래도 그렇지, 이건 좀 이상한데요."

푸아로는 당혹스러운 듯 죽은 여인을 향해 인상을 썼다.

코 총경은 어깨를 으쓱하더니 의견을 내놓았다.

"이건 틀림없이 살인범이 분을 이기지 못하고 저지른 짓입니다."

"맞아 죽은 거라면 이해가 가지만……. 피해자를 목 졸라 죽인 놈은 뒤에서 몰래 다가와 불시에 덮쳤어요. 이때 난 소리는 오직 숨넘어 가는 소리와 꿀꺽하는 소리 몇 번이 전부였을 겁니다. 그런 뒤에 놈은 여자의 얼굴을 둔기로 때렸어요. 왜 그랬을까요? 얼굴을 못알아보게 만들어서 신원이 밝혀지지 않기를 바란 걸까요? 아니면 피해자가 사무치게 미워서 죽고 난 뒤에도 때려 주고 싶은 욕구를 자제하지 못한 걸까요?"

캐서린이 몸서리를 치자 푸아로는 얼른 다정한 표정으로 그녀를 바라봤다.

"당신을 고통스럽게 할 생각은 전혀 없었습니다. 마드무아젤, 당신에게는 이런 일이 너무나도 생경하고 끔찍할 겁니다. 하지만 내게는 한스럽게도 늘 보아 오던 뻔한 일이거든요. 잠깐만 두 분에게 양해를 구하겠습니다."

두 사람은 문에 등을 기대고 서서 푸아로가 재빨리 객실을 둘러보는 광경을 지켜보았다. 푸아로는 죽은 여인의 옷이 침대 끄트머리에 얌전히 개켜져 있다는 사실과 큼지막한 털 코트가 옷걸이에 걸려 있다는 사실, 그리고 빨간색 옻칠을 한 작은 모자가 선반 위에 던져져 있다는 사실을 주목했다. 그러고는 곧장 옆에 붙은 객실로 들어섰는데, 그곳은 앞서 하녀가 앉아 있는 모습을 캐서린이 봤던 곳이었다. 객실은 침대 정리가 안 된 상태였다. 무릎덮개 서너 개가 좌석 위에 아무렇게나 쌓여 있었고 모자 상자 한 개와 여행 가방 두 개도 함께 놓여 있었다. 푸아로는 별안간 캐서린을 향해 돌아서더니 말했다.

"당신은 어제 여기에 계셨지요. 혹시 달라진 데나 없어진 물건이 있는지 봐 주시겠습니까?"

캐서린은 주의 깊게 객실 두 곳을 둘러보았다.

"있어요. 없어진 게 있어요. 주홍색 염소 가죽으로 된 상자요. '알. 브이. 케이.'라는 글자가 새겨져 있었어요. 작은 옷상자거나 큰 보석 상자거나 둘 중에 하나였을 거예요. 그땐 하녀가 들고 있었어요."

"아!"

"그렇다면 틀림없이, 제 생각에는…… 물론 저는 이런 일에는 문외한이지만 만약 하녀와 보석 상자가 함께 사라졌다면 상황은 너무나 명백한 것 아닌가요?"

"그럼 하녀가 강도짓을 한 범인이란 말인가요? 그건 아닙니다, 마드무아젤. 내가 이렇게 말하는 데는 충분한 이유가 있습니다."

"그게 뭔데요?"

"케터링 부인의 하녀는 파리에서 내렸기 때문입니다."

그렇게 말한 총경은 푸아로를 향해 돌아섰다. 그는 확신에 찬 어조로 나지막이 속삭였다.

"무슈 푸아로도 차장의 이야기를 직접 들어보셨으면 합니다. 시사해 주는 바가 아주 크답니다."

"마드무아젤께서도 틀림없이 함께 듣고 싶어 하실 것 같은데요. 그래도 되겠죠, 총경님?"

"그럼요."

총경은 말은 이렇게 했지만 아무리 봐도 내키지 않는 얼굴이었다.

"물론이죠. 무슈 푸아로가 그렇게 말씀하시는데 안 될 리가 있나요? 그럼 여기 볼일은 끝나신 겁니까?"

"그런 것 같군요. 아, 잠깐만요."

푸아로는 아까부터 들춰보고 있던 무릎덮개 중 하나를 창가로 가져가서 가만히 들여다보더니 손가락으로 뭔가를 집어냈다.

"그게 뭡니까?"

코 총경이 날카롭게 물었다.

"적갈색 머리카락 네 가닥입니다."

푸아로는 죽은 여인에게 몸을 굽혔다.

"맞아요. 이 귀부인의 머리카락이군요."

"그게 무슨 의미가 있나요? 탐정님은 그 머리카락에다 중요한 의미라도 두고 계신 겁니까?"

무릎덮개가 푸아로의 손에서 좌석 위로 흘러내렸다.

"뭐가 중요할까요? 또 뭐가 중요하지 않을까요? 지금 단계에서는 뭐라고 단정할 수 없습니다. 하지만 작은 사실 하나에도 깊은 관심을 갖고 살펴볼 필요가 있어요."

세 사람은 첫 번째 객실로 돌아왔다. 1~2분 뒤 이 객차를 담당하던 차장이 심문을 받으러 왔다.

"당신 이름이 피에르 미셸입니까?"

총경이 물었다.

"그렇습니다, 총경님."

총경은 푸아로를 가리켰다.

"이 신사분께 당신이 말씀을 해 드려야겠습니다. 파리에서 있었던 일에 대해서 나한테 했던 얘기를 이분에게도 들려줘요."

"알겠습니다, 총경님. 저는 기차가 리옹 역을 출발한 뒤에 침대 정리를 하러 이곳에 왔습니다. 그 여자분이 저녁 식사를 하러 가셨을 줄 알았는데 바구니에 담긴 저녁 식사가 배달되어 있더군요. 그분 말씀이 사정상 하녀를 파리에 남겨 둘 수밖에 없었다더군요. 덕분에 저는 정리할 침대가 하나로 줄었죠. 그분은 저녁 식사가 담긴 바구니를 들고 바로 옆에 붙은 객실로 가더니 제가 침대를 정리하는 내내 그곳에 앉아 계셨습니다. 그러고는 다음 날 아침에 일찍 깨우지 말아 달라면서 계속 주무시겠다고 하셨습니다. 제가 잘 알겠다고 했더니 그분은 '안녕히 주무세요.'라고 하셨고요."

"그럼 옆 객실에는 들어가 보지 않았단 말인가요?"

"그렇습니다."

"그럼 주홍색 염소 가죽 상자가 그 방에 놓인 짐 틈에 섞여 있는 걸 보지 못했겠군요?"

"그렇습니다. 못 봤습니다."

"옆방에 남자가 숨어 있을 가능성은 없었을까요?"

차장은 곰곰이 생각했다.

"문이 반쯤 열려 있었어요. 만약 누군가가 문 뒤에 서 있었다면 보기 힘들었을 겁니다. 하지만 그 여자분은 틀림없이 봤을 거예요. 그 방에 들어갔었으니까요."

"그렇군요. 더 할 말은 없습니까?"

"다 말씀드린 것 같은데요. 더 기억나는 게 없습니다."

"그럼 오늘 아침에는요?"

푸아로가 다그쳐 물었다.

"저는 부탁받은 대로 그 여자분을 깨우지 않았습니다. 그러다 칸에 거의 도착할 무렵에야 용기를 내어 문을 두드렸죠. 아무 대답이 없기에 문을 열었습니다. 그분은 침대에서 잠들어 있는 것처럼 보였어요. 깨우려고 어깨를 잡았는데……."

푸아로가 나서서 말했다.

"그때 그녀가 죽은 걸 알았단 얘기군요. 좋습니다. 이제 궁금한 걸 모두 알아낸 것 같군요."

"저기 총경님, 제가 직무 태만이라는 비난받을 짓을 저지른 게 아니었으면 좋겠는데요. 블루 트레인에서 그런 일이 일어나다니, 끔찍합니다!"

차장은 애원조로 말했다.

"진정해요. 이번 사건이 가능한 한 조용히 해결되도록 모든 조처를 강구할 겁니다, 물론 법적인 틀 안에서 얘기지만. 내가 볼 때는 당신에게 직무 태만은 적용되지 않을 것 같군요."

총경이 말했다.

"그럼 총경님께서 회사에다 그렇게 말씀해 주시겠습니까?"

"그야 물론입니다. 걱정 마요."

코 총경은 조바심을 치며 말했다.

"그럼 이만 가 봐요."

차장이 물러가자 총경이 말했다.

"의학적인 판단에 따르면 여자는 기차가 리옹에 도착하기 전에 숨졌어요. 그렇다면 누가 죽였을까요? 마드무아젤의 말대로라면 그녀가 여행 도중에 어디에선가 자기가 말한 남자를 만나기로 되어 있었던 듯합니다. 하녀를 도중에 내리게 한 행동 역시 의미심장해요. 그 남자가 파리에서 기차에 올라탔고 여자가 바로 옆 객실에 숨겨 둔 건 아닐까요? 그러다 두 사람이 말다툼을 하게 됐고 남자가 홧김에 정신이 나가 여자를 죽였을 수도 있어요. 그게 한 가지 가능성입니다. 다른 하나는, 사실 내 생각엔 이 경우가 훨씬 그럴듯한데요. 바로 여자를 덮친 놈이 기차를 타고 여행 중이던 열차 강도였을지도 모른다는 겁니다. 그놈이 차장의 눈을 피해 통로로 살금살금 다가와서 여자를 죽이고 값비싼 보석이 들었음직한 주홍색 염소 가죽 상자를 들고 튄 거죠. 정황상 놈은 리옹에서 내렸을 가능성이 큽니다. 그래서 우리 경시청에서는 이미 리옹 역에 타진해서 그곳에서 하차한 사람들의 자세한 인상착의를 요청해 놓은 상태입니다."

"아니면 니스까지 왔을 가능성도 있어요."

푸아로가 의견을 내놓았다.

총경이 맞장구를 쳤다.

"그럴지도 모르죠. 하지만 어지간히 대담한 놈이 아니고서야 그런 짓은 못할 겁니다."

푸아로는 1~2분 정도 기다렸다가 다시 입을 열었다.

"후자인 경우에도 총경님께선 살인범이 평범한 열차 강도일 거라고 보십니까?"

총경은 어깨를 으쓱해 보였다.

"가능성은 반반이에요. 일단은 그 하녀부터 찾는 게 급선무입니다. 그녀가 주홍색 염소 가죽 상자를 갖고 있을 가능성이 있어요. 그렇게 보면 죽은 여자가 마드무아젤에게 말한 남자가 이번 사건에 연관되었다는 이야기가 성립되고, 그럼 이번 사건은 치정에 의한 살인 사건이란 결론이 나옵니다. 저는 열차 강도가 저지른 짓이라는 데에 더 많은 가능성을 두고 있습니다. 요즘 들어 도둑놈들이 점점 대담해지는 추세니까요."

푸아로는 별안간 맞은편에 있는 캐서린을 쳐다봤다.

"그러고 보니 마드무아젤, 혹시 간밤에 보거나 들은 것 없었습니까?"

"없었어요."

캐서린이 대답했다.

푸아로는 총경에게 돌아서더니 제안했다.

"마드무아젤을 더 이상 여기 붙잡아 둘 필요는 없을 것 같습니다."

총경도 고개를 끄덕였다. 그가 말했다.

"마드무아젤께선 저희에게 주소를 알려 주시겠지요?"

캐서린은 그에게 레이디 템플린의 별장 이름을 알려 주었다. 푸아로는 가벼운 목례로 인사를 대신했다.

"한번 만나 뵈러 가도 될까요, 마드무아젤? 친구분들이 워낙 많아서 시간 내기가 여의치 않으실까요?"

"그 반대예요. 시간은 얼마든지 있으니까 오시면 저도 무척 반가울 거예요."

"그런 소리를 들으니 기분이 그만인데요."

푸아로는 이렇게 말하고 캐서린에게 친근하고 가벼운 목례를 건넸다.

"이번 사건은 우리에게는 로망 폴리시에 아 누(일종의 추리 소설)입니다. 함께 사건을 파헤쳐 봅시다."

마거리트 별장에서

"그럼 네가 정말로 사건 현장에 있었단 얘기네! 세상에, 얼마나 떨렸을까!"

레이디 탬플린이 부러운 듯이 말했다. 그녀는 도자기 빛이 나는 파란 눈을 왕방울만 하게 뜨고 얕은 한숨을 내쉬었다.

"진짜 살인 사건이라니."

처비 에번스가 자못 기쁘다는 듯이 말했다.

"물론 처비는 이런 일인 줄은 꿈에도 몰랐단다."

레이디 탬플린은 말을 계속했다.

"경찰이 무슨 일로 널 찾는지 짐작이나 했겠니? 얘, 이건 기회야! 내 생각엔 말이야……. 그래, 분명히 이번 일로 뭔가가 생길 거야."

계산적인 표정 탓에 그녀의 파란 눈에서 묻어나는 천진난만함이 다소 빛이 바랬다.

캐서린은 마음이 편치 않았다. 모두 점심 식사를 막 끝마친 뒤였다. 그녀는 식탁에 둘러앉은 세 사람을 차례로 쳐다보았다. 머릿속이 현실적인 계획으로 꽉 들어찬 레이디 탬플린과 순진한 감성으로 환한 미소를 짓고 있는 에번스, 그리고 가무잡잡한 얼굴에 속을 알 수 없는 묘한 미소를 짓고 있는 레녹스.

"정말 엄청나게 운이 좋으셨군요. 같이 따라가서 그 진풍경을 봤어야 하는데."

처비의 말투에는 진한 아쉬움과 어린애 같은 천진함이 배어 있었다.

캐서린은 아무 말도 하지 않았다. 경찰에서 그녀에게 절대 비밀을 강요한 적도 없거니와 자신을 초대해 준 안주인에게 있었던 사실을 숨기거나 비밀로 유지하는 것 또한 불가능한 일이었다. 그래도 캐서린은 부디 자신이 입을 여는 일이 없기를 바랐다.

레이디 탬플린이 별안간 정신을 차리고 말했다.

"그래, 무슨 일이 생기긴 생길 거야. 이를테면 신문 같은 데 그때 일을 자세히 적은 기사가 간단하지만 아주 그럴듯하게 날 수도 있지. 당시 유일한 목격자였던 여성은 이렇게 말했다. '어떻게 해서 그 여자와 얘기를 나누게 됐는지는 생각이 잘 나지 않지만⋯⋯.' 이런 식으로 말이야."

"제발 엉뚱한 소리 좀 그만 하세요!"

레녹스가 소리를 질렀다.

레이디 탬플린은 다정하고 부러운 듯한 목소리로 말했다.

"네가 몰라서 그래. 신문사라는 데는 원래 요만한 기삿거리에도 엄청난 돈을 쏟아 붓거든! 물론 사회적으로 깨끗한 사람이 써야 되지만. 너야 그런 일이 내키지 않겠지. 하지만 캐서린, 그 사건의 골자만 알려 주면 모든 건 내가 다 알아서 할게. 드 하빌랜드 씨가 나하고는 각별한 사이잖아. 웬만큼 친분이 있단다. 아주 유쾌한 남자지. 신문 기자 냄새가 전혀 안 나거든. 내 생각이 어떻니, 캐서린?"

"저는 전혀 그럴 생각이 없는데요."

캐서린은 노골적으로 반대를 표했다.

레이디 탬플린은 캐서린의 단호한 거절에 적잖이 당황했는지 한숨을 내쉬더니 사건의 자세한 내막을 캐는 쪽으로 방향을 틀었다.

"아주 근사하게 생긴 여자라고 했니? 도대체 어떤 여자였을까 궁금하네. 이름은 못 들었고?"

"듣긴 했는데 생각이 나지 않아요. 그때는 워낙 정신이 없었거든요."

"왜 아니겠어요. 보통 충격이 아니었을 텐데요."

에번스가 끼어들었다.

사실 캐서린이 그녀의 이름을 기억한들 그 사실을 인정했을지는 모를 일이었다. 그녀는 레이디 탬플린의 끝을 모르는 반대 심문에 반감을 느끼고 있었다. 나름대로 눈치가 빠른 레녹스는 이런 사실을 알아차리고 방을 보여 주겠다며 캐서린을 끌고 위층으로 올라갔다. 캐서린을 방에 데려다 준 레녹스는 나가기 전에 친절하게 말했다.

"우리 엄마는 신경 쓰지 마세요. 엄마는 할 수만 있다면 숨이 넘어가는 할머니한테서도 단돈 몇 푼이라도 뜯어낼 분이거든요."

레녹스가 다시 아래층으로 내려왔을 땐 그녀의 어머니와 양아버지가 새로 온 손님에 대해 이런저런 얘기를 나누고 있었다.

레이디 탬플린이 말했다.

"얌전하고 예의 바른 애야. 그럼, 얌전하고 예의 바르고 말고. 옷차림도 그만하면 괜찮고. 그 애가 입고 온 회색 옷 있지? 그게 바로 글래디스 쿠퍼가 「이집트의 야자나무 숲」에서 입었던 것과 똑같은 디자인이잖아."

"그 눈 봤어요?"

에번스가 이야기 도중에 끼어들었다.

"뜬금없이 웬 눈 얘기야, 처비? 우린 지금 아주 중요한 문제를 의논 중이라고."

레이디 탬플린이 톡 쏘듯이 말했다.

"아, 그렇군요."

에번스는 이렇게 말하고 도로 입을 꾹 다물었다.

"그런데 그리…… 호락호락한 애 같지는 않아."

레이디 탬플린이 마땅한 말을 찾지 못하고 약간 머뭇거리며 말했다.

"책에 나오는 기준대로라면 귀부인이 될 자질을 완벽하게 갖췄던데요."

레녹스가 싱긋 웃으며 말했다.

"생각이 좁아. 하긴 그런 상황이었다면 어쩔 수 없었겠지만."

레이디 탬플린이 투덜거렸다.

레녹스가 다시 히죽 웃었다.

"그럼 이제부터 엄마가 온갖 정성을 기울여서 시야를 넓혀 주시면 되겠네요. 하지만 그런 꿈은 아예 접으시는 게 좋을 거예요. 엄마도 보셨겠지만 지금 같아서는 앞발을 땅에 단단히 붙이고 귀를 바싹 뒤로 젖힌 품이 절대 마음을 바꿀 태세가 아니던데요."

레이디 탬플린은 희망에 부풀어서 말했다.

"어쨌거나 겉 다르고 속 다른 애는 아닌 것 같더라. 개중에는 돈이 생기면 거기다 허무맹랑한 가치를 부여하는 사람들이 있거든."

"그래도 엄마는 원하는 걸 얻기 위해 분명히 캐서린 이모를 이용할 거잖아요. 결국 중요한 건 그거잖아요? 이모를 이리로 오게 한 것도 그래서고."

"캐서린은 내 사촌 동생이다."

레이디 탬플린이 짐짓 점잖은 체하며 말했다.

"사촌 동생? 그럼 내가 캐서린이라고 불러도 되겠군요?"

에번스가 다시금 정신을 차리고 말했다.

"당신이 그 애를 뭐라고 부르든 상관없어, 처비."

"좋아요. 그럼 그렇게 할게요. 혹시 테니스 같은 건 안 치려나?"

에번스는 기대를 품고 이렇게 덧붙였다.

"그걸 말이라고 해? 미리 말해 두지만 그 애는 직업이 남의 말동무였어. 말동무가 직업인 사람들은 테니스나 골프 같은 건 안 해. 골프를 본뜬 크로케라면 몰라도. 내가 알기로 그런 사람들은 하루 대부분을 털실을 감거나 개를 씻기면서 보낸다고."

"오, 저런! 그게 정말이에요?"

레녹스는 조용히 캐서린의 방으로 올라갔다. 그러고는 썩 내키지 않는 듯한 말투로 물었다.

"뭐 좀 도와 드려요?"

캐서린이 괜찮다고 하자 레녹스는 침대 가장자리에 걸터앉아 생각이 많은 눈으로 자기 집에 온 손님을 물끄러미 쳐다봤다.

"왜 오셨어요? 여기 우리 집에요. 우리는 이모하고 부류가 다른 사람들인데."

레녹스가 마침내 입을 열었다.

"아, 사교계에 발을 들여놓고 싶어서."

"바보 같은 소리 마세요."

캐서린의 얼굴에 얼핏 미소가 떠오르는 것을 알아채고 레녹스가 얼른 말했다.

"제가 무슨 뜻으로 한 말인지 잘 아시면서. 이모는 제가 짐작했던 사람하고는 전혀 달라요. 옷차림도 생각보다 점잖고. 저한테 옷 같은 건 쓸모없어요. 못난이로 태어난걸요. 저는 옷이라면 뭐든지 좋아하는데 정말 속상해요."

레녹스는 한숨을 지었다.

"나도 옷은 좋아해. 하지만 지금까진 아무리 옷을 좋아해도 소용이 없었단다. 이 옷 괜찮니?"

캐서린과 레녹스는 미적인 열정에 들떠서 옷을 주제로 열띤 대화를 나누었다.

난데없이 레녹스가 말했다.

"저는 이모가 마음에 들어요. 원래는 엄마의 꼬임에 넘어가지 말라고 충고하러 온 건데 이제는 그럴 필요 없을 것 같아요. 이모는 지독하게 순수하고 정직하고, 하여간 그 비슷한 희한한 점은 다 갖고 계시지만 절대 바보는 아니에요. 어유, 또 시작이네! 이번에는 또 무슨 일이람?"

레이디 템플린의 목소리가 홀 아래쪽에서 애처롭게 들려오고 있었다.

"레녹스, 금방 데릭한테서 전화가 왔는데 오늘 밤에 저녁 식사하러 온다는구나. 괜찮겠니? 혹시 우리 집에 시끄러운 여자애들 불러놓은 거 아니겠지, 응?"

레녹스는 엄마를 안심시킨 뒤 캐서린의 방으로 돌아왔다. 아까보다 한결 밝고 기분 좋은 얼굴이었다.

"데릭이 온다는 반가운 소식이에요. 이모도 그 사람이 마음에 드실 거예요."

"데릭이 누군데?"

"르콘베리 경의 아들인데 웬 돈 많은 미국 여자랑 결혼했어요. 여자들은 그 사람만 보면 좋아서 뒤집어지죠."

"왜?"

"아, 그야 뻔하죠……. 출중한 외모에 바람둥이 기질을 갖춘 남자. 여자들은 원래 그런 사람한테 정신이 홀딱 나가잖아요."

"너도 그러니?"

"어떤 때는요. 하지만 또 어떤 때는 훌륭한 목사님과 결혼해서 시골에 가서 온실에서 채소나 기르고 살아야지 싶을 때도 있어요."

레녹스는 이내 덧붙였다.

"아일랜드 출신 목사가 최고인데, 그런 남자만 나타나면 무조건 꽉 붙잡을 거예요."

잠시 후 그녀는 원래 하던 이야기로 돌아갔다.

"데릭은 좀 별난 데가 있어요. 그 집 식구들이 죄다 좀 모자라거든요. 왜 있잖아요, 도박이라면 사족을 못 쓰는 사람들요. 옛날에는 도박으로 마누라에 집까지 몽땅 날려 버린 사람도 있을 만큼, 하여간 그놈의 도박에 빠져서 온갖 한심한 짓은 다 저질렀다나 봐요. 그렇게 살았으면 데릭도 성격 좋고 방탕한, 한마디로 끝내주는 노상 강도가 됐을지도 모르죠. 언제든 내키면 아래층으로 내려오세요."

레녹스는 문가로 향했다.

캐서린은 방에 홀로 남겨지자 생각에 잠겼다. 지금 당장은 모든 것이 거북할뿐더러 주변 사람들도 썩 편치가 않았다. 열차에서 본 충격적인 광경도 그렇고 새로 사귄 사람들이 전해 주는 소식들 때문에 마음이 영 불편했다. 그녀는 한동안 죽은 여인에 대해 진지하게 생각했다. 루스에게는 미안하지만 캐서린은 솔직히 그녀가 그다지 마음에 들지 않았다. 캐서린은 루스라는 여자를 만나자마자 즉시 그녀가 가차 없는 이기주의자임을 깨달았고, 그것은 상대에 대한 일종의 혐오감으로 이어졌다.

캐서린은 성의껏 건넨 충고를 그녀가 냉정하게 뿌리쳤을 때 재미있다는 생각이 드는 한편 마음이 상했다. 그 여자가 모종의 결심을 한 것은 분명했지만 지금 생각해 보면 그 결심이 과연 무엇이었을까 궁금했다. 그게 무엇이었건 간에 난데없는 죽음이 끼어들면서 모든 결정은 무의미해져 버렸다. 일이 그렇게 된 것도, 또 잔혹한 범죄가 그녀의 운명적인 여행의 귀결이 된 것도 이상했다. 캐서린은 그때는 기억나지 않았으나 경찰에게 말했어야 옳았을 것 같은 사소한 사실 한 가지가 문득 떠올랐다. 그 일이 정말 중요한 의미를 지닌 것은 아닐까? 당시에는 남자가 들어갔던 객실이 바로 문제의 그 방이라고 생각했지만 지금은 착각이었을지도 모른다는 생각이 들었다. 어쩌면 그 옆방이었을 수도 있었다. 그렇다면 문제의 그 남자는 절대 열차 강도는 아니었다. 캐서린은 앞서 두 번이나, 한 번은 사보이 호텔에서 또 한 번은 쿡의 사무실에서 만난 적이 있기 때문에 그의 얼굴을 똑똑히 기억했다. 그래, 틀림없이 착각한 거야. 그는 죽은 여자의 객실에 들어가지 않았고, 그렇다면 그에 관해서 경찰에게 아무 말도 하지 않은 것이 차라리 잘된 일일 수도 있었다. 경찰에게 말했다면 그에게 엄청난 피해를 끼쳤을 수도 있었다.

캐서린은 아래층으로 내려가서 테라스에 나가 있는 사람들과 어울렸다. 미모사 가지 사이로 지중해의 푸른빛이 내다보였다. 캐서린은 레이디 탬플린의 수다에 건성으로 귀를 기울이며 여기 오길 잘했다고 생각했다. 세인트 메리 미드보다는 여기가 훨씬 나았다.

그날 저녁, 캐서린은 '가을의 한숨'이라는 이름이 붙은, 자줏빛이

감도는 분홍 드레스를 차려입고 거울에 비친 자신을 향해 미소를
지어 보였다. 그러고는 난생처음 어렴풋이 수줍음을 느끼며 아래층
으로 내려왔다.

레이디 탬플린의 손님들은 대부분 이미 도착해 있었다. 레이디
탬플린이 여는 파티가 원래 그렇지만 벌써부터 굉장히 왁자지껄했
다. 처비가 곧바로 캐서린 곁으로 다가서더니 칵테일 한 잔을 권하
며 호위병 노릇을 자청했다.

"어머, 어서 오세요, 데릭."

문이 열리고 마지막 손님이 들어서자 레이디 탬플린이 큰 소리로
외쳤다.

"자, 이제 모두 오셨으니 뭘 좀 먹을 수 있겠네요. 배고파 죽을 뻔
했네."

캐서린은 방 저쪽을 건너다보다가 소스라치게 놀랐다. 바로 저
사람이…… 데릭이었다니. 그러나 다음 순간 그녀는 사실은 자신
이 그리 놀라지 않았음을 깨달았다. 캐서린은 너무나 묘한 우연의
고리에 의해 이미 세 번이나 마주친 그 남자를 언제든 다시 만나게
될 거라는 예감을 품고 있었다. 그뿐만 아니라 그 남자도 자기를 알
아봤을 거라고 생각했다. 남자는 레이디 탬플린과 얘기를 나누다가
문득 입을 다물더니 잠시 후 다시 얘기를 계속했다. 꼭 하기 싫은데
억지로 하는 모습이었다. 캐서린은 일행을 따라 저녁 식사를 하러
식당에 들어갔다가 데릭이 바로 옆자리라는 것을 깨달았다. 그는
캐서린을 보자 금세 환한 미소를 지으며 옆으로 돌아앉았다.

데릭이 말을 걸었다.

"조만간 당신을 만나게 될 줄 알았습니다. 하지만 그곳이 여기가 될 줄은 꿈에도 몰랐군요. 우리가 만난 건 운명입니다. 사보이 호텔에서 한 번, 그리고 쿡의 사무실에서 한 번…… 이미 두 번을 만났으니 세 번 만나지 말란 법도 없죠. 나를 기억 못 한다든가 전혀 못 알아보겠다는 말씀은 마십시오. 어찌 됐든 당신은 분명 나를 알아보는 눈치니까."

"그럼요, 기억하고 말고요. 하지만 오늘이 세 번째는 아니에요. 네 번째죠. 블루 트레인에서 봤거든요."

"블루 트레인이라고요!"

뭐라고 정의할 수 없는, 딱 집어 말할 수 없는 뭔가가 그의 태도에서 느껴졌다. 마치 느닷없는 방해물이나 역류를 만난 사람 같았다. 잠시 후 그가 별 생각 없이 물었다.

"오늘 아침에는 왜 그렇게 소란스러웠습니까? 누가 죽기라도 했답니까?"

캐서린이 천천히 대답했다.

"맞아요. 사람이 죽었답니다."

데릭이 무례하게 말했다.

"아무리 죽을 일이 있더라도 기차를 타고 가다 죽는 일만큼은 피하는 것이 좋습니다. 법적으로도 국제적으로도 온갖 골치 아픈 문제를 일으킬 뿐더러 평소보다 기차를 연착시키는 빌미를 제공해 주거든요."

"케터링 씨?"

맞은편에 앉은 건장한 미국 여인이 앞으로 다가앉으며 미국인 특유의 느긋한 억양으로 말했다.

"케터링 씨, 당신은 나를 잊었겠지만 난 당신을 너무나도 사랑스러운 남자로 기억하고 있답니다."

데릭이 몸을 앞으로 기울이며 그녀에게 뭐라고 응대하는 동안 캐서린은 옆자리에서 멍한 얼굴로 앉아 있었다.

케터링! 그래, 바로 그 이름이었어! 캐서린은 이제야 생각이 났다. 하지만 어떻게 이런 이상하고도 우스꽝스러운 일이 있단 말인가! 어젯밤에 캐서린이 본 남자가 케터링이었다니! 그는 자기 아내의 객실에 들어갔다가 살아서 무사히 곁을 떠나 지금은 아내가 어떤 운명에 처했는지도 모르고 저녁 식사를 하려고 식탁 앞에 앉아 있었다. 그렇다면 아내의 죽음을 모르고 있는 것이 틀림없었다.

하인 한 명이 데릭에게 몸을 굽히더니 편지 한 통을 건네주며 귀엣말을 속삭였다. 데릭은 레이디 탬플린에게 양해를 구한 뒤 억지로 봉투를 찢어 편지지를 펼쳤다. 편지를 읽는 순간 경악하는 표정이 그의 얼굴을 뒤덮었다. 그는 잠시 후 레이디 탬플린을 쳐다봤다.

"도대체 무슨 일인지 모르겠군요. 미안하지만 로절리, 그만 가 봐야 할 것 같습니다. 파리의 총경이 당장 만나자는군요. 무슨 일인지 모르겠어요."

"그동안 저지른 죄가 들통났나 보죠."

레녹스가 한마디 했다.

"그래야 말이 되겠지. 말도 안 되는 별 우스꽝스러운 일로 나를 부른 모양인데 그렇다고 안 갈 순 없잖아? 경시청인지 뭔지로 가긴 가야겠지. 감히 그 인간이 나를 저녁 식사 자리에서 불러내? 어디 얼마나 중요한 일이기에 그러는지 두고 보자고."

데릭은 큰 소리로 웃음을 터뜨리며 의자를 밀고 일어서서 식당을 나갔다.

반 올딘에게 온 전보

2월 15일 오후, 짙은 안개가 런던 시내를 뒤덮었다. 루퍼스 반 올딘은 이런 기상 조건을 십분 활용해 사보이 호텔의 스위트룸에서 평소보다 곱절의 시간을 업무에 할애했다. 덕분에 나이튼은 신바람이 났다. 그는 요즘 들어 어떻게든 자신의 보스를 설득해서 급히 처리해야 할 업무에 집중시키느라 진땀을 뺐다. 용기를 내서 어쩌다 일거리를 들이밀면 반 올딘은 퉁명스럽게 쏘면서 떠밀어 버리기 일쑤였다. 그랬던 반 올딘이 지금은 곱절의 에너지로 온 열정을 일에다 퍼붓고 있으니 비서 입장에서는 그 기회를 최대한 활용할 수밖에 없었다. 나이튼이 평소의 재치를 총동원해 부지런히, 그러나 도를 넘지 않게 일을 들이밀었기 때문에 반 올딘은 아무런 의심도 하지 않았다.

그러나 일에 몰두한 와중에도 반 올딘의 마음 저편에는 한 가지 사소한 문제가 자리 잡고 있었다. 나이튼의 입에서 무심코 튀어나온 말이 그 일을 수면 위로 띄운 것이다. 지금 그 문제는 눈에 보이지 않지만 서서히 의식 깊숙한 곳으로 파고들면서 반 올딘을 괴롭혔다. 결국 그는 자기도 모르는 사이에 그 집요함에 굴복하고 말았다.

반 올딘은 평소처럼 한껏 마음을 집중하고 나이튼의 얘기를 경청했지만 실은 한마디도 머리에 들어오지 않았다. 그가 기계적으로 고개를 끄덕이자 비서는 다른 서류 작업에 착수했다. 나이튼이 서류를 분류하고 있는데 반 올딘이 말을 걸었다.

"아까 그 얘기, 다시 해 줄 수 있겠나, 나이튼?"

나이튼은 잠시 어리둥절했다.

"이것 말씀이세요, 사장님?"

그는 글씨가 빼곡히 적힌 업무 보고서를 들어올렸다.

"아니, 아니. 어젯밤에 파리에서 루스의 하녀를 봤다는 얘기 말이야. 도무지 이해가 안 가서 그래. 자네가 잘못 봤을 거야."

"잘못 본 게 아닙니다, 사장님. 실제로 이야기도 나눴는걸요."

"그래? 그럼 처음부터 다시 말해 보게."

나이튼은 시키는 대로 했다.

"바세이머스 사(社)와 거래를 성사시킨 다음, 저녁을 먹고 노르역에서 9시발 기차를 잡아타려고 짐을 챙기러 리츠 호텔로 돌아갔을 때였습니다. 프런트 앞에서 어떤 여자를 봤는데 케터링 부인의 하녀가 분명했습니다. 그래서 그녀에게 다가가 케터링 부인이 거기 묵고 계시냐고 물었죠."

"그럼, 그럼. 당연하지. 그렇게 묻는 게 당연하고 말고. 그런데 하녀 말이 루스가 리비에라로 가면서 자기더러 리츠 호텔에 가서 다른 지시가 있을 때까지 기다리라고 했단 말이지?"

"그렇습니다, 사장님."

"거참 이상하군. 걔가 버르장머리 없는 애라면 몰라도 왜 떼어 보냈는지 이해가 안 가."

나이튼이 이의를 제기했다.

"사장님 말씀대로라면 케터링 부인이 하녀에게 돈을 쥐어 주고 영국으로 돌아가라고 하지 않았을까요? 리츠 호텔로 가 있으란 얘기는 안 했을 겁니다."

"그렇군. 맞는 소리야."

백만장자는 나지막이 말했다.

반 올딘은 뭐라고 말을 하려다 말았다. 그는 나이튼을 좋아하고 아끼고 신뢰했지만, 그렇다고 자기 딸의 사적인 문제를 비서와 의논할 수는 없는 노릇이었다. 반 올딘은 루스가 자신에게 뭔가를 숨겼다는 생각에 이미 마음이 상해 있었다. 그런 차에 예기치 않게 이런 소식까지 들으니 가뜩이나 불안한 마음이 좀처럼 가라앉지 않았다.

루스는 왜 파리에서 하녀를 떼어 보냈을까? 도대체 무슨 목적에서, 혹은 동기에서 그런 일을 했을까?

반 올딘은 이 희한한 우연의 조합을 곰곰이 생각했다. 예상치 못한 우연의 일치가 아니고서야 루스는 자기 하녀가 파리에서 제일 먼저 마주칠 사람이 하필 아버지의 비서일 줄을 상상이나 했을까?

아, 하지만 그것이 세상사 돌아가는 이치였다. 세상에는 비밀이 없다는 말도 있지 않은가.

반 올딘은 마지막 말이 마음에 걸렸다. 어쩌다 보니 자연스럽게 떠오른 말이었다. 그렇다면 '뭔가 들통날' 일이 있었단 말인가? 그는 문득 떠오른 이 질문에 대답하고 싶지 않았다. 답이 뻔하기 때문이었다. 그 답이란…… 그가 확신하는 답이란 바로 아르망 드 라 로슈였다.

반 올딘은 딸이 그런 인간의 꼬임에 넘어갔다고 생각하니 속이 쓰렸다. 하지만 딸이 좋은 친구들과 사귀었으며, 또 자기 딸 말고 좋은 집안에서 자라고 똑똑한 여자들도 똑같이 그 백작인지 뭔지의 유혹에 쉽게 넘어갔었다는 사실도 모르는 바는 아니었다. 남자들은 그런 인간의 속을 꿰뚫어 보는 눈이 있지만 여자들은 그렇지 못했다.

지금 반 올딘은 혹여 자기 비서가 품고 있을지도 모를 의심을 깨끗이 씻어 줄 구실을 찾고 있었다.

"루스가 원래 그때그때 변덕이 심하긴 하지."

그는 일단 이렇게 말하고 일부러 아무렇지 않은 듯이 덧붙였다.

"그 하녀라는 애가 이를테면…… 루스가 계획을 바꾼 이유는 말하지 않던가?"

나이튼은 최대한 자연스러운 목소리를 내려고 애쓰면서 대답했다.

"케터링 부인이 뜻밖의 친구분을 만났다고 했습니다."

"그래?"

얼핏 들어서는 가벼운 목소리였지만 나이튼의 숙련된 귀는 그 밑에 깔린 긴장감을 놓치지 않았다.

"아, 그런 일이 있었군. 남자라던가 여자라던가?"

"남자라고 했던 것 같습니다."

반 올딘은 고개를 끄덕였다. 그가 생각했던 최악의 두려움이 현실로 나타나고 있었다. 그는 의자에서 일어나 방 안을 오락가락하기 시작했다. 이런 행동은 흥분했을 때의 습관이었다. 그는 더 이상 감정을 억누르지 못하고 화를 터뜨렸다.

"이 세상 어떤 남자도 할 수 없는 일이 딱 한 가지 있는데 그게 뭔지 아나? 바로 여자로 하여금 이성에 귀 기울이게 하는 일이네. 도무지 어떻게 생겨 먹은 건지 모르겠지만 여자들은 분별이란 게 아예 없어. 여자의 직감? 아니, 야비한 사기꾼 놈팡이들이 점찍어 놓고 꼬시면 맥도 못 추는 게 여자라는 건 삼척동자도 다 알아. 사기꾼 놈을 만났을 때 사기꾼인 줄 알아보는 여자는 열 명에 한 명도 안 될걸. 멀끔하게 생긴 놈이 달콤한 사탕발림을 하면 홀딱 넘어가기나 하고. 내 마음 같아선 ……."

그의 말은 여기서 끊겼다. 사환이 전보를 가져 왔기 때문이었다. 반 올딘은 봉투를 찢고 전문을 꺼내들더니 별안간 낯빛이 허옇게 변했다. 그는 쓰러지지 않으려고 의자 등받이를 꼭 움켜쥐고는 사환에게 그만 나가 보라고 손짓했다.

"무슨 일이십니까, 사장님?"

나이튼은 걱정이 돼서 어느새 자리에서 일어나 있었다.

"루스가!"

반 올딘이 목이 잠긴 채 외쳤다.

"케터링 부인이 왜요?"

"죽었다네!"

"기차 사고인가요?"

반 올딘은 고개를 저었다.

"아니, 전보 내용으로 봐서는 강도들에게 당한 모양이야. 직접적으로 그런 용어를 쓰진 않았지만 나이튼, 아무래도 불쌍한 내 딸아이가 살해당한 것 같아."

"세상에, 어떻게 이런 일이!"

반 올딘은 집게손가락으로 전보를 탁탁 두드렸다.

"발신지가 니스 경찰서로 찍혀 있네. 당장 가장 빠른 차를 타고 그리로 가야겠어."

나이튼은 어느 때보다 민첩하게 움직였다. 그는 시계를 흘깃 쳐다봤다.

"빅토리아 역에 5시발 기차가 있습니다, 사장님."

"좋아. 자네도 나하고 같이 가세, 나이튼. 하인 아처에게 그렇게 전하고 자네 짐도 싸 두게. 여기 일은 자네가 알아서 맡아 줘, 난 커즌 가에 다녀와야겠으니."

전화벨이 날카롭게 울리자 나이튼이 수화기를 집어 들었다.

"예, 그렇습니다. 찾아온 사람이 누구랍니까?"

이번에는 나이튼이 반 올딘에게 말했다.

"고비 씨가 왔답니다, 사장님."

"고비? 지금은 곤란한데. 아니……. 가만 있자. 아직은 시간이 있으니까 좋아, 그 친구를 올려 보내라고 하게."

반 올딘은 강인한 남자였다. 어느새 특유의 냉정한 침착성을 회복한 상태였다. 안 좋은 일이 있었다는 사실을 아무도 눈치 채기 힘들 만큼 고비를 맞는 그의 태도는 한 치의 흐트러짐도 없었다.

"내가 시간이 별로 없네, 고비. 중요한 용건이라도 있나?"

고비는 헛기침을 했다.

"케터링 씨의 동태에 대한 겁니다. 알려 달라고 하셔서."

"그랬지……. 한데?"

"어제 아침에 리비에라로 가기 위해 런던을 떠났습니다."

"뭐?"

반 올딘의 목소리에 담긴 무언가가 고비를 놀라게 했음이 분명했다. 이 대단한 신사는 대화하는 상대방의 얼굴을 절대 보지 않는다는 평소의 철칙을 버리고 재빨리 백만장자의 얼굴을 훔쳐봤다.

"차편은?"

반 올딘이 물었다.

"블루 트레인이랍니다."

고비는 다시 한번 헛기침을 하고는 벽난로 장식 위에 놓인 시계를 바라보며 이렇게 덧붙였다.

"파르테논의 전속 댄서인 미렐이라는 여자도 같은 기차 편으로 떠났습니다."

에이다 메이슨의 증언

"반 올딘 씨, 이번 일로 저희가 얼마나 경악했고 당혹스러웠는지, 또한 반 올딘 씨를 얼마나 깊이 동정하는지 차마 말로 다 표현할 수가 없군요."

예심판사(프랑스에서 형사재판에 들어가기에 앞서 조사를 위한 심문을 담당하는 판사 — 옮긴이) 카레지는 반 올딘을 향해 말했다. 코 총경 역시 뭔가 위로의 말을 하려고 했지만 입 안에서만 맴돌았다. 그러나 반 올딘은 즉시 손을 들어 그들이 전한 경악과 당혹감과 위로를 일축했다. 지금 이런 광경이 벌어지고 있는 곳은 니스에 있는 예심판사의 사무실이었다. 방 안에는 카레지 판사와 총경과 반 올딘, 세 사람 외에 한 사람이 더 있었다. 바로 그가 입을 열었다.

"반 올딘 씨가 원하는 것은 수사입니다. 그것도 조속한 수사죠."

"아!"

총경이 외쳤다.

"아직 소개를 안 했군요. 반 올딘 씨, 이분은 에르퀼 푸아로 씨라고 선생께서도 틀림없이 들어 보셨을 겁니다. 몇 년 전에 현업에서 물러났지만 현존하는 가장 위대한 탐정 가운데 한 분으로 이름이 높으신 분이죠."

"만나서 반갑소, 무슈 푸아로."

반 올딘은 다소 기계적으로, 이미 한참 전에 버렸던 상투적인 인사말을 건넸다.

"지금은 은퇴하셨다고요?"

"그렇습니다. 지금은 세상을 즐기며 지내고 있죠."

이 자그마한 남자는 과장된 몸짓을 해 보였다.

"푸아로 씨는 우연히 블루 트레인을 타고 여행 중이셨답니다. 덕분에 고맙게도 자신의 풍부한 경험을 되살려 우리를 돕겠다고 이렇게 오신 겁니다."

총경이 자초지종을 설명했다.

백만장자는 예리한 눈으로 푸아로를 바라봤다. 그러더니 별안간 예상치 못한 말을 던졌다.

"무슈 푸아로, 알다시피 난 대단한 갑부입니다. 사람들은 흔히 부자는 돈이면 모든 걸 살 수 있고 누구나 살 수 있다는 믿음으로 사는 줄 알지만 그건 사실이 아닙니다. 내 분야에서 나는 거물이고, 거물은 또 다른 거물에게 도움을 요청하는 법이죠."

푸아로는 재빨리 알겠다는 뜻으로 고개를 끄덕였다.

"좋으신 말씀입니다, 반 올딘 씨. 무엇이든지 분부만 하십시오."

"고맙군요. 언제든 날 찾아오세요. 그럼 내 섭섭지 않게 대해 드릴 테니. 그건 그렇고 이제 본론으로 들어갑시다."

카레지 판사가 입을 열었다.

"케터링 부인의 하녀였던 에이다 메이슨을 불러 심문해 보기로 하죠. 그녀가 여기 있는 걸로 압니다만?"

반 올딘이 대답했다.

"그렇습니다. 파리에서 길을 가다가 마주쳐서 이리로 데려왔습니다. 모시던 주인이 죽었다는 소리를 듣고 깜짝 놀라더군요. 하지만 물어보면 차분하고 조리 있게 아는 대로 대답할 겁니다."

"그럼 이리로 불러 보죠."

카레지가 말했다. 그가 책상 위의 벨을 누르자 잠시 후 에이다 메이슨이 방 안으로 들어왔다.

그녀는 까만 옷을 단정하게 차려입었으며 코끝이 빨갛게 달아올라 있었다. 회색빛 여행 장갑 대신 까만색 스웨이드 장갑을 끼고 있었다. 그녀는 약간 겁먹은 표정으로 예심판사의 사무실을 한 차례 둘러보다가 자기 주인의 아버지가 와 있음을 알고는 적이 안심하는 눈치였다. 평소 자상한 사람이라고 자부하던 예심판사는 메이슨을 편하게 해 주려고 최선을 다했다. 푸아로도 통역을 맡아 옆에서 한몫 거들었다. 그의 다정한 태도가 이 영국 여자에겐 다소 위로가 되었다.

"당신 이름이 에이다 메이슨인가요?"

"에이다 비어트리스가 제 세례명이에요."

메이슨이 새침하게 대답했다.

"그렇군요. 그건 그렇고 메이슨 양, 이런 일이 생겨서 정말 고통스럽겠습니다."

"말씀도 마세요. 지금까지 많은 부인들을 모시면서 늘 만족하고 지냈어요. 그런데 제가 모시는 분께 이런 일이 일어날 줄은 정말 꿈에도 몰랐어요."

"그랬겠죠, 그랬을 겁니다."

카레지 판사가 맞장구를 쳤다.

"물론 일요일자 신문에서 그런 기사를 읽은 적은 있어요. 그리고 그럴 때마다 항상 이렇게 생각했죠, 하여간 외국 기차는……."

메이슨은 술술 터져 나오던 말을 갑자기 멈췄다. 자기 얘기를 듣고 있는 신사들이 그 기차와 같은 국적을 지닌 사람들이라는 생각이 문득 떠올랐기 때문이었다.

카레지가 말했다.

"그럼 이제 이번 사건에 대한 얘기를 나눠 보도록 하죠. 당신은 런던을 떠날 때만 해도 파리에 머물게 될 줄 몰랐던 것으로 아는데요?"

"아, 몰랐죠. 원래는 곧장 니스로 갈 계획이었어요."

"예전에도 케터링 부인을 모시고 외국에 나간 적이 있습니까?"

"아뇨. 마님을 모신 지 불과 두 달밖에 안 됐거든요."

"이번 여행길에서 부인의 태도에 평소와 다른 점은 없었나요?"

"무슨 걱정거리가 있으신지 기분이 언짢으셔서 자꾸 짜증을 내고 잘 웃지도 않으셨어요."

카레지는 고개를 끄덕였다.

"자, 그럼 메이슨 양, 당신이 파리에서 내리게 될 거란 얘길 처음 들었을 때 상황을 말씀해 주시겠습니까?"

"리옹인가 하는 역에서였어요. 마님께서는 원래 기차에서 내려 승강장을 거닐 생각이셨어요. 그런데 통로로 나서시다 말고 별안간 깜짝 놀라며 비명을 지르시더니 웬 신사분을 데리고 객실로 다시 들어오셨어요. 마님께서 제 방하고 마님 방 사이의 문을 닫으시는 바람에 전 아무것도 못 보고 아무 소리도 못 들었는데, 한참 뒤에 갑자기 문을 여시더니 계획을 바꾸겠다더군요. 그러고는 돈을 쥐어 주시면서 기차에서 내려 리츠 호텔로 가라고 하셨어요. 거기 사람들하고 잘 아는 사이라면서 제게 방을 내어 줄 거라더군요. 거기서 기다리면 나중에 연락을 줄 거라고, 필요한 때가 되면 전보를 보내겠다고 하셨어요. 시간이 너무 촉박해서 간신히 제 짐만 챙겨서 기차에서 뛰어내렸고 곧장 기차는 떠나 버렸죠. 꼭 번갯불에 콩 볶아 먹듯 했다니까요."

"케터링 부인이 당신에게 그런 얘기를 하는 동안 그 신사는 어디 있었나요?"

"바로 옆 객실에 서서 창밖을 내다보고 있었어요."

"그의 인상착의를 설명할 수 있습니까?"

"글쎄요. 그게 사실은 그분을 제대로 보지 못했어요. 주로 등을 돌리고 있었거든요. 키가 큰 신사분이고 가무잡잡했다는 게 말씀드릴 수 있는 전부예요. 참, 감색 외투에 회색 모자를 쓴 신사가 한 명 더 있었는데 그분하고 옷차림이 아주 비슷했어요."

"그 남자는 기차에 탄 승객 중 한 명이었나요?"

"그건 아닌 것 같아요. 여행 중에 역으로 케터링 부인을 만나러 나온 분인가 보다라고 생각했거든요. 물론 승객이었을지도 모르지만 그런 생각은 전혀 안 해 봤어요."

메이슨은 판사가 떠보려고 던진 질문에 약간 혼란스러운 눈치였다.

카레지 판사는 재빨리 다른 주제로 넘어갔다.

"좋습니다! 당신 주인은 그 뒤 차장에게 아침 일찍 깨우지 말아 달라고 했습니다. 메이슨 양이 보기에 평소에도 그런 일이 자주 있었나요?"

"예. 마님은 원래 아침 식사를 거르시는 데다 밤잠을 잘 못 이루셨기 때문에 늦게까지 주무시는 편이었어요."

카레지 판사는 또다시 다른 주제로 넘어갔다.

"케터링 부인의 짐 중에 주홍색 염소 가죽으로 만든 상자가 한 개 있었죠? 보석 상자라던데."

"예."

"당신이 그 상자를 리츠 호텔로 가져갔습니까?"

"마님 보석 상자를 제가 리츠 호텔로 가져가요? 어머, 아니에요. 말도 안 돼요."

메이슨의 목소리는 잔뜩 겁에 질려 있었다.

"그럼 객실에 두고 떠났습니까?"

"당연하죠."

"케터링 부인은 평소에 보석을 많이 지니고 다녔나요?"

"꽤 많아요. 어떨 때는 제가 다 불안할 정도였어요. 왜 그런 일이 많잖아요, 외국 기차를 타고 가다가 강도를 만나 몽땅 털렸다느니 하는 신문에서 나올 법한 무시무시한 얘기들이요. 마님은 전부 다 보험에 들어 놓았다지만 그럼 뭣해요. 무섭고 가슴 떨리기는 마찬 가지인걸요. 한번은 마님께서 그런 말씀을 하셨어요. 갖고 계신 루 비 값만 해도 수십만 파운드는 될 거라고요."

"루비라니! 무슨 루비?"

반 올딘이 별안간 소리를 질렀다.

메이슨은 그를 쳐다봤다.

"불과 얼마 전에 어르신께서 마님에게 주셨던 걸로 아는데요."

반 올딘이 소리쳤다.

"하느님 맙소사! 그럼 루스가 그 루비를 들고 기차를 탔단 소리 야? 은행에다 맡겨 두라고 일렀건만."

메이슨은 한 번 더 얌전하게 헛기침을 했다. 이런 행동은 귀부인 을 모시는 하녀로서 곤란한 상황을 모면할 때 쓰는 일종의 요령인 듯했다. 하지만 지금 그녀의 행동은 의미하는 바가 컸다. 자기가 모 시던 마님이 뭐든 마음대로 하는 여자라는 사실을 직접적인 말보다 훨씬 극명하게 드러냈기 때문이었다.

"루스 그 녀석이 제정신이 아니었군. 도대체 무슨 생각에 정신이 나가서 그런 짓을 했을꼬?"

반 올딘이 투덜거렸다.

이번에는 카레지 판사가 헛기침을 했다. 역시나 의미심장한 헛기침이었다. 반 올딘은 그의 헛기침이 마음에 걸렸다.

카레지가 메이슨을 향해 말했다.

"이것으로 심문은 끝난 것 같군요. 메이슨 양, 옆방에 가면 직원들이 여기서 주고받은 문답 내용을 빠짐없이 읽어 줄 겁니다. 그럼 확인하고 서명하시면 됩니다."

메이슨이 직원을 따라 밖으로 나가자 반 올딘이 얼른 예심판사에게 말했다.

"어떻습니까?"

카레지 판사는 책상 서랍을 열더니 편지 한 장을 꺼내 맞은편에 있는 반 올딘에게 건네주었다.

"케터링 부인의 핸드백에서 나온 겁니다."

　　소중한 그대에게,(편지는 이렇게 시작되었다.)

　　당신 말대로 할게. 신중하고 조신하게 행동할 거야. 물론 사랑에 빠진 사람에게는 이런 것들이 너무나 한심해 보이겠지. 파리는 아무래도 현명한 선택이 아닌 것 같아. 하지만 도르 제도는 아주 먼 곳이니까 비밀이 새어 나가는 일은 없을 테니 걱정 마. 당신과 당신의 신성하고 따스한 마음 모두 지금 내가 집필 중인, 유명한 보석에 관한 책에 관심이 쏠려 있으리라 생각해. 실제로 그 역사적인 루비들을 직접 보고 만져 볼 수만 있다면 내게는 엄청난 특권이 되겠지. 지금 난 '불의 심장'에 각별한 애정을 쏟고 있어. 아름다운 그대! 이별의 공허함으로 보낸 당신의 눈물 젖은 세월 전부를 조만간 내가 채워 주겠어.

당신의 영원한 사랑,

아르망.

로슈 백작

반 올딘은 묵묵히 편지를 읽어 내려갔다. 안색이 고통과 분노에 찬 자줏빛으로 변해 갔다. 방 안에 있던 사람들은 그의 이마 위로 핏줄이 툭툭 불거져 올라오고 그가 자기도 모르게 그 큰 두 손을 꽉 움켜쥐는 모습을 조용히 지켜보았다. 반 올딘은 아무 말 없이 편지를 카레지 판사에게 돌려줬다. 카레지 판사는 자신의 책상을 뚫어져라 바라보고 있었고, 코 총경은 시선을 천장에 고정시키고 있었으며, 에르퀼 푸아로는 외투 소맷부리에 묻은 먼지를 살살 털고 있었다. 세 사람 모두 최대한 기지를 발휘해서 반 올딘을 외면하고 있었다.

자신의 위치와 직무를 절대 망각하는 법이 없는 카레지 판사가 마침내 달갑지 않은 주제를 끄집어냈다. 그가 나지막이 물었다.

"반 올딘 씨께서는 이 편지를 쓴 사람이 누군지 아시죠?"

"예, 압니다."

반 올딘이 힘겹게 입을 뗐다.

"그래요?"

판사가 궁금하다는 듯이 물었다.

"자칭 로슈 백작이라고 주장하고 다니는 사기꾼 놈이오."

잠시 말이 끊겼다. 이윽고 푸아로가 앞으로 다가앉더니 판사의 책상에 놓인 자를 반듯이 놓으며 백만장자를 겨냥해서 말했다.

"반 올딘 씨, 우리 세 사람은 선생님께서 이런 일을 입에 올리기가 몹시 고통스러우실 거란 걸 잘 압니다. 하지만 진심으로 말씀드리지만 지금은 뭘 감출 때가 아닙니다. 우리는 공명정대한 수사를 위해서 모든 걸 알아야 합니다. 조금만 더 생각해 보시면 제가 드린 말씀이 정확히 뭘 뜻하는지 분명히 깨달으실 겁니다."

반 올딘은 잠시 말이 없더니 이윽고 마지못해 알겠다는 듯이 고개를 끄덕였다.

"당신 말이 맞아요, 무슈 푸아로. 고통스럽지만 내게는 아무것도 감출 권한이 없어요."

총경은 안도의 한숨을 내쉬었고, 예심판사는 의자에 깊숙이 기대앉아 길고 뾰족한 콧잔등에 걸친 코안경을 바로잡았다.

"반 올딘 씨, 그럼 당신 입으로 직접 이 남자에 대해 알고 있는 대로 모두 말씀해 주시죠."

"11년 전인가, 12년 전인가 파리에서였소. 그때 내 딸은 그 또래의 다른 아이들처럼 머릿속에 온통 어리석고 뚱딴지 같은 생각이 가득 찬 나이 어린 아가씨였어요. 딸아이는 나도 모르게 로슈 백작이라는 작자와 사귀었죠. 여러분도 그의 이름은 들어보셨을 텐데요?"

푸아로가 그렇다고 고개를 끄덕였다. 반 올딘의 말은 계속되었다.

"자칭 로슈 백작이라고 주장하고 다니는 놈이죠. 그런 작위를 받을 자격이나 있는지 의심스럽지만."

"고다 연감(유럽 각국의 왕후, 귀족의 계보 및 각국의 통계가 기재되어 있음 — 옮긴이)을 찾아보셔도 그 친구 이름은 없었을 겁니다."

총경이 맞장구를 쳤다.

"그 정도는 나도 압니다. 놈은 생긴 것도 멀끔하고 말주변도 뛰어난 난봉꾼이라 여자들이 껌뻑 넘어갑니다. 루스도 그놈에게 넋이 나가 있었지만 내가 즉시 제동을 걸어서 사태를 막았죠. 놈은 어디에서나 볼 수 있는 한낱 사기꾼에 불과했으니까요."

총경이 말했다.

"맞는 말씀입니다. 로슈 백작은 우리도 잘 아는 인물입니다. 할 수만 있었으면 벌써 잡아서 감옥에 처넣었을 텐데, 거참! 그게 그리 만만치가 않더군요. 보통 교활한 놈이 아닌 데다 일으키는 문제마다 늘 고위층 귀부인이 얽혀 있었죠. 놈이 거짓 행세를 하거나 공갈 협박을 해서 자기네 주머니를 털어 가는 데도 나 원 참! 어찌 된 노릇인지 아무도 놈을 기소하려 들지 않는 겁니다. 참 나, 그러면 안 되는데 말이죠. 세상 사람들 눈에는 한심해 보이겠지만 여하간 그놈에게는 여자들을 사로잡는 특별한 힘이 있어요."

백만장자가 무거운 어조로 말했다.

"그래요. 사실 그놈과 딸아이의 교제를 막을 때 내가 좀 심하게 굴었습니다. 루스에게 놈의 정체를 사실대로 알렸더니 결국 딸아이도 어쩔 수 없이 믿더군요. 그런 일이 있고 나서 1년쯤 뒤에 루스는 지금의 남편을 만나 결혼했습니다. 난 그걸로 놈과의 관계가 끝난 줄 알았는데 불과 1주일 전에 글쎄 기가 막히게도 딸아이가 로슈 백작이라는 작자와 다시 만나고 있는 걸 안 겁니다. 딸아이는 그놈을 런던과 파리 등지에서 수시로 만났어요. 무슨 경솔한 짓이냐고 딸아이를 나무랐습니다. 사실 그 애는 내가 우겨서 현재 남편과 이혼 소송을 준비 중이었거든요."

"흥미로운 얘기군요."

푸아로가 시선을 천장에 고정시킨 채 조용히 말했다.

반 올딘은 그를 날카롭게 쏘아보고는 다시 말을 이었다.

"그래서 딸아이에게 이런 상황에서 백작 녀석을 계속해서 만나는 건 어리석은 짓이라고 타일렀습니다. 딸아이가 내 생각과 같은 줄 알았죠."

예심판사는 고상하게 헛기침 소리를 냈다.

"그런데 이 편지를 보니……."

그는 말을 시작하다가 말았다.

반 올딘의 입매가 딱딱하게 굳어졌다.

"압니다. 괜히 점잔 빼 봤자 소용없겠죠. 아무리 기분이 나빠도 사실은 직시해야 하니까요. 루스가 사전에 파리로 가서 로슈 백작을 만날 채비를 해 놓은 게 분명합니다. 그랬다가 내가 경솔한 짓 말라니까 약속 장소를 바꾸자고 놈에게 편지를 띄운 겁니다."

총경이 생각에 잠긴 채 말했다.

"도르 제도라면 외딴곳에 위치한 전원 지역인 예르 바로 맞은편 아닌가요?"

반 올딘이 고개를 끄덕이고는 격렬히 외쳤다.

"이렇게 기가 찰 데가 있나! 루스 그 녀석이 그렇게 한심한 짓을 하다니! 뭐, 보석에 관한 책을 써? 하! 놈은 애초부터 루비에 눈독을 들인 겁니다."

푸아로가 말했다.

"러시아 왕족의 가보로 내려오는 보석 중에 대단히 유명한 루비가 있죠. 독특한 아름다움 때문에 가치가 상상을 초월한다더군요. 그런데 그것들이 최근에 어느 미국인의 소유로 넘어갔다는 소문이 있습니다. 반 올딘 씨, 바로 당신이 그 보석을 산 사람이라고 결론지어도 되겠습니까?"

"맞습니다. 열흘 전쯤 파리에서 구입했습니다."

"이런 말씀을 드려도 될지 모르겠지만, 무슈, 그걸 사려고 꽤 오랫동안 흥정하지 않으셨나요?"

"두 달 조금 넘게 걸렸습니다만. 왜 그러시죠?"

"세상 사람들이 다 아는 사실이니까요. 원래 이런 진귀한 보석의 흐름 뒤에는 만만치 않은 세력들이 버티고 있기 마련이죠."

반 올딘은 얼굴이 경련으로 일그러지며 떠듬떠듬 말했다.

"루스에게 그 루비들을 주면서 했던 농담이 떠오르는군요. 그것들 때문에 강도에게 목숨을 잃는 일은 볼 수 없으니 리비에라에 갈 때 들고 가지 말라고 했습니다. 그런데 어떻게 이런 일이! 현실로 나타날 줄은 꿈에도 생각 못 하고 그런 소리를 지껄이다니."

모두들 그의 아픈 심정에 공감하며 침묵을 지키고 있는데 불현듯 푸아로가 초연한 목소리로 말했다.

"지금까지 밝혀진 사실들을 시간 순으로 꼼꼼히 정리해 보죠. 현재까지 추측에 따르면 상황은 이렇습니다. 로슈 백작은 반 올던 씨께서 루비들을 산 걸 알고 있어요. 그리고 손쉬운 계략으로 마담 케터링을 꼬여서 그것들을 가져오게 한 겁니다. 그렇게 보면 열차가 파리에 도착했을 때 메이슨이 본 남자는 바로 로슈 백작이란 얘기가 성립합니다."

세 사람은 말이 된다는 듯이 고개를 끄덕였다.

"로슈 백작은 마담 케터링이 자신을 보고 깜짝 놀라자 재빨리 상황을 수습합니다. 메이슨을 눈앞에서 제거하고 저녁 식사가 담긴 바구니를 주문하죠. 우리는 그 객차의 차장을 심문한 결과 케터링 부인 객실의 침대는 정리했지만 하녀의 객실에는 들어가지 않았기 때문에 남자가 있었더라도 얼마든지 차장의 눈을 피해 숨어 있을 수 있었다는 사실을 압니다. 그때까지 백작은 귀신처럼 사람들 눈을 피해 숨어 있었죠. 그자가 기차에 탄 사실은 케터링 부인 말고는 아무도 모릅니다. 그도 그럴 것이 하녀가 자기 얼굴을 보지 못하도록 조심했기 때문이죠. 마담 케터링의 하녀가 아는 거라곤 그 남자가 키가 크고 가무잡잡하다는 사실 뿐입니다. 누구에게나 해당될 수 있는 막연한 특징이죠. 객실에 두 사람밖에 없는 상황에서 기차는 밤을 뚫고 무서운 속도로 달립니다. 비명을 지를 일도 다툴 일도 없었죠. 왜냐고요? 마담 케터링에게 그는 사랑하는 연인이었으니까요."

푸아로는 가만히 반 올딘에게 시선을 돌렸다.

"반 올딘 씨, 죽음은 거의 눈 깜짝할 새에 이뤄진 것이 분명합니다. 아, 이 부분은 대충 넘어가겠습니다. 이후에 백작은 눈앞에 놓인 보석 상자를 집어 듭니다. 그리고 얼마 지나지 않아 기차는 리옹 역에 접어들죠."

카레지 판사가 말이 된다는 듯이 고개를 끄덕였다.

"정확한 추리입니다. 통로에 있던 차장이 기차에서 내리자 백작은 그 틈을 타 아무에게도 들키지 않고 기차에서 내립니다. 또한 전혀 어려움 없이 파리든 어디든 원하는 곳으로 되돌아가는 기차를 잡아탑니다. 이로써 범죄는 평범한 열차 강도가 저지른 짓이 되는 거죠. 케터링 부인의 핸드백에서 편지가 발견되지 않았으면 백작은 아예 거론조차 되지 않았을 겁니다."

"부인의 핸드백을 뒤져 보지 않은 게 그자의 실수였군요. 놈은 케터링 부인이 편지를 없애 버렸을 거라고 철석같이 믿었을 겁니다. 말하자면…… 이렇게 말씀드리면 죄송하지만, 무슈, 그 편지를 갖고 있는 것은 더할 나위 없이 경솔한 짓이니까요."

총경이 단언했다.

푸아로가 나지막이 말했다.

"그러나 로슈 백작은 마담 케터링의 경솔한 행동을 예상했을지도 모릅니다."

"무슨 뜻이죠?"

"내 말은 우리 모두 한 가지 관점에 대해 같은 의견입니다. 바로 로슈 백작이란 인간이 한 가지 주제, 다시 말해 여자의 속성이라는 주제에 천착한다는 점입니다. 그 친구처럼 여자를 훤히 아는 남자가 과연 마담 케터링이 그 편지를 지니고 있을 거라는 사실을 예상치 못했을까요?"

예심판사가 의심스러운 듯이 대답했다.

"듣고 보니 그렇군요. 당신 말에도 일리는 있습니다. 하지만 알다시피 남자들은 때로 자제력을 상실합니다. 냉정하게 논리적으로 판단할 수 없다는 얘기죠. 몽 듀(오, 이런)!"

그는 무슨 생각이 들었는지 이렇게 덧붙였다.

"범죄자들이 냉정함을 잃지 않고 지능적으로 행동할 때는 어떻게 잡아야 할까요?"

푸아로는 혼자서 빙그레 웃었다.

"한마디로 심증은 있으나 물증은 없는, 힘든 사건이군요. 가뜩이나 미꾸라지 같은 놈인데 만에 하나 케터링 부인의 하녀가 얼굴을 알아보지 못하면……."

예심판사가 말했다.

"그럴 가능성은 거의 없습니다."

푸아로가 말했다.

"그래요, 그건 사실입니다. 못 알아보기도 어렵지요."

예심판사는 턱을 쓰다듬었다.

"만약 그자가 진짜로 마담 케터링을 죽인 범인이라면……."

푸아로가 입을 떼자 코 총경이 끼어들었다.

"만약…… 지금 만약이라고 했습니까?"

"네, 총경님. 만약이라고 했습니다."

총경은 그를 날카롭게 쏘아봤다. 이윽고 총경이 말했다.

"당신 말이 맞아요. 지금 우리는 너무 앞서가고 있습니다. 로슈 백작이 알리바이를 갖고 있을 가능성도 있어요. 그럼 우리는 바보 꼴이 되는 거죠."

푸아로가 말했다.

"아, 예를 들자면 그건 전혀 중요한 문제가 아닙니다. 만약 놈이 살인을 저지른 게 맞다면 당연히 알리바이가 있을 겁니다. 로슈 백작 같은 편력을 지닌 인간은 절대 주의를 게을리하지 않아요. 아뇨, 내가 만약이라고 말한 건 지극히 한정된 이유 때문입니다."

"그게 뭡니까?"

푸아로는 집게손가락을 힘주어 흔들었다.

"심리학적인 이유죠."

"그게 무슨 소립니까?"

총경이 물었다.

"심리학적으로 볼 때 틀린 추리라는 겁니다. 백작은 건달이다? 맞습니다. 백작은 사기꾼이다? 맞습니다. 백작은 여자 사냥꾼이다? 맞습니다. 그리고 마담 케터링의 보석을 훔칠 의도가 있었다? 역시 맞습니다. 그런 인간이 살인을 저지를까요? 내가 볼 때 그건 노(No)입니다! 백작 같은 부류의 인간은 예외 없이 겁쟁이입니다. 절대 위험한 짓은 하지 않죠. 영국인들이 흔히 '천한 수작'으로 부르는, 소위 안전하고 비열한 짓은 할지 몰라도 살인은 결단코 하지 않습니다!"

푸아로는 말이 안 된다는 듯이 고개를 저었다.

그러나 판사는 좀처럼 푸아로의 견해에 동의할 수 없다는 얼굴이었다. 그가 점잖게 의견을 내놓았다.

"고상한 신사라고 해서 이성을 잃고 지나친 행동을 하지 말라는 법은 없어요. 이번 사건은 틀림없이 그 경우에 해당됩니다. 무슈 푸아로, 당신 생각에 반대하려는 뜻은 아니지만……."

"그냥 내 의견을 말씀드렸을 뿐입니다. 물론 이번 사건은 판사님 소관이니 적절히 판단해서 처리하십시오."

푸아로는 서둘러 해명했다.

"로슈 백작이 우리가 잡아야 하는 범인이라는 내 견해에 만족합니다. 동의하십니까, 총경님?"

예심판사 카레지가 물었다.

"전적으로 동의합니다."

"그리고 당신도 동의하십니까, 반 올딘 씨?"

"동의합니다. 놈은 뼛속 깊이까지 악당이에요. 놈이 틀림없습니다."

백만장자가 말했다.

"하지만 놈을 찾아내기가 만만치 않을 것 같아서 걱정이군요. 최선을 다해 봐야죠. 당장 타전을 해서 수배 지시를 내리고 전단을 배포하겠습니다."

예심판사가 말했다.

"내가 도와 드리면 안 되겠습니까? 그럼 굳이 힘들게 애쓰지 않아도 될 텐데요."

푸아로가 말했다.

"뭐라고요?"

나머지 세 사람은 푸아로를 뚫어져라 쳐다봤다. 자그마한 체격의 이 남자는 희색이 만면한 얼굴로 미소를 지으며 그들의 시선을 맞받았다. 그가 설명했다.

"무언가를 알아내는 게 제 전문 분야이지 않습니까. 백작은 지능적인 사람입니다. 그는 지금 미리 빌려 놓은 별장에 있습니다. 앙티브에 있는 마리나 별장에요."

푸아로의 추리

모두들 감탄하는 눈으로 푸아로를 쳐다봤다. 이 왜소한 남자가 왜 사람들에게서 대단한 존경을 받는지 이해가 가고도 남았다. 총경은 다소 공허함이 묻어 나는 너털웃음을 웃었다.

"무슈 푸아로가 우리에게 한 수 가르쳐 주시는군요. 경찰이 모르는 것까지 알고 계시니 말입니다."

그가 큰 소리로 떠들었다.

푸아로는 짐짓 겸손을 가장하며 무관심한 척 천장을 응시했다. 그가 중얼거렸다.

"별 말씀을요. 뭔가를 알아내는 게 내 작은 취미거든요. 남는 게 시간이다 보니 자연히 파고들게 되더군요. 요즘 할 일도 별로 없고 해서."

총경이 거들먹거리며 고개를 저었다.

"허! 나로 말씀드리자면…….."

그는 자기 어깨에 얼마나 많은 걱정거리가 얹혀져 있는지 아느냐는 듯 과장된 몸짓을 했다.

푸아로는 갑자기 반 올딘에게 돌아섰다.

"반 올딘 씨께서도 판사님과 같은 생각이십니까? 로슈 백작이 살인범이라고 확신하세요?"

"그야 정황상 그렇고……. 그래요, 놈이 확실합니다."

그의 대답에서 꺼림칙한 느낌을 간파한 예심판사는 이상하다는 표정으로 이 미국인을 바라봤다. 반 올딘은 판사가 자신을 뚫어지게 쳐다보는 것을 눈치 채고 그가 품고 있을지도 모를 선입견을 털어 주려는 듯 애써 이렇게 말했다.

"내 사위는 어떻게 됐습니까? 내 딸이 죽었다는 소식은 알리셨나요? 지금 니스에 있는 걸로 압니다만."

"물론입니다."

총경은 머뭇거리더니 아주 조심스럽게 말했다.

"반 올딘 씨, 그날 밤에 케터링 씨도 블루 트레인에 타고 있던 승객 중 한 명이었다는 사실은 아시겠죠?"

백만장자는 고개를 끄덕였다.

"런던을 떠나기 직전에 들었습니다."

그는 간략하게 부연 설명까지 달았다.

총경은 계속 말했다.

"그는 자기 아내가 같은 기차를 타고 여행 중이었다는 사실을 전혀 몰랐다더군요."

반 올딘이 험악한 목소리로 말했다.

"아무렴, 당연히 그랬겠죠. 기차에서 내 딸아이와 마주쳤으면 아마 혼비백산했을 겁니다."

세 사람은 그게 무슨 소리냐는 표정으로 그를 쳐다봤다. 반 올딘이 분노를 감추지 못하고 말했다.

"솔직히 말씀드리죠. 가여운 내 딸이 그동안 무슨 수모를 당하고 살았는지 아무도 모를 겁니다. 데릭 케터링은 혼자가 아니었어요. 여자가 있었습니다."

"네?"

"미렐이라고 춤추는 여자입니다."

카레지 판사와 총경은 얼굴을 마주 보며 앞서 반 올딘이 왜 그런 말을 했는지 이해가 간다는 듯이 고개를 끄덕였다. 카레지 판사는 의자에 등을 기대고 손을 맞잡으며 시선을 천장에 고정시키고 말했다.

"그랬군요. 그렇지 않아도 궁금하던 차였습니다. 그런 소문이 들려서요."

판사가 헛기침을 했다.

코 총경도 말했다.

"아주 악명 높은 여자입니다."

"게다가 돈이 없으면 만나주지도 않는다고들 하더군요."

푸아로가 가만히 중얼거렸다.

반 올딘은 진즉부터 얼굴이 벌겋게 달아올라 있었다. 그는 몸을 앞으로 숙이더니 주먹으로 탁자를 쾅하고 내리쳤다.

"내 사위란 놈이 망할 놈의 사기꾼입니다!"

그는 버럭 소리를 질렀다.

반 올딘은 세 사람의 얼굴을 차례로 노려보더니 계속 말했다.

"하긴, 모를 일이죠. 생긴 것도 멀끔하고 매력이 넘치고 자상하기까지 하니 뭔들 못하겠습니까? 나도 한때는 놈의 그런 점에 넘어갔으니까요. 그 자식, 내 딸아이 소식을 전해 듣고 아마 상심한 척했을 겁니다. 물론 그 사실을 몰랐다는 전제 하에서 말이죠."

"아, 실제로 놀라더군요. 말문이 막혀 했습니다."

"빌어먹을, 머리에 피도 안 마른 위선자. 슬퍼 죽는 척 가장한 건 아니고요?"

반 올딘이 말했다.

"아……니었습니다. 확신할 수는 없지만……. 안 그렇습니까, 카레지 판사님?"

총경이 조심스럽게 대답했다.

판사는 눈을 반쯤 감은 채 손끝을 모았다. 그는 냉철하게 단언했다.

"충격, 당황, 공포…… 그런 느낌이었습니다. 그래요. 엄청난 슬픔……? 아뇨, 그 정도는 아니었습니다."

에르퀼 푸아로는 다시 입을 열었다.

"반 올딘 씨, 한 가지만 더 여쭤 보겠습니다. 혹시 케터링 씨가 아내의 죽음으로 이득을 보게 됩니까?"

"거금 200만이 놈에게 넘어가게 됩니다."

반 올딘이 대답했다.

"달러로요?"

"파운드예요. 난 딸아이가 결혼할 때 그 돈을 아무 조건 없이 넘겨줬습니다. 루스는 유언장도 남기지 않았고 아이도 없으니 남편이 그 돈을 넘겨 받게 되겠죠."

"곧 이혼을 앞두고 있던 남편에게 말이죠?"

푸아로가 속삭였다.

"역시, 그렇군요. 프레시망(정확했어요)."

총경은 고개를 돌리고 날카롭게 그를 쏘아보더니 입을 열었다.

"그 말은……?"

"별 뜻 없습니다. 그냥 사실들을 정리해 봤을 뿐입니다."

푸아로가 대답했다.

반 올딘은 새삼 관심을 기울이며 그를 주시했다.

푸아로는 자리에서 일어섰다. 그는 카레지 판사에게 고개를 숙이며 정중히 말했다.

"더 이상 제가 도울 일이 없는 것 같군요, 판사님. 사건의 추이를 수시로 알려 주실 수 있겠습니까? 그럼 대단히 감사하겠습니다."

"그야 당연하죠. 물론 그렇게 해 드리겠습니다."

반 올딘도 따라서 일어섰다.

"나도 여기 더 있어야 하나요?"

"아닙니다. 현재로선 필요한 정보는 모두 확보했습니다."

"그럼 무슈 푸아로와 함께 좀 걸어야겠습니다. 물론 본인이 싫다고 하지 않으실 때 얘기지만."

"영광입니다."

푸아로는 고개를 숙이며 말했다.

반 올딘은 큼지막한 시가에 불을 붙이더니 먼저 푸아로에게 권했다. 그가 사양하자 이번에는 자기가 피울 작은 담배 한 대에 불을 붙였다. 남달리 강인한 성격의 소유자인 반 올딘은 이미 평정심을 되찾은 듯했다. 두 사람은 입을 다문 채 잠시 한가로이 길을 거닐었다. 이윽고 백만장자가 먼저 입을 열었다.

"무슈 푸아로, 은퇴했다고 하지 않았나요?"

"그렇습니다. 지금은 세상 구경을 하면서 즐겁게 지내고 있죠."

"하지만 이번 사건과 관련해서 경찰을 도와주고 있지 않습니까?"

"반 올딘 씨, 의사가 길을 지나가는데 사고가 터졌습니다. 누군가 발밑에서 피를 흘리고 죽어가는데 그럼 그 사람이 '난 의사 일을 그만뒀으니 가던 길이나 가야겠소.' 하고 말하겠습니까? 만약 내가 이미 니스에 도착한 상태였고 경찰이 찾아와서 자기네들을 도와 달라고 부탁했다면 거절했을 겁니다. 하지만 이번 일은 자비로운 하느님께서 '네가 해결해라.' 하고 떠다 맡기신 일입니다."

"당신은 사고 현장에 있었어요. 그렇다면 딸아이의 객실을 조사해 봤겠군요?"

반 올딘이 생각에 잠겨 말했다.

푸아로는 고개를 끄덕였다.

"그럼 틀림없이 뭔가 사건의 실마리가 될 만한 것을 발견했을 텐데요?"

"그럴지도 모르죠."

"내가 무슨 얘기를 하려는지 알고 있을 텐데요? 이번 사건의 범인으로 로슈 백작이 지목되었고 나 또한 그 점에 절대 오류가 없다는 생각입니다. 그러나 난 바보가 아니에요. 한 시간 동안 당신을 죽 관찰한 결과, 무슨 이유에서인지는 모르겠지만 우리들이 내린 결론에 동의하지 않는다는 생각이 들더군요. 내 말이 틀렸습니까?"

푸아로는 어깨를 으쓱해 보였다.

"글쎄요. 내가 틀렸는지도 모르죠."

"그럼 당신에게 부탁하려는 일을 말씀드리죠. 나를 위해서 이번 사건을 맡아 주시겠습니까?"

"나를 위해서라면, 개인적으로 도와 달라는 말씀입니까?"

"그렇습니다."

푸아로는 잠시 말이 없었다. 이윽고 그가 말했다.

"지금 무슨 부탁을 하고 계신지 아십니까?"

"알고 있어요."

"그럼 좋습니다. 수락하겠습니다. 하지만 그러려면 여쭤 보는 질문에 솔직하게 답변하셔야 합니다."

"그야 물론이오. 무슨 말인지 알겠어요."

푸아로는 별안간 무뚝뚝하고 사무적인 태도로 변했다.

"따님의 이혼에 관한 얘긴데요, 따님에게 이혼 소송을 제기하라고 하신 게 선생님 맞습니까?"

"맞습니다."

"그게 언제였죠?"

"열흘 전쯤입니다. 딸아이가 남편의 행실을 불평하는 편지를 보냈기에 내가 강경하게 말했어요, 이혼 외에는 다른 해결책이 없다고."

"따님이 남편의 행실을 어떤 식으로 불평하던가요?"

"지독하게 나쁜 소문이 도는 여자하고, 아, 미렐이라고 좀 전에 얘기한 그 여자하고 여기저기 나돌아 다니는 걸 봤다더군요."

"아, 그 댄서라는 여자 말이군요. 아하! 그럼 마담 케터링은 이혼을 거절했나요? 따님이 평소 남편에게 대단히 헌신적이었습니까?"

"그렇지 않은 걸로 압니다."

반 올딘이 조금 망설이면서 대답했다.

"말하자면 고통을 당한 것은 따님의 마음이 아니라 자존심이라는 얘기군요?"

"맞아요, 이를테면 그런 셈이죠."

"그렇다면 따님의 결혼 생활은 애초부터 행복하지 못했다는 얘기네요?"

"데릭 케터링은 속속들이 썩은 놈입니다. 세상 어떤 여자도 행복하게 해 주지 못할 놈이에요."

"영국인들이 흔히 하는 말로 망나니란 얘기군요?"

반 올딘이 고개를 끄덕였다.

"그랬군요. 반 올딘 씨께선 따님에게 이혼을 권유했고 따님은 아버지의 충고를 따랐다. 그리고 반 올딘 씨께서는 사무 변호사를 만나 따님의 이혼 문제를 의논했다. 그럼 케터링 씨가 그런 일이 비밀리에 진행되고 있다는 소식을 언제 전해 들었나요?"

"내가 직접 찾아가서 앞으로 이러저러한 조치를 취할 거라고 알려 줬습니다."

"그러니까 뭐라던가요?"

푸아로가 부드러운 목소리로 물었다.

그때 일을 떠올리자 반 올딘의 얼굴이 어두워졌다.

"세상에 그런 철면피가 없더군요."

"이런 질문을 드려서 죄송하지만 케터링 씨가 혹시 로슈 백작 얘기를 꺼내지 않던가요?"

"직접 이름을 거론하지는 않았어요. 하지만 딸아이하고 백작의 관계를 아는 눈치였습니다."

반 올딘이 내키지 않는 듯 화난 목소리로 대답했다.

"실례되는 질문입니다만 케터링 씨의 재정 상태는 어땠습니까?"

"그런 걸 왜 나한테 물으시죠?"

반 올딘이 잠시 머뭇거리더니 되물었다.

"반 올딘 씨라면 그런 일쯤은 훤히 아실 것 같아서 여쭈어 본 겁니다."

"하기야 틀린 얘기는 아니에요. 맞아요. 내가 알기로 케터링은 파산 상태나 다름없었습니다."

"그런데 순식간에 200만 파운드라는 재산을 물려받게 됐군요. 라비(인생이란). 참 묘한 데가 있어요. 안 그렇습니까?"

반 올딘은 날카롭게 푸아로를 쏘아봤다.

"무슨 뜻입니까?"

"그저 도덕적으로 평가내리고 생각했을 뿐입니다. 철학적으로 말하자면 그렇다는 겁니다. 아, 하던 얘기로 돌아가죠. 그럼 케터링 씨입장에서는 맞서 보지도 않고 호락호락하게 이혼에 동의할 생각이없었겠군요?"

반 올딘은 잠시 답변을 미루다가 말했다.

"녀석이 무슨 꿍꿍이였는지는 나도 모릅니다."

"케터링 씨와는 그 후에 연락이 없었나요?"

또다시 침묵이 흐르더니 이윽고 반 올딘이 대답했다.

"없었습니다."

푸아로는 별안간 입을 다물더니 모자를 벗고 반 올딘에게 손을내밀었다.

"아무래도 그만 가 봐야겠습니다. 더 이상 반 올딘 씨를 위해 해드릴 일이 없군요."

"그게 무슨 뜻입니까?"

반 올딘이 발끈해서 물었다.

"선생님이 사실대로 말씀해 주시지 않는 이상 나도 할 수 있는 일이 없다는 뜻입니다."

"지금 무슨 말을 하는지 모르겠군요."

"아뇨, 알고 계세요. 반 올딘 씨, 난 신중하다는 것이 뭘 의미하는지 잘 압니다. 그러니 그 점은 염려 안 하셔도 됩니다."

"그렇게까지 말하니 잘 알겠습니다. 방금 전에 내가 한 말이 사실과 다르다는 걸 인정합니다. 사위하고 난 그 뒤에도 연락을 주고받았습니다."

"그래요?"

"정확히 말하면 내 비서인 나이튼 소령을 보내서 이혼 소송이 무사히 끝나게 해 주면 현금 10만 파운드를 주겠다고 했어요."

"제법 큰 돈이군요. 그래서 선생님 사위께서 뭐라던가요?"

푸아로가 대단하다는 듯이 말했다.

"나더러 지옥에나 가라고 했답디다."

백만장자는 간결하게 대답했다.

푸아로는 어떤 감정도 드러내지 않았다. 이런저런 사실들을 차곡차곡 머리에 기록하는 데 몰두하고 있었다.

"케터링 씨는 영국에서 떠난 여행길에서 아내를 만난 적도 말을 나눈 적도 없다고 경찰에 진술했습니다. 반 올딘 씨께서는 그 말이 믿어지십니까?"

"그래요, 루스를 피하기 위해서라면 놈은 생고생도 마다하지 않았을 겁니다."

"왜죠?"

"다른 여자하고 함께 있었으니까요."

"미렐이란 여자 말인가요?"

"그렇습니다."

"그 사실을 어떻게 아셨습니까?"

"아랫사람을 시켜 놈을 감시하게 했는데 그 친구 말이 둘이서 같은 기차를 타고 떠났다더군요."

"일이 그렇게 된 거군요. 그렇다면 선생님 말씀대로 케터링 씨가 부인과 어떤 식으로든 연락하려고 시도했을 가능성은 없는 것 같군요."

이 자그마한 남자는 한동안 말이 없었다. 반 올딘은 깊은 생각에 잠긴 그를 방해하지 않았다.

귀족 신사

"전에도 리비에라에 와 본 적이 있나, 조르주?"

이튿날 아침, 푸아로는 자신의 하인에게 물었다. 조지는 전형적인 영국인으로 성격이 다소 무뚝뚝한 편이었다.

"예, 2년 전 에드워드 프램튼 경을 모시고 있을 때 와 본 적이 있습니다."

"그런데 지금은 이렇게 에르퀼 푸아로와 함께 있단 말이지. 대단히 출세했군!"

시종은 이 말에는 아무 대꾸도 하지 않았다. 적당한 간격을 두고 그가 물었다.

"갈색 양복으로 할까요? 바람이 제법 찬데요."

"그 옷은 조끼에 기름 얼룩이 묻었어. 지난 화요일에 리츠 호텔에서 점심 식사를 하다가 접시에서 생선 토막을 떨어뜨렸거든."

조지가 원망스러운 듯이 말했다.

"지금은 깨끗한데요. 제가 말끔히 지웠거든요."

"트레 비앙(거 잘했군)! 난 자네가 마음에 들어, 조르주."

"감사합니다."

잠시 침묵이 흐르더니 이윽고 푸아로가 꿈을 꾸듯이 중얼거렸다.

"이봐 조르주, 이건 가정인데, 만약 자네가 예전 주인이었던 에드워드 프램튼과 똑같은 사회적 지위를 갖고 태어났는데 돈 한 푼 없는 신세로 엄청난 부자를 아내로 맞았어. 그런데 아내가 대단한 이유를 들어 이혼을 하자고 하면 자네는 어떻게 하겠나?"

"저라면 무슨 수를 써서라도 아내의 마음을 돌려 놓겠습니다."

"평화적인 방법으로? 아니면 무력을 동원해서?"

조지는 충격을 받은 표정이었다.

"이런 말씀을 드리면 어떨지 모르겠지만 귀한 신분인 신사라면 화이트채플(런던의 한 지역 이름으로 잭 더 리퍼의 살인 사건이 일어난 장소이기도 하다 — 옮긴이)의 장사꾼 같은 짓은 않겠죠. 저 같으면 비열한 짓은 안 할 겁니다."

"과연 그럴까, 조르주? 지금도 난 그게 궁금하거든. 그래, 자네 말이 맞을지도 몰라."

누군가가 문을 똑똑 두드렸다. 조지는 문가로 다가가 간신히 얼굴만 알아볼 수 있을 만큼 문을 열었다. 나지막한 중얼거림이 이어지더니 이윽고 조지가 푸아로에게 돌아왔다.

"전갈인데요."

푸아로는 쪽지를 건네받았다. 코 총경이 보낸 쪽지였다.

조만간 로슈 백작을 심문할 예정입니다. 예심판사께서 당신이 참석
해 주셨으면 하십니다.

"어서 옷 이리 주게나, 조르주! 시간이 없다네."
15분 뒤, 푸아로는 갈색 양복을 말쑥하게 차려입고 예심판사의
사무실로 들어섰다. 먼저 도착해 있던 코 총경이 카레지 판사와 함
께 정중한 태도로 푸아로를 반갑게 맞이했다.
코 총경이 힘없이 말했다.
"사건이 좀 골치 아프게 됐습니다. 로슈 백작이 살인 사건이 일어
나기 하루 전에 니스에 도착한 것 같습니다."
"그게 사실이라면 이번 사건은 총경님 생각하고 딱 맞아떨어지는
셈이군요."
푸아로가 말했다.
카레지 판사는 목청을 가다듬었다.
"그자가 주장하는 알리바이를 받아들이기 전에 먼저 면밀하게 조
사부터 해 봐야겠죠."
그는 자신 있게 말하고 탁자 위의 벨을 눌렀다.
잠시 후 큰 키에 살갗이 까무잡잡하고 옷차림새가 말쑥한, 겉모
습만으로도 다소 거만함이 묻어 나는 남자가 방 안으로 들어섰다.
백작은 생김새부터 귀족다운 기품이 느껴졌다. 누군가가 나서서 그

의 아버지가 사실은 낭트에서 잡곡을 팔던 미천한 상인이었다고 귀
띔해 준들 아무도 곧이듣지 않았을 터였다.(하지만 그것은 사실이었
다.) 누구라도 그를 보면 프랑스 혁명 당시 수많은 그의 조상들이
단두대에서 이슬로 사라졌을 거라고 믿어 의심치 않았을 것이다.

"자, 내가 왔습니다. 신사 여러분, 무슨 일로 나를 보자고 했는지
물어봐도 될까요?"

백작이 거만하게 말했다.

"좀 앉으시죠, 백작."

예심판사가 정중하게 말했다.

"우리는 지금 마담 케터링의 죽음과 관련한 사건을 조사 중입니다."

"마담 케터링의 죽음? 무슨 소리인지 모르겠군요."

"당신이…… 에헴! 그러니까 그 마담하고 잘 아는 사이 아닌가요,
백작?"

"물론 잘 아는 사이죠. 그것과 이 일이 무슨 상관입니까?"

그는 외알 안경을 눈에 붙인 채 싸늘한 시선으로 방 안을 둘러보
았다. 그의 시선을 가장 오래 붙잡아 둔 사람은 푸아로였다. 다소 단
순하고 천진난만한, 찬탄하는 듯한 표정으로 그를 응시하는 푸아로
의 모습은 백작의 허영심을 한껏 충족시켰다. 카레지 판사가 의자
에 등을 기대며 목청을 가다듬었다.

"백작, 아무래도 당신은……."

카레지 판사는 잠시 말을 끊었다가 계속했다.

"마담 케터링이 살해되었다는 사실을 모르는 모양이군요?"

"살해를 당해요? 몽 듀(맙소사), 어떻게 이렇게 끔찍한 일이!"

그가 보여 준 놀라움과 슬픔은 감탄스러울 정도였다. 어찌나 그 럴듯한지 언뜻 보기엔 지극히 자연스러웠다.

"마담 케터링은 파리와 리옹의 중간 지점에서 교살당했습니다."

카레지 판사는 말을 계속했다.

"그리고 부인의 보석은 도난당했죠."

백작은 흥분해서 소리쳤다.

"저런 간악한! 경찰은 이런 열차 강도를 가만 놔둬서는 안 됩니 다. 요즘은 어느 누구도 안전하지 못하다니까요."

판사의 말은 이어졌다.

"부인의 핸드백에서 당신이 보낸 편지가 발견됐어요. 편지 내용 으로 봐선 부인이 당신을 만나기로 한 것 같던데요."

백작은 어깨를 으쓱하면서 두 손을 펴 보였다. 그가 솔직히 말했다.

"감춰 봤자 무슨 소용이 있겠습니까? 여러분이나 나나 세상을 알 만큼 아는 사람들인데요. 우리들끼리니까 말씀드리죠. 부인과의 관 계를 인정합니다."

"당신은 파리에서 그녀를 만나 함께 여행한 줄로 압니다만?"

카레지 판사가 물었다.

"원래는 그럴 계획이었지만 그녀의 청으로 계획을 변경했습니다. 예르에서 만나기로 했죠."

"14일 저녁, 열차가 리옹 역에 도착했을 때 부인을 만나지는 않았 습니까?"

"그와 반대입니다. 난 그날 아침에 니스에 도착했기에, 말씀하신 일은 있을 수 없습니다."

"그렇군요. 알겠습니다. 형식적인 절차상 필요해서 그러니 14일 저녁과 밤에 어디서 무엇을 했는지 말씀해 주실 수 있겠습니까?"

카레지의 말에 백작은 잠시 생각에 잠겼다.

"몬테카를로에 있는 '카페 드 파리'에서 저녁 식사를 했어요. 그리고 도박장으로 갔죠. 한 3000~4000프랑쯤 땄습니다."

그는 어깨를 으쓱했다.

"집에는 아마 1시쯤 돌아왔을 겁니다."

"죄송하지만 댁에는 뭘 타고 오셨나요?"

"내 2인승 승용차요."

"동행은 없었습니까?"

"없었는데요."

"지금 하신 말씀을 뒷받침해 줄 만한 목격자는 있습니까?"

"그날 저녁에 나를 본 친구들만 해도 꽤 될 겁니다. 식사는 혼자 했지만."

"당신이 별장에 돌아왔을 때 문을 열어 준 사람이 하인이었나요?"

"갖고 있던 현관 열쇠로 직접 따고 들어갔는데요."

"아!"

예심판사가 나지막이 중얼거렸다.

그는 다시 탁자 위의 벨을 눌렀다. 문이 열리고 심부름꾼이 모습을 나타냈다.

"메이슨이라는 여자를 데려오게."

카레지 판사가 말했다.

"잘 알겠습니다, 판사님."

에이다 메이슨이 안으로 불려 들어왔다.

"이 남자분을 좀 봐 주시겠습니까? 최대한 기억을 되살려 보세요. 파리에서 당신 주인인 마담 케터링의 객실에 들어왔던 사람이 바로 이 남자분 맞습니까?"

여자는 백작을 한동안 훑듯이 바라보았다. 푸아로는 메이슨의 꼼꼼한 눈길에 백작이 언뜻 불안해하는 것 같다는 상상을 했다.

메이슨이 마침내 입을 열었다.

"확실하게는 말씀 못 드리겠어요. 그런 것 같기도 하고 아닌 것 같기도 해요. 제가 본 건 뒷모습뿐이라 뭐라고 말을 못하겠어요. 이 분이었던 것도 같아요."

"하지만 확실한 건 아니죠?"

"아…… 네에. 자신은 없어요."

메이슨이 내키지 않는 말투로 대답했다.

"전에 이분을 커즌 가에서 본 적이 있습니까?"

메이슨은 고개를 저었다.

"저는 커즌 가에 오는 손님들은 한 번도 뵌 적이 없어요. 집에 머무시는 분들은 빼고요."

"잘 알겠습니다. 그만합시다."

예심판사는 날카로운 목소리로 말했다. 실망한 눈치가 역력했다.

"잠깐만요. 메이슨 양에게 한 가지 물어볼 게 있는데 괜찮겠습니까?"

푸아로가 말했다.

"물론입니다, 무슈 푸아로. 얼마든지 물어보십시오."

푸아로는 메이슨에게 물었다.

"차표는 어떻게 하셨습니까?"

"차표라뇨?"

"런던에서 니스로 가는 차표요. 그걸 당신이 갖고 있었나요? 아니면 마담 케터링이 갖고 있었나요?"

"풀먼식 열차의 차표는 마님이 갖고 계셨고 나머지 차표는 제가 갖고 있었어요."

"그걸 어떻게 하셨죠?"

"그 프랑스 열차 차장에게 줬는데요. 그게 관례라고 해서요. 뭐가 잘못 됐나요?"

"오, 아뇨, 아닙니다. 세세한 부분까지 짚고 넘어가느라 그런 겁니다."

코 총경과 예심판사 두 사람은 푸아로를 호기심 어린 표정으로 쳐다봤다. 메이슨은 잠시 어쩔 줄 모르고 서 있다가 판사가 간단한 고갯짓으로 나가도 좋다는 신호를 보내자 방을 나갔다. 푸아로는 종잇조각에 뭔가 휘갈겨 쓰더니 카레지 판사에게 건넸다. 그가 건넨 메모를 본 판사는 얼굴이 환해졌다.

백작이 거만한 말투로 물었다.

"자, 신사분들, 내가 여기 더 갇혀 있어야 하나요?"

"그럴 리가요. 물론 아닙니다."

대단히 친절한 태도로 카레지 판사가 말을 서둘렀다.

"이번 사건에서 당신의 입장에 관한 한 모든 것이 명백해졌습니다. 부인의 편지도 있고 해서 자연히 당신을 의심할 수밖에 없었습니다."

백작은 자리에서 일어서서 구석에 세워 뒀던 근사한 지팡이를 집어 들더니 퉁명스럽게 목례를 하고 방을 나섰다.

"바로 이겁니다. 당신 말이 옳았어요, 무슈 푸아로. 저자에게 혐의를 벗었다는 생각을 갖게 하는 편이 좋겠어요. 사람을 둘 붙여서 놈을 밤낮으로 그림자처럼 쫓아다니게 할 겁니다. 동시에 저자의 알리바이도 조사해 볼 생각이에요. 내가 보기에 현재로서는 상황이 다소…… 유동적이라는 생각입니다."

카레지 판사가 말했다.

"그럴 수 있어요."

푸아로가 생각에 잠긴 채 맞장구를 쳤다.

판사가 말을 계속했다.

"오늘 아침에 케터링 씨에게 이리로 와 달라고 부탁했습니다. 솔직히 물어볼 게 얼마나 될까 싶지만 그래도 한두 가지 의심 가는 부분이 있어서……."

그는 말을 끊고 코를 만지작거렸다.

"예를 들면요?"

푸아로가 물었다.

판사는 헛기침을 했다.

"글쎄요. 케터링 씨와 함께 여행했다고 알려진 여자 있잖습니까, 미렐 양이라고? 그런데 그 여자와 케터링 씨가 머무는 호텔이 서로 달라요. 그 점이 좀…… 뭐랄까…… 수상합니다."

코 총경이 말했다.

"둘 다 몸을 사리느라 그런 것 아닐까요?"

카레지 판사가 의기양양하게 말했다.

"바로 그겁니다. 도대체 무엇 때문에 두 사람이 몸을 사려야 할까요?"

"지나치게 조심하는 게 의심스럽다는 얘기군요?"

푸아로가 물었다.

"바로 그겁니다."

"케터링 씨에게 한두 가지 물어봐야 할 것 같군요."

판사는 지시를 내렸다. 잠시 후 데릭 케터링이 변함없이 경쾌한 걸음걸이로 방 안에 들어섰다.

"안녕하십니까, 케터링 씨?"

판사가 정중하게 인사를 건넸다.

"안녕하십니까? 나를 부르셨더군요. 새로운 사실이라도 밝혀졌나요?"

데릭 케터링이 퉁명스럽게 인사를 받았다.

"좀 앉으시죠."

데릭은 자리에 앉으며 모자와 지팡이를 탁자 위에 내팽개쳤다.
그는 조급하게 물었다.

"무슨 일입니까?"

"지금까지는 딱히 새로 드러난 사실은 없습니다."

카레지 판사가 조심스럽게 말했다.

"그것 참 흥미롭군요. 그걸 말해 주려고 나를 여기로 불렀나요?"

데릭이 무미건조하게 말했다.

"케터링 씨, 우리는 당신이 이번 사건의 수사가 어떻게 진척되고
있는지 궁금해할 거라고 생각했을 뿐입니다."

판사가 엄한 목소리로 말했다.

"그 진척이란 것이 전무한데도 말이죠."

"당신에게 몇 가지 물어볼 사항도 있었습니다."

"얼마든지 물어보시죠."

"당신은 기차에서 아내를 보지도, 또 말을 나누지도 않았다고 했
습니다."

"그 질문에는 이미 대답했습니다. 나는 아내를 보지도 못했고 말
을 나눈 적도 없습니다."

"그렇게 말하는 데는 나름대로 분명한 이유가 있겠죠?"

데릭은 판사를 의심스러운 눈초리로 노려봤다.

"난, 아내가, 그, 기차에, 타고, 있었는지도, 몰랐습니다."

그는 말귀를 못 알아듣는 사람에게 하듯 일부러 한 마디씩 띄어
가며 말했다.

"그게 당신 설명이군요. 알겠습니다."

카레지 판사가 나지막이 말했다.

데릭의 표정이 확 일그러졌다.

"지금 판사님이 무슨 말씀을 하시는지 모르겠군요. 내가 지금 무슨 생각을 하는지 아세요, 카레지 판사님?"

"무슨 생각을 하시는데요, 케터링 씨?"

"사람들이 프랑스 경찰을 터무니없이 과대평가한다는 생각을 했습니다. 당신들은 분명히 이런 열차 강도에 대한 정보를 갖고 있어요. 블루 트레인 같은 초호화 열차에서 그런 일이 발생했다는 것도 우습지만 프랑스 경찰이 이런 일 하나 해결 못 하고 쩔쩔매는 것도 이해가 안 가는군요."

"그 점은 현재 해결 중에 있으니 걱정하지 마십시오, 케터링 씨."

"듣자 하니 루스 케터링 부인은 유언장을 남기지 않았다더군요."

푸아로가 별안간 대화에 끼어들었다. 그는 두 손을 깍지 낀 채 유심히 천장을 바라보고 있었다.

"아마 작성한 적이 없을 겁니다. 그건 왜 물으시죠?"

케터링이 말했다.

"그 일로 당신이 제법 상당한 재산을 물려받게 되니까요. '제법 상당한 재산'을요."

푸아로는 시선을 여전히 천장에 두었지만 데릭 케터링의 얼굴에 어두운 홍조가 떠오르는 것을 놓치지 않았다.

"그게 무슨 말입니까? 그리고 당신은 누구죠?"

푸아로는 꼬았던 다리를 천천히 풀면서 천장에서 눈길을 거둔 뒤 젊은 남자의 얼굴을 똑바로 쳐다봤다.

푸아로가 조용히 대답했다.

"난 에르퀼 푸아로라고 합니다. 그리고 잘은 모르지만 사람들이 나더러 지구상에서 가장 위대한 탐정이라더군요. 당신은 기차에서 아내를 보지도, 말을 나누지도 못했다고 했는데 확실합니까?"

"지금 무슨 소리 하는 겁니까? 그 말은…… 그 말은 내가…… 아내를 죽였다는 뜻인가요?"

데릭은 난데없이 웃음을 터뜨렸다.

"아니지, 이렇게 화를 내면 안 되지. 그럼 내 꼴만 우스워지지. 이 봐요! 무슈 푸아로, 만약 내가 아내를 죽인 범인이라면 보석은 뭣 하러 훔쳐갑니까? 안 그래요?"

"하긴 그렇군요. 그 점은 생각 못했네요."

푸아로가 다소 맥 빠진 목소리로 중얼거렸다.

"만약 어디에선가 확실한 강도 살인 사건이 일어났다면 바로 이번이 그 경우입니다. 불쌍한 루스, 그놈의 빌어먹을 루비인지 뭔지 때문에 아내가 그런 일을 당한 거예요. 루스가 그 루비를 갖고 있다는 소문이 퍼진 게 분명합니다. 또 모르죠, 어쩌면 그 루비 때문에 살인 사건이 일어난 게 이번이 처음이 아닐지도."

의자에 등을 꼿꼿이 세우고 앉아 있던 푸아로의 눈에 얼핏 희미한 청신호가 켜졌다. 그 모습이 마치 날렵하고 건강한 한 마리 고양이를 연상시켰다. 그가 말했다.

"한 가지만 더 여쭤보겠습니다. 케터링 씨, 마지막으로 아내를 본 게 언제였는지 말씀해 주시겠습니까?"

"잠깐만요."

케터링은 생각에 잠겼다.

"그게 분명히…… 맞아요. 3주도 더 됐어요. 하지만 정확한 날짜를 알려 드리진 못하겠군요."

"상관없습니다. 내가 알고 싶은 건 그게 다니까요."

푸아로가 무덤덤하게 말했다.

"그럼 더 궁금하신 건 없습니까?"

데릭 케터링이 조바심을 치며 물었다.

그의 시선이 카레지 판사를 향했다. 판사는 뭔가 영감을 얻어내려는 듯 푸아로를 쳐다보더니, 감을 잡았다는 듯이 보일 듯 말 듯 고개를 저었다.

"없습니다, 케터링 씨. 됐습니다. 더 이상 당신에게 폐 끼칠 일은 없는 것 같군요. 그럼 안녕히 가십시오."

판사가 정중하게 말했다.

"그럼 가 보겠습니다."

케터링은 방을 나서서 등 뒤로 쾅하고 문을 닫았다.

푸아로는 젊은 남자가 방을 나가자마자 앞으로 몸을 숙이며 날카롭게 말했다. 그가 단호하게 물었다.

"말씀해 주십시오. 케터링 씨에게 그 루비에 관해서 언제 얘기 하셨습니까?"

"난 그런 얘기 한 적 없습니다. 반 올딘 씨에게 그 얘기를 들은 것이 불과 어제 오후였는걸요."

카레지 판사가 대답했다.

"그렇군요. 하지만 백작이 쓴 편지에는 그 루비들에 대한 언급이 있었습니다."

카레지 판사는 안색이 변했다. 그는 충격을 받은 목소리로 말했다.

"왠지 그래야 할 것 같아서 케터링 씨에게 편지 얘기는 하지 않았습니다. 사건을 해결하는 데 있어서 지금처럼 중차대한 때에 그런 짓을 했으면 큰 실수가 될 뻔했군요."

푸아로가 앞으로 몸을 숙이더니 탁자를 탁탁 두드렸다. 그는 부드러운 목소리로 물었다.

"그렇다면 케터링 씨는 그 얘기를 어떻게 알았을까요? 케터링 부인이 말했을 리는 없습니다. 3주 동안이나 서로 보지 못했으니까요. 반 올딘 씨나 그의 비서가 말했을 가능성도 적어요. 두 사람이 케터링 씨와 면담을 했지만 그건 전적으로 딴 일로 만난 것이었고 신문에도 그 보석들에 대한 언급이나 언질은 전혀 없었습니다."

푸아로는 일어서서 모자와 지팡이를 집어 들었다.

"그런데도 저 사람은 그 보석들에 대해 모든 걸 알고 있어요. 이상한 일이죠. 그래요, 참으로 이상한 일입니다!"

데릭의 점심 식사

데릭 케터링은 곧장 네그레스코 호텔로 가서 칵테일 두 잔을 시켜 정신없이 들이켰다. 그러고는 눈부신 빛을 발하는 푸른 바다를 침울한 얼굴로 물끄러미 바라보았다. 지나가는 사람들이 자연스레 눈에 들어왔다. 빌어먹을 멍청한 놈들, 형편없는 옷차림하며 실망스러울 정도로 따분한 인간들. 요즘에는 뭘 봐도 도통 쓸 만해 보이지 않는다는 생각이 들었다. 이윽고 머릿속에서 마지막 감상을 서둘러 털어내는데 마침 한 여자가 가까운 탁자 앞에 자리를 잡고 앉았다. 여자는 주홍과 검정이 뒤섞인 세련된 최신식 정장 차림에 얼굴을 가리는 작은 모자를 쓰고 있었다. 케터링은 석 잔째 칵테일을 주문한 뒤 다시금 바다로 시선을 던지다가 흠칫하고 놀랐다. 그는 유명한 향수 냄새가 콧속을 파고드는 바람에 고개를 들었다. 바로 옆에 그 주홍과 검정이 뒤섞인 옷차림의 여인이 서 있었다. 미렐이었다. 그녀는 케터링이 익히 아는 예의 그 무례하고 뇌쇄적인 미소를 띠고 있었다.

"데릭! 날 만난 게 반갑지 않나 보네? 그러지 말고 좀 반가워해 봐! 한심한 사람."

그녀는 케터링의 맞은편 자리에 주저앉으며 빈정거렸다.

"당신을 여기서 만나서 반갑긴 한데 좀 뜻밖이군. 런던은 언제 떠났어?"

미렐은 어깨를 으쓱했다.

"어젠가 그젠가."

"그럼 파르테논은?"

"어떻게 그런 말을 해? 때려치웠잖아!"

"정말이야?"

"자기 오늘 되게 퉁명스럽다, 데릭."

"다정하게 대해 주길 바라나?"

미렐은 담배에 불을 붙이고 한동안 뻐끔거린 뒤 비로소 입을 열었다.

"왜, 내가 너무 일찍 그만둔 게 경솔해 보여서 그래?"

데릭은 그녀를 노려보다가 어깨를 으쓱하면서 인사치레로 말했다.

"여기는 점심 식사하러 왔어?"

"응. 잘됐네, 당신하고 같이 먹으면 되겠어."

"미안해서 어쩌지? 중요한 약속이 있는데."

미렐이 호들갑을 떨었다.

"어머, 이걸 어쩌나! 하여간 남자들은 어린애라니까. 뭐, 할 수 없지. 당신이 런던의 내 아파트에서 뛰쳐나간 뒤부터 나를 대하는 걸 보면 꼭 심술꾸러기 어린애 같아. 툭하면 삐치고! 아! 하여간 대단해!"

"이봐요, 귀여운 아가씨. 난 지금 당신이 하는 말을 하나도 못 알아듣겠거든. 내가 런던에서 당신하고 한 얘기는 친구가 어려움에 처하면 하나같이 곁을 떠난다는 얘기뿐이었어. 그게 다였다고."

말은 무심하게 했지만 그의 얼굴은 매서우면서도 왠지 부자연스러워 보였다. 미렐은 별안간 몸을 앞으로 기울이며 속삭였다.

"내 눈은 못 속이지. 알아……. 당신이 나를 위해 무슨 일을 했는지 다 안다고."

케터링은 그녀를 매섭게 쏘아봤다. 미렐의 목소리에 담긴 모종의 저의가 신경을 건드렸기 때문이었다. 그녀는 케터링을 향해 고개를 끄덕였다.

"아! 그렇게 겁낼 것 없어. 난 신중한 여자니까. 자기는 정말 대단해! 탁월한 용기의 소유자인 줄은 익히 알았지만 그래도 그날 그런 아이디어를 낸 건 나였어. 안 그래? 런던에서 내가 사고사라는 것도 있다고 했잖아. 설마 지금 위험한 처지에 빠진 건 아니지? 혹시 경찰한테 쫓기고 있는 거야?"

"도대체 무슨……?"

"쉿!"

미렐은 가녀린 황갈색 손을 들어올렸다. 새끼손가락에 큼지막한 에메랄드 반지가 끼워져 있었다.

"알았어. 사람들이 다 듣는 데서 이런 말을 하면 안 되는 거 알아. 두 번 다시 그 얘기는 안 꺼낼게. 하지만 이제 우리 두 사람은 드디어 고생 끝이네. 당신과 함께 살 생각을 하니까 기분 좋다! 정말 근사할 거야!"

데릭은 난데없이 웃음을 터뜨렸다. 공허함이 묻어나는, 귀에 거슬리는 웃음이었다.

"결국 '배신했던 친구 돌아오다.' 그건가? 하긴 200만 파운드면 상황이 달라지겠지, 아무렴 달라지고 말고. 그걸 진작 알았어야 했는데 아쉽네."

케터링이 다시 웃음을 터뜨렸다.

"이제부터 그 200만 파운드를 펑펑 쓸 일만 남았는데 도와주겠지, 미렐? 하긴 돈 쓰는 일이라면 당신만큼 유능한 여자가 어디 있을라고."

그는 또다시 소리 내어 웃었다.

미렐이 소리쳤다.

"제발 입 좀 다물어! 도대체 당신 왜 이래, 데릭? 봐……. 사람들이 다 당신만 쳐다보잖아."

"나를? 그럼 내가 왜 이러는지 말해 주지. 이제 당신하고는 끝이야, 미렐. 무슨 소린지 알아들어? 끝이라고!"

미렐은 그 말을 케터링의 의도와는 전혀 다른 뜻으로 받아들였다. 그녀는 잠시 케터링을 바라보더니 다정하게 미소를 지었다.

"어쩜 이렇게 어린애 같을까! 화났구나……. 내가 너무 현실적인 얘기만 하니까 속이 상한 거야. 내가 만날 말했잖아, 난 당신밖에 없다고."

그녀는 앞으로 몸을 기울였다.

"난 당신을 잘 알아, 데릭. 날 봐. 지금 당신에게 말하고 있는 사람은 어느 누구도 아닌 미렐이야. 당신이 미렐 없이 못 산다는 건 당신도 알아. 난 예전에도 당신을 사랑했고 앞으로도 수백 배 더 사랑할 거야. 난 당신을 위해 인생을 멋지고 근사하게 만들어 갈 마음의 준비가 되어 있는 사람이야, 그것도 아주 멋지게. 이 세상에 미렐만한 여자는 없어."

미렐의 눈빛이 케터링의 두 눈을 파고들었다. 케터링이 창백해진 얼굴로 숨을 들이쉬자 그녀는 흡족한 듯 싱긋 미소를 지었다. 미렐은 남자를 사로잡는 자신만의 마법과 힘을 잘 알고 있었다.

"얘기 끝났네."

그녀는 다정하게 말하고는 가볍게 깔깔거렸다.

"그럼 이제 데릭, 나한테 점심 사 줄 거지?"

"아니."

데릭 케터링은 짧게 숨을 들이쉬고 자리에서 벌떡 일어섰다.

"미안하지만 좀 전에도 말했듯이 중요한 선약이 있어."

"나 말고 다른 사람하고 점심을 먹는다고? 흥! 거짓말."

"저쪽에 있는 저 귀부인하고 점심을 먹기로 했거든."

그러더니 케터링은 방금 전에 막 계단을 올라온 흰 옷 차림의 여

인에게 갑자기 다가갔다. 그는 숨을 몰아쉬며 그녀에게 인사를 건
넸다.

"그레이 양, 저하고…… 점심 식사 함께 하시겠습니까? 기억하실
지 모르겠지만 저를 레이디 템플린 댁에서 만난 적이 있으실 텐데
요."

캐서린은 세상 모든 것을 꿰뚫어 보는 듯한, 사려 깊은 회색빛 눈
동자로 그를 쳐다봤다. 그녀는 잠시 망설이다가 대답했다.

"고맙군요. 기꺼이 하고 말고요."

뜻밖의 방문객

로슈 백작은 막 점심 식사를 끝마친 뒤였다. 채소를 넣은 짭짤한 오믈렛과 베어네이즈 소스를 바른 소갈비 스테이크, 럼주가 들어간 사바랭(둥근 원통형 케이크 — 옮긴이)으로 이루어진 정찬이었다. 그는 공들여 가꾼 까만 콧수염을 냅킨으로 우아하게 닦은 뒤 식탁에서 일어섰다. 그러고는 여기저기 아무렇게나 놓인 골동품 몇 점을 감탄하는 눈으로 바라보며 별장 응접실을 지나갔다. 루이 15세가 쓰던 코담뱃갑과 마리 앙투아네트가 신었던 새틴 구두를 비롯해서 역사적 가치를 지닌 이 소품들은 백작의 소장품 가운데 일부였다. 그는 자신의 별장을 찾아오는 많은 손님들에게 그것들이 모두 대대로 내려오는 가보라고 소개했다. 백작은 테라스를 향해 가면서 무심코 지중해를 내다봤다. 솔직히 아름다운 풍경을 감상할 기분이 아니었다. 완벽하게 꾸며 놨던 계획이 얼토당토않게 엉망이 되어 버렸으니 처음부터 계획을 다시 세워야 했다. 그는 흰 손가락 사이에 담배를 끼운 채 버들가지로 엮어 만든 의자에 몸을 길게 누이고 생각에 빠져들었다.

잠시 후 하인 이폴리트가 커피와 리큐어(식후에 작은 잔으로 마시는 강한 알코올음료 — 옮긴이) 몇 잔을 가져왔다. 백작은 오래 묵은 최고급 브랜디를 집어 들었다.

하인이 막 자리를 뜨는데 백작이 가벼운 몸짓으로 불러 세웠다. 이폴리트는 공손하게 서서 주인의 지시를 기다렸다. 그는 썩 호감 가는 외모는 아니었지만 태도가 워낙 단정하고 공손해서 외모의 단점을 덮고도 남았다. 지금 그의 모습은 공손한 태도로 주인을 보좌하는 하인의 본보기로 전혀 손색이 없었다.

백작이 입을 열었다.

"앞으로 사나흘가량 낯선 손님들이 심심찮게 이 집을 찾을 걸세. 그리고 자네와 마리를 붙잡고 아는 사람들에 대해 이것저것 캐물을 거야. 어쩌면 나에 관해서도 여러 가지 물어볼지도 모르고."

"예, 나리."

"혹시 벌써 그런 일이 있었던 건 아니겠지?"

"아닙니다, 나리."

"집 주변에 수상한 사람들이 어슬렁거린 적은 없었고? 확실해?"

"그런 일 없었습니다, 나리."

"그럼 됐어."

백작은 무덤덤하게 말했다.

"여하간 분명히 앞으로 찾아올 거야. 와서 이것저것 물어볼 거라고."

이폴리트는 총명한 머리로 대충 말뜻을 알아채고 주인을 쳐다봤다. 백작은 시선을 돌린 채 천천히 말했다.

"알겠지만 난 지난 화요일 아침에 여기에 도착했어. 경찰이나 다른 누가 찾아와서 묻거든 잊지 마. 난 14일, 그러니까 화요일에 여기 도착한 거야, 15일인 수요일이 아니라. 무슨 소린지 알겠어?"

"물론입니다, 나리."

"여자와 관련된 일은 무조건 입조심이 우선이야. 이폴리트, 난 자네가 입이 무거운 사람이라고 믿네."

"입조심하겠습니다."

"마리는?"

"걱정 마십시오. 마리는 제가 입단속을 시키겠습니다."

"그럼 됐어."

백작은 중얼거렸다.

이폴리트가 물러가자 백작은 깊은 생각에 잠긴 채 블랙커피를 홀짝거렸다. 간간이 인상을 쓰다가 한 번쯤 가볍게 고개를 저었고 두 번쯤 고개를 끄덕였다. 한참 생각에 잠겨 있는데 이폴리트가 다시 모습을 드러냈다.

"웬 부인이 찾아오셨습니다."

"부인?"

뜻밖이었다. 마리나 별장에 귀부인이 찾아오는 것은 별스러운 일이 아니었다. 하지만 지금 이 순간, 그는 찾아온 여자가 누구일지 감이 잡히지 않았다.

"그게 저기, 백작님이 모르시는 분 같습니다."

고맙게도 하인이 언질을 주었다.

백작은 점점 더 궁금해졌다.

"이리로 모시게, 이폴리트."

그가 지시했다.

잠시 후 주홍과 검정이 뒤섞인 정장 차림의 눈부신 미인이 이국적인 꽃 향수 냄새를 강하게 풍기며 테라스로 걸어 나왔다.

"로슈 백작님?"

"어서 오시죠."

백작은 고개를 숙이며 인사를 건넸다.

"난 미렐이라고 해요. 아마 들어보셨을 거예요."

"아, 물론입니다. 어느 누가 미렐 양의 춤에 반하지 않겠습니까? 참으로 아름답더군요."

미렐은 타성에 젖은 짧은 미소로 칭찬을 받아들였다.

"이렇게 불쑥 찾아와서 죄송하군요."

"아닙니다. 어서 앉으시죠."

백작은 의자를 앞으로 끌어당기며 큰 소리로 외쳤다.

그는 겉으로는 공대하는 척했지만 내심 미렐을 유심히 관찰하고 있었다. 백작은 여자에 관한 한 모르는 것이 없었다. 무수한 여성 편력으로 여자에 통달한 그는 미렐과 같은 부류의, 한마디로 방자하고 욕심이 하늘을 찌르는 여자들을 썩 신뢰하지 않았다. 사실 백작과 미렐은 같은 부류라고 볼 수 있었다. 백작은 제아무리 수완을 부려 봤자 미렐에게 통하지 않는다는 사실을 알고 있었다. 그녀는 약은 것으로는 따라갈 사람이 없는 '파리 여자'였다. 그런데도 백작이 그녀를 보자마자 단박에 알아차린 사실이 있었다. 바로 자기 앞에 서 있는 이 여자가 머리끝까지 화가 나 있다는 사실이었다. 백작이 터득한 지혜로는 화가 난 여자는 십중팔구 경솔한 말을 내뱉기 마련이고, 냉정을 잃지 않은 남자는 바로 그 점을 이용해 이득을 챙기곤 했다.

"이렇게 누추한 집을 다 찾아 주시다니 몸 둘 바를 모르겠군요."

"파리에 있는 친구들이 당신을 잘 안다더군요. 그 친구들에게 당신 얘기를 들어서 알고는 있었지만 오늘은 좀 다른 이유로 찾아왔어요. 니스에 와 보니 당신에 관한 소문이 들리던데…… 아시겠지만 좀 색다른 내용이더군요."

"아, 그래요?"

백작이 다정하게 물었다.

"나를 무지막지한 사람으로 보겠지만 이것만은 믿어 주세요. 난 마음속 깊이 당신의 행복을 바라는 사람이란 걸요. 니스에 이런 소문이 돌더군요, 당신이 케터링이라는 영국 여자를 죽였다고."

"내가 케터링 부인의 살해범이라고요? 내 참! 어디서 그런 터무니없는!"

화가 났다기보다는 맥이 빠진 목소리였다. 그는 자기가 이 시점에서 펄펄 뛰면 여자가 더 흥분할 거라는 사실을 잘 알고 있었다.

"하지만 사실이에요. 내가 말한 그대로라고요."

그녀는 주장했다.

"다들 신나서 입방아를 찧겠군요. 그따위 정신 나간 비방을 심각
하게 받아들이는 건 나 같은 지위에 있는 사람이 할 짓이 아니죠."

백작은 심드렁하게 중얼거렸다.

미렐은 까만 눈을 반짝이며 앞으로 다가앉았다.

"뭘 모르시네. 뒷골목이나 쏘다니는 인간들이 지껄이고 다니는
한심한 얘기가 아니에요. 경찰 측에서 나온 얘기라고요."

"경찰…… 이라고 했습니까?"

백작은 등을 곧추세우고 다시금 경계 태세를 취했다.

미렐은 수차례나 힘껏 고개를 끄덕였다.

"그렇다니까요. 당신도 알다시피 내 친구들이 사방에 깔려 있거
든요. 총경 말이……."

그녀는 말을 하다말고 입을 다물더니 과장되게 어깨를 으쓱해 보
였다.

"미인과 관계된 일인데 아무렴 내가 경솔하게 행동하겠습니까?"

백작은 정중하게 속삭였다.

"경찰에서는 당신이 케터링 부인을 죽였다고 믿고 있어요. 하지
만 헛짚은 거죠."

"헛짚어도 단단히 헛짚었죠."

백작은 마음 놓고 맞장구를 쳤다.

"말은 그렇게 해도 당신은 진실을 모르고 있어요. 나는 알지만."

백작은 무슨 소리냐는 얼굴로 그녀를 쳐다봤다.

"케터링 부인을 누가 죽였는지 안다는 말씀입니까? 지금 그 말씀을 하는 건가요, 미렐 양?"

미렐은 열렬히 고개를 끄덕였다.

"맞아요."

"그게 누굽니까?"

백작이 날카롭게 물었다.

"그 여자 남편이에요."

미렐은 백작의 코앞까지 상체를 기울이고 분노와 흥분이 이글거리는 목소리로 나지막이 속삭였다.

"그 여자를 죽인 건 그 여자 남편이라고요."

백작은 의자에 등을 기댔다. 본심을 감춘 얼굴이었다.

"한 가지만 묻겠습니다, 미렐 양. 그 사실을 어떻게 알았죠?"

미렐은 벌떡 일어서더니 깔깔거리며 웃었다.

"그걸 어떻게 알았냐고요? 그 사람이 자기 입으로 벌써부터 떠들어 댔으니까요. 완전히 알거지가 돼서 꼴이 말이 아니었거든요. 아내의 죽음만이 살 길이었죠. 직접 그렇게 말했어요. 그러더니 아내하고 같은 열차를 타고 여행을 떠나더군요. 물론 아내 모르게요. 왜 그랬을까요? 그건 한밤중에 몰래 아내를 덮쳐서…… 아!"

그녀는 두 눈을 감았다.

"어떤 광경이 벌어졌을지 안 봐도 눈에 선하네……."

백작은 헛기침을 하고는 나지막이 말했다.

"당신 말이 맞을지도 모릅니다. 그래요. 하지만 미렐 양, 그게 사실이라면 굳이 보석을 훔칠 이유는 없지 않나요?"

미렐이 한숨을 내쉬었다.

"보석! 보석이 있지. 아! 그 루비들……."

그녀의 눈가가 촉촉해지면서 눈빛이 아련해졌다. 지금껏 통틀어서 100번째쯤 될까, 백작은 값비싼 돌덩이가 여자들에게 끼치는 놀라운 영향력에 새삼 감탄하며 그녀를 호기심 어린 눈으로 쳐다봤다. 그는 미렐에게 현실적인 문제를 일깨워 줬다.

"나한테 바라는 게 뭡니까, 미렐 양?"

미렐은 퍼뜩 정신을 차리고 사무적인 태도를 되찾았다.

"그야 물론 아주 간단한 일이에요. 경찰서로 가세요. 그리고 케터링이 이번 사건의 범인이라고 말씀하시면 돼요."

"그랬다가 경찰이 내 말을 안 믿으면요? 증거를 내놓으라고 하면 어쩌죠?"

그는 미렐을 뚫어져라 쏘아봤다.

미렐은 가볍게 소리 내어 웃더니 주홍과 검정빛이 도는 숄을 끌어당겨 어깨에 감쌌다.

"그럼 나한테 보내세요, 백작님. 내가 그들이 원하는 증거를 내줄 테니까."

그녀는 다정하게 말했다.

미렐은 이 말을 끝으로 찾아온 용건을 마치고 거센 회오리바람을 남기고 홀연히 사라졌다.

백작은 눈을 예리하게 치켜뜨고 그녀의 뒷모습을 바라보며 중얼거렸다.

"저 여자는 지금 화가 나서 제정신이 아니야. 도대체 무슨 일로 저렇게 화가 났을까? 하지만 너무나 쉽게 자신의 패를 내보였어. 정말 케터링이 아내를 죽였다고 믿는 걸까? 내가 그걸 믿어 주길 바라는 눈치가 분명해. 심지어 경찰도 그렇게 믿어 주길 바라고 있어."

백작은 혼자 미소를 지었다. 그는 경찰서를 찾아갈 생각이 추호도 없었다. 그는 이런저런 가능성을 점쳐 보았다. 얼굴에 미소가 떠오른 것으로 봐서는 그럴듯한 추측이 떠오른 듯했다.

하지만 얼마 가지 않아 얼굴이 어두워졌다. 미렐의 말이 사실이라면 그는 경찰의 의심을 받고 있었다. 사실일 수도 있고 아닐 수도 있었다. 미렐 같은 부류의 여자는 일단 화가 나면 자기가 떠드는 말이 엄밀한 의미에서 사실이냐 아니냐 따위는 전혀 아랑곳하지 않았다. 하지만 한편으로는 그 여자가 내밀한 정보를 손쉽게 얻어냈을 가능성도 있었다. 그렇다면……. 그의 입매가 험상궂게 변했다. 그렇다면 확실한 대비책이 필요했다.

백작은 집 안으로 들어가 이폴리트를 붙잡고 낯선 사람이 찾아온 적이 없는지 재차 캐물었다. 이폴리트가 절대 그런 일이 없었다고 극구 주장하는 것을 보면 정말로 없었던 것이 분명했다. 백작은 침실로 올라가서 벽에 맞붙여 놓은 낡은 책상으로 다가갔다. 서랍 뚜껑을 열고 섬세한 손으로 서류 선반 뒤쪽에 있는 용수철을 더듬었다. 비밀 서랍이 튀어나왔다. 안에는 작은 갈색 종이 꾸러미가 들어 있었다. 백작은 꾸러미를 꺼내 들고 잠시 조심스럽게 무게를 가늠했다. 그러고는 한 손을 들어올리더니 살짝 인상을 쓰면서 머리카락 한 가닥을 뽑았다. 그는 머리카락을 서랍 앞쪽에 넣고 조심스럽게 닫았다. 그 뒤 작은 꾸러미를 손에 쥔 채 아래층으로 내려가서 주홍색 2인승 자동차가 주차된 차고로 향했다. 그로부터 10분 뒤 그는 몬테카를로로 가는 도로를 달리고 있었다.

백작은 카지노에서 서너 시간을 보낸 뒤 시내 여기저기를 쏘다녔다. 그는 얼마 뒤 다시 차에 올라 이번에는 망통 쪽으로 차를 몰았다. 오후를 넘어서고 얼마 안 됐을 즈음, 그는 눈에 잘 띄지 않는 회색 자동차 한 대가 약간 거리를 두고 미행하고 있음을 알아차렸다. 지금 그 차가 다시 뒤를 따라오고 있었다. 그는 혼자서 피식 웃었다. 차도는 완만한 오르막길로 이어졌다. 백작의 발이 가속장치를 세게 밟았다. 이 빨간색 소형차는 백작이 설계해서 특별히 제작된 것으로 겉보기에 비해서 훨씬 강력한 엔진이 장착되어 있었다. 그를 태운 차는 총알같이 앞으로 질주했다.

그는 얼마 지나지 않아 뒤를 돌아보고 회심의 미소를 지었다. 회색 자동차가 여전히 뒤를 쫓고 있었다. 그를 태운 빨간색 소형차는 먼지를 뒤집어쓴 채 도로를 질주했다. 위험천만한 속도로 날다시피 했지만 운전 실력만큼은 최고를 자랑했다. 그를 태운 차는 쉴 새 없이 꼬이고 구부러지는 내리막길로 접어들었다. 잠시 후 차는 속도를 줄이더니 마침내 우체국 앞에서 멈춰 섰다. 백작은 차에서 뛰어

내려 연장통 뚜껑을 열고 갈색 종이에 싼 작은 꾸러미를 꺼내 황급히 우체국으로 들어갔다. 그리고 2분 뒤 그는 또다시 이윽고 망통으로 가는 도로 위에 있었다. 회색 자동차가 망통에 도착했을 때, 백작은 호텔 테라스에 앉아 영국인들이 오후 5시에 즐기는 차를 마시고 있었다.

백작은 느지막이 차를 몰고 몬테카를로로 돌아와 저녁 식사를 해결하고 11시에 집으로 돌아왔다. 이폴리트가 당황한 얼굴로 마중을 나왔다.

"아! 백작 나리 오셨습니까? 혹시 저한테 전화하지 않으셨나요?"

백작은 고개를 저었다.

"그런데 3시쯤엔가 백작 나리께서 호출했다는 연락을 받았습니다. 니스의 네그레스코 호텔에 계시니 그리로 오라는."

"그래서 정말 갔단 말이지?"

"그럼요. 하지만 네그레스코 호텔에 도착해 보니 백작 나리를 모른다더군요. 거기 오신 적도 없다고."

"으음. 그때쯤이면 마리는 분명 오후라 장을 보러 나갔을 시간이었겠군?"

"그렇습니다, 나리."

"아, 신경 쓰지 말게, 별일 아니니까. 뭔가 착오가 있었겠지."

백작은 미소를 지으며 위층으로 올라갔다.

그는 일단 자기 방에 들어서자 문을 잠그고 예리하게 주변을 살폈다. 모든 것이 그대로인 것 같았다. 그는 서랍이며 벽장을 죄다 열어 보았다. 그러다 혼자서 고개를 끄덕였다. 물건들이 방을 나섰을 때와 거의 비슷하게 정리되어 있었지만 아주 똑같지는 않았다. 누군가가 들어와 방을 샅샅이 뒤진 것이 분명했다.

백작은 서랍이 달린 큰 책상으로 다가가 보이지 않는 곳에 설치된 용수철을 눌렀다. 서랍은 철컥 열렸지만 아까 넣어 두었던 머리카락은 보이지 않았다. 그는 수차례 고개를 끄덕이며 중얼거렸다.

"솜씨 한번 뛰어나군. 역시 프랑스 경찰다워. 대단해. 빠져나갈 구멍이 없겠어."

캐서린의 새 친구

이튿날 아침, 캐서린과 레녹스는 마거리트 별장의 테라스에 앉아 있었다. 나이 차이에도 불구하고 두 사람 사이에는 우정 비슷한 것이 생겨나고 있었다. 레녹스가 없었다면 캐서린은 마거리트 별장에서의 생활이 무척 지겨웠을 것이다. 사람들은 입만 열면 온통 케터링 사건 얘기뿐이었다. 레이디 탬플린은 아예 노골적으로 그 사건과 캐서린의 관계를 이용해서 뭐라도 얻어내겠다는 심산이었다. 캐서린이 어떻게든 막아 보려고 줄기차게 버텼지만, 레이디 탬플린의 자부심을 무너뜨리는 데는 역부족이었다. 레녹스는 겉으로는 무심한 척 자기 어머니의 교묘한 술책을 재미 삼아 구경했지만 속으로는 캐서린의 심정을 십분 이해했다. 가뜩이나 괴로운데 처비까지 나서서 부채질을 해 댔다. 그는 아무도 막을 수 없는 천진난만한 얼굴로 함박웃음을 지으며 사람들 앞에서 캐서린을 소개했다.

"이분은 그레이 양입니다. 다들 '블루 트레인 사건'을 아시죠? 그레이 양이 바로 그 현장에 있었다는 것 아닙니까! 루스 케터링이 살해당하기 불과 몇 시간 전에 오랫동안 대화를 나눈 장본인이죠! 이런 행운이 또 있을까요?"

캐서린은 그가 내뱉는 이런 식의 몇 마디 말에 마음이 상해 있던 터라 그날 아침에는 여느 때와 달리 신랄하게 쏘아붙였다. 마침내 둘만 남게 되자 레녹스가 예의 질질 끄는 듯한 느린 말투로 말했다.

"다른 사람에게 이용당하는 거 아직 적응 안 되죠? 캐서린 이모는 아직도 멀었어요."

"화내서 미안해, 평소에는 그러지 않는데."

"이모도 화 푸는 법을 배울 때가 됐어요. 처비는 생각이 없을 뿐이지 나쁜 뜻으로 그런 건 아니에요. 문제는 우리 엄마인데 그렇게 일일이 반응하면 죽을 때까지 엄마한테 화만 내고 살아야 할 거예요. 그리고 화내 봤자 먹히지도 않아요. 아마 파란 눈을 왕방울만 하게 뜨고 쳐다보시면서 꿈쩍도 안 하실 걸요."

레녹스가 자기 어머니에 대해 이렇듯 비평을 쏟아냈지만 캐서린은 아무 대꾸도 없었다. 레녹스는 쉬지 않고 떠들어 댔다.

"난 굳이 말하자면 처비 쪽이에요. 멋진 살인 사건이 나면 괜히 신나는 것 있죠. 그것도 그렇고…… 데릭과 친해지는 또 다른 즐거움도 있고요."

캐서린은 고개를 끄덕였다.

"어제 데릭하고 함께 점심 식사를 했다면서요? 이모는 그 사람이 마음에 드세요?"

레녹스가 생각에 잠긴 채 물었다.

캐서린은 잠시 생각하더니 아주 천천히 대답했다.

"모르겠는데."

"굉장히 매력적인 남자예요."

"그래, 매력적이더라."

"뭐가 마음에 안 드시는데요?"

캐서린은 아무 대답도 하지 않았다. 아니, 어쨌든 즉답은 하지 않았다.

"그 사람, 아내의 죽음에 대해 얘기하더구나. 아내가 죽어서 자기가 엄청난 재산을 얻었다고들 하는데 굳이 부인할 생각은 없다고."

"그래서 충격을 받으셨구나."

레녹스는 잠시 입을 다물었다가 어딘가 어색한 말투로 덧붙였다.

"데릭은 이모를 좋아해요."

"근사한 점심을 사 주긴 하더라."

캐서린이 웃으며 말했다.

레녹스는 옆길로 빠지기를 거부했다. 그녀는 생각에 잠겨 말했다.

"저는 데릭이 여기 오던 날 밤 단번에 그걸 알아챘어요. 그 사람이 이모를 보는 표정에 그렇게 쓰여 있었어요. 이모는 원래 그 사람 타입이 아닌데…… 오히려 반대죠. 어쩌면 신앙 같은 건지도 모르겠어요, 지긋한 나이가 되어야 얻을 수 있는."

마리가 응접실 창가에 모습을 드러내며 말했다.

"그레이 양께 전화가 왔는데요. 에르퀼 푸아로 씨가 통화하고 싶답니다."

"유혈 폭력 사태가 아직도 안 끝났나 보네요. 어서 가서 받으세요. 가서 그 탐정 나리하고 재미나게 노세요."

캐서린의 귓가에 에르퀼 푸아로의 단정하고 명료한 목소리가 들려왔다.

"그레이 양이십니까? 연락이 닿아서 다행이군요. 케터링 부인의 부친 반 올딘 씨가 할 말이 있답니다. 당신을 꼭 만나서 이야기를 나누고 싶어 하세요. 마거리트 별장도 좋고 그분이 머무는 호텔도 좋으니 아무 데나 좋을 대로 정하시랍니다."

캐서린은 잠시 고민했지만 반 올딘을 마거리트 별장으로 부르는 일은 수고스럽거니와 쓸데없는 일이라는 생각이 들었다. 그랬다간 레이디 탬플린이 그의 등장을 반긴답시고 괜히 호들갑을 떨 우려가 있었다. 레이디 탬플린은 백만장자와 친분을 맺는 일이라면 절대 기회를 놓치지 않는 여자였다. 캐서린은 자기가 니스로 가는 편이 좋겠다고 대답했다.

"잘됐군요, 그레이 양. 자동차로 모시러 가겠습니다. 45분쯤 뒤면 괜찮겠습니까?"

푸아로는 정확히 약속한 시간에 나타났다. 차는 캐서린을 태우고 즉시 출발했다.

"그간 어떻게 지내셨습니까, 그레이 양?"

캐서린은 에르퀼 푸아로의 반짝이는 눈빛을 보며 아주 매력적인 데가 있는 사람이라는 첫인상을 새삼 확인했다.

푸아로가 물었다.

"이번 사건이 꼭 우리 두 사람이 주인공인 로망 폴리시에(탐정 소설)같다는 생각 안 드십니까? 난 지난번에 캐서린 양에게 이번 사건을 함께 해결해 나가겠다고 약속했습니다. 그리고 나는 약속은 꼭 지키는 사람입니다."

"정말 친절하신 분이군요."

"아, 그런 말씀 마십시오. 하지만 그레이 양도 수사가 어찌 진행되고 있는지 궁금하시지 않습니까? 내 짐작이 틀렸나요?"

캐서린이 궁금하다고 하자 푸아로는 로슈 백작에 관해 간단히 설명했다.

"탐정님은 그 사람이 케터링 부인을 죽였다고 생각하시는군요."

캐서린이 생각에 잠겨 말했다.

"추리상으로는 그렇습니다."

푸아로가 신중하게 대답했다.

"탐정님은 그 추리를 믿으시나요?"

"그렇게 말하진 않았습니다. 그렇게 말하는 그레이 양의 생각은 어떻습니까?"

캐서린은 고개를 저었다.

"제가 어떻게 알겠어요? 저는 그런 일에는 문외한이지만 굳이 말해야 한다면……."

"말씀해 보세요."

푸아로가 격려했다.

"글쎄요……. 탐정님 말씀대로라면 그 백작이란 사람이 실제로 누군가를 죽일 수 있는 사람은 못되지 않나 싶어요."

"옳지! 바로 그거예요. 나하고 같은 생각이시군요. 내가 말한 게 바로 그겁니다."

푸아로가 외쳤다. 그는 캐서린을 예리한 눈으로 쳐다봤다.

"한데 듣고 싶은 말이 있습니다. 전에 데릭 케터링 씨를 만난 적이 있죠?"

"레이디 탬플린 댁에서 만났어요. 어제는 점심 식사를 같이했고요."

푸아로는 고개를 절레절레 흔들면서 말했다.

"아 모베 시제(인간말종). 하지만 르 펨므(여자)들은 그런 부류를 더 좋아하지요, 네?"

푸아로가 캐서린을 향해 눈을 부라리자 그녀가 웃음을 터뜨렸다. 푸아로는 말을 계속했다.

"어쨌든 케터링은 어딜 가나 눈에 띄는 남자죠. 그를 블루 트레인에서 봤다고 하셨는데 확실합니까?"

"맞아요. 거기서 봤어요."

"식당 칸에서였나요?"

"아뇨. 식사 시간에는 한 번도 본 적이 없어요. 딱 한 번 본 게 전부예요……. 부인의 객실로 들어가는 모습을 본 게 처음이자 마지막이에요."

푸아로는 고개를 끄덕이고는 중얼거렸다.

"이상하군요. 기차가 리옹에 도착했을 때 당신은 잠에서 깨어 창밖을 내다봤다고 했어요. 그런데도 로슈 백작처럼 키가 크고 가무잡잡한 남자가 기차에서 내리는 모습을 보지 못했다는 말입니까?"

캐서린은 고개를 저었다.

"못 봤어요. 외투 차림에 야구 모자를 눌러 쓴 청년이 내리긴 했지만 아주 내리는 게 아니라 그냥 승강장을 오락가락하는 것 같았어요. 그리고 파자마에 외투를 걸치고 턱수염을 기른 뚱뚱한 프랑스 남자가 한 명 있었는데 그 사람도 커피만 마셨고요. 그 외에는 승무원들밖에 없었던 것 같아요."

푸아로는 여러 차례 고개를 끄덕였다. 그가 털어놓았다.

"상황은 이렇습니다, 알겠지만, 로슈 백작은 알리바이가 있어요. 알리바이란 몹시 성가신 존재지만 한편으로는 늘 가장 강력한 의심의 대상이 되기 마련이죠. 자, 갑시다!"

두 사람은 곧장 반 올딘의 스위트룸으로 올라갔다. 방에는 나이튼이 있었다. 푸아로는 캐서린에게 그를 소개했다. 몇 마디 상투적인 인사말이 오간 뒤 나이튼이 말했다.

"반 올딘 씨에게 그레이 양이 오셨다고 말씀드리죠."

그는 두 번째 문을 지나 옆방으로 들어갔다. 나지막이 중얼거리는 소리가 들리더니 잠시 후 반 올딘이 방으로 들어왔다. 그는 예전처럼 사람을 꿰뚫는 듯한 예리한 눈길로 캐서린을 바라보며 다가와 손을 내밀었다.

그는 간단한 인사말을 건넸다.

"만나서 반갑군요, 그레이 양. 당신에게 루스와 관련해서 무슨 얘기를 들을 수 있을까 몹시 궁금했습니다."

백만장자의 태도에서 풍기는 온화함과 수수함은 캐서린의 마음을 강하게 사로잡았다. 더없이 짙고 진실된 고통을 마주하고 서 있는 듯한 느낌이었다. 겉으로 드러나지 않는 슬픔이기에 훨씬 짙게 여겨졌다.

반 올딘은 의자를 앞으로 끌어당겼다.

"여기 앉아요. 그리고 그날 있었던 일을 전부 다 들려주시오."

푸아로와 나이튼이 눈치 빠르게 옆방으로 자리를 비키면서 방에는 캐서린과 반 올딘 단둘이 남게 되었다. 그녀는 별 어려움 없이 자신의 임무를 수행했다. 루스 케터링과 나눈 대화를 간결하고도 자연스럽게, 가능한 한 말 한 마디까지 자세히 전했다. 반 올딘은 의자에 등을 기대고 손으로 두 눈을 가린 채 조용히 경청했다. 그는 캐서린의 이야기가 끝나자 조용히 말했다.

"얘기해 줘서 고맙습니다."

두 사람 모두 한동안 말없이 앉아 있었다. 캐서린은 위로의 말을 해 봤자 도움이 되지 않을 거라고 생각했다. 백만장자가 다시 입을 열었다. 그런데 조금 전과는 말투가 전혀 달랐다.

"깊이 감사드립니다, 그레이 양. 가여운 내 딸 루스가 세상을 떠나기 전 마지막 몇 시간 동안 당신이 마음을 편하게 해 준 것 같군요. 이제 물어볼 게 있어요. 푸아로 선생이 말했겠지만 당신도 내 불쌍한 딸아이하고 복잡하게 얽힌 그 사기꾼 놈에 대해 알 겁니다. 루스가 만나기로 했다던 바로 그 남자예요. 그레이 양이 보기에는 어땠나요? 루스가 당신하고 얘기를 나누고 나서 마음을 바꾼 것 같던가요? 혹시 그 애가 약속을 깰 생각은 아니었을까요?"

"정확히 말씀드릴 수는 없지만 따님이 뭔가 결정을 내린 건 확실해요. 그러고 나서 훨씬 기분이 나아진 것 같았거든요."

"혹시 지나가는 말로라도 루스가 그 빌어먹을 놈을 어디서 만나기로 했는지 말 않던가요? 파리라든가 예르라든가?"

캐서린은 고개를 저었다.

"그런 말씀은 없었어요."

"허참! 그걸 꼭 알아야 하는데. 어쨌거나 시간이 증명해 주겠죠."

반 올딘은 생각에 잠겨 말했다.

그는 일어서서 옆방의 문을 열었다. 푸아로와 나이튼이 방 안으로 다시 들어왔다.

캐서린은 백만장자의 점심 초대를 사양했다. 그녀는 뒤따라 내려온 나이튼의 배웅을 받으며 대기 중이던 차에 올라탔다. 나이튼이 방으로 돌아왔을 때 푸아로와 반 올딘은 대화에 몰두해 있었다.

백만장자가 생각에 잠긴 채 말했다.

"루스가 어떤 결심을 했는지 그것만이라도 알면 좋을 텐데요. 하기야 둘 중에 하나였을 겁니다. 파리에서 기차를 내려 나한테 전보를 보내거나 프랑스 남부까지 가서 그 백작 놈을 만나 회포를 풀 작정이었거나. 도무지 앞이 보이지 않아요. 그야말로 캄캄절벽입니다. 하지만 우리에게는 파리 역에 나타난 백작을 보고 메이슨이 놀라고 당황했다고 한 증언이 있어요. 그건 놈의 등장이 사전에 계획된 일이 아니라는 증거입니다. 어떤가, 나이튼, 자네도 나하고 같은 생각인가?"

비서는 화들짝 놀랐다.

"죄송합니다, 사장님. 제가 그만 딴 데 정신이 팔려 있어서요."

반 올딘이 물었다.

"어허, 무슨 엉뚱한 생각을 하고 있는 건가? 자네답지 않군. 아무래도 어떤 아가씨한테 홀딱 정신이 팔린 게지."

나이튼의 얼굴이 붉어졌다.

반 올딘이 생각에 잠겨 말했다.

"썩 괜찮은 아가씨더군. 아주 괜찮은 아가씨야. 자네 혹시 그 아가씨 눈동자 봤나?"

나이튼이 대답했다.

"어떤 남자라도 그녀의 눈빛을 보면 끌리지 않을 수 없을 겁니다."

테니스장에서

며칠이 흘러갔다. 어느 날, 캐서린이 혼자 아침 산책길에 나섰다
가 돌아와 보니 레녹스가 잔뜩 기대에 찬 표정으로 싱글거리고 있
었다.

"웬 젊은 총각이 전화해서 캐서린 이모를 찾던데요."

"젊은 총각이라니, 누구?"

"새롭게 등장한 후보 있잖아요. 루퍼스 반 올딘의 비서. 이모 인상
이 되게 좋았나 봐요. 바야흐로 캐서린 이모가 남의 애간장만 태우
는 무정한 여자가 되어 가고 있다는 증거죠. 처음에는 데릭 케터링,
지금은 젊은 나이튼. 우스운 건 내가 그를 똑똑히 기억한다는 거예
요. 이 근방에서 엄마가 운영하시던 전쟁 병원에 입원한 적이 있거
든요. 난 그때 불과 여덟 살짜리 꼬마였고요."

"많이 다쳤었대?"

"내 기억이 정확하다면 다리에 관통상을 입었을 거예요. 생각만 해도 끔찍하죠? 근데 아무래도 의사들이 그 사람 다리를 못 쓰게 만든 것 같아요. 의사들 말로는 다리를 저는 일은 없을 거라고 했는데 병원을 떠날 때까지도 심하게 절었거든요."

레이디 탬플린이 두 사람 곁으로 다가오더니 말했다.

"캐서린에게 나이튼 소령 얘기를 하고 있었구나? 아주 귀여운 녀석이지! 처음에는 나도 그 청년이 누군지 기억이 안 났는데. 어디한둘이어야지. 이제는 전부 다 생각나지 뭐니."

"그전에는 딱히 기억할 만큼 대단한 사람이 아니었으니까요. 지금이야 미국인 백만장자의 비서가 됐으니 얘기가 다르지 않겠어요?"

"그만 해라!"

레이디 탬플린이 얼핏 나무라는 투로 말했다.

"나이튼 소령이 무슨 일로 전화를 걸었대?"

캐서린이 물었다.

"오늘 오후에 이모더러 테니스 치러 가지 않겠느냐고 묻던데요. 간다고 하면 차편으로 데리러 오겠대요. 엄마하고 나는 이모를 생각해서 기꺼이 그러라고 했어요. 이모가 백만장자의 비서와 데이트를 하면 나한테도 백만장자와 함께 있을 수 있는 기회가 생길지도 모르잖아요. 그분 나이가 예순쯤 됐다니까 또 알아요? 나처럼 귀엽고 어린 아가씨를 만나고 싶어 할지?"

"나도 그 반 올딘 씨인가 하는 사람 만나 보고 싶더라."

레이디 탬플린이 진심으로 말했다.

"사람들이 그 사람 얘기를 어찌나 많이 하던지. 바다 건너에서 온 풍채가 당당한 그런 남자들은……."

그녀는 잠시 말을 끊었다.

"아주 매력적이거든."

"나이튼 소령은 반 올딘 씨의 초청이란 얘기를 특히 강조했어요. 그 사람이 하도 그 점을 강조하기에 뭔가 냄새를 맡기 시작했죠. 이모하고 나이튼은 정말 멋진 한 쌍이 될 거예요. 두 분이 잘 되길 빌게요."

레녹스가 말했다.

캐서린은 소리 내어 웃고는 옷을 갈아입으러 위층으로 올라갔다.

점심 식사가 끝나자마자 득달같이 도착한 나이튼은 남자다운 인내심을 발휘하여 레이디 탬플린이 잔뜩 흥분해서 떠들어대는 인사말을 꾹 참고 들어 주었다.

두 사람을 태운 차가 칸으로 향하고 있을 때 나이튼이 말했다.

"레이디 탬플린은 놀랄 정도로 변한 게 없더군요."

"태도를 말씀하시는 거예요? 아니면 겉모습을 말씀하시는 거예요?"

"둘 다요. 마흔은 족히 넘었을 텐데도 여전히 눈에 띌 만큼 미인이시잖아요."

"그건 그래요."

캐서린은 그의 말에 동조했다.

"오늘 이렇게 와 주셔서 얼마나 기쁜지 모릅니다. 푸아로 씨도 오겠다고 하셨어요. 어떻게 그렇게 키가 작은지 모르겠어요. 그분을 잘 아십니까, 그레이 양?"

캐서린은 고개를 저었다.

"여기로 오는 열차 안에서 처음 만났어요. 그때 전 탐정 소설을 읽고 있었는데 어쩌다 그런 책에 나오는 이야기들은 실제 생활에서는 일어날 수 없다는 말을 하게 됐죠. 물론 그때는 그분이 누군지 모르고 한 얘기였지만요."

나이튼이 천천히 말했다.

"무슈 푸아로는 정말 대단한 사람입니다. 굵직굵직한 사건들도 적잖이 해결한 분이죠. 문제를 끝까지 파고들어서 진상을 규명해 내는 재주도 천부적이지만, 그 사람이 무슨 생각을 하는지 아무도 감을 잡지 못하는 상황에서 곧바로 결론을 도출해 내거든요. 한번은 제가 요크셔에서 지낼 때 클랜레이번 부인이 보석을 도난당한 사건이 있었어요. 처음에는 단순히 강도의 소행인 줄 알았는데 결국 그 지역의 관할 경찰들이 두 손 두 발 다 들고 말았죠. 그래서 제가 경찰들에게 당신들을 도와줄 수 있는 사람은 에르퀼 푸아로뿐이니 불러오라고 했는데 막상 그 사람들은 푸아로보다 런던 경시청을 더 신뢰하더군요."

"그래서 어떻게 됐어요?"

캐서린이 궁금해서 물었다.

"잃어버린 보석은 영영 못 찾고 말았죠."

나이튼이 무덤덤하게 대답했다.

"나이튼 씨는 그분을 진심으로 믿으세요?"

"물론이죠. 로슈 백작은 아주 약삭빠른 인간이에요. 제 아무리 덫을 놓아도 미꾸라지처럼 요리조리 피해 다니죠. 하지만 에르퀼 푸아로 앞에서는 놈도 안하무인처럼 굴지는 못할 겁니다."

"로슈 백작이라는 사람 말예요. 그 사람이 정말 범행을 저질렀다고 생각하세요?"

캐서린이 생각에 잠겨 말했다.

"그야 당연하죠. 그레이 양은 그렇게 생각 안 하세요?"

나이튼은 의아한 표정으로 그녀를 바라봤다.

캐서린이 서둘러 대답했다.

"아, 저도 그렇게 생각해요. 그러니까 제 말은 이번 사건이 평범한 열차 강도 사건이 아니라면 그렇단 얘기예요."

나이튼은 그녀의 말을 수긍했다.

"물론 그럴 가능성도 있어요. 하지만 제가 볼 땐 다른 어느 누구보다도 로슈 백작이 이번 사건의 범인으로 가장 잘 맞아 떨어진다는 생각이에요."

"하지만 그 사람은 알리바이가 있어요."

나이튼이 불현듯 그 매력만점의 소년 같은 미소를 가득 머금으며 웃음을 터뜨렸다.

"아, 알리바이! 가만 보니 그레이 양은 탐정 소설을 즐겨 읽는군요. 그렇다면 완벽한 알리바이를 갖춘 사람이 늘 강력한 의심의 대상이 된다는 사실도 아시겠네요?"

"현실과 소설 속의 삶이 같다고 생각하세요?"

캐서린이 미소를 지으며 물었다.

"왜요, 그러지 말란 법이 있습니까? 원래 허구란 사실에 근거한 겁니다."

"하지만 어느 정도는 사실을 넘어선 거죠."

캐서린이 제의했다.

"그럴지도 모르죠. 어쨌거나 내가 만약 범인이라면 에르퀼 푸아로 같은 사람에게 뒤를 밟힌다는 사실이 영 찜찜할 겁니다."

"저도요."

캐서린이 웃음을 터뜨리며 말했다.

두 사람은 도착하자마자 푸아로의 영접을 받았다. 따뜻한 날씨 때문인지 그는 흰색 덕 슈트(더운 날씨에 주로 입는 얇은 흰색 양복 ― 옮긴이) 차림에 단춧구멍에는 흰 동백꽃을 꽂고 있었다.

푸아로가 인사를 건넸다.

"어서 오세요, 그레이 양. 어때요? 이만하면 진짜 영국 사람 같지 않습니까?"

"멋져 보이세요."

캐서린이 눈치 빠르게 대답했다.

"나를 놀리시는군요. 하지만 상관없어요, 파파 푸아로는 늘 마지막에 웃으니까."

푸아로가 온화한 목소리로 말했다.

"반 올딘 씨는 어디 계시죠?"

나이튼이 물었다.

"우리가 자리를 잡으면 그리로 오실 겁니다. 솔직히 말씀드리면 그분은 내가 썩 탐탁지 않은 눈치예요. 하여간 미국 사람들은······ 도무지 침착하고 냉정할 줄을 모른다니까요! 반 올딘 씨도 아마 내가 범인들을 쫓아 휙휙 날아다니며 니스의 뒷골목을 속속들이 누비길 바라고 있을 겁니다."

"그것도 썩 나쁜 생각은 아닌 것 같은데요. 진작 떠올리지 못한 게 후회스럽군요."

나이튼이 한마디 했다.

"그건 틀린 생각입니다. 이런 일은 에너지보다 수완이 필요한 법입니다. 테니스장이 어떤 곳입니까? 바로 많은 사람이 만나는 장소죠. 중요한 것은 바로 그 점입니다. 아, 저기 케터링 씨가 있군요."

데릭이 갑자기 그들에게 다가왔다. 뭔가에 크게 흥분한 사람처럼 잔뜩 화가 난 모습이었다. 데릭과 나이튼은 다소 썰렁한 분위기에서 서로 인사를 나눴다. 푸아로는 혼자서만 긴장된 분위기를 전혀 감지하지 못한 듯 모든 사람들을 편안하게 해 준답시고 눈물겨운 노력으로 신나게 떠들어 댔다. 심지어 약간의 의례적인 인사말까지 곁들였다.

"정말 대단하십니다, 케터링 씨. 프랑스어 실력이 이렇게 훌륭하시니 마음만 먹으면 얼마든지 프랑스 사람 행세를 하실 수 있겠는데요. 영국 사람 중에 이렇게 실력이 대단한 사람은 얼마 없거든요."

"저도 부럽네요. 제 프랑스어는 너무 영국식이거든요."

캐서린이 말했다.

일행은 각자 자리를 찾아 앉았다. 그때 나이튼은 반 올딘이 정원 맞은편 끝에서 신호를 보내는 것을 알아차리고 곧바로 그리로 달려 갔다.

"나는 저 젊은이가 마음에 듭니다. 그레이 양은 어떠십니까?"

푸아로가 방금 자리를 비운 반 올딘의 비서에게 환한 미소를 보내며 말했다.

"저도 아주 마음에 들어요."

"당신은요, 케터링 씨?"

케터링은 당장 입 밖으로 튀어나오려던 말을 도로 삼켰다. 이 왜소한 벨기에 탐정의 번뜩이는 두 눈이 문득 그의 경계심을 불러일으킨 듯했다. 그는 표현을 골라가며 조심스럽게 대답했다.

"나이튼 저 사람, 아주 좋은 친구죠."

캐서린은 잠깐이지만 푸아로의 얼굴에 실망하는 기색이 스친 것 같다고 생각했다.

"저 사람이 탐정님을 입에 침이 마르도록 칭찬하던데요."

그녀는 이 말을 하면서 나이튼이 해 준 이야기를 전했다. 그러자 이 왜소한 남자는 가슴을 쭉 펴더니, 누가 봐도 거짓임이 훤히 드러나는데도 짐짓 겸손한 체하면서 깃을 펼친 한 마리 새처럼 한껏 거드름을 피웠다. 캐서린은 그의 그런 모습이 사뭇 우스웠다.

푸아로가 문득 말했다.

"그러고 보니 생각나는군요, 마드무아젤. 별건 아니지만 물어볼 게 있습니다. 그 가여운 부인과 기차에서 마주 앉아 얘기를 나눌 때

혹시 담뱃갑을 떨어뜨리지 않으셨나요?"

캐서린은 다소 의아한 표정을 지었다.

"그런 일 없는데요."

푸아로는 주머니를 뒤져 보들보들한 감촉의 파란색 가죽으로 된 담뱃갑을 꺼냈다. 대문자 '케이'가 금장으로 새겨진 담뱃갑이었다.

"아뇨, 그건 제 물건이 아니에요."

"아, 이거 대단히 죄송하게 됐군요. 그럼 케터링 부인 물건이 틀림없겠네요. 물론 '케이'는 케터링의 머리글자일 테고요. 케터링 부인 가방에 다른 담뱃갑이 있기에 설마 두 개씩이나 갖고 있을까 싶어서 의문을 품었던 겁니다."

푸아로는 갑자기 데릭에게 돌아섰다.

"혹시 이 담뱃갑이 부인 물건 맞습니까?"

데릭은 순간 흠칫하는 표정을 지었다. 그는 더듬더듬 대답을 늘어놓았다.

"나…… 난 잘 모르겠습니다. 그런 것 같네요."

"설마 케터링 씨 물건은 아니죠?"

"그야 당연하죠. 아내가 내 물건을 갖고 있을 턱이 없지 않습니까?"

푸아로는 그 어느 때보다도 천진난만한 어린아이 같은 표정을 지으며 솔직하게 설명했다.

"혹시나 당신이 케터링 부인의 객실에 들어갔다가 떨어뜨린 게 아닌가 싶어서요."

"난 거기 들어간 적 없습니다. 그 얘기는 경찰에게 이미 열 번도 넘게 했는데요."

푸아로가 대단히 미안하다는 태도로 말했다.

"이거 대단히 죄송하게 됐군요. 여기 계신 마드무아젤께서 케터링 씨가 부인의 객실에 들어가는 걸 봤다고 하셔서 그만."

그는 당혹스런 기색을 보이며 말을 멈췄다.

캐서린은 데릭을 쳐다봤다. 얼굴빛이 유독 창백해진 것 같다는 생각이 언뜻 들었는데 어쩌면 그녀의 상상인지도 몰랐다. 데릭의 너털웃음 소리가 들려왔다. 지극히 자연스런 웃음이었다.

그는 편안하게 말했다.

"그레이 양이 뭘 잘못 보셨군요. 경찰서에서 들으니 내가 쓰던 객실이 아내의 객실에서 불과 한두 개 건너였다고 합디다. 물론 그때는 그런 사실을 꿈에도 몰랐죠. 내 방에 들어가는 걸 그레이 양이 착각하신 겁니다. 틀림없어요."

그는 반 올딘과 나이튼이 다가오는 것을 보고는 벌떡 일어서서 선언했다.

"그만 가야겠군요. 어떤 경우에도 난 장인과 마주치고 싶지 않습니다."

반 올딘은 캐서린에게 깍듯이 인사를 건넸지만 얼굴 표정이 영 좋지 않았다.

"무슈 푸아로는 테니스 관람이 취미인가 보군요?"

반 올딘이 심사가 틀린 목소리로 딱딱거렸다.

"네, 무척 즐기는 편이죠."

푸아로가 느긋하게 대답했다.

"당신이 여기 프랑스에 있는 게 다행이군요. 우리 미국에서는 실질적인 것을 중시하거든요. 거기서는 취미 생활보다 사업이 우선이죠."

반 올딘의 말에도 푸아로는 전혀 발끈하지 않았다. 오히려 잔뜩 심사가 틀린 백만장자를 향해 온화하고 신뢰가 가득 담긴 미소를 지어 보였다.

"그렇게 화내지 마십시오. 누구나 자기만의 방식이 있으니까요. 참고로 일과 취미를 접목시킬 때 가장 신나고 즐겁다는 것이 내 지론입니다."

그는 다른 두 사람을 흘깃 쳐다봤다. 캐서린과 나이튼은 서로에게 흠뻑 빠져 대화에 열중하고 있었다. 푸아로는 흡족한 표정으로 고개를 끄덕이고 백만장자에게 다가 앉으며 목소리를 낮췄다.

"내가 여기 온 것은 단지 취미 생활을 위해서만은 아닙니다, 반올딘 씨. 저기 맞은편에 있는 키 큰 노신사 보이시죠, 얼굴빛이 노르스름하고 턱수염이 근사하게 난?"

"그래서, 저 사람이 왜요?"

"저 사람이 바로 파포폴루스 씨입니다."

"그 그리스 사람 말입니까?"

"말씀하신 대로입니다. 그리스 사람. 세계적인 명성을 지닌 골동품상이죠. 파리에서 자그마한 골동품점을 운영하는데 경찰에선 그를 단순한 골동품상 이상으로 보고 있습니다."

"그게 무슨 소립니까?"

"장물아비란 얘기죠, 그것도 보석만 전문으로 다루는. 게다가 중고 보석을 다듬고 세공하는 일은 저 사람을 따를 자가 없어요. 유럽 대륙의 최상품에서부터 암흑가의 악당이 소지한 최하품까지 저 사람의 손을 거치지 않는 것이 없습니다."

반 올딘은 문득 새삼스러운 눈으로 푸아로를 응시했다. 그는 앞서와는 전혀 다른 목소리로 물었다.

"그래서요?"

"그래서 곰곰이 생각해 봤죠. 나 에르퀼 푸아로가 (이 부분에서 그는 연기라도 하듯 자신의 가슴을 쾅쾅 두드렸다.) 스스로에게 물어본 겁니다. '하필 이 시점에 파포폴루스가 난데없이 니스에 나타난 이유가 뭘까?' 하고요."

반 올딘은 감동했다. 잠시나마 푸아로를 의심하면서 이 왜소한 사내가 이제는 별 볼일 없는 퇴물이 아닐까, 한낱 허풍쟁이가 아닐까 염려했다. 그런데 불과 한순간에 그는 그런 염려를 깨끗이 씻어 버렸다. 반 올딘은 이 왜소한 체격의 탐정을 똑바로 응시하며 말했다.

"내가 결례를 범한 것 같군요, 무슈 푸아로."

푸아로는 과장된 몸짓으로 상대의 사과를 마다했다.

"무슨 그런 말씀을! 그런 건 아무래도 상관없습니다. 자, 반 올딘 씨, 이제부터 내 얘기를 잘 들으십시오. 새로운 소식이 있습니다."

백만장자는 무슨 일인가 싶어 있는 대로 촉각을 곤두세우고 날카롭게 그를 쳐다봤다.

푸아로는 고개를 끄덕였다.

"내 얘기는 이겁니다. 반 올딘 씨께서 충분히 관심을 가질 내용이 죠. 반 올딘 씨, 예심판사와 면담을 한 뒤로 로슈 백작에게 사람이 붙었습니다. 그리고 면담한 다음 날, 백작이 외출한 틈을 타서 경찰 이 마리나 별장을 수색했어요."

"그래서 뭐라도 찾아냈답니까? 하긴 찾아냈을 리 없겠죠."

푸아로는 가볍게 고개를 숙였다.

"역시 반 올딘 씨의 예리함은 틀림이 없으시군요. 유죄를 증명할 만한 물증은 찾지 못했습니다. 그야 얼마든지 예상 가능한 일이었 죠. 이럴 때 쓰라고 생겨난 말인지는 모르겠지만 과연 로슈 백작은 한두 살 먹은 어린애가 아니었습니다. 노련한 경험을 지닌 영리한 신사였죠."

"그래, 계속해 보세요."

반 올딘이 화가 치미는 목소리로 말했다.

"물론 백작이 굳이 비밀로 감춰 둘 만큼 의심받을 짓을 하지 않았 을 수도 있습니다. 하지만 우리는 조금의 가능성도 간과해서는 안 됩니다. 그렇다면 만에 하나 그자가 뭔가를 감춰야 한다면 그곳이 어디일까요? 집은 아닙니다. 경찰이 샅샅이 뒤졌으니까요. 몸에 지 니고 다니지도 않을 겁니다. 언제 어디서 체포될지도 모르는데 그 런 짓을 할 리가 없죠. 그렇다면 남는 곳은…… 그의 차 안입니다. 방금 전에도 말했지만 그자는 지금 감시를 당하고 있어요. 몬테카 를로에 갔던 날도 미행이 따라붙었습니다. 백작은 거기서 직접 차를 몰고 망통으로 갔습니다. 그런데 그 친구 차가 워낙 힘이 좋아서 따라붙는 차를 멀찌감치 따돌리는 바람에 15분가량을 완전히 놓쳐 버렸죠."

"그럼 그동안 놈이 도로변에 뭔가를 감췄을지도 모르잖습니까?"

반 올딘이 예민한 관심을 보이며 물었다.

"도로변은 아닙니다. 실질적으로 불가능해요. 그보다 얘기를 더 들어보십시오. 나 에르퀼 푸아로가 카레지 판사에게 변변치 않은 제안을 했습니다. 그랬더니 아주 좋은 생각이라며 기쁘게 받아 주더군요. 인근 우체국에 로슈 백작의 얼굴을 아는 사람이 최소한 한 곳에 한 명씩은 있을 거라는 점에 착안한 거죠. 뭔가를 은닉하는 최선의 방법이 뭐겠습니까? 바로 우편으로 멀리 보내 버리는 것 아니겠습니까?"

"그래서요?"

반 올딘은 물었다. 관심과 기대로 얼굴이 환하게 빛났다.

"그래서…… 바로 이걸 찾아냈죠!"

푸아로는 요란한 몸짓을 선보이며 갈색 종이에 느슨하게 싸인 꾸러미를 꺼냈다. 묶었던 끈은 이미 사라지고 없었다.

"바로 그 15분이라는 빈 시간 동안 우리 착한 신사양반이 이걸 우편으로 보냈더군요."

"주소는요?"

반 올딘이 날카롭게 물었다.

푸아로는 고개를 끄덕였다.

"있었으면 뭔가 단서를 얻었을 텐데 불행히도 적혀 있지 않았습니다. 이 소포의 수신지는 파리에 있는 작은 신문 매점이었습니다. 소정의 수수료를 내고 찾아갈 때까지 편지며 소포 따위를 보관해 주는 곳이죠."

"그래서 안에는 뭐가 들어 있습니까?"

반 올딘이 초조하게 다그쳤다.

푸아로는 갈색 종이를 벗겨 판지로 된 네모난 상자를 꺼냈다. 그는 반 올딘을 돌아보며 조용히 말했다.

"마침 기회가 좋군요. 사람들의 시선이 모두 테니스 시합에 쏠려 있으니까요. 자, 보십시오!"

푸아로는 재빨리 상자의 뚜껑을 열었다. 순간 백만장자의 입에서 경악에 가까운 비명이 터져 나왔다. 그의 얼굴이 백지장처럼 하얗게 변했다. 그는 숨을 들이켰다.

"이럴 수가! 이건 그 루비!"

반 올딘은 잠시 망연자실한 채 앉아 있었다. 푸아로는 상자를 도로 주머니에 넣고 평화로운 표정으로 밝게 웃었다. 다음 순간, 반 올딘은 문득 정신이 들었는지 푸아로에게 다가앉더니 이 왜소한 남자가 아파서 움찔할 정도로 힘껏 손을 움켜쥐었다.

"정말 대단합니다. 대단해! 푸아로, 당신은 최고입니다. 그야말로 탐정 중의 탐정이에요."

"그리 대단한 일도 아닌데요, 뭘. 그저 일의 절차와 방법, 예측 못할 사건에 대한 사전 대비라는 원칙을 따랐을 뿐입니다."

푸아로가 겸손하게 말했다.

"그럼 이제 그 로슈 백작인가 뭔가는 체포되었겠군요?"

반 올딘이 깊은 관심을 보이며 물었다.

"아뇨."

기가 막힌 듯 반 올딘의 표정이 싹 바뀌었다.

"아니, 왜요? 뭐가 더 필요합니까?"

"아직 백작의 알리바이가 건재하기 때문이죠."

"그건 말이 안 됩니다."

"맞습니다. 나도 말이 안 된다는 생각입니다. 하지만 불행히도 그 걸 증명해 내는 일이 남았습니다."

"놈은 필시 그 틈을 타 당신들이 쳐놓은 그물망을 교묘히 빠져나 갈 겁니다."

푸아로는 힘차게 고개를 저었다.

"아뇨, 그런 일은 없을 겁니다. 백작이 절대 포기할 수 없는 한 가 지가 뭔지 아십니까? 바로 사회적 지위입니다. 놈은 어떤 희생을 감 수하고라도 틀림없이 배짱으로 밀고 나갈 겁니다."

반 올딘은 여전히 불만스러운 눈치였다.

"하지만 내 생각엔……."

푸아로는 한 손을 들어올렸다.

"조금만 더 시간을 주십시오. 나, 푸아로가 뭔가 생각하고 있는 게 있어서 그러니까요. 에르퀼 푸아로가 뭔가 생각이 있다고 하면 사 람들은 하나같이 코웃음을 치죠. 결국에는 매번 자기네들 생각이 틀렸다는 걸 알게 되지만요."

"그럼 어디 말해 보세요. 그 생각이란 게 뭡니까?"

푸아로는 잠시 뜸을 들였다가 입을 열었다.

"내일 오전 11시에 호텔로 찾아뵙겠습니다. 그때까지는 아무에게
도 말씀하시면 안 됩니다."

파포폴루스의 아침 식사

파포폴루스는 아침 식사 중이었다. 맞은편에는 딸 지아가 앉아 있었다.

거실 문을 똑똑 두드리는 소리가 들리더니 웨이터가 들어와 명함 한 장을 건넸다. 파포폴루스는 명함을 자세히 들여다보더니 인상을 찌푸리며 딸에게 건넸다.

"허 참! 에르퀼 푸아로가 여긴 무슨 일이지?"

생각에 잠긴 채 왼쪽 귀를 긁어 대면서 파포폴루스가 말했다. 부녀는 서로를 쳐다봤다.

"그 사람, 어제 테니스장에도 왔더구나. 얘, 난 이런 일은 딱 질색이다."

"예전에 그분에게 크게 신세지셨던 일 잊으셨어요?"

지아가 아버지를 일깨워 줬다.

파포폴루스는 딸의 말을 수긍했다.

"하긴 그렇지. 하지만 현업에서 물러났다고 들었다."

지금까지 이들 부녀는 그들의 모국어인 그리스어로 대화를 나누었다. 이윽고 파포폴루스가 웨이터를 향해 프랑스어로 말했다.

"페뜨 몽떼르 세 몽쉐르(손님을 올려 보내게)."

잠시 후 말쑥하게 차려입은 에르퀼 푸아로가 기운차게 지팡이를 흔들며 방 안으로 들어섰다.

"저 왔습니다, 파포폴루스 씨."

"어서 오세요, 무슈 푸아로."

"반갑습니다, 지아 양."

푸아로는 그녀를 향해 깊이 고개를 숙였다.

"우린 지금 아침 식사 중이니 양해해 주셨으면 좋겠습니다."

파포폴루스는 커피 한 잔을 더 따르면서 말했다.

"남의 집을 방문하기엔, 에헴! 좀 이른 시간 아닌가요?"

"염치없는 짓인 줄 잘 압니다. 하지만 보다시피 시간에 쫓겨서 어쩔 수 없었습니다."

"아! 그 말은 맡은 사건이라도 있다는 말씀인가요?"

"아주 골치 아픈 사건이죠. 케터링 부인의 죽음에 관한 겁니다."

파포폴루스는 아무것도 모르는 듯한 얼굴로 천장을 올려다봤다.

"어디 보자. 블루 트레인에서 죽었다던 그 귀부인 말인가요? 신문에서 읽어서 알고는 있습니다만 딱히 구린내 나는 사건은 아닌 것 같던데?"

"정의를 수호하려면 사실을 감추는 게 최선일 때가 있죠."

푸아로가 대답했다.

잠시 침묵이 흘렀다.

"내가 어떻게 도와주면 되겠습니까, 무슈 푸아로?"

골동품상이 정중하게 물었다.

"좋습니다. 단도직입적으로 말씀드리죠."

푸아로는 칸에서 반 올딘에게 보여 줬던 상자를 주머니에서 꺼내 뚜껑을 열었다. 그러고는 안에 든 루비들을 꺼내 식탁 건너편에 앉은 파포폴루스 앞으로 밀었다.

이 노인의 시선은 매서웠지만 얼굴 근육 하나도 변화가 없었다. 그는 루비들을 집어 들고 전혀 무관심한 얼굴로 가만히 살펴보더니 의아하다는 듯이 맞은편에 앉은 탐정을 건너다봤다.

"이만하면 최상품 아닙니까?"

푸아로가 물었다.

"꽤 쓸 만하군요."

"값이 어느 정도나 나가겠습니까?"

그리스인의 얼굴에 얼핏 경련이 일었다.

"그 질문에 꼭 대답을 해야 하나요, 무슈 푸아로?"

"역시 파포폴루스 씨는 눈치가 빠르시군요. 아뇨, 안 하셔도 됩니다. 한마디로 이것들은 50만 달러 값어치가 없는 물건들이니까요."

파포폴루스가 너털웃음을 웃자 푸아로도 따라 웃었다.

파포폴루스는 루비들을 푸아로에게 돌려 주며 말했다.

"좀 전에도 말했다시피 모조품치곤 제법 괜찮은 물건들이군요. 주제넘은 질문인지 모르지만 무슈 푸아로, 도대체 이걸 어디서 구하셨습니까?"

"주제넘다뇨, 그런 말씀 마십시오. 우리처럼 막역한 사이에 못 할 얘기가 뭐가 있겠습니까? 이건 로슈 백작이 갖고 있던 겁니다."

파포폴루스는 눈썹을 눈에 띄게 치켜 올리며 중얼거렸다.

"그랬군요."

푸아로는 앞으로 몸을 숙이더니 더없이 천진하면서도 아리송한 태도를 취했다.

"파포폴루스 씨, 하나도 남김없이 말씀드리겠습니다. 이 모조품의 진품은 블루 트레인에 탔던 케터링 부인이 갖고 있었는데 누군가가 훔쳐서 달아났습니다. 우선 이 말씀부터 드려야겠군요. 나는 이 보석들을 되찾는 일에는 전혀 관심이 없습니다. 그건 경찰에서 알아서 할 일이에요. 나는 지금 경찰을 위해서가 아니라 반 올딘 씨를 위해 일하고 있습니다. 내가 원하는 건 케터링 부인을 죽인 범인을 찾아내는 일입니다. 내가 이 보석에 관심이 있다면 그건 이것이 나를 범인이 있는 곳으로 이끌어 주지 않을까 해서입니다. 무슨 소리인지 아시겠습니까?"

그는 마지막 말에 유독 힘을 줬다. 파포폴루스는 좀처럼 흔들림이 없는 표정으로 조용히 말했다.

"계속해 보시죠."

"내가 볼 때는 그 보석들은 니스에서 주인을 갈아탈 확률이 높습니다. 어쩌면 이미 갈아탔을지도 모르고요."

"으음!"

파포폴루스는 생각에 잠긴 듯한 표정으로 커피를 한 모금 들이켰다. 그 모습이 평소보다도 한층 고매하고 존경스러운 느낌을 자아냈다.

"그러자 문득 이런 생각이 들더군요. '넌 참 운이 좋구나!'라고 말입니다. 왜 그랬을까요? 그건 오랜 친구 파포폴루스가 바로 니스에 와 있기 때문이었습니다. 그러면 날 도와줄 거라고 믿은 거죠."

"그래서 나더러 어떻게 도와달라는 소리입니까?"

파포폴루스가 냉랭하게 물었다.

"한데 그런 생각이 들더군요. 파포폴루스 씨는 분명 사업차 니스에 왔을 거라는."

"잘못 짚었습니다. 나는 휴양차 쉬러 여기 온 겁니다. 의사의 지시에 따라."

그는 힘없이 기침을 했다.

푸아로는 다소 거짓된 동정심을 품고 말했다.

"그런 말씀을 들으니 가슴이 다 짠하네요. 그래도 하던 말은 해야겠죠? 만약에 말입니다, 러시아의 대공이나 오스트리아의 황녀, 혹은 이탈리아 국왕이 가보로 내려오는 보석을 처분하고 싶어 한다고 칩시다. 그럼 과연 누구를 찾아갈까요? 바로 파포폴루스 씨 아닐까요? 그런 일을 믿고 맡길 수 있는 신중한 인물로 세계적인 명성을 떨치는 사람이 바로 당신이니까요."

파포폴루스가 고개를 숙였다.

"과찬입니다."

"신중함이란 아주 훌륭한 덕목이죠."

푸아로의 진지한 표현에 그리스 인은 언뜻 스쳐가는 미소로 화답
했다.

"이 푸아로 또한 신중함이라면 절대 뒤지지 않는 사람입니다."

두 사람의 시선이 마주쳤다.

잠시 후 푸아로가 아주 느릿느릿 말을 이어갔다. 신경 써서 말을
고르는 것이 분명했다.

"문득 이런 생각이 들더군요. 만약 그 보석들이 니스에서 주인을
갈아탔다면 파포폴루스 씨가 그 얘기를 못 들었을 리 없다고 말이
죠. 보석과 관련된 일이라면 모르는 게 없는 분이니까요."

"으음!"

파포폴루스는 크루아상 한 조각을 입에 넣었다.

"알다시피 경찰은 이런 문제에 개입하지 않습니다. 그냥 나 개인
적인 일입니다."

"소문을 듣긴 했습니다."

파포폴루스가 조심스럽게 인정했다.

"예를 들면요?"

푸아로는 재촉했다.

"그걸 굳이 당신에게 말해야 할 이유라도 있나요?"

"있죠. 내 생각에는 그렇습니다. 아마 파포폴루스 씨도 기억하실

겁니다. 17년 전, 당신 수중에 들어온 물건이 있었습니다. 대단한 거물이 비밀리에 맡긴 물건이었죠. 그런데 수중에 있던 그 물건이 까닭 모를 이유로 사라져 버렸고 영국식 표현을 빌리자면 그 일로 당신은 시궁창에 빠진 처지가 됐습니다."

푸아로의 시선이 천천히 앞에 앉은 아가씨에게 가닿았다. 지아는 컵이며 접시 등을 저만치 밀어 놓고 식탁에 팔꿈치를 고인 채 양손으로 턱을 받치고 열심히 귀를 기울이고 있었다. 푸아로는 그녀에게 시선을 고정한 채 말을 이어갔다.

"그때 난 파리에 있었습니다. 그런데 당신이 날 부르더니 그 일을 맡아 달라고 하더군요. 잃어버린 물건을 찾아주기만 하면 죽을 때까지 은혜를 잊지 않겠노라고 하면서요. 그리고! 난 그 물건을 당신에게 되찾아 주었습니다."

긴 한숨이 파포폴루스의 입에서 흘러나왔다. 그는 나지막이 중얼거렸다.

"내 일생일대에 가장 수치스러운 순간이었지요."

"17년이면 짧지 않은 시간이죠. 하지만 자신 있게 말할 수 있습니다, 당신네 민족은 절대 은혜를 잊지 않는 민족이라고 말이죠."

푸아로가 생각에 잠겨 말했다.

"그리스인들을 말하는 겁니까?"

파포폴루스가 빈정대는 듯한 미소를 지으며 물었다.

"그런 얘기가 아닙니다."

잠시 침묵이 흘렀다. 이윽고 노신사가 당당하게 자세를 고쳐 앉더니 조용히 말했다.

"당신 말이 맞아요, 푸아로. 난 유대인입니다. 그리고 당신 말대로 우리 민족은 절대 은혜를 잊지 않아요."

"그럼 도와주시겠습니까?"

"보석에 관한 거라면 내가 해 줄 수 있는 일이 없습니다."

방금 전 푸아로가 그랬듯이 이 노인 또한 조심스럽게 말을 골라 했다.

"난 아무것도 모릅니다. 들은 얘기도 없어요. 하지만 당신에게 보답이 될 만한 게 있기는 한데……. 이를테면 당신이 경마에 관심이 있다면 도와줄 의향이 있다는 얘깁니다."

"필요하다면 지금부터 관심을 가져 보죠."

푸아로가 그를 집요하게 쳐다보며 말했다.

"롱샹에서 경마가 있어요. 이 정도면 당신의 친절에 대한 보답은 될 겁니다. 아, 정확하다고는 장담 못 해요. 워낙 여러 사람의 입을 거친 정보라."

그는 푸아로에게 시선을 고정한 채 잠시 말을 멈췄다. 자신의 말 뜻을 제대로 알아들었는지 확인하는 듯한 눈길이었다.

"그럼요. 무슨 말씀이신지 잘 알겠습니다."

푸아로가 고개를 끄덕였다.

"그 말 이름이……."

파포폴루스는 의자에 등을 기대고 손가락으로 깍지를 끼면서 말했다.

"'마키스'라던데 잘은 모르지만 아마 영국 말일 겁니다. 안 그러냐, 지아?"

"저도 그렇게 알고 있어요."

푸아로는 기분 좋게 일어섰다.

"감사합니다, 파포폴루스 씨. 영국인들 말대로 마구간에서 따끈따끈한 정보를 얻으니 기분이 아주 좋은데요. 그럼 다음에 다시 뵙죠. 정말 감사했습니다."

그는 지아를 향해 돌아섰다.

"다음에 또 만납시다, 지아 양. 파리에서 본 게 엊그제 같은데. 기껏해야 2년밖에 안 지난 듯한데 어느새 이렇게 숙녀가 되셨군요."

지아가 서글픈 얼굴로 말했다.

"열여섯 살과 서른세 살은 큰 차이가 있죠."

푸아로가 쾌활하게 단언했다.

"지아 양에게는 전혀 해당 사항이 없는 얘긴걸요. 언제 지아 양하고 아버님하고 함께 저녁 식사나 나눴으면 좋겠군요."

지아가 대답했다.

"우리야 얼마든지 환영이죠."

"그럼 약속을 잡아봐야겠는데요. 그럼 쥬 메 소브(이만 물러가겠습니다)."

푸아로는 혼자 콧노래를 흥얼거리며 길을 걸었다. 신이 나서 지팡이를 휘두르기도 하고 한두 번 소리 없이 빙그레 웃기도 했다. 그는 제일 먼저 눈에 띈 우체국에 들어가서 전보를 쳤다. 쓸 말을 고르는데 시간이 걸렸다. 암호로 작성하기 위해 애써 기억을 더듬어야 했기 때문이었다. 그렇게 해서 완성된 전보는 잃어버린 넥타이핀에 관한 것이었고 수신자는 런던 경시청의 재프 경감이었다.

암호를 풀면 내용은 간결하고 일목요연했다.

'마키스라는 가명을 쓰는 남자에 대해 알고 있는 정보를 빠짐없이 전보로 보낼 것.'

새로운 추리

푸아로가 반 올딘의 호텔에 모습을 드러낸 것은 11시 정각이었다. 그가 찾아갔을 때 반 올딘은 혼자 있었다.

"시간관념이 정확하군요, 무슈 푸아로."

반 올딘은 자리에서 일어나 미소 띤 얼굴로 탐정을 반기면서 말했다.

"난 약속 시간은 절대 어기지 않습니다. '사람은 정확해야 한다.'가 평소 신조거든요. 일의 절차와 방법을 지키지 않으면……."

그는 잠시 말을 끊었다.

"아, 그러고 보니 전에도 비슷한 말을 했던 것 같군요. 그럼 찾아온 용건으로 바로 들어가도록 하죠."

"그래, 당신이 하고 있는 생각이 뭡니까?"

"아, 내 생각요?"

푸아로는 미소를 지었다.

"그보다 먼저 에이다 메이슨이라는 하녀를 한 번 더 불러서 얘기를 들어봤으면 합니다. 여기 와 있나요?"

"그래요, 여기 있어요."

"아, 잘됐네요!"

반 올딘은 궁금하다는 얼굴로 그를 쳐다봤다. 반 올딘이 벨을 울리자 심부름 전담 하인이 나가서 메이슨을 데려왔다.

푸아로는 여느 때와 똑같이 깍듯이 예의를 갖추고 그녀를 맞았다. 사실 메이슨처럼 신분이 낮은 사람들은 상대가 이렇게 나오면 예외 없이 감동하기 마련이었다.

그는 활기찬 목소리로 인사를 건넸다.

"안녕하십니까, 메이슨 양? 좀 앉으시죠. 괜찮겠습니까, 반 올딘씨?"

"아, 그럼요. 어서 앉지."

반 올딘이 말했다.

"고맙습니다."

메이슨은 새침하게 말하고 의자 끄트머리에 걸터앉았다. 그전에 비해 훨씬 야위었고 표정도 어두웠다.

푸아로가 입을 열었다.

"좀 더 여쭤볼 게 있어서 이리로 오시라고 했습니다. 이번 사건을 어떻게든 속속들이 캐내서 해결해야 하는 입장이라서요. 곰곰이 생각해 봤지만 좀처럼 그 열차에 탔던 남자에 대한 궁금증이 가시지 않아요. 당신은 로슈 백작을 본 적이 있습니다. 그리고 그 남자가 바로 로슈 백작일 수도 있다고 했어요. 물론 자신하지 못했지만."

"말씀드렸듯이 저는 그 신사분의 얼굴을 보지 못했어요. 그래서 뭐라고 말씀드릴 수가 없어요."

푸아로는 환한 얼굴로 고개를 끄덕였다.

"그럼요, 당연히 그렇겠죠. 메이슨 양이 힘들어 하는 거 충분히 이해합니다. 자, 메이슨 양, 당신은 케터링 부인을 모신 지 두 달이 됐다고 했어요. 그럼 그동안 주인마님의 바깥양반을 몇 번이나 봤습니까?"

메이슨은 잠시 생각을 더듬더니 대답했다.

"두 번밖에 없어요."

"가까이서 봤나요, 멀리서 봤나요?"

"한번은 그분이 커즌 가에 오신 적이 있었어요. 저는 위층에 있었는데 계단 난간으로 내려다보니 아래층 홀에 계시더군요. 그게 저, 상황이 어떻게 된 건가 좀 궁금해서."

메이슨은 얌전히 기침을 하면서 말끝을 맺었다.

"그리고 두 번째는요?"

"같이 일하는 하녀 중에 애니라는 애와 공원에 나갔을 때였어요. 갑자기 그 애가 손짓을 해서 보니 주인님이 웬 외국 여자분과 산보를 하고 계셨어요."

이번에도 푸아로는 고개를 끄덕였다.

"잘 들어요, 메이슨 양. 당신은 리옹 역에서 마담 케터링과 웬 남자가 얘기를 나누는 걸 봤다고 했는데, 그 남자가 주인님이 아니라는 걸 어떻게 알았죠?"

"그 남자가 우리 주인님이라고요? 아니요, 그럴 리가 없어요."

"하지만 자신 없다고 했잖습니까?"

푸아로가 따지고 들었다.

"글쎄요……. 그런 생각은 한 번도 안 해 봤어요."

메이슨은 당황한 눈치가 역력했다.

"당신은 케터링 씨가 그 열차에 함께 탔었다는 걸 미리 들어서 알고 있었어요. 그럼 통로로 걸어온 사람이 당연히 케터링 씨일 가능성이 있지 않을까요?"

"하지만 마님하고 얘기를 나누던 신사분은 분명히 밖에서 들어왔어요. 거리를 나다니던 옷차림이었거든요, 외투에 부드러운 모자까지."

"그렇군요. 하지만 메이슨 양, 한 번만 더 생각해 보세요. 그때 열차는 막 리옹 역에 도착한 뒤였습니다. 수많은 승객들이 객차에서 내려 부둣가를 거닐었죠. 그렇다면 케터링 부인도 그럴 생각이었을 테고, 그럼 당연히 털 코트를 챙겨 입었을 겁니다. 안 그래요?"

"그건 그래요."

메이슨이 그의 말에 수긍했다.

"그럼 케터링 씨도 똑같이 외투 차림이었을 겁니다. 기차는 난방이 되지만 바깥인 역 자체는 추웠을 테니까요. 남자는 외투 차림에 모자까지 쓰고 기차 옆을 거닐다가 불 켜진 창문을 올려다보고 문득 마담 케터링을 발견합니다. 그때까지는 자기 아내가 기차에 탄 줄도 모르고 있었죠. 남자는 자연스럽게 객차에 올라 아내의 객실로 갑니다. 여자는 남편을 보고 깜짝 놀라 비명을 지르면서 얼른 객실 사이의 문을 닫죠. 그건 두 사람의 대화가 지극히 사적일 가능성이 있기 때문이고요."

푸아로는 의자에 등을 기댄 채 자신의 추리가 서서히 위력을 발휘하는 광경을 지켜보았다. 에르퀼 푸아로는 메이슨 같은 하층민들은 절대 재촉해서는 안 된다는 사실을 누구보다 잘 알았다. 지금 메이슨은 머릿속을 차지하고 있는 선입견을 없앨 시간이 필요했다. 3분이 다 되어 갈 즈음 그녀가 입을 열었다.

"글쎄요. 그러고 보니 탐정님 말씀이 옳은 것 같아요. 그런 생각은 한 번도 해 보지 않았어요. 주인님도 키가 크고 가무잡잡하시고 체격도 비슷해요. 그만 모자하고 외투 때문에 그 신사분이 밖에서 오셨을 거라고 말한 거예요. 맞아요, 어쩌면 주인님이었는지도 모르겠어요. 어느 쪽이든 자신 있게 말할 수는 없지만."

"정말 고맙습니다, 메이슨 양. 더는 묻지 않겠습니다. 아, 한 가지가 더 있네요."

그는 주머니를 뒤지더니 앞서 캐서린에게 보여 준 적이 있는 담뱃갑을 꺼냈다.

"이게 케터링 부인의 물건이 맞습니까?"

"아뇨, 이건 마님 물건이 아니에요. 적어도……."

그녀는 별안간 흠칫 놀라는 표정을 지었다. 마음속으로 무슨 생각인가가 꾸역꾸역 밀고 올라오는 눈치가 분명했다.

"네?"

푸아로가 어서 말해 보라는 듯이 물었다.

"그게 저…… 잘은 모르겠지만 가만 생각해 보니…… 마님이 주인님께 드리려고 사신 담뱃갑 같아요."

"아."

푸아로는 떨떠름한 태도로 말했다.

"하지만 그것을 주인님께 드렸는지 어쨌는지는 잘 모르겠어요."

"그렇겠죠. 그랬을 겁니다. 이제 할 얘기는 다한 것 같군요, 메이슨 양. 그럼 안녕히 가십시오."

에이다 메이슨은 조심스럽게 방을 나서서 등 뒤로 소리 없이 문을 닫았다.

푸아로는 어렴풋이 미소를 띤 채 건너편에 앉은 반 올딘을 쳐다봤다. 백만장자는 크게 놀란 얼굴이었다.

"그럼…… 그럼 범인이 데릭이란 말입니까? 하지만 모든 정황이 그 반대로 돌아가고 있잖습니까? 백작인지 뭔지가 루스의 보석을 소지한 혐의로 현행범으로 붙잡힌 것 아니었나요?"

"아뇨."

"하지만 당신 말로는……."

"내가 뭐라고 했는데요?"

"그 보석요. 보석들을 보여 줬잖아요?"

"그런 적 없는데요."

반 올딘은 그를 빤히 쳐다봤다.

"그걸 나한테 보여 준 적이 없다고요?"

"예."

"어제 테니스장에서 안 보여 줬다고?"

"예."

"이봐요, 푸아로. 당신이 미친 겁니까? 아니면 내가 미친 겁니까?"

"우리 둘 다 미치지 않았습니다. 반 올딘 씨께서 묻기에 대답한 것 뿐입니다. 어제 그 보석들을 보여 주지 않았냐고 물으셨나요? 내 대 답은…… '아니요'입니다. 반 올딘 씨, 내가 보여 드린 물건은 전문가 가 아니면 절대 진품과 구별하기 힘든 최고급 모조품이었습니다."

푸아로의 조언

백만장자가 상황을 제대로 파악하기까지는 꽤 오랜 시간이 걸렸다. 그는 넋 나간 얼굴로 푸아로를 물끄러미 쳐다봤다. 왜소한 키의 벨기에인은 부드럽게 그를 향해 고개를 끄덕였다.

"그렇습니다. 상황이 완전히 뒤바뀐 셈이죠?"

"가짜라!"

반 올딘은 앞으로 몸을 숙였다.

"무슈 푸아로, 당신은 처음부터 그런 생각을 했던 겁니까? 지금까지 당신이 죽 노리고 있던 게 바로 이건가요? 로슈 백작이 살인범이라는 사실을 지금껏 믿지 않았단 얘기요?"

푸아로가 조용히 대답했다.

"난 그동안 죽 의심을 품고 있었습니다. 이미 말씀드렸어요. 폭력 행위와 살인을 동반한 강도짓이라······."

푸아로는 강하게 고개를 저었다.

"아뇨, 도저히 그림이 그려지지 않습니다. 그건 로슈 백작의 인간성하고 어울리지 않아요."

"하지만 그놈이 그 루비를 훔칠 작정이었다는 건 믿고 있잖습니까?"

"물론이죠. 그 점은 의심의 여지가 없습니다. 자, 이제부터 내가 이번 사건을 어떻게 보고 있는지 자세히 말씀드릴 테니 잘 들어 보십시오. 백작은 루비에 대한 정보를 얻은 뒤 차근차근 계획을 세웠습니다. 그래서 쓰고 있던 글의 완성에 필요하다는 핑계로 따님을 꼬여내 그걸 가져오게 하죠. 그리고 그것과 똑같은 모조품을 만들어 놓습니다. 슬쩍 바꿔치기할 속셈이었죠. 반 올딘 씨의 따님인 케터링 부인은 보석에 관한 한 전문가가 아니었습니다. 놈은 따님이 보석이 바꿔치기됐다는 사실을 깨닫기까지 오랜 시간이 걸릴 거라는 점을 노렸습니다. 설령 알았다 해도……. 글쎄요……. 따님은 백작을 고소하지는 않았을 겁니다. 그랬다간 너무 많은 것이 드러나니까요. 백작은 따님이 보낸 편지들을 여러 통 갖고 있었을 겁니다. 바로 이겁니다. 백작 입장에서 보면 아주 안전한 계획이었죠, 그전에도 여러 번 해 본 적이 있을 법한."

"이제 확실히 알겠군요. 그래요."

반 올딘이 곰곰이 생각에 잠겨 말했다.

"로슈 백작의 인간성과도 딱 들어맞는 추리죠."

반 올딘은 뭔가를 캐내려는 표정으로 푸아로를 쳐다봤다.

"그렇군요. 그럼 이제……. 상황이 어떻게 되는 겁니까? 말 좀 해 보세요, 푸아로."

푸아로는 어깨를 으쓱해 보였다.

"얘기는 아주 간단합니다. 백작보다 한 발 앞선 놈이 있었던 거죠."

긴 침묵이 흘렀다.

반 올딘은 마음속으로 이런저런 생각을 하는 눈치였다. 잠시 후 그가 단도직입적으로 말했다.

"내 사위를 언제부터 의심하고 있었습니까, 무슈 푸아로?"

"처음부터요. 그는 살인 동기도 있고 그럴 만한 기회도 있었어요. 모두들, 열차가 파리에 도착했을 때 케터링 부인의 객실에 있던 남자가 당연히 로슈 백작일 거라고 믿었습니다. 나도 마찬가지였죠. 그런데 우연한 기회에 반 올딘 씨께서 백작을 사위로 착각한 적이 있다는 말씀을 하셨습니다. 두 사람이 키도 체격도 똑같고 피부 빛깔도 비슷하다고 말이죠. 그 말을 들으니 몇 가지 흥미로운 생각이 머릿속에 떠오르더군요. 메이슨이라는 하녀는 반 올딘 씨의 따님과 보낸 시간이 얼마 안 됩니다. 따라서 그 여자가 케터링 씨의 모습을 눈에 익혔을 가능성은 희박해요. 그가 커즌 가에서 지내지 않았으니까요. 게다가 열차에 탔던 남자는 일부러 고개를 돌리고 있었습니다."

"당신은 그럼…… 내 사위가 딸아이를 죽였단 얘깁니까?"

반 올딘이 쉰 목소리로 물었다.

푸아로는 즉시 한 손을 들어올렸다.

"아뇨, 아니에요, 그런 얘기가 아닙니다. 단지 그럴 가능성이 있다는 얘기죠, 그것도 아주 큰 가능성이. 케터링 씨는 궁지에 몰려 있었어요. 막다른 골목에서 파산의 위협에 시달렸죠. 그에게는 아내를 죽이는 것이 위기를 벗어날 수 있는 한 가지 방법이었습니다."

"그렇다면 보석은 왜 가져갔죠?"

"열차 강도가 저지른 단순 범죄처럼 꾸미기 위해서죠. 그러지 않으면 의심의 화살이 곧장 자신에게 꽂힐 테니까요."

"그게 사실이라면 루비들은 어떻게 했을까요?"

"그건 두고 봐야 압니다. 몇 가지 가능성은 있어요. 이 일을 도와줄 분이 지금 니스에 와 있습니다. 그때 테니스장에서 제가 지목했던 남자분이 바로 그 사람입니다."

푸아로가 일어서자 반 올던은 곧바로 뒤따라 일어섰다. 그는 한 손을 이 왜소한 사내의 어깨에 얹고는 감정이 북받친 목소리로 말했다.

"부디 날 위해서 루스를 죽인 놈을 찾아 주세요. 내 부탁은 그것뿐입니다."

푸아로는 자세를 바로잡고 당당하게 말했다.

"그 문제는 이 에르퀼 푸아로 손에 맡겨 주십시오. 아무 걱정 마십시오. 진실을 밝혀내겠습니다."

그는 모자에 묻은 보풀을 털어내고 백만장자를 향해 안심하라는 듯이 씩 웃어 보이고 방을 나섰다. 그렇지만 계단을 내려오는 그의 얼굴에서 조금씩 자신감이 사라졌다.

"잘 된 거야. 하지만 문제가 있어. 아무렴, 아주 힘든 문제가 남아 있고 말고."

그는 혼자 중얼거렸다.

푸아로는 호텔을 빠져나오다 말고 별안간 우뚝 멈춰 섰다. 현관 앞에 차 한 대가 멈춰 있었다. 차 안에는 캐서린 그레이가 타고 있었고 데릭 케터링이 그 옆에 서서 열심히 이야기를 나누고 있었다. 잠시 후 차는 호텔을 빠져나갔고 데릭은 인도에 선 채로 차가 사라져 가는 광경을 지켜보았다. 그의 표정이 어딘가 이상했다. 케터링은 문득 초조한 어깻짓과 함께 깊은 한숨을 내쉬면서 뒤로 돌아섰다. 순간 에르퀼 푸아로가 바로 옆에 와 있는 걸 보고 자신도 모르게 흠칫했다. 두 사람의 눈빛이 마주쳤다. 푸아로가 집요하고 전혀 동요하지 않는 눈빛이라면 데릭은 다소 쾌활하고 도전적인 눈빛이었다. 케더링이 눈썹을 약간 치켜 올린 채 여유롭게 빈정거리는 듯한, 냉소가 묻어나는 목소리로 말했다.

"꽤 상냥한 여자죠, 안 그렇습니까?"

케터링은 편안하게 물었다.

그의 태도는 완벽할 정도로 자연스러웠다.

"맞습니다. 캐서린 양에게 딱 어울리는 표현이죠. 다분히 영국적인 표현이고 캐서린 양 역시 지극히 영국적이니까요."

푸아로가 생각에 잠겨 말했다.

데릭은 아무 대꾸 없이 꼼짝 않고 서 있었다.

"그러면서도 마음이 따뜻한 여자죠. 안 그렇습니까?"

"맞아요. 좀처럼 보기 힘든 여자죠."

그는 혼잣말을 하듯 조용히 중얼거렸다. 푸아로는 의미심장하게 고개를 끄덕였다. 그는 케터링에게 몸을 기울이고 조금 전과 전혀 다른 어조로 말했다. 데릭 케터링은 차분하고도 근엄한 그의 말투가 다소 생소하게 들렸다.

"혹여 내가 주제넘은 얘기를 하더라도 늙은이가 하는 말이려니 하고 이해해 주기 바랍니다. 당신네 영국인들이 즐겨 쓰는 속담에 이런 말이 있더군요. '새 사람을 만나려면 그 전에 옛 사람과 헤어져라.'"

케터링은 발끈한 표정으로 그를 돌아봤다.

"도대체 무슨 말을 하려는 겁니까?"

푸아로는 태평하게 말했다.

"역시나 화를 내시는군요. 그러실 줄 알았습니다. 그게 무슨 말이냐 하면…… 그러니까 내 말은 케터링 씨, 저기 또 다른 귀부인이 탄 두 번째 차가 와 있다는 말씀입니다. 고개를 돌리시면 그 여자분이 보일 겁니다."

뒤로 홱 돌아선 데릭의 얼굴이 분노로 어두워졌다. 그가 투덜거렸다.

"미렐이잖아. 빌어먹을! 내 당장……."

푸아로는 그의 의도를 간파했다.

"지금 당신이 하려는 행동이 과연 현명할까요?"

그는 경고하듯이 물었다. 그의 두 눈에 신호가 켜지면서 부드럽게 빛을 발했다. 하지만 데릭은 그의 눈에 담긴 경고 표시를 미처 알아채지 못했다. 분노 때문에 완전히 이성을 잃은 상태였다.

"나는 저 여자와 깨끗이 끝난 상태고 그건 저 여자도 압니다."

데릭은 화가 나서 소리쳤다.

"당신은 저 여자와 헤어졌다고 칩시다. 좋아요. 그럼 저 여자도 과연 당신하고 헤어졌을까요?"

데릭은 문득 공허한 웃음을 터뜨렸다. 그는 냉혹하게 내뱉었다.

"할 수만 있다면 200만 파운드하고는 절대 절교하지 않을 여자죠. 미렐은 그런 여잡니다."

푸아로는 눈썹을 치켜 올리며 나지막이 말했다.

"냉소적인 시각을 갖고 계시는군요."

데릭은 활짝 미소를 지었지만 즐거운 기색은 찾아볼 수 없었다.

"내가요? 푸아로 씨, 나도 세상을 살만큼 살아서 압니다만 여자들은 다 거기서 거깁니다."

데릭의 표정이 갑자기 부드러워졌다.

"물론 한 사람만 빼고 말이죠."

그는 반항하듯 푸아로의 눈길을 맞받았다. 경계하는 빛이 그의 두 눈으로 스며들더니 이내 사라졌다.

"바로 저 여자입니다."

그는 이렇게 말하면서 고갯짓으로 캅 마르텡 쪽을 가리켰다.

"아!"

푸아로가 말했다. 그의 침묵은 상대방의 충동적인 기질을 부추기기 위해 일부러 계산된 것이었다.

데릭이 서둘러 말했다.

"무슨 말씀을 하시려는지 압니다. 나처럼 인생을 한심하게 살아온 놈은 저 여자에게 어울리지 않는다는 말씀을 하고 싶으시겠죠. 나 같은 놈은 감히 그런 꿈을 꿀 자격도 없다고요. '내가 찍은 이상 저 사람은 내 것이다.'라는 생각 따위는 집어치우라고 말입니다. 나도 압니다. 아내가 죽은 지, 그것도 살해당하고 불과 며칠 되지도 않아서 이런 얘기를 하는 게 도리에 어긋난다는 걸요."

그가 숨을 고르느라 잠시 말을 멈추자 푸아로는 그 틈을 타 애처로운 목소리로 말했다.

"하지만, 사실, 난 아무 말 안 했습니다."

"하지만 하실 거잖아요."

"네?"

"나라는 인간은 죽었다 깨도 캐서린 같은 여자와 결혼할 수 없다는 말을 하려던 것 아닌가요?"

"아뇨, 난 그런 말 할 생각 없습니다. 당신 평판이 좋지 않은 건 사실이지만 여자들은 절대 그런 이유로 남자를 단념하지는 않아요. 만약 당신이 훌륭한 인품의 소유자이고 도덕성이 투철한 남자라면, 그래서 해서는 안 될 일은 단 한 번도 한 적이 없고, 해야 마땅한 일은 하나도 안 빼놓고 다 한 사람이라면……. 에 비앙(글쎄)! 그럼 난 당신의 성공을 심히 의심했을 겁니다. 도덕성은 고결한 덕목일지는 몰라도 낭만하고는 거리가 먼 법이거든요. 홀아비나 과부가 지켜야 할 덕목이라면 또 모를까."

데릭 케터링은 그를 빤히 쳐다보더니 갑자기 돌아서서 자신을 기다리고 있는 차로 다가갔다.

푸아로는 다소 흥미로운 표정으로 데릭 케터링의 뒷모습을 바라봤다. 사랑스런 미인이 차 밖으로 몸을 내밀고 그에게 말을 거는 모습이 보였다.

데릭 케터링은 그러나 멈추지 않았다. 그는 모자만 잠깐 들어보이고는 곧장 앞을 향해서 걸어갔다.

"사 이 에(그래), 이제 셰 무아(집)에 돌아가야 할 시간이군."

에르퀼 푸아로가 말했다.

집에 돌아와 보니 조지가 바지를 다리고 있었다. 그는 언제든 침착함을 잃지 않는 성품이었다.

"기분 좋은 날이지, 조르주? 좀 피곤하긴 해도 나름대로 재미도 있고 말이야."

조지는 평소처럼 무덤덤하게 푸아로가 하는 말을 받았다.

"그러네요."

"조르주, 범죄를 저지르는 사람들은 아주 재미난 면이 있어. 살인범들은 대체로 인간적 매력이 흘러넘치거든."

"저도 그런 얘길 들은 적이 있습니다. 크리픈 박사만 해도 말 한 마디도 함부로 하지 않는 신사라고 알고 있었는데 아내를 잔인하게 토막 내서 죽였다더군요."

"자네가 드는 예는 언제 봐도 아주 적절해, 조르주."

시종은 아무 대답도 하지 않았다. 전화벨이 울린 것은 그때였다. 푸아로가 수화기를 집어 들었다.

"여보세요? 여보세요? 예, 맞습니다. 내가 에르퀼 푸아로인데요."

"저 나이튼입니다. 무슈 푸아로, 잠깐만 수화기를 들고 기다려 주시겠습니까? 반 올딘 씨가 하실 말씀이 있답니다."

잠시 조용하더니 이윽고 백만장자의 목소리가 전화기 너머로 들려왔다.

"무슈 푸아로, 당신입니까? 메이슨이 방금 전에 제 발로 날 찾아왔다는 얘길 전하려고 전화했습니다. 곰곰이 생각해 봤는데 아무래도 파리에서 본 남자가 데릭 케터링이 확실한 것 같답니다. 그때도 어딘가 낯이 익다는 생각은 했지만 그 순간에 딱히 생각이 나지 않았다는군요. 지금은 거의 확신하는 모양이에요."

"아, 알려 주셔서 감사합니다, 반 올딘 씨. 수사가 급물살을 타겠는데요."

푸아로는 수화기를 내려놓고 흥미진진한 미소를 띤 채 잠시 그대로 서 있었다. 조지는 두 번이나 말을 건 뒤에야 푸아로의 대답을 들을 수 있었다.

푸아로가 물었다.

"뭐라고? 지금 뭐라고 했지?"

"여기서 점심 식사를 드시겠습니까, 아니면 밖에 나가서 드시겠어요?"

"아니, 둘 다 사양하겠네. 침대에 들어가서 허브티나 마셔야겠어. 조르주, 내가 예상했던 일이 벌어졌어. 그런데 그럴 때면 난 매번 흥분이 되거든."

도전

미렐은 데릭 케터링이 자기가 탄 차를 그냥 지나치자 창 밖으로 고개를 내밀었다.

"데릭…… 잠깐 할 말이 있는데…….

하지만 데릭은 모자만 살짝 들어올리고 곧장 앞으로 걸어갔다.

그가 호텔로 돌아오자 프런트 직원이 들고 있던 나무 펜을 내려 놓고 말을 걸었다.

"웬 신사분이 기다리고 계십니다."

"누구라고 하던가?"

"성함은 밝히지 않으셨지만 손님께 긴히 볼일이 있다며 기다리겠다고 하셨습니다."

"어디 계시지?"

"작은 응접실에요. 사적인 얘기를 나누기에는 로비보다 거기가 더 좋다고 하셨습니다."

데릭은 고개를 끄덕이곤 발걸음을 그리로 옮겼다.

직원이 말한 응접실에는 그를 찾아온 방문객 말고는 아무도 없었다. 방문객은 데릭이 들어서자 자리에서 일어나 외국인다운 여유가 묻어나는 우아한 자세로 고개를 숙였다. 데릭은 이 거만한 귀족을 직접 본 것은 딱 한 번뿐이었지만 보자마자 단번에 그가 로슈 백작임을 알아차렸다. 데릭은 부아가 치밀어 올라 인상을 꽉 찌푸렸다. 세상에서 가장 뻔뻔하고 파렴치한 자식!

"당신 로슈 백작이지? 여길 찾아오다니 괜한 시간을 낭비하는 것 같은데."

"그렇지 않기를 바랄 뿐입니다."

백작이 기분 좋게 말했다. 흰 이가 반짝하고 빛을 발했다.

그러나 백작의 매력적인 태도는 같은 남자 앞에서만큼은 힘을 못 썼다. 남자들은 그를 보면 예외 없이 질색을 했다. 데릭 케터링은 벌써부터 이 백작이란 작자를 응접실에서 발로 뻥 차서 내쫓아 버리고 싶은 강한 충동을 느꼈다. 단지 지금 같은 때에 시끄러운 사건을 일으켰다간 괜한 시빗거리가 될지도 모른다는 판단 때문에 참고 있을 뿐이었다. 케터링은 루스가 이런 놈에게 빠졌었다는 사실이 새삼 기가 막혔다. 한낱 졸부같은, 아니 한낱 졸부만도 못한 놈. 그는 매니큐어를 공들여 바른 백작의 손가락을 혐오스런 눈길로 쳐다봤다.

"당신하고 해결할 일이 있어서 찾아왔습니다. 내 말을 귀 기울여 듣는 게 당신에게도 이로울 텐데."

백작이 말했다.

데릭은 그를 패대기쳐서 내쫓고 싶은 강한 유혹을 느꼈지만 이번에도 참았다. 데릭은 그의 말투에서 협박조의 어감을 간파했지만 그것을 자기 나름대로 해석했다. 백작이 하려는 말을 들어 두는 편이 여러모로 나을 것 같았다.

데릭은 자리에 앉아서 손가락으로 탁자를 초조하게 두드리더니 신경질적으로 물었다.

"그래, 날 찾아온 용건이 뭐지?"

당장 속내를 털어놓는 것은 백작의 방식이 아니었다.

"최근에 부인과 사별하셨다니 애도의 말씀부터 전해야겠군요."

"괜히 허튼수작 부리다간 저리로 나가게 될 줄 알아."

데릭은 조용히 말하면서 턱으로 백작 옆에 있는 창문을 가리켰다. 백작이 불안한 듯 몸을 움찔했다.

"그게 원하는 바라면 내 친구들을 보내 드려야겠군."

백작이 거드름을 피우며 말했다.

데릭이 웃음을 터뜨렸다.

"지금 나더러 결투를 하자는 거야? 이봐, 백작. 난 당신을 절대 결투 상대로 생각하지 않아. 하긴 당신을 집어들어서 앙글레이 산책로로 메다꽂으면 꽤나 통쾌할 것 같긴 하군."

백작은 반격할 생각이 전혀 없었다. 단지 눈썹을 치켜 올리며 이렇게 중얼거렸다.

"하여간 영국 놈들은 야만인들이라니까."

"자, 나한테 할 말이란 게 뭐지?"

"솔직히 말하겠습니다. 단도직입적으로. 그러는 편이 당신이나 나나 어울리지 않겠습니까?"

백작은 또다시 기분 좋게 미소를 지었다.

"어서 말해 보시지."

데릭이 퉁명스럽게 말했다.

백작은 시선을 천장에 고정시킨 채 손가락으로 깍지를 끼며 조용히 말했다.

"큰 돈을 손에 넣으셨더군요."

"도대체 그게 당신하고 무슨 상관이지?"

백작은 자세를 고쳐 앉았다.

"이봐요, 내 명예가 땅에 떨어졌습니다! 경찰이 날 의심하고 있어요. 그 더러운 범죄의 혐의를 나한테 뒤집어씌우고 있단 말이죠."

"난 그런 일 시킨 적 없어. 이번 사건의 관련자로서 어떤 견해도 내놓은 적 없고."

데릭이 차갑게 말했다.

"난 결백합니다. 하늘 아래 맹세하건대 결백하단 말이에요."

백작은 이 말을 하면서 손을 하늘 높이 치켜들었다.

"듣자 하니 카레지 씨가 이번 사건의 예심판사라더군."

데릭은 점잖게 암시를 주었다.

백작은 개의치 않았다.

"난 지금 저지르지도 않은 범죄의 용의자로 부당하게 몰리고 있을 뿐더러 절실하게 돈이 필요한 처지요."

백작은 가볍지만 의미심장하게 헛기침을 했다.

데릭은 벌떡 일어서더니 조용히 말했다.

"그러면 그렇지. 공갈 협박이나 일삼는 더러운 자식! 너 같은 인간에겐 단 한 푼도 줄 수 없어. 아내가 이미 죽은 마당에 네놈이 제아무리 떠들어 대 봤자 아무 영향도 주지 못해. 그래, 내 아내가 너한테 한심한 편지들을 보냈겠지. 만약 내가 이 자리에서 거금을 주고 네놈한테 그 편지들을 샀다고 치자. 넌 분명히 그중에 한두 통을 뒤로 꿍쳐 놓을 놈이야. 그리고 이것만 알아 둬, 로슈. 공갈 협박이란 말은 영국에서도 프랑스에서도 더러운 단어라는 사실. 이게 내 대답이다. 그럼 이만."

"잠깐……."

데릭이 돌아서서 나가려 하자 백작이 한 손을 뻗었다.

"뭘 잘못 짚었군요, 케터링. 잘못 짚어도 대단히 잘못 짚었어요. 난 이래 봬도 '신사'거든요. 이를테면 귀부인에게 받은 편지는 한 통도 빠짐없이 소중히 간직할 줄 아는 사람이란 얘기지요."

데릭이 코웃음을 쳤다.

백작은 귀족다운 우아한 태도로 고개를 뒤로 젖혔다.

"내가 당신에게 하려는 제안은 전혀 다른 겁니다. 방금 전에도 말했지만 나는 지금 돈이 씨가 마른 상태거든요. 그런데다 내 양심이 자꾸만 확실한 정보를 갖고 경찰서로 가라고 시키지 뭡니까."

데릭은 천천히 응접실 안으로 발을 들여놓았다.

"그게 무슨 소리지?"

백작의 기분 좋은 미소가 다시 한 번 빛을 뿜더니 그가 뻐기듯이 말했다.

"일일이 설명하지 않아도 알 텐데요. 이번 사고로 이득을 챙기는 자를 찾아라, 경찰이라면 당연히 그러지 않을까요? 방금 전에도 말했지만 당신은 최근에 큰 돈을 수중에 넣었더군요."

데릭은 웃어 젖혔다. 그는 경멸하듯이 말했다.

"고작 그걸로……."

하지만 백작은 고개를 저었다.

"미안하지만 '고작 그게' 아닙니다. 그보다 훨씬 더 정확하고 상세한 정보가 없었으면 여길 찾아오지도 않았어요. 어때, 살인범으로 체포되어 법정에 서는 기분이 썩 좋지는 않겠지요?"

데릭이 그에게 다가왔다. 분노로 일그러진 표정이 어찌나 무서운지 백작은 자신도 모르게 한두 발짝 뒷걸음질을 쳤다.

"지금 날 협박하는 건가?"

데릭이 성난 목소리로 물었다.

"그런 식으로 나오면 더 이상 아무 얘기도 못 들을 텐데요."

백작이 그를 설득했다.

"내가 지금껏 별별 허풍쟁이들을 다 만나 봤지만……."

백작은 새하얀 손을 치켜들었다.

"천만의 말씀. 이건 허풍이 아닙니다. 정 의심스럽다면 이것만 말해 주지요. 내가 쥐고 있는 정보는 어떤 여인에게서 흘러나온 겁니다, 당신이 이번 사건의 범인이라는 빼도 박도 못할 증거를 쥐고 있는 여자."

"여자? 그게 누구지?"

"미렐."

데릭은 충격을 받은 듯 뒤로 물러섰다.

"미렐!"

그는 중얼거렸다.

백작은 지금이야말로 기선을 제압할 때다 싶어 곧바로 밀어붙이기 작전으로 돌입했다.

"10만 프랑 정도의 푼돈이면 돼요. 더는 요구하지 않겠습니다."

"뭐?"

데릭이 기가 막혀서 물었다.

"내 말은 10만 프랑 정도의 푼돈이면 양심을 팔 의향이 있다는 거죠."

데릭은 애써 화를 가라앉히는 눈치였다. 그는 백작을 뚫어져라 쳐다봤다.

"지금 답을 듣고 싶나?"

"그래 주면 고맙고."

"그럼 말해 주지. 지옥에나 떨어져, 알겠어?"

데릭은 얼이 빠져서 입도 벙긋 못 하는 백작을 뒤로 한 채 돌아서서 응접실을 횡 하니 빠져나갔다.

일단 호텔을 나선 그는 택시를 잡아타고 미렐의 호텔로 향했다.

프런트 직원 말이 그녀가 방금 전에 들어왔다고 했다. 데릭은 직원에게 명함을 건넸다.

"이걸 미렐 양에게 주고 내가 좀 만났으면 한다고 전해 주게."

얼마 지나지 않아 데릭은 웨이터를 따라 그녀의 방으로 올라갔다.

그는 물결처럼 콧속을 파고드는 이국적인 향수 냄새를 느끼며 계단을 올라 미렐의 방 안으로 들어섰다. 방 안은 온통 카네이션이며 난초며 미모사로 가득 차 있었다. 미렐은 비누 거품처럼 부푼 레이스가 달린 실내복 차림으로 창가에 서 있었다.

그녀가 두 팔을 활짝 벌리고 다가왔다.

"데릭, 당신이구나. 찾아올 줄 알았어."

데릭은 몸에 착 감겨 오는 미렐의 팔을 뿌리치고 경멸에 찬 눈길로 그녀를 무섭게 노려봤다.

"로슈 백작, 그 자식을 나한테 보낸 이유가 뭐지?"

그녀는 무슨 소리인지 모르겠다는 얼굴로 그를 쳐다봤다. 데릭의 눈에도 거짓말처럼 보이지는 않았다.

"누가? 내가? 로슈 백작을 당신에게 보냈다고? 무엇 때문에?"

"그야 협박을 위해서지."

데릭이 험악하게 말했다.

미렐은 그를 째려봤다. 그러더니 별안간 미소를 지으며 고개를 끄덕였다.

"알겠다. 하긴 그런 생각이 들기도 하겠네. 그 작자 얼마든지 그러고도 남을 인간이지. 거기까지는 미처 몰랐네. 아니야, 데릭. 난 그 사람 보낸 적 없어."

데릭은 속마음을 읽어 내려는 듯이 그녀를 뚫어져라 쳐다보았다.

미렐은 호소하는 듯한 몸짓을 보이며 말했다.

"말할게. 창피하긴 하지만 다 말할게. 당신도 알다시피 지난번에
는 정말 너무 화가 나서 내 정신이 아니었어. 원래 내가 참을성하고
는 거리가 멀잖아. 그래서 어떻게든 당신에게 앙갚음을 하고 싶어
서 로슈 백작을 찾아간 거야. 그리고 경찰을 찾아가서 이러저러한
얘기를 하라고 말했어. 하지만 겁먹을 것 없어, 데릭. 그렇다고 내가
완전히 정신이 나간 건 아니니까. 증거를 갖고 있는 사람은 나밖에
없거든. 내가 입을 다물면 경찰도 뭘 어쩌지 못할 거야. 무슨 소린지
알지? 그럼 이제 그 얘긴 그만 하고 ……."

미렐은 끈적끈적한 눈길로 데릭을 바라보면서 바싹 다가섰다.

데릭은 그녀를 거칠게 저만치 떠밀었다. 미렐은 떠밀린 채 고양
이처럼 실눈을 하고 숨을 씩씩 몰아쉬었다.

"이러지 마, 데릭. 이러면 안 되지. 나한테 돌아온 거잖아, 아니야?"

"난 두 번 다시 당신한테 돌아가지 않아."

데릭이 또박또박 대답했다.

미렐이 그 어느 때보다도 고양이 같은 표정을 지었다. 눈꺼풀에
경련이 일었다.

"아하! 뭐야, 그새 딴 여자가 생긴 거야? 지난번에 같이 점심을 먹
었다던 그 여자? 하! 그런 거야?"

"그 여자에게 청혼할 생각이야. 그러니까 그런 줄 알아."

"그런 순 내숭밖에 모르는 영국 여자를! 내가 단 1분이라도 그 꼴을 두고 볼 것 같아? 흥, 천만에."

그녀의 우아하고 나긋나긋한 몸이 파르르 떨렸다.

"잘 들어, 데릭. 나하고 런던에서 했던 얘기 기억해? 당신이 살 길은 오직 아내가 죽어 주는 일밖엔 없다고 했어. 아내가 지나치게 튼튼해서 유감이라고. 그리고 그때 당신은 사고라는 방법을 생각해 낸 거야. 아니, 단순한 사고 이상을 생각해 낸 거지."

데릭이 경멸하듯이 말했다.

"이제 보니 당신이 로슈 백작에게 한 얘기라는 게 바로 그거였군."

미렐이 웃음을 터뜨렸다.

"내가 바보인 줄 알아? 그딴 애매모호한 얘기를 경찰이 증거로 받아들여 줄 것 같아? 잘 들어. 마지막 기회를 주겠어. 그 영국 여자 포기해. 그리고 나한테 돌아와. 그렇게만 해 주면 절대, 절대 그 얘기는 입도 뻥긋……."

"뭘 입도 뻥긋 안 한다는 얘기야?"

미렐은 살며시 웃음을 터뜨렸다.

"당신은 아무에게도 들키지 않은 줄 알겠지……."

"무슨 소리야?"

"아무도 당신을 못 본 줄 알았겠지? 내가 봤어, 몽 아미(내 사랑). 당신이 그날 밤에 열차가 리옹 역에 들어서기 직전에 아내의 객실에서 나오는 걸 봤다고. 그뿐인 줄 알아? 당신이 객실에서 나왔을 때 그 여자가 죽어 있었다는 사실도 알고 있어."

데릭은 미렐을 노려봤다. 그리고 잠시 후, 마치 꿈을 꾸는 사람처럼 아주 천천히 돌아서서 비척거리며 방을 나섰다.

경고

"그러니까 우리는 좋은 친구이기 때문에 서로에게 비밀이 없다는 얘기죠."

푸아로가 말했다.

캐서린은 고개를 돌리고 그를 쳐다봤다. 그의 목소리에서 뭔지 모를 사뭇 진지한 느낌이 묻어 났다. 그녀가 지금까지 한 번도 들어 본 적 없는 말투였다.

두 사람은 몬테카를로의 야외 식당에 앉아 있었다. 캐서린은 친구들과 함께 이곳에 왔는데 도착하자마자 우연히 나이튼과 푸아로와 마주쳤다. 레이디 탬플린은 벌써부터 나이튼을 꼼짝 못 하게 붙잡아 놓고 이런저런 옛날 얘기를 쏟아 놓고 있었는데, 캐서린은 그 얘기들 대부분이 레이디 탬플린이 꾸며 낸 것일지 모른다는 의심을 어렴풋이 품었다. 레이디 탬플린은 이 젊은 청년의 팔짱을 끼고서 이미 어디론가 사라지고 없었다. 나이튼이 두어 차례 어깨너머로 뒤를 흘깃거리자 그 모습을 본 푸아로의 두 눈이 언뜻 빛을 발했다.

"그럼요, 우리는 친구 맞아요."

캐서린이 말했다.

"처음부터 캐서린 양과 나는 마음이 통했습니다."

푸아로가 곰곰이 생각에 잠겨 말했다.

"그때 탐정님은 저한테 탐정 소설 속에 등장하는 얘기가 현실에서도 일어난다고 하셨죠."

푸아로가 집게손가락을 힘껏 흔들면서 따지듯 물었다.

"어때요? 내 말이 맞았죠? 지금 우리는 그 소설 속 얘기의 중심에, 그것도 깊이 개입해 있어요. 나야 자연스런 일이죠, 그게 전문이니까요. 하지만 캐서린 양은 문제가 다릅니다. 그럼요."

그는 마지막의 '캐서린 양은 문제가 다릅니다.'라는 말에 여운을 남겼다.

캐서린은 그를 날카롭게 쳐다봤다. 뭔가를 경고하는 듯한, 자기가 미처 보지 못한 위협을 미리 지적해 주는 듯한 말투였다.

"제가 소설 속 얘기의 중심에 개입해 있다니 그게 무슨 말씀이세요? 케터링 부인이 죽기 직전에 그분과 얘기를 나눈 건 사실이지만 이젠…… 이젠 다 끝났잖아요? 전 더 이상 그 사건하고 아무 관련이 없어요."

"아, 마드무아젤, 마드무아젤, 과연 '난 이 일을, 혹은 저 일을 완전히 끝냈다'라고 말할 수 있을까요?"

캐서린은 발끈한 얼굴로 홱 돌아서 그와 얼굴을 마주하고 섰다.

"그게 무슨 소리죠? 지금 탐정님은 저에게 뭔가 말하려고, 뭔가 전해 주려 하고 계세요. 하지만 전 똑똑하지 못해서 돌려 말하는 얘기는 못 알아들어요. 하실 말씀이 있으면 차라리 솔직하게 말씀해 주세요."

푸아로는 우울한 눈으로 그녀를 쳐다봤다. 그는 중얼거렸다.

"메 쎄 엉글레 싸(아, 당신도 어쩔 수 없는 영국인이군요). 모든 일을 흑백 논리에 끼워 맞추려 하고, 모든 걸 칼같이 잘라 깨끗이 다듬으려 하니까요. 하지만 인생은 그런 게 아닙니다. 마드무아젤, 세상에는 아직 눈에 보이지는 않지만 전조를 보이는 일들이 있답니다."

푸아로는 대문짝만 한 실크 손수건으로 눈썹을 두드리며 투덜대듯이 말했다.

"아, 너무 시적인 분위기를 냈나 봅니다. 자, 그럼 말씀하신 대로 사실만 얘기하도록 하죠. 그런 의미에서 나이튼 소령을 어떻게 생각하는지 말씀해 주십시오."

"저는 그분이 정말로 매우 좋아요. 만나면 절로 기분이 좋아지는 그런 사람이죠."

캐서린이 따뜻하게 말했다.

푸아로는 한숨을 내쉬었다.

"왜요? 뭐가 잘못 됐나요?"

"대답이 너무 솔직해서 그럽니다. 마드무아젤께서 시큰둥한 말투로 '아, 제법 괜찮은 남자던데요.' 같은 대답을 했으면 내 기분이 훨씬 좋았을 겁니다."

캐서린은 아무 대답도 하지 않았다. 그녀는 왠지 마음이 편치 않았다. 푸아로는 꿈을 꾸듯 말을 계속했다.

"하긴 또 압니까? 여자들은 원래 다양한 방법으로 속마음을 감출 줄 아니까 어쩌면 솔직함이 가장 최선의 무기일지도 모르죠."

그는 한숨을 쉬었다.

"도무지 무슨……."

캐서린이 입을 열자 푸아로가 말을 막았다.

"내가 왜 이렇게 무례하게 구는지 모르시겠어요, 마드무아젤? 난 나이를 먹을 만큼 먹은 사람입니다. 그래서 자주는 아니지만 어쩌다 누군가를 알게 됐는데, 그 사람의 행복을 진정으로 빌어 주고 싶을 때가 있어요. 마드무아젤, 우리는 친구입니다. 당신 입으로 그렇게 말했어요. 그리고 내가 할 말은 이겁니다. 당신이 행복해지는 모습을 보고 싶다는 것."

캐서린은 정면을 똑바로 응시했다. 그녀는 들고 있던 크레톤(주로 면을 날염한 무거운 직물 — 옮긴이) 양산의 뾰족한 끝으로 발밑 자갈 위에 조그만 무늬를 그렸다.

"방금 전에는 나이튼 소령에 대해 물었습니다. 그럼 이제 다른 질문으로 넘어가죠. 데릭 케터링 씨를 좋아하십니까?"

"저는 그 사람을 잘 알지도 못해요."

"그건 대답이 못 됩니다."

"저는 대답이 된다고 생각하는데요."

푸아로는 그녀의 말투에서 뭔가 충격을 받은 듯 그녀를 쳐다보았다. 이윽고 그가 근엄한 표정으로 천천히 고개를 끄덕였다.

"당신 말이 맞을 수도 있습니다. 잘 들어요, 마드무아젤. 지금 당신에게 이런 말을 하는 나는 소위 산전수전 다 겪은 사람입니다. 그러다 보니 세상에 두 가지 진실이 존재하는 걸 알겠더군요. 하나는 '착한 남자가 나쁜 여자를 사랑하면 신세를 망친다.'인데 문제는 정반대의 경우도 똑같이 해당된다는 겁니다. 나쁜 남자도 착한 여자를 사랑하면 신세를 망치죠."

캐서린은 날카롭게 그를 올려다봤다.

"신세를 망친다는 말씀은……."

"나쁜 남자의 시각에서 보면 그렇다는 이야기입니다. 매사가 그렇지만 범죄를 저지를 때도 한눈을 팔면 안 되는 법이거든요."

"저한테 누구를 경계하라는 말씀을 하시려는 모양인데, 그게 누구죠?"

캐서린이 낮은 목소리로 물었다.

"난 마드무아젤의 마음을 들여다볼 수 없습니다. 물론 그렇게 할 수 있다 한들 당신이 허락하지 않겠지만요. 다만 이 말만은 하고 싶습니다. 세상에는 여자들에게 묘한 매력을 풍기는 남자들이 있다는 겁니다."

"로슈 백작 말이군요."

캐서린이 미소를 지으며 말했다.

"그런데 세상에는 로슈 백작보다 훨씬 위험한 부류의 남자들이 있어요. 그런 작자들은 여자를 홀릴 만한 자질, 소위 경솔하고 대담하고 뻔뻔한 면을 지녔죠. 당신은 지금 누군가에게 홀려 있어요, 마드무아젤. 눈에 보입니다. 하지만 더 이상은 안 됩니다. 그게 내 바람입니다. 지금 내가 말하는 남자요? 그자가 느끼고 있는 감정은 분명 순수합니다. 하지만 그렇다 해도……."

"그렇다 해도?"

푸아로는 일어서서 그녀를 내려다봤다. 이윽고 그가 낮고 분명한 목소리로 말했다.

"마드무아젤, 도둑을 사랑하는 건 괜찮습니다. 하지만 살인범은 안 됩니다."

그는 캐서린을 그대로 앉혀 둔 채 이 말을 끝으로 휙 돌아서서 자리를 떠났다.

푸아로는 캐서린이 작게 숨을 들이쉬는 소리를 들었지만 개의치 않았다. 푸아로는 마음에 뒀던 얘기를 한 것이다. 마지막에 던진 결정적인 한마디를 소화하는 것은 이제 캐서린의 몫이었다.

카지노장을 나온 데릭 케터링은 햇볕을 쏘이러 나섰다가 벤치에 혼자 앉아 있는 캐서린을 보고 곁으로 다가왔다.

그는 가볍게 소리 내어 웃으며 말했다.

"도박 좀 했습니다. 그것도 쫄딱 망하는 도박이었죠. 덕분에 빈털터리가 됐네요……. 가진 걸 모두 잃었으니까요."

캐서린은 혼란스런 표정으로 그를 쳐다봤다. 데릭의 태도가 왠지 낯설게 느껴졌다. 마치 감춰져 있던 흥분이 수백 갈래의 미세한 물줄기로 갈라져 무심코 새어 나오는 느낌이었다.

"어쩐지 당신은 늘 도박꾼이었다는 생각이 드는군요. 요행을 바라는 사람이라는 생각이요."

"허구한 날 어딜 가든 도박질을 일삼는 사람이란 뜻인가요? 하긴 틀린 소리도 아닐 겁니다. 캐서린 양은 그 속에서 뭔가 짜릿한 맛을 못 느끼십니까? 한꺼번에 모든 걸 건다……. 세상에 그보다 짜릿한 건 없을 겁니다."

캐서린은 평소 스스로를 침착하고 둔감한 사람이라고 믿었건만 희미하나마 약간의 전율을 느꼈다.

"하고픈 말이 있습니다. 하긴 또 언제 이런 기회가 나겠습니까? 세간에 내가 아내를 죽였다는 소문이 나돌고 있어요……. 아뇨, 내 말 아직 안 끝났습니다. 터무니없는 얘깁니다, 그럼요."

그는 잠시 말을 쉬었다가 방금 전보다 훨씬 신중하게 이어갔다.

"여기 경찰이나 관계 기관들을 상대하다 보니 그게…… 어쩔 수 없이 좀 점잖은 척해야 되더군요. 하지만 당신에게 거짓된 모습을 보이고 싶지 않아요. 난 돈을 보고 결혼했습니다. 어디 돈 나올 데가 없나 하고 눈이 시뻘게져 있을 때 루스 반 올딘을 만나게 됐죠. 그때 아내는 가녀린 몸매의 성모 마리아 같은 표정을 하고 있었고, 난 과거의 생활을 청산하려고 수없이 다짐했습니다. 그러다 쓰디쓴 환멸을 맛봐야 했죠. 아내는 나와 결혼했을 때 이미 사랑하는 남자가 있었습니다. 아내는 단 한 번도, 눈곱만큼도 나를 사랑하지 않았어요. 아, 불평하는 게 아닙니다. 어차피 완벽한 상호 존중 하에 맺은 계약 결혼이었으니까요. 아내는 르콘베리라는 작위가, 나는 돈이 필요했습니다. 문제가 불거진 것은 단순히 루스의 몸속에 흐르는 미국인의 기질 때문이었습니다. 아내는 나를 손톱만큼도 사랑하지 않으면서도 끊임없이 자신의 꼭두각시가 되어 주기를 원했습니다. 틈만 나면 나를 돈으로 샀으니 자기 노예나 다름없다고 입버릇처럼 말했죠. 결국 난 아내에게 가증스러운 행동을 일삼게 됐습니다. 우리 장인어른에게 물어보시면 그렇게 말씀하실 겁니다. 전혀 틀린 얘기는 아닙니다. 루스가 죽을 무렵, 나는 완전히 파산할 지경에 직면해 있었습니다."

그는 느닷없이 웃음을 터뜨렸다.

"볼 장 다 본 주제에 루퍼스 반 올딘 같은 사람과 맞서 싸워야 하는 신세가 된 거죠."

"그런데요?"

캐서린이 낮은 목소리로 물었다.

데릭은 어깨를 으쓱했다.

"그런데……. 루스가 살해당한 겁니다. 대단한 선견지명이었죠."

케터링은 너털웃음을 터뜨렸다. 웃음소리가 캐서린의 마음을 아프게 했다. 그녀는 몸을 움츠렸다.

"알아요. 이런 얘기 썩 유쾌하지 않으실 거라는 거. 하지만 사실입니다. 이제 다른 말씀을 드리겠습니다. 당신을 처음 본 순간, 이 세상에서 나를 위해 존재하는 유일한 여인이라는 걸 깨달았습니다. 난…… 당신이 두려웠습니다. 내게 불행을 가져다 줄 거라고 생각했죠."

"불행이라고요?"

캐서린은 날카롭게 물었다.

데릭은 그녀를 물끄러미 쳐다봤다.

"왜 그 말을 따라하죠? 무슨 생각이라도 난 겁니까?"

"사람들이 나한테 해 주던 말들을 생각하고 있었어요."

데릭은 문득 싱긋 웃음을 지었다.

"사람들이 당신에게 이러쿵저러쿵 내 얘기를 많이 할 텐데 대부분은 맞는 얘기일 겁니다. 개중에는 아주 안 좋은 얘기들도 있을 거예요. 나라면 절대 당신에게 하지 않을 얘기들이죠. 난 상습적인 도박꾼이었습니다. 그것도 운이 지긋지긋하게 안 따라 주는 도박꾼이었죠. 그 얘기는 지금은 물론이고 언제가 돼도 당신에게 하지 않을 생각입니다. 과거는 이미 흘러갔으니까요. 다만 당신이 믿어 주기를 바라는 게 한 가지 있습니다. 엄숙히 맹세하지만 나는 절대 아내를 죽이지 않았습니다."

진심에서 우러난 말이건만 왠지 모르게 꾸민 듯한 느낌이 들었다. 그는 캐서린의 혼란스러운 눈길을 마주 보며 말을 이어갔다.

"압니다. 전에 한 말은 거짓말이에요. 내가 들어간 곳은 아내의 객실이 맞습니다."

"아."

"거기에 왜 들어갔는지 딱히 설명하기는 어렵지만 그래도 해 보겠습니다. 그건 충동적인 행동이었습니다. 아시겠지만 나는 사실 아내를 감시하고 있었습니다. 기차에서도 아내의 눈을 피해 있었죠. 미렐 말이 아내가 파리에서 로슈 백작과 만날 거라더군요. 그런데 직접 확인해 본 바는 그렇지 않았습니다. 난 자신이 부끄러웠고 그러자 문득 아내와 담판을 짓는 편이 좋겠다는 생각이 들어서 문을 열고 들어간 겁니다."

그는 잠시 말을 쉬었다.

"그랬군요."

캐서린이 조용히 말했다.

"루스는 침대에 누운 채 잠들어 있었는데 얼굴을 반대쪽으로 돌리고 있어서 뒤통수밖에 볼 수가 없었어요. 물론 깨울 수도 있었죠. 그런데 갑자기 반발심이 들더군요. 과거에도 많은 대화를 나눠 본 적이 없는데 이제와 말해 본들 무슨 소용이 있었겠어요? 거기 그렇게 누워 있으니 아내는 참으로 평화로워 보였습니다. 나는 가능한 한 조용히 아내의 객실을 떠났죠."

"그럼 경찰한테는 왜 거짓말을 하셨어요?"

"나는 바보 천치가 아닙니다. 처음부터 살인 동기라는 관점에서 내가 가장 유력한 용의자라는 사실을 알고 있었어요. 그런 상황에서 아내가 죽기 직전에 아내의 객실에 들어갔었다는 사실을 인정하면 그건 내 손으로 무덤을 파는 꼴이죠."

"이제 알겠군요."

과연 그녀는 알았을까? 캐서린은 스스로에게 정확한 대답을 할 수가 없었다. 그녀는 데릭의 사람됨에 자석 같은 매력을 느꼈지만 마음속 어디선가 그래서는 안 된다는, 그러지 말라는 목소리가 들려오고 있었다.

"캐서린."

"저기 난……."

"당신은 내가 당신을 좋아하는 줄 알고 있어요. 당신…… 당신도 날 좋아합니까?"

"나…… 나는 모르겠어요."

애매한 대답이었다. 알고 있었을 수도 있고 모르고 있었을 수도 있었다. 만에 하나…… 만에 하나라도…….

캐서린은 누군가에게 도움을 청하기라도 하듯 필사적으로 사방을 둘러봤다. 하얀 살결에 키가 훤칠한 남자가 절뚝거리며 두 사람에게 황급히 다가오는 것이 보였다. 그녀의 두 뺨에 발그스름하게 홍조가 피어올랐다. 나이튼 소령이었다.

그에게 인사를 건네는 캐서린의 목소리에서 안도감과 뜻밖의 따스함이 묻어 났다.

데릭은 시커멓게 암운이 드리운 얼굴로 잔뜩 인상을 쓴 채 자리에서 일어섰다. 그가 가볍게 말을 건넸다.

"레이디 탬플린은 지금 한판 하시는 중인가 보죠? 그렇다면 가서 한 수 가르쳐 드려야겠군요."

데릭은 휑하니 돌아서서 두 사람 곁을 떠났다. 캐서린은 다시 자리에 앉았다. 심장이 마구 방망이질을 해 댔지만 워낙 조용하고 수줍음을 많이 타는 남자와 나란히 앉아 이런저런 이야기를 나누자니 마음이 차분히 가라앉았다.

그것도 잠시, 캐서린은 나이튼 역시 꼭 데릭이 그랬던 것처럼 고백을, 그러나 전혀 다른 태도로 하는 중이라는 사실을 충격적으로 깨달았다.

나이튼은 수줍은 나머지 말을 더듬었다. 힘을 실어 주는 유창한 말솜씨라곤 없이 더듬더듬 말을 이어갔다.

"당신을 처음 본 순간부터…… 저…… 이렇게 일찍 고백하면 안 되는 줄 알지만…… 반 올딘 씨가 여기를 언제 떠날지 모르는 상황이기도 하고 또 언제 기회가 올지 몰라서요. 만난 지 얼마 되지도 않은 상황에서 당신이 나를 좋아할 리 없다는 건 압니다. 그럼요, 말이 안 될 겁니다. 어쨌거나 내 입장에서도 참으로 염치없는 짓인 것 같습니다. 난 남모르게 모아 둔 돈이 있기는 합니다만 그리 많지는 않습니다. 아뇨, 지금 당장 대답하지는 말아 주십시오. 당신이 무슨 대답을 할지 아니까요. 하지만 내가 혹시 갑자기 떠나게 될 때를 생각해서 이것만은 알아 주시길 바랐을 뿐입니다. 내가 당신을 좋아한다는 사실을요."

캐서린은 마음이 흔들렸다. 그가 준 감동 때문이었다. 나이튼의 고백은 너무나도 다정하고 호소력이 넘쳤다.

"한 가지만 더요. 내가 하고 싶었던 말은 만약…… 만약 당신에게 어려운 일이 생기거든 힘닿는 한 무엇이든 할 테니……."

그는 캐서린의 손을 맞잡고 한동안 꼭 쥐었다가 도로 내려놓았다. 그러고는 뒤 한 번 돌아보지 않고 황망히 카지노로 향했다.

캐서린은 꼼짝 않고 앉아서 그의 뒷모습을 바라보았다. 데릭 케터링과 리처드 나이튼. 두 남자는 대조적이었다. 그것도 아주 많이. 나이튼에게는 친절함이 있었다. 친절하고 믿음직했다. 하지만 데릭은······.

바로 그때 캐서린은 문득 아주 희한한 경험을 했다. 자신이 더 이상 카지노의 야외 식당에 혼자 앉아 있는 게 아니라 누군가가 옆에 서 있는 듯한, 그리고 그 누군가가 바로 죽은 루스 케터링이라는 느낌이 들었다. 그뿐만 아니라 캐서린은 루스가 자신에게 아주 간절히 뭔가를 말하고 싶어 한다고 느꼈다. 그 느낌이 너무나 희한하고 생생해서 도저히 떨쳐낼 수가 없었다. 캐서린은 루스 케터링의 영혼이 틀림없이 뭔가 매우 중요한 얘기를 전하려 했다고 믿었다. 그런 느낌은 이내 사라졌다. 캐서린은 몸서리를 치면서 자리에서 일어섰다. 루스 케터링이 그토록 간절히 하고자 했던 말이 과연 무엇이었을까?

미렐과의 면담

나이튼은 캐서린 곁을 떠나자마자 곧바로 에르퀼 푸아로를 찾으러 갔다. 카지노에 가 보니 푸아로는 재미 삼아 짝수에다 가장 적은 액수의 판돈을 걸고 있었다. 나이튼이 다가갔을 때 33이라는 숫자가 뜨더니 결국 푸아로는 판돈을 몽땅 잃고 말았다.

"운이 없으시군요. 다시 거실 생각이세요?"

나이튼이 말했다.

푸아로는 고개를 저었다.

"지금은 아닙니다."

"탐정님도 도박에 매력을 느끼세요?"

나이튼이 궁금하다는 듯이 물었다.

"룰렛은 싫어합니다."

나이튼은 재빨리 푸아로를 쳐다봤다. 그의 얼굴이 점점 근심스러운 표정으로 변해 갔다. 나이튼은 존경심이 묻어나는 말투로 더듬 더듬 말을 꺼냈다.

"저기 지금 바쁘십니까, 무슈 푸아로? 좀 여쭤볼 게 있는데요."

"얼마든지요. 밖으로 나갈까요? 햇볕이 아주 좋던데."

두 사람은 함께 산책을 나갔다. 나이튼이 깊은 한숨을 내뱉었다.

"저는 여기 리비에라가 좋습니다. 저는 12년 전, 그러니까 전쟁 중에 이곳에 처음 와서 곧바로 레이디 탬플린의 병원으로 보내졌죠. 플랑드르에서 여기로 왔을 때는 정말 천국 같았습니다."

"짐작이 가고도 남습니다."

나이튼이 생각에 잠겨 말했다.

"지금은 그 전쟁이 아주 까마득한 옛날 일처럼 여겨지네요!"

두 사람은 한참을 말없이 걸었다.

"무슨 생각을 그리 골똘히 하십니까?"

푸아로가 물었다.

나이튼은 약간 놀란 표정으로 그를 쳐다보더니 솔직하게 물었다.

"그걸 어떻게 아셨어요?"

"얼굴에 고스란히 쓰여 있으니까요."

푸아로가 무덤덤하게 대답했다.

"내가 그렇게 속마음이 훤히 드러나는 사람인 줄 미처 몰랐는데요."

"관상 보는 게 내 직업이니까요."

이 왜소한 남자는 짐짓 위엄을 갖추고 말했다.

"그럼 말씀드리죠, 무슈 푸아로. 혹시 미렐이라는 댄서를 아세요?"

"데릭 케터링 씨의 애인이라는 여자 말인가요?"

"예, 바로 그 여자예요. 알고 계시다니 그럼 반 올딘 씨가 그 여자에 대해 안 좋은 인상을 갖고 있는 것도 아시겠군요. 그 여자가 반 올딘 씨에게 만나고 싶다며 편지를 보내왔어요. 사장님은 어림없다며 딱 잘라 거절하셨고, 저는 당연히 시키는 대로 답장을 보냈습니다. 그런데 오늘 아침에 그 여자가 호텔로 찾아와서 명함을 올려 보냈는데 시간을 다투는 일이라며 반 올딘 씨를 당장 만나야겠다는 겁니다."

"들을수록 재미있어지는데요."

"반 올딘 씨는 역정을 내면서 만날 일이 없다고 전하라시더군요. 그래서 저는 용기를 내어 그럴 수 없다고 했습니다. 어쩌면 그 여자가 중요한 단서를 제공할지도 모른다는 생각이 들었기 때문이죠. 그 여자가 블루 트레인에 타고 있었다는 건 다 아는 사실이고, 그럼 우리에게 결정적인 도움이 될 만한 장면을 목격했거나 소리를 들었을지도 모른다는 생각이 들었습니다. 제 말이 맞지 않습니까, 무슈 푸아로?"

"맞습니다. 이런 말을 해도 될지 모르겠지만 반 올딘 씨가 대단히 한심한 짓을 하셨군요."

푸아로가 담담하게 말했다.

"그렇게 생각해 주시니 다행입니다. 그럼 말씀드리겠습니다. 무슈 푸아로, 저는 반 올딘 씨의 태도가 어찌 저리 현명하지 못할까 하는 생각이 들어 몰래 아래층으로 내려가서 그 여자를 만났습니다."

"에 비앙(그래요)?"

"그런데 문제는 그 여자가 곧 죽어도 반 올딘 씨를 직접 만나야 겠다는 거예요. 그래서 저는 반 올딘 씨의 전갈을 최대한 순화시켜서 전했습니다. 솔직히 말씀드리면 전혀 다르게 꾸며서 전했어요. 반 올딘 씨는 너무 바빠서 지금은 만날 수가 없으니 전하고 싶은 얘기가 있으면 저한테 얘기하라고 말이죠. 그랬더니 내키지 않았는지 더 이상 아무 말도 않고 떠나더군요. 하지만 무슈 푸아로, 그 여자는 뭔가 알고 있는 게 분명합니다."

"중요한 문제군요. 그 여자가 어디서 지내는지 아십니까?"

푸아로가 조용히 말했다.

"예."

나이튼은 미렐이 묵고 있는 호텔 이름을 댔다.

"좋습니다. 지금 당장 그리로 갑시다."

나이튼은 미심쩍은 표정을 지었다. 그가 의심스러운 목소리로 물었다.

"그럼 반 올딘 씨는요?"

푸아로가 무덤덤하게 말했다.

"반 올딘 씨는 완고한 사람입니다. 난 고집불통인 사람들하곤 싸우지 않아요. 그들과 상관없이 독자적으로 행동하죠. 가서 당장 그 여자를 만나 봅시다. 가서 반 올딘 씨가 당신에게 권한을 위임했다고 말할 테니, 내가 한 말에 어긋나지 않도록 행동을 조심해 주세요."

나이튼은 여전히 미심쩍은 표정이었지만 푸아로는 개의치 않았다.

푸아로는 호텔에 도착해서 직원에게 미렐이 안에 있다는 얘기를 듣고는 자신과 나이튼의 명함에다 연필로 '반 올딘 씨 부탁으로 왔음.'이라고 적어 방으로 올려 보냈다.

미렐에게서 올라오라는 전갈이 내려왔다.

푸아로는 미렐의 방으로 안내되어 들어가자 곧바로 기선을 잡았다. 그가 깊숙이 허리 숙여 인사를 건네면서 나지막이 말했다.

"미렐 양, 반 올딘 씨가 보내서 왔습니다."

"아! 그런데 왜 그분이 직접 오시지 않았죠?"

푸아로가 거짓말을 꾸며 댔다.

"몸이 좀 안 좋으셔서요. 리비에라 발(發) 목감기죠, 아주 된통 걸리셨답니다. 하지만 내게 권한을 위임하셨습니다. 여기 계신 반 올딘 씨의 비서인 나이튼 소령도 마찬가지고요. 물론 미렐 양이 한 2주일 정도 더 기다리실 의향이 있으시다면 얘기가 다르겠죠."

푸아로가 웬만큼 자신하는 것이 한 가지 있다면 그것은 바로 미렐과 같은 성미를 지닌 사람들은 '기다려라.'라는 한 마디에도 경기를 일으킨다는 사실이었다.

그녀가 외쳤다.

"좋아요. 그럼 두 분에게 말씀드리죠. 난 그동안 참을 만큼 참았어요. 내가 할 수 있는 조치를 미뤘다고요. 도대체 무엇 때문이었는지 아세요? 뭐긴 뭐겠어요? 모욕 따위나 들으려고 그랬지! 그래요, 난 그 대가로 모욕을 당했어요! 하! 그 인간이 미렐을 이런 식으로 취급해? 낡은 장갑처럼 휙 내다 버리겠다 이거지. 감히 일러두지만 지금까지 어떤 남자도 나를 싫증 낸 적이 없어요. 내가 그 남자들에게 싫증을 느꼈으면 느꼈지."

미렐은 가녀린 몸을 분노로 파르르 떨면서 방 안을 오락가락했다. 그녀는 마음대로 지나다니다가 작은 탁자가 자꾸만 거치적거리자 구석에다 냅다 집어던졌다. 벽에 부딪친 탁자는 산산조각이 났다.

"그 인간도 이렇게 만들어 버리고 말겠어! 두고 봐!"

그녀는 악을 썼다.

그렇게 말한 미렐이 이번에는 백합이 가득 꽂힌 유리병을 집어들더니 벽난로의 쇠 살대에다 내동댕이쳤다. 쇠 살대에 부딪친 유리병 역시 부서져서 가루가 되었다.

나이튼은 그녀를 영국인다운 차가운 비난의 눈길로 바라보았다. 당혹스럽기도 했고 불안한 기분도 들었다. 반면 푸아로는 두 눈을 반짝이며 눈앞에 펼쳐지는 광경을 줄곧 즐기고 있었다. 그가 외쳤다.

"와, 대단하십니다! 이제야 알겠군요……. 미렐 양이 성깔이 대단하시다는 걸요."

"난 예술을 하는 사람이에요. 예술가는 누구나 성질이 있기 마련이죠. 데릭에게 함부로 굴지 말라고 했는데 도무지 듣질 않더군요."

그녀는 별안간 푸아로에게 휙 돌아섰다.

"옹 마 디(듣자 하니) 데릭이 그 영국 아가씨하고 결혼하려고 한다던데 그게 사실인가요?"

푸아로는 헛기침을 하더니 중얼거렸다.

"본인 입으로 그녀를 열렬히 사모한다고 말하더군요."

미렐이 두 사람 곁으로 다가왔다. 그녀는 소리를 꽥 질렀다.

"그 사람은 자기 아내를 죽였어요. 자, 이제 알아들으시겠어요? 그 인간이 전에 자기 입으로 아내를 죽일 생각이라고 했다고요. 그 인간 막다른 궁지에 몰렸다 싶더니 흥! 결국 가장 손쉬운 해결책을 택한 거죠."

"당신은 지금 케터링 씨가 아내를 죽였다고 했습니다."

"예, 예, 예! 그 말은 이미 하지 않았던가요?"

"경찰에서 미렐 양의 진술에 대한 증거를 요구할 텐데요?"

"그날 밤, 기차에서 그 인간이 자기 아내의 객실에서 나오는 걸 내가 두 눈으로 직접 봤다고요."

"그게 언제였죠?"

푸아로가 날카롭게 물었다.

"기차가 리옹에 도착하기 바로 직전이요."

"그 말, 맹세하실 수 있겠습니까, 미렐 양?"

푸아로의 말투는 지금까지와 달리 예리하고 단호했다.

"예."

일순간 침묵이 흘렀다. 미렐은 가쁜 숨을 몰아쉬며 반은 시비조의, 반은 공포에 질린 눈으로 두 남자의 얼굴을 번갈아 쳐다봤다.

"이건 중대한 문제입니다. 미렐 양, 이것이 얼마나 중대한 일인지는 아시겠죠?"

탐정이 말했다.

"물론이에요."

"좋습니다. 그럼 미렐 양, 허비할 시간이 없다는 사실도 잘 아시겠군요. 우리와 함께 지금 당장 예심판사의 사무실로 가 주셔야겠습니다."

미렐은 소스라치게 놀랐다. 잠깐 망설였지만 푸아로가 예견한 대로 그녀에게는 도망칠 구멍이 없었다.

"좋아요. 가서 외투를 가져오죠."

그녀는 투덜거리듯이 말했다.

둘만 남자 푸아로와 나이튼은 눈길을 주고받았다.

"그게 뭐더라? 그래, 쇠는 뜨거울 때 치라는 말이 있듯이 기회가 오면 즉시 행동에 옮길 필요가 있어."

푸아로가 중얼거렸다.

"저 여자는 성질이 급해서 한 시간만 지나면 왜 그랬을까 하고 후회하면서 없던 일로 되돌리고 싶어 할 거야. 무슨 일이 있어도 그건 막아야 해."

미렐은 표범 가죽으로 가장자리를 두른, 모래 빛깔이 나는 벨벳 숄로 몸을 감싸고 다시 나타났다. 그 모습이 흡사 잔뜩 약이 오른 황갈색 표범을 연상시켰다. 그녀의 눈동자는 여전히 분노와 결연함으로 이글거렸다.

사무실에는 코 총경과 예심판사가 함께 있었다. 푸아로가 찾아온 경위를 간단히 밝히자 판사는 미렐을 깍듯이 대하며 알고 있는 바를 들려 달라고 청했다. 그녀의 태도는 조금 전에 비해 한결 차분했지만 이야기는 나이튼과 푸아로에게 했던 것과 거의 일치했다.

"참으로 놀라운 얘기군요, 미렐 양."

카레지 판사는 천천히 입을 열었다. 그는 의자에 등을 기대고 코안경을 고쳐 쓰더니 뭔가를 탐색하듯 안경 너머로 미렐의 얼굴을 날카롭게 쳐다봤다.

"케터링 씨가 당신에게 사전에 이러한 범죄를 저지를 거라고 떠벌였다고 했는데, 우리가 그걸 믿을 거라고 생각합니까?"

"물론이에요. 그 인간은 자기 아내가 튼튼해서 걱정이라고 했어요. 해서 그녀가 죽어야 한다면 사고로 죽는 수밖에 없다고요. 모두다 그 사람이 꾸민 일이에요."

카레지 판사가 준엄한 목소리로 물었다.

"당신은 지금 자신을 공범으로 만들고 있다는 사실을 알고 있습니까?"

"제가요? 말도 안 되는 소리예요. 판사님, 전 단 한순간도 그 사람이 한 말을 진담이라고 생각하지 않았어요. 세상에, 그럼요. 아니고 말고요! 판사님, 저는 남자들을 알아요. 말로는 못 하는 짓이 없는 게 남자들이에요. 남자들이 한 말을 곧이곧대로 믿었다가는 낭패당하기 십상이죠."

예심판사는 눈썹을 치켜 올렸다.

"그럼 당신이 케터링 씨의 협박을 단순한 허풍으로 받아들였다고 보면 되겠군요? 한 가지 여쭤 보겠습니다. 미렐 양, 왜 런던에서 한 약속을 어기고 리비에라로 오셨죠?"

미렐은 나른함이 묻어 나는 까만 눈동자로 그를 쳐다봤다. 그녀는 간단히 대답했다.

"사랑하는 사람과 함께 있고 싶어서요. 그게 이상한가요?"

푸아로가 조용히 질문을 던지며 두 사람의 대화에 끼어들었다.

"그럼 당신이 니스까지 동행한 것은 케터링 씨의 의사였나요?"

미렐은 대답하기가 다소 곤란한 눈치였다. 한참을 망설인 뒤에야
비로소 도도하고 무심한 듯한 태도로 입을 열었다.

"그런 일은 제가 결정해요."

그녀의 대답이 지금 상황에서 전혀 마땅하지 않은 것은 세 사람
모두 알고 있었다. 그들은 아무 말도 하지 않았다.

"케터링 씨가 아내를 죽였다고 처음으로 확신한 때는 언제였나
요?"

"그러니까 기차가 리옹 역에 들어서기 직전에 케터링 씨가 자기
아내의 객실에서 나오는 광경을 봤다고 했잖아요. 그 사람 얼굴 표
정이 어딘가 이상했는데……. 아! 그땐 왜 그런 표정을 짓는지 이해
가 가지 않았지만 하여튼 괴롭고 무서운 듯한 표정이었어요. 정말
이지 죽을 때까지 못 잊을 거예요."

그녀는 목소리가 날카롭게 높아지더니 팔을 과장되게 마구 내저
었다.

"그랬군요."

카레지 판사가 말했다.

"나중에 기차가 리옹 역을 출발하고 케터링 부인이 죽었다는 얘
기를 들었을 때, 그때…… 그때 알았죠!"

"그런데도 경찰에 가지 않으셨군요?"

총경이 부드러운 어조로 물었다.

미렐은 당당하게 그를 쳐다봤다. 자신이 맡은 배역을 즐기고 있음이 분명했다.

"저더러 애인을 배신하라고요? 오, 말도 안 돼요. 여자한테 그런 일은 시키지 않는 거예요."

"그런데 왜 지금 와서……?"

코 총경이 그녀를 넌지시 떠보았다.

"지금이야 사정이 다르죠. 그 인간이 저를 배신했단 말예요! 그런데도 입을 꾹 다물고 참으라고요?"

예심판사는 그녀를 저지하며 달래듯이 말했다.

"그럼요, 그러시겠죠. 알겠습니다. 그럼 당신이 지금까지 말한 내용을 기록한 진술서를 보여 드릴 테니 자세히 읽어 보시고 이상이 없으면 서명해 주시죠."

미렐은 지체 없이 진술서를 검토했다. 그녀는 자리에서 일어섰다.

"네, 맞아요. 정확해요. 그럼 여기 더 있을 필요가 없겠죠?"

"일단은 그렇습니다."

"그럼 데릭은 체포되는 건가요?"

"즉시 체포될 겁니다, 미렐 양."

미렐은 잔혹한 웃음소리를 내며 털옷으로 몸을 감싸더니 소리쳤다.

"그 인간, 절 모욕하기 전에 이런 일이 있을 줄 예상했어야 하는데 안됐군요."

"한 가지 사소한 문제가 있어요. 아주 사소한 일입니다."

푸아로가 이렇게 말하더니 미안한 듯이 헛기침을 했다.

"뭔데요?"

"기차가 리옹 역을 떠났을 때 케터링 부인이 죽어 있었다고 했는데 무슨 근거로 그런 생각을 하셨나요?"

미렐은 그를 노려봤다.

"하지만 그 여자는 분명히 죽어 있었어요."

"그래요?"

"그럼요. 당연하죠. 전……."

미렐은 갑자기 말을 하다 말았다. 미렐을 유심히 관찰하던 푸아로는 그녀의 눈에 경계의 빛을 간파했다.

"그렇게 들었어요. 다들 그렇게 말하던데요."

"저런! 판사님의 사무실 밖에서도 그 일이 사람들 입에 오르내리는 줄 미처 몰랐군요."

미렐은 다소 어리둥절한 모습이었다.

"소문이란 원래 누구 귀에나 들어가는 것 아닌가요? 발 없는 말이 천 리를 간다잖아요. 어디선가 들었어요. 누군지는 잘 생각나지 않지만."

그녀가 애매하게 둘러 댔다.

미렐은 문가로 향했다. 코 총경이 대신 문을 열어 주러 서둘러 뛰어나가는데 푸아로의 목소리가 다시금 조용히 들려왔다.

"미렐 양, 죄송하지만 그럼 그 보석은 어떻게 됐습니까? 보석에 대해 하실 말씀은 없으신가요?"

"보석요? 무슨 보석요?"

"예카테리나 여제가 소장했던 루비들요. 평소 여기저기 소문을 듣고 다니신다니 보석에 관한 소문도 분명히 들으셨을 텐데요."

"보석 얘기는 전혀 모르겠는데요."

미렐이 날카롭게 대꾸했다.

그녀는 밖으로 나가 등 뒤로 문을 닫았다. 코 총경은 자신의 자리로 돌아왔고 예심판사는 한숨을 내쉬며 말했다.

"표독스럽기가 하늘을 찌르는군! 하지만 디아블망 시크(근사한 매력이 있어요). 저 여자 말이 과연 사실일까요? 난 그래 보입니다만."

푸아로가 대답했다.

"어느 정도는 사실이 분명합니다. 그레이 양이 증언했어요. 기차가 리옹 역에 도착하기 직전에 통로를 내다보았는데 케터링 씨가 부인의 객실에 들어가는 모습을 봤다더군요."

"이번 사건의 범인은 케터링으로 거의 압축되는 것 같군요."

총경이 한숨을 쉬며 말했다.

"정말 유감천만이네요."

그가 중얼거리자 푸아로가 물었다.

"무슨 말씀이세요?"

"그놈의 로슈 백작인지 뭔지를 감옥에 잡아 처넣는 게 일생일대의 소원이었거든요. 이번에는 기필코 놈을 잡았다고 생각했는데 범인이 아니라니……. 참으로 원통합니다."

카레지 판사는 콧잔등을 비비며 조심스런 전망을 내놓았다.

"수사에 조금이라도 오류가 있었다간 일이 아주 골치 아프게 될 겁니다. 케터링 씨는 귀족이에요. 신문 기자가 가만히 있지 않을 겁니다. 만약 우리가 잘못 짚은 거라면⋯⋯."

카레지 판사는 불길한 표정으로 어깨를 으쓱했다.

"그 보석 말예요. 그건 어떻게 했을까요?"

총경의 질문에 카레지 판사가 대답했다.

"그야 당연히 장물로 처리했겠죠. 갖고 있자니 골치가 아팠을 테고 팔아 버리자니 그것도 쉽지 않았을 겁니다."

푸아로가 미소를 지으며 말했다.

"그 보석들에 관해서 나름대로 추측해 본 게 있습니다. 두 분, 혹시 마키스라는 사람에 대해 들어 보셨습니까?"

총경이 관심을 보이며 몸을 앞으로 기울였다.

"마키스라면⋯⋯ 그 '마키스' 말입니까? 그자가 이번 사건에 연루되었다는 얘깁니까, 무슈 푸아로?"

"그 사람을 알고 계시느냐고 물었습니다."

총경은 잔뜩 우거지상을 지으며 유감스럽다는 듯이 말했다.

"많이 알면 좋겠지만 실은 그렇지 못합니다. 알다시피 놈은 절대 전면에 나서는 법이 없어요. 더러운 짓을 할 때는 반드시 하수인을 내세우거든요. 하지만 높은 지위에 있는 건 사실입니다, 확실해요. 놈은 범죄나 저지르는 부류들과는 출신이 달라요."

"프랑스 사람인가요?"

"아마도…… 그럴 겁니다. 최소한 그렇게 알고 있습니다. 하지만 확실하진 않아요. 놈의 활동 무대는 프랑스와 영국은 물론이고 미국까지 해당됩니다. 지난 가을에 스위스에서 일어난 연쇄 강도 사건도 놈이 사주한 일입니다. 모든 정황으로 볼 때 놈은 프랑스어와 영어를 모두 완벽하게 구사하는 대도(大盜)라고 볼 수 있어요. 하지만 출신에 대해 알려진 바 없습니다."

푸아로는 고개를 끄덕이곤 떠날 채비를 하면서 자리에서 일어났다.

"더 하실 말씀은 없습니까, 무슈 푸아로?"

총경이 물었다.

"지금으로서는 없습니다. 하지만 호텔에 가면 새로운 소식이 기다리고 있을지도 모르겠군요."

카레지 판사는 심기가 영 불편한 듯했다.

"마키스가 이번 사건에 연루되었다면……."

그는 말을 멈추었다.

"그럼 지금까지 우리가 한 추리는 도로 아미타불이 되는 거죠."

코 총경이 투덜거리듯이 말했다.

"하지만 이 푸아로의 추리는 끄떡없습니다. 오히려 아주 그럴듯하게 맞아 들어가는 셈이죠. 그럼 두 분, 나는 이만 가 보겠습니다. 중요한 소식이 있으면 즉시 두 분에게 알려 드리겠습니다."

푸아로는 무거운 표정으로 걸어서 호텔로 돌아왔다. 외출한 사이에 전보가 한 통 와 있었다. 그는 주머니에서 문구용 칼을 꺼내 전보를 뜯었다. 그는 긴 전보를 두 번이나 자세히 읽고 난 뒤에 천천히 주머니에 넣었다. 위층에서는 조지가 주인을 기다리고 있었다.

"피곤하군, 조르주. 몹시 고단해. 뜨거운 초콜릿 한 잔만 시켜 주겠나?"

조지는 그의 부탁대로 뜨거운 초콜릿을 주문해 주인 곁에 놓인 작은 탁자에 올려놓았다. 그가 물러가려는데 푸아로가 나지막이 물었다.

"조르주, 듣자 하니 자네가 영국의 귀족층을 잘 안다던데 사실인가?"

조지는 쑥스러운 미소를 지으며 대답했다.

"그런 편이라고 할 수 있습니다."

"이건 짐작인데 조르주, 자네도 혹시 범죄자들은 모조리 하류 계층 출신이라고 생각하나?"

"꼭 그렇지는 않을 겁니다. 예전에 드비즈 공작님 댁에 어린 도련님들이 있었는데 그중 한 명이 아주 골칫거리였습니다. 그 도련님은 불명예스러운 이유로 이튼 스쿨을 떠났는데, 그 후로도 심심찮게 문제를 일으키고 다녀서 집안의 큰 근심거리였죠. 경찰에서는 모든 게 도벽 때문이라는 시각을 인정하지 않았습니다. 왜 그런 사람 있잖아요, 아주 영리하고 점잖은 청년인데 구제불능으로 타락한. 그 집 도련님이 바로 그랬습니다. 결국 공작 각하는 그 도련님을 배에 태워 호주로 보내 버리셨는데 소문에 의하면 거기서 다른 이름으로 유죄 판결을 받았다더군요. 희한한 얘기지만 분명히 실제로 있었던 일입니다. 굳이 말하지 않아도 아시겠지만 그 청년은 절대 돈이 궁한 처지가 아니었거든요."

푸아로는 천천히 고개를 끄덕였다.

"자극적인 걸 즐긴 거겠지. 게다가 머리 한쪽이 살짝 꼬이고 말이야. 내가 궁금한 건……."

그는 주머니에서 전보를 꺼내 다시 한 번 읽었다.

"메리 폭스 부인에게도 따님이 있었는데요."

조지는 회상에 잠겨 말을 이었다.

"아주 기발한 방법으로 장사꾼들에게 사기를 쳤답니다. 이렇게 말해도 될지 모르겠지만 훌륭한 가문에 크게 먹칠을 한 경우죠. 그 밖에도 별별 희한한 일들이 많아서 대려면 얼마든지 댈 수 있습니다."

"자네는 두루두루 경험이 많군, 조르주. 자네가 지금껏 그렇게 좋은 가문 사람들하고만 살았으면서 왜 나한테 와서 이 고생을 하는지 가끔 의아했거든. 자네도 자극적인 걸 좋아하나 보다 생각했지."

"꼭 그래서만은 아닙니다. 우연히 《소사이어티 스니피츠》를 보다가 탐정님이 버킹엄 궁에 초대받았다는 기사를 읽은 적이 있습니다. 마침 그때 저는 새 일자리를 구하고 있었죠. 기사 내용을 보니 각하께서 탐정님에게 더없이 인자하고 친절하게 대해 주셨고 탐정님의 능력을 아주 높이 보셨다더군요."

"아! 사람들은 원래 무슨 일이 났다고 하면 늘 이유를 궁금해하는 법이지."

푸아로는 잠시 생각에 잠겼다가 말했다.

"파포폴루스 양에게 전화는 해 봤나?"

"예. 두 분 부녀께서 오늘 저녁에 기꺼이 함께 식사를 하시겠답니다."

"아."

푸아로는 생각에 잠겨 말했다. 그는 초콜릿 잔을 비운 뒤 컵과 접시를 쟁반 한가운데에 가지런히 놓고 조용히 말했다. 들으라고 하는 소리가 아니라 꼭 혼잣말을 하는 말투였다.

"이보게, 조르주. 다람쥐는 평소에 도토리를 주워 모으지. 겨울에 유용하게 쓰기 위해 가을이면 도토리를 주워서 모아둔다네. 조르주, 우리는 인간성의 완성을 위해서라도 저 발 아래 동물 왕국에 사는 친구들에게 교훈을 얻고 그걸 유용하게 활용해야 해. 지금까지 난 늘 그래 왔어. 고양이가 되어 쥐구멍도 감시해 봤고 충실한 개가 되어 냄새도 쫓아 봤다네. 물론 포착한 흔적에서 단 한 번도 코를 떼지 않았지. 물론 다람쥐도 되어 봤어. 그래서 여기서 얻은 조그만 사실, 또 저기서 얻은 작은 정보를 차곡차곡 창고에 저장해 뒀네. 해서 이제부터 내 창고로 가서 특별한 도토리 한 알을, 어디 보자, 그러니까 한 17년 전쯤에 저장해 뒀던 도토리를 꺼낼 참이네. 같이 가겠나, 조르주?"

"병조림으로는 얼마든지 훌륭한 음식을 만들 수 있다는 건 알았지만 도토리도 그렇게 오랫동안 저장이 가능한 줄 미처 몰랐네요."

푸아로가 그를 쳐다보며 미소를 지었다.

다람쥐가 된 푸아로

푸아로는 저녁 약속 시간에 맞춰 15분쯤 여유를 두고 출발했다. 그가 파포폴루스 부녀와 저녁 식사를 하려는 데는 이유가 있었다. 그는 차를 타고 곧장 몬테카를로로 가는 대신 캅 마르텡에 있는 레이디 탬플린 집으로 가서 그레이 양을 만나게 해 달라고 청했다. 푸아로는 레이디 탬플린과 그레이 양이 옷을 갈아입는 동안 작은 응접실에서 기다렸다. 3~4분가량이 지나자 레녹스 탬플린이 다가왔다.

"캐서린 이모는 아직 준비가 안 되셨대요. 제가 이모께 전갈을 드릴까요? 아니면 내려오실 때까지 여기서 기다리실래요?"

푸아로는 생각에 잠긴 얼굴로 그녀를 쳐다봤다. 무엇인가가 결심을 무겁게 짓누르고 있었던 듯 입에서 대답이 나오기까지 꽤 오랜 시간이 걸렸다. 그에게는 이렇게 단순한 질문에 대답하는 것이 매우 중요한 일인 듯했다.

그가 마침내 대답했다.

"아닙니다. 굳이 마드무아젤 캐서린이 올 때까지 기다릴 필요는 없을 것 같군요. 아무래도 그러지 않는 편이 좋을 것 같습니다. 이런 상황이 되면 종종 어떤 결정을 내려야 할지 난감해지곤 합니다."

레녹스는 눈썹을 약간 치켜 올리고 얌전히 그의 말을 기다렸다.

"새로운 소식이 있어요. 마드무아젤에게 전해 주십시오. 케터링 씨가 아내를 살해한 혐의로 오늘 저녁에 체포되었습니다."

"지금 저더러 그 소식을 캐서린 이모에게 전하라는 말씀이세요?"

레녹스는 한참을 달린 사람처럼 거칠게 숨을 몰아쉬었다. 푸아로는 그녀의 얼굴이 창백하고 긴장한 것 같다고 생각했다. 분명히 그랬다.

"부탁합니다, 레녹스 양."

"왜요? 캐서린 이모가 놀라실까 봐 그러세요? 신경 쓰실까 봐서요?"

"모르겠습니다. 좋아요, 솔직히 말씀드리죠. 평소 나는 모든 걸 꿰뚫어 보는 편이지만 이번 일만은 글쎄요……. 잘 모르겠어요. 아마 레녹스 양이 더 잘 알 겁니다."

"그건 그래요. 저야 알지만…… 그래도 말씀드릴 수는 없어요."

레녹스는 새까만 눈썹을 잔뜩 찌푸리고 잠시 말을 쉬었다.

"탐정님도 그 사람이 자기 아내를 죽였을 거라고 생각하세요?"

그녀가 난데없이 물었다.

푸아로는 어깨를 으쓱했다.

"경찰에서 그러더군요."

"아, 확실한 입장을 유보하시겠다는 건가요? 그렇게 말씀하시는 걸 보니 뭔가 그럴 만한 이유가 있나 보군요."

그녀는 또다시 인상을 찌푸리며 입을 다물었다. 푸아로가 조용히 말했다.

"레녹스 양은 데릭 케터링 씨를 안 지 꽤 오래되었죠?"

"어렸을 때부터 종종 보긴 했어요."

레녹스가 퉁명스럽게 대답했다. 푸아로는 말없이 고개만 여러 번 끄덕였다. 레녹스는 의자를 앞으로 당겨 앉더니 탁자 위에 팔꿈치를 고이고 두 손으로 턱을 받쳤다. 그녀는 상대에게 퉁명스럽게 굴 때면 자주 이런 자세를 취했다. 레녹스는 건너편에 앉은 푸아로를 똑바로 쳐다봤다.

"경찰이 그런 결정을 내린 근거가 뭐죠? 그야 살인 동기겠죠. 케터링 부인의 죽음으로 돈이 생겼으니까."

"200만 파운드가 생겼죠."

"그럼 그 여자가 죽지 않았으면 그 사람은 파산했겠네요?"

"그렇죠."

레녹스는 나름대로 주장을 폈다.

"하지만 그것 말고 분명히 다른 이유가 있을 거예요. 저도 케터링 씨가 부인과 같은 기차를 타고 있었다는 건 알아요. 하지만…… 그 것만으로는 근거가 충분하지 않아요."

"결과적으로는 케터링 부인의 물건이 아닌 것으로 판명났지만,

'케이'라는 글자가 새겨진 담뱃갑이 케터링 부인의 객실에서 발견됐어요. 게다가 기차가 리옹 역에 도착하기 직전에 케터링 씨가 문제의 객실에 들어갔다 나오는 광경을 목격한 사람이 둘이나 됩니다."

"두 사람이라뇨, 그게 누군데요?"

"아가씨의 친구 그레이 양이 그중에 한 명입니다. 다른 한 명은 미렐이라는 댄서고요."

"그랬더니 당사자인 데릭은 뭐라던가요?"

레녹스가 날카롭게 물었다.

"자기 아내의 객실에 들어갔던 사실을 전면 부인하고 있습니다."

레녹스가 잔뜩 인상을 쓰며 씩씩하게 외쳤다.

"저런 바보! 리옹 역에 도착하기 직전이라고 하셨죠? 그 여자가 언제 죽었는지는 아무도 모르고요?"

"의사들의 증언이 아주 결정적인 건 아니니까요. 의사들 말로는 리옹 역을 떠난 뒤에 죽은 것 같지는 않다는군요. 현재 우리가 아는 건 리옹 역을 떠나고 몇 분 뒤에 케터링 부인의 시체를 발견했다는 사실 정도입니다."

"그걸 어떻게 알았대요?"

레녹스의 질문에 푸아로의 얼굴 위로 묘한 미소가 떠올랐다.

"누군가가 객실에 들어갔다가 죽어 있는 케터링 부인을 발견했거든요."

"그럼 기차 안이 발칵 뒤집혔겠네요?"

"아뇨."

"왜요?"

"나름대로 이유가 있었겠죠."

레녹스는 그를 날카롭게 쏘아봤다.

"탐정님은 그 이유를 아시죠?"

"그게…… 예."

레녹스는 여전히 머릿속으로 이런저런 생각을 하고 있었다. 푸아로는 말없이 그녀를 지켜보았다. 이윽고 그녀가 고개를 쳐들었다. 그녀는 두 뺨을 부드러운 홍조로 물들인 채 눈을 반짝였다.

"탐정님은 기차에 타 있던 누군가가 케터링 부인을 죽였을 거라고 생각하시겠지만 꼭 그렇다는 보장은 없어요. 기차가 리옹 역에 멈춰 섰다면 또 알아요? 밖에서 누가 올라탔을지? 그 사람이 곧장 객실로 가서 그 여자를 목 졸라 죽인 뒤 루비들을 들고 아무도 모르게 기차에서 내렸을지도 모르죠. 어쩌면 그 여잔 기차가 리옹 역에 정차해 있는 동안에 죽었을 수도 있어요. 그렇다면 데릭이 객실에 들어섰을 때는 살아 있었는데 뒤에 제3자가 발견했을 때는 죽었을 수도 있다는 얘기죠."

푸아로는 의자에 등을 기대고 심호흡을 했다. 맞은편에 앉은 레녹스를 쳐다보며 세 차례나 고개를 끄덕이고 다시 한숨을 몰아쉬었다.

"레녹스 양의 방금 그 추리는 정확합니다. 바로 그거예요. 어둠 속을 헤매고 있는 내게 레녹스 양이 한 줄기 빛을 비춰 줬습니다. 딱 한 가지 의문이 풀리지 않았는데 이제 속 시원히 해결됐어요."

그는 일어섰다.

"그럼 이제 데릭은 어떻게 되는 거예요?"

레녹스가 물었다.

푸아로는 어깨를 으쓱해 보였다.

"누가 알겠습니까? 하지만 이건 알아두세요, 레녹스 양. 나는 이 걸로는 만족 못 합니다. 아뇨, 나 에르퀼 푸아로를 만족시키려면 아직 멀었어요. 어쩌면 오늘 밤 내로 좀 더 많은 걸 알게 될지도 모르겠군요. 적어도 시도는 해 봐야죠."

"누구를 만나기로 하신 거예요?"

"예."

"뭔가 알고 있는 사람인가요?"

"뭔가 알고 있을지도 모르는 사람이죠. 이런 문제는 최대한 모든 수단을 강구해야 하니까요. 그럼 이만 가 보겠습니다, 레녹스 양."

레녹스는 그를 문까지 배웅하며 물었다.

"제가…… 도움이 됐나요?"

푸아로는 문밖의 계단 위에 서서 자신을 내려다보고 있는 레녹스에게 부드러운 표정을 지어 보였다.

"그럼요, 레녹스 양. 도움이 되고 말고요. 모든 게 어둡고 캄캄하게 여겨질 때면 오늘 일을 생각하세요."

그는 차가 출발하자 다시금 찌푸린 얼굴로 돌아갔지만 두 눈에는 희미하나마 청신호가 켜져 있었다. 그것은 푸아로에게 앞으로 있을 성공의 기쁨에 대한 전조를 의미했다.

그가 3~4분쯤 늦게 약속 장소에 도착했을 때 파포폴루스 부녀는 먼저 도착해서 기다리고 있었다. 푸아로는 비굴할 정도로 굽실거리며 사과의 말을 퍼붓더니 전에 없이 예의를 차리면서 자잘한 것 하나하나에 일일이 관심을 기울였다. 이 그리스인은 오늘 따라 유난히 인자하고 기품 있어 보였다. 그 모습이 마치 깨끗한 인생을 살아온, 그러나 얼굴에 수심이 가득한 집안 어른 같은 분위기였다. 지아는 당당한 모습으로 잔뜩 들떠 있었다. 저녁 식사는 유쾌한 분위기에서 이뤄졌다. 푸아로는 어느 때보다도 활기가 넘쳤다. 이런저런 비화를 비롯해서 농담도 재미나게 지껄였고 지아 파포폴루스에게 우아한 찬사도 건넸으며 탐정 생활을 하면서 겪은 재미난 일화들도 들려줬다. 엄선된 메뉴는 물론이고 곁들여 나온 와인도 훌륭했다.

식사가 끝나갈 무렵 파포폴루스가 정중하게 물었다.

"그건 그렇고 내가 준 정보는 어떻게 됐나요? 그 말에다 돈 좀 거셨소이까?"

"안 그래도 그게…… 마권업자하고 얘기 중입니다."

푸아로가 대답했다.

두 사람의 눈길이 마주쳤다.

"그 말이 그렇게 유명하던가요?"

"아뇨. 나와 절친하게 지내는 영국인들 말로는 혜성같이 나타난 신진 후보라더군요."

푸아로가 대답했다.

파포폴루스가 생각에 잠겼다.

"자, 그럼 함께 카지노로 건너가서 룰렛 게임에 푼돈 좀 걸어 보시겠습니까?"

푸아로가 활기차게 말했다.

카지노에 도착한 뒤 푸아로 일행은 흩어졌다. 푸아로가 지아 옆에서 열심히 훈수를 두는 동안 파포폴루스가 어디론가 사라져 버린 것이다.

운이 따라 주지 않은 푸아로와 달리 지아는 시작한 지 얼마 되지 않아 수천 프랑을 땄다.

"아무래도 오늘은 이걸로 끝내는 게 좋겠어요."

지아가 푸아로에게 무덤덤하게 말했다.

푸아로의 두 눈이 반짝였다. 그가 감탄해서 외쳤다.

"대단하십니다! 역시 그 아버지에 그 딸이네요, 지아 양. 그만둬야 할 때도 아시고. 아! 그게 바로 기술이죠."

그는 도박장 안을 둘러보며 별스럽지 않게 말했다.

"지아 양의 아버님이 안 보이시네요. 가서 망토를 가져올 테니 함께 야외 식당으로 나가죠."

말은 그렇게 했지만 푸아로는 외투 보관소로 가지 않았다. 푸아로의 예리한 눈길은 파포폴루스가 그곳을 벗어나기 전까지 잠시도 그의 모습을 놓치지 않았다. 푸아로는 교활한 그리스인이 어디서 뭘 하고 있을지 몹시 궁금했다. 그런데 예상 밖에도 현관 안쪽의 널따란 홀에서 파포폴루스를 찾아낼 수 있었다. 그는 기둥 옆에 서서 방금 전에 도착한 어느 여인과 이야기를 나누고 있었다. 미렐이었다.

푸아로는 눈에 띄지 않게 주의하며 살살 홀 주위를 돌았다. 그리

하여 대화에 몰두해 있는 두 사람이 서 있는 맞은편 기둥에 무사히 도달할 수 있었다. 정확히 말하자면 이야기는 주로 미렐이 했고 파포폴루스는 온갖 다양하고 풍부한 몸짓을 섞어가며 간간히 단음절로 대답하는 보조 역할을 하고 있었다.

"그러니까 시간을 좀 달라는 거잖아요. 나한테 시간을 주면 돈을 마련해 올게요."

미렐의 말에 그리스인은 어깨를 치켜 올렸다.

"기다리라……. 그건 곤란한데요."

"아주 잠깐이면 돼요. 제발요! 부탁이에요! 일주일…… 아니 열흘……. 더 이상은 부탁 안 할게요. 절대 문제없게 할게요. 돈이 곧 들어온다고요."

미렐이 애원했다.

파포폴루스는 자세를 약간 바꾸고 불안한 듯 주변을 둘러보다가 푸아로가 천진난만하고 환한 표정으로 바로 옆에 서 있는 것을 알아차렸다.

"아! 부 브왈라(여기 계셨군요), 파포폴루스 씨. 어디 계신가 하고 찾아다녔습니다. 지아 양을 데리고 공원에 산책을 나갈까 하는데 괜찮겠죠? 오랜만입니다, 미렐 양. 바로 알아봤어야 했는데 대단히 죄송하게 됐군요."

그는 미렐에게 깊이 고개를 숙였다.

미렐은 다소 초조하게 인사를 받았다.

긴밀히 밀담을 나누다가 훼방꾼이 나타나자 짜증이 난 것이 분명했다. 푸아로는 눈치가 빠른 사람이었다. 파포폴루스의 입에서는 이미 이런 말이 튀어나온 뒤였다.

"틀림없이, 어쨌거나 틀림없어야 합니다."

푸아로는 즉시 물러났다.

푸아로가 지아의 망토를 가져오자 두 사람은 함께 정원으로 산책을 나갔다.

"여기서 자살 사건이 많이 일어난다네요."

지아가 말했다.

푸아로는 어깨를 으쓱했다.

"그렇다더군요. 사람들은 참 바보 같지 않습니까, 지아 양? 먹고 마시고 좋은 공기를 들이마시는 게 얼마나 기분 좋은 일인데요. 그런데 단지 돈이 없어서, 혹은 실연으로 가슴이 아파서 모든 걸 포기하다니 그게 바보지 뭐겠습니까? 라무르(사랑)란 온갖 불행의 씨앗이 맞나 봅니다. 그렇죠?"

지아가 웃음을 터뜨리자 푸아로가 집게손가락을 힘껏 흔들었다.

"사랑 얘기를 하는데 웃음이 웬 말입니까? 그것도 지아 양처럼 젊고 아름다운 분이."

"농담 마세요. 제 나이가 서른셋이라는 걸 잊으셨어요? 솔직히 말씀드리는 거예요. 거짓말 해 봤자 아무 소용없으니까. 탐정님도 저희 아버지께 말씀하셨다시피 파리에서 우리가 탐정님께 신세를 진 게 벌써 17년 전이에요."

푸아로가 쾌활하게 말했다.

"지아 양을 봐선 그렇게 오래되지 않은 것 같은데요. 지아 양은 그때나 지금이나 거의 변한 게 없어요. 조금 더 야위고 창백하고 신중해진 것 말고는요. 펜시옹(기숙학교)을 갓 졸업한 열여섯 살 소녀 그대로예요. 쁘띠뜨 펜시모네르(풋내 나는 여학생)라고 하기에는 좀 그렇고 성숙한 여인이라고 보기에도 좀 뭣한. 지아 양은 참으로 재미있고 매력적인 아가씨였어요. 다른 사람들도 틀림없이 그렇게 생각했을 겁니다."

"열여섯 살이면 단순하고 어리석은 나이죠."

"그럴지도 모르죠. 맞아요, 그럴 겁니다. 열여섯이면 남의 말에 잘 속는 나이잖아요? 듣는 대로 믿는 나이."

푸아로는 지아가 곁눈질로 언뜻 째려보는 것을 알아차리지 못했다. 설령 알아차렸더라도 못 본 척했을 터였다. 그는 마치 꿈을 꾸듯 계속 말했다.

"전체적으로 볼 때 그 사건은 어딘가 이상했어요. 지아 양의 아버님은 사건의 본질을 전혀 이해하지 못하셨죠."

"네?"

"지아 양 아버님이 자세한 설명을 해 달라고 하셨을 때 나는 이렇게 말했습니다. '잃어버렸던 물건을 소리 소문 없이 찾아 드렸으니 더 이상 묻지 마십시오.'라고요. 지아 양, 내가 왜 그런 말을 했는지 아십니까?"

"전혀 모르겠는데요."

그녀가 차갑게 말했다.

"바로 더없이 창백하고 야위고 진지한 어린 펜시모네르(여학생)를 염려하는 마음에서였습니다."

"지금 무슨 말씀을 하시는지 못 알아듣겠는데요."

지아가 화가 나서 외쳤다.

"정말 모르시겠습니까, 지아 양? 안토니오 피레치오란 이름 생각 안 나세요?"

그녀의 다급한 숨소리가, 거의 숨이 막히는 듯한 소리가 푸아로의 귓가에 들려왔다.

"그 친구는 가게 점원으로 일하러 왔지만 바로 그런 이유 때문에 원하는 것을 손에 넣을 수 없었어요. 가게 점원이라고 해서 주인집 딸에게 마음을 품지 말라는 법은 없지 않겠어요? 그것도 젊고 잘생기고 말솜씨까지 뛰어난 청년이 말이죠. 두 사람은 만날 때마다 사랑을 속삭일 수만은 없어서 때로 둘 다의 관심사를 얘기했고, 그러다 나온 얘기가 잠시 파포폴루스 씨가 보관하던 바로 그 흥미로운 '물건'에 대한 것이었죠. 그런데 지아 양 말마따나 어리석고 순진한 나이다 보니 주인집 딸은 그만 청년의 말을 철석같이 믿고 그 물건을 보여 준 것은 물론 숨겨 둔 곳까지 가르쳐 줬습니다. 그리고 그 물건이 사라진 뒤에 엄청난 재앙이 닥치죠. 아뿔싸! 나이 어린 펜시모네르(여학생)는 그만 불쌍한 처지가 되고 맙니다. 처참한 지경에 처한 이 가여운 아가씨는 잔뜩 겁에 질립니다. 말을 해야 하나, 하지 말아야 하나? 바로 그때 멋진 해결사, 즉 에르퀼 푸아로가 혜성같이 등장하죠. 이 친구의 등장으로 모든 일이 술술 풀려 나가자 다들

이건 기적이나 다름없다고 생각합니다. 결국 조상 대대로 물려받은 값비싼 가보들이 제자리로 돌아오자 파포폴루스 씨는 더 이상 이상한 질문 같은 건 하지 않았죠."

지아는 사나운 눈으로 그를 쳐다봤다.

"전부 다 알고 계셨군요? 누가 얘기했나요? 혹시…… 안토니오였나요?"

푸아로는 고개를 저으며 조용히 대답했다.

"아무에게도 들은 적 없습니다. 그냥 추리한 것뿐이죠. 대단한 추리 아닙니까, 마드무아젤? 추리에 능하지 않은 사람은 탐정 노릇을 하기가 쉽지 않은 법이거든요."

지아는 푸아로와 나란히 걸으면서 한동안 말이 없었다. 이윽고 그녀가 굳은 목소리로 입을 열었다.

"그러면 이제 어떻게 하실 건가요? 아버지께 말씀하실 건가요?"

"아뇨, 물론 아닙니다."

푸아로가 날카롭게 대답했다.

지아는 무슨 소리냐는 표정으로 그를 쳐다봤다.

"제게 바라는 게 있으시군요?"

"도움이 필요합니다, 마드무아젤."

"왜 제가 도움이 될 거라고 생각하세요?"

"그렇게 생각하는 게 아닙니다. 단지 도와주기를 바라는 거죠."

"그 말은 제가 도와드리지 않으면 그땐…… 저희 아버지께 말씀하시겠다는 뜻인가요?"

"아뇨, 그건 아닙니다! 그건 천부당만부당한 생각입니다, 마드무아젤. 난 공갈 협박이나 하는 놈이 아닙니다. 상대의 비밀을 무기로 마음대로 쥐고 흔들면서 협박이나 일삼는 놈이 아니에요."

"만약 제가 못 도와 드리겠다고 하면요?"

그녀가 천천히 말을 꺼냈다.

"지아 양이 거절하면 그때는 할 수 없죠."

"그런데 왜……?"

그녀는 말을 하다 말았다.

"이유를 말씀드릴 테니 잘 들으세요. 마드무아젤, 여자들은 정이 많습니다. 자신에게 도움을 베풀어 준 사람에게 언젠가 도움을 줄 수 있는 처지가 되면 보통은 도와주죠. 마드무아젤, 난 한 번 도움을 줬습니다. 사실을 말할 기회가 있었지만 일부러 하지 않았어요."

또 한 번 침묵이 흘렀다. 이윽고 지아가 말했다.

"지난번에 저희 아버지께서 언질을 주신 걸로 아는데요."

"그 점은 매우 감사하게 생각하고 있습니다."

"그럼 제가 더 도와 드릴 수 있는 게 없을 텐데요."

지아가 천천히 말했다.

푸아로는 설령 실망을 해도 겉으로 드러내는 사람이 아니었다. 하다못해 얼굴 근육 하나도 변화가 없었다. 그가 활기차게 외쳤다.

"에 비앙(좋습니다)! 그럼 딴 얘기를 해야겠네요."

그러더니 푸아로는 신나게 수다를 떨기 시작했다. 하지만 이 아가씨는 얼빠진 사람처럼 멍한 상태로 기계적인 대답만 늘어놓았고,

그중에는 간혹 요점에 맞지 않는 것들도 있었다. 두 사람이 다시 카지노장 앞에 다다를 즈음에서야 지아는 결심이 선 듯했다.

"무슈 푸아로."

"예."

"저…… 할 수 있으면 탐정님을 도와 드리고 싶어요."

"정말 마음씨가 고우십니다, 마드무아젤. 정말 마음씨가 고우세요."

또다시 침묵이 흘렀다. 푸아로는 그녀를 재촉하지 않았다. 대신 느긋한 마음으로 지아가 여유를 가질 때까지 기다렸다.

"하긴 굳이 탐정님께 말 못 할 이유도 없어요. 아버지는 신중하신 분이세요. 말씀 한 마디도 함부로 안 하시죠. 하지만 탐정님께만큼은 그럴 필요가 없다는 걸 알아요. 탐정님은 아버지하고 제 앞에서 말씀하셨어요. 찾고 있는 것은 오직 살인범이며 보석에는 전혀 관심도 없다고. 저는 탐정님의 말씀을 믿어요. 탐정님은 우리가 그 루비들 때문에 니스에 왔을 거라고 하셨는데 맞아요. 그 루비들은 사전에 짜인 각본에 따라 이리로 넘겨졌어요. 지금은 아버지가 갖고 계시죠. 지난번에 아버지가 탐정님께 드린 언질은 바로 수수께끼 같은 우리 고객의 신원에 관한 거였어요."

"마키스란 사람 말입니까?"

푸아로가 조용히 물었다.

"예, 마키스라는 그 사람요."

"지아 양은 그 친구를 본 적이 있습니까?"

"한 번 있어요. 하지만 자세히 보지는 못했어요, 열쇠 구멍으로 들여다봐서."

푸아로가 이해한다는 듯이 말했다.

"원래 열쇠 구멍이 들여다보기가 힘들죠. 하지만 어쨌거나 그 사람을 본 건 사실이군요. 다시 보면 알아보실 수 있겠습니까?"

지아는 고개를 저었다.

"마스크를 쓰고 있었거든요."

"젊은 사람이었나요? 아니면 노인이었나요?"

"머리가 백발이었어요. 가발이었을 수도 있고 아닐 수도 있어요. 워낙 자기 머리처럼 잘 어울렸거든요. 하지만 나이 들어 보이진 않았어요. 걸음걸이가 젊은 사람 걸음이었어요. 목소리도 그렇고."

푸아로가 생각에 잠겨 물었다.

"목소리요? 아, 목소리가 있었군요. 다시 들으면 분간하실 수 있겠습니까, 지아 양?"

"아마도요."

"지아 양도 그 친구에게 관심이 있었군요? 그래서 열쇠 구멍으로 염탐까지 한 거죠?"

지아가 고개를 끄덕였다.

"맞아요. 궁금했어요. 사람들이 하도 그 사람 얘기를 많이 해서요. 그는 평범한 도둑이 아니에요. 역사책이나 소설책에 나올 법한 인물이죠."

"맞아요. 아마 그럴 겁니다."

푸아로가 생각에 잠겨 말했다.

"하지만 제가 하려던 말은 그게 아니에요. 탐정님께 뭐랄까…….
도움이 될 만한 또 다른 사실이 있어요."

"그게 뭡니까?"

푸아로가 격려하듯이 물었다.

"아버지는 이곳 니스에서 그 루비들을 넘겨받았어요. 아버지께
그걸 넘긴 사람을 직접 보지는 못했지만……."

"못했지만?"

"한 가지는 알아요. 그 사람은 여자였어요."

고향에서 온 편지

그리운 캐서린,

대단한 친구들과 함께 지내니 우리 소식은 조금도 궁금하지 않겠
구나. 하지만 언제나 난 네가 분별 있는 여자라고 생각했기 때문에 염
려하는 것만큼 그리 우쭐해 있을 거라곤 생각 않는다. 여긴 모든 게
그대로야. 새로 부임한 보좌 신부가 어찌나 눈꼴사납게 고상한 척하
는지 한바탕 난리가 났었단다. 내가 보기에는 그냥 보통 천주교도 이
상도 이하도 아니던데. 모두들 교구 신부님한테 달려가서 하소연을
했지만 너도 알다시피 그분이 어떤 분이니? 기독교인으로서의 자비심
은 흘러넘치지만 제대로 된 생각은 할 줄 모르는 분 아니냐. 요새 하
녀들 때문에 골치가 아파 죽겠다. 애니라는 애는 정말 골칫덩이야. 치
마를 무릎까지 올리고 다니질 않나, 얌전한 아가씨라면 당연히 신어
야 할 모직 양말도 도통 안 신고 다니니. 아무리 잔소리를 해도 도무

지 듣질 않아. 류머티즘 때문에 여기저기 안 아픈 데가 없다고 했더니 주치의인 해리스가 런던의 전문가를 찾아가 보라더라. 해서 내가 그 랬지, 진료비 3기니(21실링에 해당하는 영국의 옛 금화 — 옮긴이)하고 기차 삯만 날릴 거라고. 그래도 수요일까지 기다렸더니 싼 값에 왕복 표를 구할 수 있었단다. 그런데 런던에서 만난 의사는 영 못마땅한 얼 굴을 하고는 줄곧 빙빙 돌리기만 하고 도무지 콕 집어서 말을 안 하 는 거야. 그래서 내가 그랬지. '의사 선생님, 저는 평범한 아주머니니 까 그냥 좀 쉽게 설명해 주세요. 암인가요, 아니면 별것 아닌가요?' 그 제서야 어쩔 수 없이 암이라고 털어놓더구나. 몸조리만 잘하면 1년은 살 수 있다면서 통증도 별로 없을 거라는데, 나도 기독교를 믿는 여잔 데 그까짓 아픈 것쯤이야 얼마든지 참을 수 있어. 친구들 대부분이 세상을 떠나서 그런지 종종 사는 게 적적하게 느껴지는구나. 얘야, 네 가 여기 세인트 메리 미드로 돌아오면 좋겠다. 그리고 넌 여기서 지내 야 해. 네가 그놈의 돈만 안 생겼어도, 그래서 콧대 높은 상류층 인간 들 틈으로 가 버리지만 않았어도, 나를 돌봐 주는 대가로 가여운 제 인이 준 월급의 두 배를 주겠다고 했을 거야. 하지만 되지도 않을 일 을 바라 봤자 무슨 소용이겠니. 그래도 또 아니, 너도 일이 잘 안 풀 릴 때가 있을지? 살다 보면 그런 일은 꼭 있단다. 나는 살면서 지금까 지 그런 얘기를 수도 없이 들었다. 남자들이 귀족 행세를 하면서 여자 를 꼬여서 결혼한 다음에 돈을 갈취하고 교회 문 앞에 버려 두고 도 망간다고. 너는 워낙 사리가 밝아서 그런 일이 일어날 리는 없겠지만 그래도 사람 일은 장담할 수 없는 거니까 언제라도 그런 생각이 머릿속에 파고들지 않도록 조심 또 조심하도록 해. 그리고 만에 하나 그런 일이 생기면 늘 네게는 바로 이곳, 고향이 있다는 사실을 기억하렴. 그리고 내가 비록 말은 함부로 해도 마음만은 따스한 사람이라는 것도.

너의 다정한 친구,
아멜리아 바이너가.

추신. 신문에 너하고 네 사촌 언니 탬플린 자작 부인의 기사가 났기에 오려서 다른 것들과 함께 철해 뒀다. 주일에 교회에 가서 자만과 허영에서 너를 보호해 달라고 기도했단다.

캐서린은 이 독특한 내용의 편지글을 두 번이나 꼼꼼하게 읽은 뒤 편지를 내려놓고 침실 창 너머로 펼쳐진 푸른 지중해를 물끄러미 바라봤다. 그녀는 형용할 수 없는 뭔가가 목구멍으로 울컥 치밀어 오르는 것을 느꼈다. 세인트 메리 미드를 향한 그리움이 불현듯 파도처럼 덮쳐 왔다. 모든 게 익숙하고 하루하루가 한심하고 자잘한 일상으로 가득 찬 곳. 그러나 그녀에게 그곳은 고향이었다. 캐서린은 문득 아멜리아의 품에 머리를 파묻고 실컷 울고 싶은 충동을 강하게 느꼈다.

정작 그녀를 구원해 준 사람은 레녹스였다.

"뭐 하세요, 캐서린 이모? 무슨 일 있으세요?"

"아무것도 아니야."

캐서린은 바이너 양의 편지를 움켜쥐고 핸드백에 쑤셔 넣으면서 말했다.

"좀 이상해 보이세요. 저, 마음 상하시지 않았으면 좋겠는데요, 이모가 잘 아시는 푸아로라는 탐정분에게 제가 니스에서 함께 점심식사를 하시자고 전화드렸거든요. 제가 부르면 안 오실까 봐서 이모가 만나고 싶어 하신다고 했어요."

"네가 그분이 보고 싶은가 보구나?"

캐서린이 물었다.

"예. 그분에게 푹 빠졌어요. 그분같이 고양이처럼 초록색으로 빛나는 눈을 가진 남자는 처음 봤거든요."

"그렇겠지."

캐서린은 무심코 입에서 나오는 대로 말했다. 최근 며칠은 참으로 힘든 시간이었다. 사람들은 입만 열면 데릭 케터링이 경찰에 체포되었다는 사실을 도마 위에 올렸고 '블루 트레인의 수수께끼'니 어쩌니 하면서 말들이 많았다.

레녹스가 말했다.

"차를 불러 뒀어요. 그리고 엄마한테는 되는 대로 거짓말을 둘러댔는데, 불행히도 뭐라고 꾸며 댔는지 기억이 나질 않아요. 하지만 상관없어요. 엄마는 원래 기억력이 형편없으시거든요. 행여 우리가 어딜 가는지 아셨다간 함께 가겠다고 따라 나서서 기어이 무슈 푸아로를 녹초로 만들고 말 거예요."

두 아가씨가 네그레스코 호텔에 도착했을 때 푸아로는 이미 도착해서 기다리고 있었다.

그가 프랑스식의 깍듯한 정중함으로 무장한 채 갖은 찬사를 퍼부어 대자 두 여자는 배꼽을 잡고 웃다가 쓰러질 지경이 되었다. 하지만 그의 노력에도 불구하고 점심 식사는 썩 유쾌하지 못했다. 캐서린은 꿈이라도 꾸듯 정신이 딴 데 팔려 있었고, 레녹스는 이야깃거리를 마구 쏟아내다가도 수시로 말이 끊겼다. 테라스에 앉아 함께 커피를 마시는데 레녹스가 문득 푸아로를 겨냥해서 노골적인 질문을 던졌다.

"일은 잘 되어 가세요? 제가 무슨 말을 하는지 아시죠?"

푸아로는 어깨를 으쓱했다.

"알아서 흘러가고 있습니다."

"그럼 탐정님은 그 일이 알아서 흘러가도록 그냥 보고만 있다는 말씀이세요?"

푸아로는 다소 침울한 표정으로 레녹스를 쳐다봤다.

"레녹스 양은 아직 어려서 모르겠지만 세상에는 재촉해서는 안 되는 세 가지가 있습니다. 신(神)과 자연 그리고 늙은이지요."

"말도 안 돼요! 탐정님은 늙지 않으셨어요."

"오호, 듣던 중 반가운 소리인데요."

"저기 나이튼 소령님이 있어요."

레녹스가 말했다.

캐서린은 얼른 뒤를 돌아다보더니 다시 고개를 돌렸다.

레녹스는 말을 계속했다.

"반 올딘 씨와 함께 있는데요. 마침 나이튼 소령님에게 할 말이 있었는데. 잠깐 실례할게요."

둘만 남자 푸아로는 앞으로 몸을 숙이고 캐서린에게 속삭였다.

"마드무아젤, 오늘 좀 이상하십니다. 정신이 어디 멀리 가 계신 것 같은데, 맞습니까?"

"그리 멀리는 아니에요. 영국에 가 있으니까."

그녀는 별안간 충동이 인 듯 아침에 받은 편지를 꺼내 맞은편에 있는 푸아로에게 읽으라고 건넸다.

"예전에 살던 곳에서 보내온 첫 소식인데 그걸 보니까 자꾸만 마음이 아련해지네요."

푸아로는 편지를 죽 읽어 보고 다시 돌려 주었다. 그가 물었다.

"그래서 세인트 메리 미드로 돌아가실 생각인가요?"

"아뇨, 그건 아니에요. 제가 왜 가야 하죠?"

"아, 내가 실수했군요. 잠시만 자리를 비우겠습니다."

푸아로가 말했다.

푸아로는 레녹스 탬플린이 반 올딘 일행과 이야기를 나누고 있는 곳으로 느긋하게 다가갔다. 오늘따라 미국인 백만장자의 얼굴이 늙고 수척해 보였다. 반 올딘은 푸아로를 보자 전혀 반기지 않는 얼굴로 퉁명스럽게 고개만 까딱했다. 그가 레녹스의 질문에 답변을 하려고 고개를 돌린 틈을 타 푸아로는 나이튼을 옆으로 불러냈다.

"반 올딘 씨가 좀 언짢아 보이십니다."

나이튼이 되물었다.

"모르셨어요? 데릭 케터링이 체포된 일을 두고 별별 소문이 퍼져 나가는 바람에 사장님이 입은 타격이 이만저만이 아닙니다. 심지어 당신에게 진실을 밝혀 달라고 한 일을 후회하고 계세요."

"그럼 영국으로 돌아가시겠군요."

"모레 출발할 예정입니다."

"반가운 소식이네요."

푸아로는 잠시 망설이다가 캐서린이 앉아 있는 테라스를 건너다 보았다.

"아무래도 그 사실을 그레이 양에게 말씀하시는 게 좋을 것 같군요."

"그녀에게 말하라니요, 뭘요?"

"그게 그러니까……. 반 올딘 씨가 영국으로 돌아간다는 얘기 말입니다."

나이튼은 잠시 어리둥절한 표정을 지었지만 이내 테라스에 나가 있는 캐서린에게 다가갔다.

나이튼이 무슨 말인지 알겠다는 표정으로 고개를 끄덕인 뒤 자리를 뜨자 푸아로는 레녹스와 반 올딘의 대화에 끼어들었다. 잠시 후 이들 세 사람은 테라스에 있던 두 사람과 합류했다. 얼마간 일상적인 대화가 오간 뒤 백만장자와 그의 비서는 자리를 떠났다. 푸아로도 떠날 채비를 했다.

푸아로가 큰 소리로 말했다.

"두 분의 후한 대접에 정말 감사드립니다. 지금까지 먹어 본 것

중에 가장 환상적인 점심이었습니다. 정말 소원 풀이 했습니다!"

그는 가슴을 잔뜩 부풀리고 주먹으로 탕탕 두드렸다.

"한 마리 사자가, 그것도 아주 거대한 사자가 된 기분인데요. 아, 마드무아젤 캐서린께서는 이런 내 모습을 처음 보시겠군요. 당신이 지금껏 본 건 다정하고 차분한 푸아로였지만 사실 에르퀼 푸아로에게는 다른 얼굴이 있답니다. 자, 이제부터 내 말을 귀 기울여 듣는 자들의 심장을 공포로 물들이고 괴롭히고 위협하러 갈까 합니다."

그는 자기만족에 빠져 두 사람을 쳐다봤다. 레녹스는 아랫입술을 질끈 깨물고 있고, 캐서린 역시 무슨 소린가 싶어 입꼬리가 씰룩이긴 했지만 둘 다 적당히 감동받은 표정이었다.

"그리고 난 꼭 해낼 겁니다. 그래요, 나는 반드시 성공할 겁니다."

그가 엄숙하게 말했다.

그리고 불과 서너 발자국이나 내디뎠을까, 캐서린의 목소리가 푸아로를 돌려세웠다.

"무슈 푸아로, 저기…… 드릴 말씀이 있어요. 탐정님 말씀이 아무래도 맞는 것 같아요. 당장 영국으로 돌아가겠어요."

푸아로는 그녀를 뚫어져라 쳐다봤다. 캐서린은 그가 그런 눈으로 똑바로 쳐다보자 얼굴이 발갛게 달아올랐다.

"알겠습니다."

푸아로가 무겁게 말했다.

"그런 것 같지 않은데요."

캐서린이 말했다.

"난 마드무아젤께서 생각하는 것보다 아는 게 많습니다."

그가 조용히 말했다.

푸아로는 입가에 묘한 미소를 머금고 그녀의 곁을 떠났다. 그리고 대기해 있던 차에 올라 앙티브로 향했다.

마리나 별장에선 로슈 백작의 하인 이폴리트가 으레 그 무표정한 얼굴로, 세련미 넘치게 세공된 주인의 탁자 유리를 닦느라 여념이 없었다. 로슈 백작은 당일 일정으로 몬테카를로에 가고 없었다. 이폴리트는 무심코 창밖을 내다보다 웬 방문객이 부지런히 홀의 현관으로 걸어 올라오는 것을 발견했다. 사람 보는 일에 이력이 난 이폴리트였지만 평소에 흔히 보던 부류가 아니라서 도무지 뭘 하는 사람인지 짐작이 가지 않았다. 그는 부엌에서 바삐 일하던 아내 마리를 불러내 소위 쓰 티프 라(낯선 부류)에 속하는 그 방문객을 보라고 일렀다.

"또 경찰이 찾아온 건 아니겠지?"

마리가 근심스럽게 물었다.

"당신이 한번 봐."

이폴리트가 말했다.

마리는 방문객을 바라보고 단언했다.

"분명히 경찰은 아니야. 다행이네."

"경찰 때문에 크게 걱정할 일은 없었는데. 사실 백작님이 미리 경고하시지 않으면 포도주 가게에서 만난 그 수상한 자가 경찰이란 걸 짐작도 못했을 거야."

홀 안에 벨 소리가 우렁차게 울리자 이폴리트는 엄숙하고 근엄한 태도로 다가가서 문을 열었다.

"죄송하지만 백작님은 지금 외출 중이신데요."

큼지막한 콧수염을 한 이 왜소한 남자는 평온한 얼굴로 환하게 웃었다.

"알고 왔습니다. 당신이 이폴리트 플라벨 씨인가요?"

"그렇습니다. 그게 제 이름인데요."

"그럼 마리 플라벨이라는 부인이 계시겠군요?"

"예. 하지만……."

"두 분을 만나러 왔습니다."

낯선 방문객은 이렇게 말하고 잽싸게 이폴리트의 곁을 지나쳐 홀 안으로 들어섰다.

"부인은 틀림없이 부엌에 계시겠군요. 그리로 가 보죠."

이폴리트가 숨을 돌릴 새도 없이 낯선 방문객은 용케도 홀 뒤편에 난 문으로 다가가 통로를 지나 부엌으로 들어섰다. 마리가 일손을 멈추고 입을 벌린 채 그를 물끄러미 쳐다보았다.

"여기 계셨군요. 난 에르퀼 푸아로라고 합니다."

낯선 방문객은 나무로 만든 팔걸이의자에 풀썩 주저앉았다.

"그런데요?"

"그런 이름 처음 들어 보십니까?"

"처음 듣는데요."

이폴리트가 대답했다.

"이런 말씀드려서 죄송하지만 좋은 교육을 못 받으셨나 보군요. 에르퀼 푸아로는 현존하는 가장 위대한 탐정 가운데 한 명의 이름입니다."

푸아로는 한숨을 쉬더니 팔짱을 꼈다.

이폴리트와 마리는 불안한 표정으로 그를 노려보았다. 뜻밖에 찾아온 너무나도 희한한 방문객을 어떻게 해야 할지 모르고 있었다.

"선생님께서 원하시는 게……?"

이폴리트는 기계적으로 이렇게 중얼거렸다.

"왜 경찰에게 거짓말을 했는지 물어보러 왔습니다."

이폴리트가 소리쳤다.

"이것 보세요! 제가…… 경찰에게 거짓말을 했다고요? 절대 그런 적 없습니다."

푸아로는 고개를 저었다.

"그렇지 않아요. 당신은 거짓말을 했습니다. 그것도 여러 번. 어디 한번 볼까요?"

그는 주머니에서 작은 수첩을 꺼내 자세히 들여다보았다.

"맞네요, 최소한 일곱 번이네요. 그게 언제 언제였는지 말씀드리죠."

푸아로는 조용하고 냉정한 목소리로 일곱 번에 걸쳐 이폴리트가 한 거짓말을 조목조목 열거했다.

이폴리트는 가슴이 철렁 내려앉았다.

"하지만 내가 말하려는 건 이런 사소한 잘못이 아닙니다. 한 가지

일러두겠는데 스스로를 대단히 영리하다고 생각하는 버릇은 일찌 감치 버리는 게 좋을 겁니다. 당신이 한 거짓말 중에서 내가 관심을 갖고 있는 게 무엇인지 말씀드리죠. 바로 로슈 백작이 1월 14일 아침에 이 별장에 도착했다는 진술입니다."

"하지만 그건 거짓말이 아닙니다. 사실이에요. 백작님은 14일, 그러니까 화요일 데주네(아침 식사) 때에 여기 도착하셨어요. 그렇지, 마리?"

마리는 부지런히 고개를 끄덕였다.

"그럼요, 맞아요. 분명해요. 똑똑히 기억해요."

"오! 그럼 그날 당신의 자애로운 주인님께 점심 식사로 뭘 준비해 드렸나요?"

"그게……."

마리는 기억을 되살리려고 애를 쓰면서 말을 얼버무렸다.

"거 이상하네요. 어떻게 이건 기억이 나면서 저건 기억이 안 날까요?"

푸아로는 앞으로 몸을 기울이고 주먹으로 탁자를 쾅하고 내리쳤다. 두 눈이 분노로 이글거렸다.

"이것 봐요, 이것 봐. 내 말이 맞잖습니까! 당신들만 아는 거짓말을 해 놓고 아무도 모를 거라고 생각하겠지만 그걸 아는 이가 둘이나 됩니다. 그래요, 자그마치 둘입니다. 하나는 신이고……."

푸아로는 손 끝으로 하늘을 가리키더니 도로 의자에 몸을 기대고 눈을 감았다. 그가 편안한 목소리로 속삭였다.

"그리고 나머지 하나는 나 에르퀼 푸아로란 말이죠."

"분명히 말씀드리지만 선생님, 그건 완전히 잘못 아신 겁니다. 백작님은 월요일 밤에 파리를 떠나서……."

"그건 사실이죠. 급행 편으로 떠났으니까. 백작이 어디에서 여행을 떠났는지는 내 알 바 아닙니다. 그건 당신들도 마찬가지일 겁니다. 내가 아는 건 백작이 화요일 아침이 아니라 수요일 아침에 여기 도착했다는 겁니다."

"선생님이 잘못 아신 거예요."

마리가 멍청하게 말했다.

푸아로는 벌떡 일어섰다. 그가 중얼거렸다.

"그럼 법에 따라 처리하는 수밖에. 안됐군요."

"그게 무슨 말씀이세요?"

마리가 불안한 기색으로 물었다.

"당신들은 케터링 부인이라고, 얼마 전 기차에서 살해당한 영국 여인의 살인 사건과 관련해서 공범으로 체포되어 감옥에 갇히게 될 겁니다."

"살인 사건!"

남자는 진즉부터 얼굴이 하얗게 질린 채 무릎을 와들와들 떨고 있었다. 마리는 밀대를 떨어뜨리고 훌쩍이기 시작했다.

"하지만 그건 말도 안 됩니다. 말도 안 돼요. 제 생각에는……."

"당신들이 똑같은 주장을 고집하는 한 더 이상 해 줄 말이 없습니다. 두 사람 다 참으로 어리석군요."

푸아로가 문을 향해 돌아서자 흥분한 목소리가 그를 붙잡았다.

"선생님, 선생님. 저기 잠깐만요. 저…… 저는 이런 일인 줄 전혀 몰랐습니다. 저…… 그냥 여자 문제인 줄 알았거든요. 그전에 여자 문제로 경찰하고 좀 안 좋은 일이 있어서요. 하지만 살인 사건은…… 얘기가 전혀 다르죠."

"정말 못 참겠군."

푸아로는 소리를 꽥 질렀다. 그는 두 사람에게 돌아서서 이폴리트의 얼굴에다 대고 성난 주먹을 흔들어 댔다.

"내가 하루 종일 여기 죽치고 앉아서 당신들 같은 바보 천치들하고 말싸움이나 해야겠습니까? 내가 원하는 건 진실입니다. 진실을 말해 줄 생각이 없으면 좋을 대로 해요. 자, 마지막으로 묻겠습니다. 백작이 마리나 별장으로 돌아온 날이 언제입니까? 화요일 아침인가요? 아니면 수요일 아침인가요?"

"수요일입니다."

남자가 숨을 몰아쉬며 대답하자 뒤에서 마리가 맞다며 고개를 끄덕였다. 푸아로는 잠시 두 사람을 노려보다가 이윽고 점잖게 고개를 숙였다.

"잘 생각했어요. 안 그랬으면 두 사람 모두 곤란한 상황에 처했을 겁니다."

그는 혼자서 웃으며 마리나 별장을 떠났다.

"이제 한 가지 추측은 사실로 확인됐군. 그럼 나머지 하나에 도전해 볼까?"

그는 혼자 중얼거렸다.

급사가 에르퀼 푸아로의 명함을 미렐의 방으로 들고 올라온 것은 6시였다. 미렐은 잠시 명함을 노려보더니 이내 고개를 끄덕였다. 푸아로가 방에 들어섰을 때 그녀는 흥분을 가라앉히지 못하고 서성이고 있었다. 미렐은 매섭게 그에게 돌아서며 소리쳤다.

"무슨 일이죠? 무슨 일이에요? 이번에는 또 무슨 용건이죠? 당신네들, 그만하면 나를 충분히 괴롭히지 않았나요? 나를 꼬여서 불쌍한 데릭을 배신하게 만들었으면 됐지 뭘 더 어떻게 하라는 거예요?"

"그냥 한 가지만 여쭤 보려고 왔습니다. 미렐 양, 기차가 리옹 역을 떠난 뒤에, 그러니까 당신이 케터링 부인의 객실에 들어가서……."

"그게 무슨 소리예요?"

푸아로는 살살 달래는 듯이 그녀를 바라보며 다시 입을 열었다.

"내 말은 당신이 케터링 부인의 객실에 들어가서……."

"난 그런 적 없어요."

"부인을 발견했을 때……."

"그런 적 없다니까요."

"사크레(젠장할)!"

그가 분노를 못 이기고 꽥하고 소리를 지르자 미렐은 겁을 먹고 몸을 움츠렸다.

"나한테 거짓말을 할 셈입니까? 나는 마치 그 자리에 있었던 것처럼 무슨 일이 일어났는지 다 알아요. 당신은 케터링 부인의 객실에 들어갔고 그녀가 죽어 있는 걸 발견했습니다. 난 그 사실을 알고 있단 말입니다. 나한테 거짓말했다간 위험해집니다. 그러니 조심하세요, 미렐 양."

미렐의 눈길이 푸아로의 시선 밑에서 불안하게 흔들리더니 이내 아래로 떨어졌다.

"나…… 난 아니에요……."

미렐은 불안하게 입을 열더니 말을 멈추었다.

"내가 궁금한 건 오직 한 가지예요. 내가 알고 싶은 건 미렐 양이 찾던 물건을 과연 발견했는지, 아니면……."

"아니면요?"

"아니면 당신이 들어오기 전에 다른 사람이 다녀갔는지 하는 겁니다."

"더 이상 당신 질문에는 대답하지 않겠어요."

미렐은 소리를 꽥 질렀다. 그녀는 제지하는 푸아로의 손길을 뿌리치고 격분을 못 이겨 바닥에 쓰러지더니 있는 대로 악을 쓰면서 흐느꼈다. 잔뜩 겁에 질린 하녀가 방 안으로 뛰어 들어왔다.

에르퀼 푸아로는 어깨를 으쓱하며 눈썹을 치켜 올리고 조용히 방을 나섰다. 하지만 표정은 흡족해 보였다.

바이너 양의 판단

캐서린은 바이너 양의 침실에서 창밖을 내다봤다. 비가 내리고 있었다. 마구 퍼붓는 비가 아니라 소리 없이 얌전하게 쉼 없이 내리는 비였다. 창밖으로 한 줄기 꽃밭이 펼쳐졌다. 대문까지 뻗은 오솔길을 사이에 두고 깔끔하게 손질된 아담한 꽃밭에서 때늦은 장미며 패랭이꽃이며 파란색 히아신스가 만발할 터였다.

바이너 양은 큼지막한 빅토리아 왕조 양식의 침대에 누워 있었다. 그녀는 먹다 남긴 아침 식사가 담긴 쟁반을 한쪽으로 밀어둔 채 편지 봉투를 연방 열어젖히면서 갖가지 신랄한 비평을 쏟아놓았다.

캐서린은 봉투에서 꺼낸 편지를 손에 들고 두 번째로 정독했다. 파리의 리츠 호텔에서 온 편지였다.

쉐르(친애하는) 마드무아젤 캐서린,(편지는 이렇게 시작되었다.)

부디 아픈 데 없이 건강하게 지내리라 믿으며 영국의 겨울로 돌아간 일로 기분이 너무 우울하지 않기를 바랍니다. 나는 여기저기 취조하느라 발에 땀이 날 지경입니다. 내가 여기서 휴가를 즐기고 있을 거라는 생각은 하지 마세요. 조만간 영국에 갈 예정인데 부디 그때 당신을 다시 만나는 기쁨을 누릴 수 있으면 좋겠습니다. 그렇게 되겠죠? 런던에 도착하는 즉시 편지를 보내겠습니다. 이번 일에 관한 한 우리가 동료라는 사실을 잊지 않으셨겠죠? 물론 당신이 그 점을 잘 알고 있으리라고 생각합니다. 당신을 향한 나의 모든 존경과 열렬한 마음을 기억해 주길 바라며.

에르퀼 푸아로가.

캐서린은 살짝 얼굴을 찡그렸다. 편지에 담긴 뭔가가 그녀를 혼란스러우면서도 끌리게 만든 듯했다.

바이너 양이 말했다.

"하여간 소년 성가대에서 소풍을 갈 때는 말이다. 토미 선더스랑 앨버트 다이크스는 절대 데려가면 안 돼. 녀석들을 데려간다면 절대 찬성하지 않을 거다. 고 녀석들, 주일날 교회에서 도대체 무슨 생각들을 하는지 도무지 모르겠다니까. 토미 그 녀석, '오 하느님, 어서 빨리 저희를 구해 주소서.'라는 대목까지 노래하고는 두 번 다시 입도 뻥긋 안 했잖니. 그리고 언제나 멀쩡했고 지금도 아무 탈 없는 내 코에 이상이 생긴 게 아니라면 앨버트 다이크스 그놈은 분명히

박하사탕을 빨고 있었어."

"저도 알아요. 고 녀석들 아주 골칫거리잖아요."

캐서린이 맞장구를 쳤다.

그녀는 두 번째 편지를 열어 보다가 별안간 두 뺨이 확 달아올랐다. 같이 있는 방 안에서 들려오는 바이너 양의 목소리가 아득히 먼 곳으로 사라져 가는 것 같았다.

그녀가 정신을 차렸을 때는 바이너 양이 일장 연설을 끝마치고 의기양양하게 말을 맺고 있었다.

"그래서 내가 그 여자한테 그랬잖니? '어머, 아니에요. 그게 공교롭게도 그레이 양이 레이디 탬플린의 사촌동생이거든요.'라고 말이다. 네 생각은 어떻니?"

"저를 생각해서 대신 싸워 주셨단 말씀이세요? 어쩜 고맙기도 하셔라."

"정 하고 싶으면 너도 그런 식으로 따져. 난 고상한 직책 따위에는 눈도 깜짝 않는 사람이야. 교구 신부의 아내인지 뭔지 모르겠지만 그 여자는 남 없는 데서 험담이나 일삼는 못된 버릇이 있거든. 글쎄 네가 돈을 써서 상류 사회에 들어갔다지 뭐니?"

"별로 틀린 얘기는 아닌 것 같은데요."

"근데 널 봐라. 마음만 먹으면 얼마든지 그럴 수 있었는데도 어디 거드름이나 피우는 세련된 귀부인이 되어 돌아왔니? 아니, 넌 그대로야. 얌전하고 긴 양말에 점잖은 구두를 신고, 언제나처럼 분별력 있고 똑똑해. 어제서야 그 얘기를 엘렌에게 했다. 내가 그랬지, '엘

렌, 그레이 양 좀 봐라. 영국 땅에서 지체 높고 훌륭한 분들과 허물
없이 지내다 왔는데도 어디 너처럼 무릎까지 올라가는 치마를 입고
올이 나간 실크 스타킹에, 어디서 생전 처음 보는 우스꽝스럽기 짝
이 없는 구두 따위를 신고 돌아다니던?' 하고 말이다."

캐서린은 혼자서 살포시 미소를 지었다. 분위기상으로는 바이너
양의 편견에 맞장구를 쳐 줘야 옳았다. 노부인은 점점 더 신이 나서
떠들어 댔다.

"네가 시건방진 여자가 되지 않은 게 얼마나 안심인지 몰라. 불과
얼마 전에 그 오려 낸 기사들을 찾아봤잖니? 근데 레이디 템플린이
며 그 여자가 운영하는 전쟁 병원에 관한 이런저런 기사를 꽤 여러
장 모아 뒀는데 도무지 어디 있는지 찾을 수가 있어야지. 얘, 네가
나보다 눈이 밝으니까 좀 찾아 주려무나. 책상 서랍 안에 상자가 있
는데 거기 전부 넣어 두었다."

캐서린은 손에 든 편지를 흘깃 쳐다보고 뭐라고 말하려다가 입을
다물었다. 그러고는 책상으로 가서 신문에서 오려 낸 기사들을 모
아 둔 상자를 찾아내 뒤지기 시작했다. 캐서린은 세인트 메리 미드
로 돌아온 뒤로 바이너 양에게 연민을 느꼈다. 이 노부인의 금욕주
의와 담력은 가히 감탄할 수준이었다. 캐서린은 연로한 옛 친구에
게 해 줄 수 있는 일이 얼마 없다고 느꼈다. 하지만 겉보기에는 작
고 하찮은 이런 행동이 나이 든 사람들에게는 큰 의미를 지닌다는
사실을 경험을 통해 잘 알고 있었다.

얼마 안 있어 캐서린이 말했다.

"여기 한 장이 있네요. '니스에 있는 별장을 장교 전용 병원으로 운영하고 있는 탬플린 자작 부인은 최근 엄청난 파문을 불러일으킨 강도 사건의 희생자가 되었으며 그녀가 소유하고 있던 보석도 도난 당한 것으로 알려졌다. 그중에는 탬플린 가문의 가보인 유명한 에메랄드도 상당수 포함되었다고 한다.'"

"납유리였을 거야. 여기 상류 사회 여자들이 갖고 있는 보석은 알고 보면 납유리가 많거든."

바이너 양이 말했다.

"여기 다른 기사도 있어요. 레이디 탬플린 사진인데요. '탬플린 자작 부인과 그녀의 어린 딸 레녹스를 찍은 매력적인 사진 작품.'"

"어디 봐. 어린애 얼굴은 잘 안 보이지? 하지만 잘 모르긴 해도 그게 더 나았을 거다. 세상일은 원래 순리대로 흘러가는 게 아니라서 어미가 미인이어도 자식은 못생긴 경우가 많거든. 모르긴 해도 사진작가가 아이의 뒤통수를 찍는 게 아이를 위해서 할 수 있는 최선이라고 생각했을 거다."

캐서린이 소리 내어 웃었다.

"'이번 시즌 리비에라에서 가장 빛났던 사교계의 여왕 한 명은 레이디 탬플린으로, 그녀는 캅 마르텡에 별장을 소유하고 있다. 그녀의 사촌동생 그레이 양은 최근 지극히 낭만적인 경로를 통해 막대한 재산을 물려받았으며 현재 그 별장에서 레이디 탬플린과 함께 지내고 있다.'"

"내가 찾던 게 바로 그거야. 없어진 신문 어딘가에 네 사진이 있었던 것 같은데. 왜, 너도 알지? 존스 윌리엄스 부인인지 아무개 부인인지가 크로스컨트리 경마인가에서 사냥용 지팡이(윗부분은 펴서 의자로도 쓸 수 있는 짧은 지팡이 — 옮긴이)를 노상 들고 다니면서 한쪽 발을 허공에 올려놓은 그런 사진 말이다. 그 사람들은 자기네들이 그런 꼴로 나온 걸 보면 참으로 속이 터질 거야."

캐서린은 아무 대답도 하지 않았다. 그녀는 복잡하고 근심에 찬 표정으로 신문에서 오려 낸 기사를 손가락으로 매만졌다. 이윽고 두 번째 편지를 봉투에서 꺼내 다시 꼼꼼히 읽었다. 그러곤 바이너 양을 바라봤다.

"바이너 양, 그게…… 리비에라에 갔다가 사귄 친구가 있는데요, 여기 와서 저를 꼭 만나고 싶다네요."

"남자니?"

"네."

"누군데?"

"반 올딘 씨라는 미국인 백만장자의 비서예요."

"이름이 뭔데?"

"나이튼요. 나이튼 소령이에요."

"흐음…… 백만장자의 비서라. 그리고 이 시골에 내려오고 싶어 한다 거지? 캐서린, 지금부터 하는 얘기는 순전히 널 위한 거야. 넌 멋진 아가씨고 사리 분별도 뛰어나. 그리고 융통성이 없어서 매사에 고지식하긴 하지만 여자라면 누구나 평생에 한 번은 바보가 되기 마련이란다. 틀림없이 이 남자는 네 돈을 탐내는 거야."

그녀는 몸짓으로 캐서린의 대답을 저지했다.

"난 그동안 이런 일이 있을 거라고 예상해 왔다. 백만장자의 비서가 무슨 대수니? 그런 인간들은 십중팔구 안일하게 사는 걸 좋아하는 애송이들이야. 자, 근사한 격식을 갖추고 사치품이나 밝히고 생각도 없고 인생 계획도 없는 젊은 남자가 있다고 쳐. 그런 놈들이 볼 때 백만장자의 비서보다 훨씬 쉬운 직업이 바로 돈 많은 여자와 결혼하는 거야. 네가 남자들이 좋아할 여자가 아니라는 얘기는 아니야. 하지만 넌 어린 나이도 아니고 어느 정도 호감이 가는 인상이긴 해도 미인은 아니지. 그러니까 당부하고 싶은 말은 바보짓하지 말라는 거야. 그래도 정 그러고 싶으면 돈 단속이나 단단히 해 둬. 자, 내 말은 이게 다야. 너도 할 말 있으면 해 봐."

"없어요. 그럼 그 사람이 저를 만나러 여기 오는 게 마음에 안 드시겠네요?"

"난 그 일에 더 이상 상관하지 않는다. 내 할 일은 다 했으니까 지금부터 무슨 일이 일어나든 그건 네가 알아서 해. 어쩔래, 점심 식사에 초대할래 아니면 저녁 식사에 초대할래? 엘렌이 저녁 식사 정도는 준비해 줄 수 있을 거다. 물론 허둥대지 않으면 말이다."

"점심이 좋겠어요. 허락해 주셔서 정말 감사해요. 그 사람이 전화해 달라고 했으니까 점심 식사하러 와 주면 기쁘겠다고 말해야겠어요. 그럼 시내에서 차를 몰고 올 거예요."

"엘렌 그 애, 구운 토마토를 곁들인 스테이크 솜씨는 제법 쓸 만하지. 그리 훌륭하진 않지만 다른 음식보다는 잘하는 편이야. 빵과

과자 굽는 솜씨가 형편없어서 파이는 못 내놓겠지만 작은 성(城) 모양으로 만들어 내는 푸딩은 먹을 만하더라. 그리고 애버트네 가게에 가서 스틸턴 치즈 중에서 품질 좋은 걸로 한 조각만 사 와. 남자들은 고급 스틸턴 치즈를 좋아한다잖니. 아버지가 빚으신 포도주가 꽤 남아 있는데 아마 발포 모젤 백포도주 한 병이면 될 거야."

"어머, 아니에요. 그렇게까지 하실 필요 없어요."

"바보 같은 소리 마라. 남자들은 원래 밥 먹을 때 술 한 잔쯤 있어야 좋아해. 전쟁 전에 구해 놓은 괜찮은 위스키도 있으니까 그 청년이 그걸 더 좋아할 것 같으면 그걸로 준비하든지. 글쎄 잔소리 말고 시키는 대로 하라니까. 포도주 창고 열쇠는 화장대 밑의 세 번째 서랍 있지? 그거 열면 왼쪽에 스타킹들이 있는데 두 번째 스타킹 안에 넣어 뒀다."

캐서린은 순순히 그녀가 가르쳐 준 곳으로 갔다.

"잊지 마, 두 번째 스타킹이야. 첫 번째 스타킹에는 다이아몬드 귀고리하고 귀금속 브로치가 들어 있거든."

"어머, 그런 건 보석 상자에 넣어 두시는 게 낫지 않으세요?"

바이너 양의 코에서 소름이 끼칠 만큼 긴 콧방귀가 터져 나왔다.

"아니, 천만의 말씀! 충고는 고맙지만 나는 귀한 물건을 보관하는 법에 대해선 누구보다 잘 알아. 우리 가여운 아버지가 계단참에다 금고를 지어 뒀던 일을 지금도 생생히 기억해. 아버지는 그걸 지어 놓고 너무나 뿌듯해서 어머니께 이렇게 말씀하셨지. '여보, 밤마다 당신 보석을 보석함에 담아서 가져오면 금고에 넣고 잘 채워 놓으리다.' 어머니는 보통 영리한 분이 아니었기 때문에 남자들은 자기가 하고픈 대로 해야 좋아한다는 것을 알고 계셨어. 그래서 아버지 말씀대로 보석함을 갖다 드리고 금고에 넣어 두게 하셨지. 그런데 어느 날 밤에 강도가 들었단다. 그놈들이 제일 먼저 노린 게 뭐였겠니? 당연히 그 금고지! 우리 아버지가 우리 집에 금고가 있네 하면서 동네방네 떠벌리고 다니셨으니 누구라도 그 안에 솔로몬 왕의 다이아몬드라도 든 줄 안 거지. 결국 도둑놈들은 손잡이가 달린 큰 잔부터 시작해서 은제 컵이며 아버지가 직접 사다 두신 금 접시며 어머니의 보석함까지 몽땅 쓸어가 버렸지."

그녀는 추억에 잠겨 한숨을 쉬었다.

"아버지는 어머니의 보석함을 잃어버린 일 때문에 화병이 나실 지경이었어. 그도 그럴 것이 그 속에 베네치아 풍으로 가공한 보석 세트며 카메오 세공으로 만든 제법 괜찮은 귀금속이며 연분홍빛이 나는 산호며, 게다가 제법 큰 알이 박힌 다이아몬드 반지도 두 개나 들어 있었거든. 그러니 어쩌겠어, 어머니가 아버지께 사실대로 말씀하실 수밖에. 어머니는 선견지명이 있으신 분이라 보석을 코르셋에 둘둘 싸서 따로 보관해 두셨던 거야. 결국 다른 물건들하고 안전하게 있었던 거지."

"그럼 그 보석함은 텅 비어 있었겠네요?"

"으응, 아니지. 그럼 너무 가벼워서 눈치를 챘겠지. 어머니는 워낙 지능적인 분이라 미리 그 점을 계산하셨어. 보석함을 단추 보관함으로 쓰신 거지. 사실 보관도 아주 편리하거든. 부츠 단추는 맨 위의 단에 넣고 바지 단추는 두 번째 단 그리고 잡다한 단추들은 그 밑에 넣어 두셨어. 그런데 희한하게도 아버지가 어머니한테 화를 내시더라고. 거짓말로 당신을 속인 게 싫으시다나. 하지만 그 얘기는 그만하고 어서 가서 남자 친구에게 전화부터 해. 맛있는 스테이크 고기 골라오는 것 잊지 말고, 엘렌한테는 제발 점심 시중들 때 구멍 난 스타킹 좀 신지 말라고 당부해 두고."

"그 애 이름이 엘렌이에요? 아님 헬렌이에요? 전 그 애가……."

바이너 양은 눈을 감았다.

"얘, 나도 누구 못지않게 '에이치' 발음 잘 할 줄 알아. 하지만 헬렌은 하녀 이름으로 어울리지 않아. 도대체 그 애 어미는 무슨 생각으로 애한테 그런 이름을 붙였나 몰라."

나이튼이 바이너 양과 캐서린이 사는 시골의 작은 저택에 도착했을 때는 비가 깨끗이 그쳐 있었다. 여린 햇살이 지붕 위로 간간이 내리쬐면서 현관에 마중 나온 캐서린의 얼굴을 환하게 비쳤다. 나이튼은 천진난만한 표정으로 부리나케 그녀에게 다가왔다.

"저, 폐를 끼치는 게 아닌가 모르겠군요. 그저 어서 빨리 당신을 만나지 않고는 견딜 수가 없어서. 당신이 함께 지내는 친구분에게 폐가 되지 않아야 할 텐데요."

캐서린이 말했다.

"어서 들어와서 그분하고 잘 사귀어 보세요. 아주 매력적인 분이세요. 조금만 얘기를 나눠 보면 세상에서 가장 따뜻한 마음을 지닌 분이란 걸 알게 될 거예요."

바이너 양은 조상 대대로 소중히 간직해 온 카메오 세공이 된 보석 세트로 온몸을 치장하고 응접실에서 당당히 왕좌를 차지하고 앉아 있었다. 그녀는 수많은 남자들의 기를 꺾었을 법한 위엄과 엄숙한 예절을 갖추고 나이튼을 맞았다. 그러나 나이튼의 몸가짐에서 풍기는 매력 또한 범상치 않은 탓에 불과 10분 만에 바이너 양의 태도는 눈에 띄게 다정해졌다. 점심 식사는 유쾌한 분위기에서 이루어졌고, 엘렌인지 헬렌인지는 올 나간 데 없이 깨끗한 새 실크 스타킹을 신고서 깜짝 놀랄 만큼 훌륭하게 시중을 들었다. 식사가 끝나고 캐서린과 나이튼이 산책을 나갔다 돌아오니 바이너 양은 쉬러 간다며 자리를 비우고 없었다. 두 사람은 오붓한 분위기에서 차를 마셨다.

이윽고 나이튼을 태운 차가 멀리 사라지자 캐서린은 천천히 위층으로 올라갔다. 그녀는 누군가가 자신을 부르는 소리를 듣고 바이너 양의 침실로 들어갔다.

"남자 친구는 갔니?"

"예. 그 사람을 여기로 초대하게 해 주셔서 정말 감사해요."

"그런 말 마라. 내가 남에게 아무것도 베풀 줄 모르는 심술쟁이 할망구로 보이니?"

"누구보다도 다정하신 분인 줄 알아요."

캐서린이 애정이 듬뿍 담긴 목소리로 말했다.

"흐음."

바이너 양은 한결 누그러져서 말했다.

캐서린이 막 방을 나가려는데 그녀가 불러 세웠다.

"캐서린."

"예."

"네가 좋아한다는 저 청년 말이다, 아무래도 내가 오해한 것 같구나. 남자란 원래 여자에게 접근할 때 친근하고 당당하게 굴면서 사소한 일에 일일이 관심을 가져 주는 법이야. 전체적으로 사람을 반하게 만들지. 그런데 진짜 사랑에 빠진 남자는 어쩔 수 없이 순한 양처럼 보인단다. 방금 전 저 청년이 널 쳐다보는 모습이 꼭 한 마리 양 같더구나. 오늘 아침에 한 말 모두 취소하마. 진심이야."

아론스와 푸아로의 점심 식사

"아!"

조제프 아론스는 감탄하듯이 외쳤다.

그는 큰 잔에 든 음료를 한참 걸려 다 들이켜더니 한숨을 내쉬며 탁자에 내려놓고는 입술에 묻은 거품을 닦아냈다. 그리고 자신을 초대한 에르퀼 푸아로가 앉아 있는 탁자 건너를 바라보며 밝게 미소를 지었다.

"나는 맛 좋은 비프스테이크 큰 것하고 괜찮은 술 큰 잔으로 하나, 그리고 당신네 프랑스 사람들이 즐겨 먹는, 겉은 번지르르하지만 맛은 형편없는 뭐 그 비슷한 것하고 오드블인지 오믈렛인지하고 그 코딱지만큼 나오는 메추라기 고기, 그렇게 갖다 줘요."

그는 반복해서 말했다.

"비프스테이크는 큰 겁니다."

푸아로는 먹고 싶은 만큼 얼마든지 주문하라는 얼굴로 빙그레 미소를 지었다.

아론스는 계속해서 떠들었다.

"아, 스테이크에 콩팥 푸딩을 곁들여도 괜찮겠군. 사과 파이? 좋아요. 그럼 사과 파이도 줘요. 고마워요, 아가씨. 그리고 크림 한 병도 잊지 말고."

식사가 시작되었다. 이윽고 아론스가 긴 한숨을 내쉬면서 숟가락과 포크를 내려놓았다. 그러더니 다른 문제로 관심을 돌리기에 앞서 치즈를 만지작거렸다.

"당신 말을 들으니 나한테 작은 볼일이 있는 것 같더군요. 무슈 푸아로, 혹시 내가 조금이라도 도움이 된다면 대단히 기쁘겠습니다."

"그렇게 말씀해 주시니 고맙군요. 그런 생각이 들더군요. 특이한 직업을 가진 사람들에 관해서 뭔가 알아내고 싶다면 필요한 정보를 훤히 꿰뚫고 있는 사람을 찾아가야 한다, 그런데 그 사람은 오직 한 명뿐이며 바로 내 오랜 친구 조제프 아론스가 그 사람이다."

"그리 틀린 말은 아니군요. 과거에도 현재에도 미래에도 오직 믿을 사람은 조 아론스 뿐이니까요."

아론스가 흡족해하며 말했다.

"지당한 말씀입니다. 그럼 여쭤 보겠습니다. 아론스 씨, 혹시 키드라는 젊은 여자에 대해 아십니까?"

"키드? 키티 키드 말인가요?"

"키티 키드 맞습니다."

"영리한 여자죠. 남자 분장을 하고 노래도 부르고 춤도 추는 여자 말이죠?"

"바로 그 여자입니다."

"보통 영리한 여자가 아닙니다. 벌어들이는 수입도 짭짤했죠. 약속은 절대 어기는 법이 없었어요. 주로 남자 분장을 했지만 사실 개성 있는 역할을 할 배우로 접촉하기는 쉽지 않았죠."

"그렇게들 말하더군요. 그런데 요즘엔 잘 안 보이는 것 같던데요?"

"맞아요. 일에서 손을 뗐거든요. 프랑스로 건너가서 어느 대단한 귀족하고 눈이 맞았다더군요. 아마 무대와는 영영 인연을 끊었을 겁니다."

"그게 언제죠?"

"잠깐만요. 3년 전이에요. 사실상 그 뒤로는 사람들 관심에서 사라졌죠."

"그렇게 영리했나요?"

"웬만한 사람들을 한 트럭 실어다 놔도 그 여자 꾀는 당할 수 없을 겁니다."

"그 여자가 파리에서 사귀었다던 남자가 누군지는 모르십니까?"

"대단한 사람이라는 것만 압니다. 백작이라든가…… 아니, 후작이라고 했나? 아, 이제 생각났는데 후작(Marquis)이라고 한 것 같군요."

"그 후로 그 여자 소식은 전혀 못 들었습니까?"

"전혀요. 어쩌다 한 번 마주칠 법도 한데 그런 일도 없었어요. 틀림없이 그 여자, 함부로 자동차를 몰고 다니면서 이런 외국 휴양지를 누비고 있을 겁니다. 뼛속까지 후작 부인 행세를 하면서 말이죠. 키티에게 속임수 따위는 안 통합니다. 언제가 됐든 받은 만큼 돌려 주는 여자죠."

"그렇군요."

푸아로가 생각에 잠겨 말했다.

"더 이상 해 드릴 얘기가 없어서 미안하군요, 푸아로 씨. 어떻게 든 도움이 되고 싶었는데. 예전에 한 번 크게 신세진 일도 있고 해 서……."

"아, 그 이야기는 그만 하죠. 이만하면 신세를 갚으신 겁니다."

"신세를 졌으면 마땅히 갚아야죠. 하, 하!"

"아주 재미난 직업을 갖고 계시더군요."

아론스가 아니라는 듯이 말했다.

"뭐, 그저 그렇습니다. 거친 면과 부드러운 면을 동시에 지녔으니 까 나쁜 편은 아니죠. 대체로 봐서는 그럭저럭해 나가고는 있지만 항상 두 눈을 부릅뜨고 있어야 해요. 사람들이 다음에 또 어떻게 돌 변할지 전혀 알 수 없거든요."

"사람들이 지난 몇 년간 춤에 많은 관심을 갖게 된 것 같더군요."

푸아로가 생각에 잠겨 중얼거렸다.

"러시아 발레는 전혀 모르겠던데 사람들은 좋아하더군요. 저한테 는 너무 고상해서요."

"리비에라에 갔다가 춤추는 여자를 만났습니다, 미렐이라고."

"미렐을 만났다고요? 어느 모로 보나 대단한 여자죠. 그 여자 뒤에는 늘 돈이 따라다닙니다. 물론 돈이 있어야 춤을 추는 여자긴 하지만요. 직접 본 적이 있는데 과연 소문 값을 합디다. 알고 지낸 적은 없지만 듣자 하니 다루기가 보통 힘든 여자가 아니라더군요. 성미도 대단하고 툭하면 짜증을 낸다죠."

"그렇군요. 익히 상상이 갑니다."

푸아로가 생각에 잠겨 말했다.

"그게 기질이랍니다! 기질! 그런 일을 하는 사람들은 자칭 그런 걸 기질이라고 하더군요. 제 아내도 결혼 전에 춤을 췄는데 지금 보면 천만다행으로 언제 그런 기질이 있었나 싶다니까요? 집에서는 그런 기질 같은 건 필요 없지 않습니까, 푸아로 씨?"

"동감입니다. 집에서는 그러면 안 되죠."

"여자는 그저 차분하고 심성 고운 게 최고예요. 거기다 요리 솜씨까지 좋으면 금상첨화죠."

"미렐이란 여자, 사람들 앞에 선 지 얼마 안 됐죠?"

푸아로가 물었다.

"2년 반 정도밖에 안 됐을 겁니다. 프랑스의 아무개 공작이 줄을 댔답니다. 지금은 그리스의 전직 장관하고 가까이 지낸다는 소문이에요. 원래 이런 인간들이 소리 소문 없이 용케 돈을 빼돌려 놓거든요."

"처음 듣는 얘기인데요."

푸아로가 말했다.

"아, 그 여자는 기회가 오면 절대 놓치지 않아요. 젊은 케터링이 그 여자 때문에 아내를 죽였다는 얘기가 있더군요. 물론 저는 모르는 얘기입니다. 어쨌거나 그 친구가 감옥에 들어가는 바람에 어쩔 수 없이 혼자 살 길을 알아 봐야 할 처지가 됐다는데, 과연 그 방면에 타고난 재주가 있는지 듣자 하니 비둘기 알만 한 루비를 목에 걸고 다닌다더군요. 저야 실제로 비둘기 알을 본 적이 없어서 모르겠지만 왜 소설책 같은 데 보면 그런 표현이 나오잖습니까?"

"비둘기 알만 한 크기의 루비라!"

푸아로가 외쳤다. 그의 두 눈이 초록색으로 빛나면서 고양이 눈처럼 변했다.

"거, 재미있게 됐군요."

"친구에게 전해 들은 얘기예요. 하지만 잘은 몰라도 그 여자가 달고 다니는 건 루비가 아니라 색유리일 겁니다. 그런 여자들은 죄다 똑같아요. 자기네들이 가진 보석에 대해 한도 끝도 없이 허풍을 떨죠. 미렐은 가는 곳마다 그 보석에 저주가 담겨 있다고 떠들어 댄답니다. 내 기억에는 '불의 심장'이라는 것 같았습니다."

"하지만 내 기억이 맞다면 '불의 심장'이라는 루비는 목걸이의 한가운데에 박힌 보석일 텐데요."

"그러니까요! 내가 말했잖아요, 여자들이 보석 자랑을 한답시고 떠들어 대는 거짓말에는 한도 끝도 없다고. 그 여자가 목에 걸고 다니는 루비는 백금으로 된 줄에 달랑 하나 매달려 있어요. 그러니까 방금 전에도 말했듯이 그건 색유리가 틀림없어요."

"아뇨. 아니에요. 색유리가 아닐 겁니다."

푸아로가 조용히 말했다.

캐서린과 푸아로가 물증을 비교하다

"좀 변하셨습니다, 마드무아젤."

푸아로가 뜬금없이 말했다. 그는 지금 캐서린과 함께 사보이 호텔의 작은 탁자 앞에 얼굴을 마주하고 앉아 있었다.

"맞아요, 변했어요."

그가 같은 말을 되풀이했다.

"어떻게요?"

"그런 뉘앙스(미묘한 변화)는 말로 표현하기가 힘든 법입니다, 마드무아젤."

"나이가 들었겠죠."

"그래요, 나이가 들었어요. 하지만 여기서 나이가 들었다고 한 말은 얼굴에 까마귀발 같은 주름이 생겨나고 있다는 뜻이 아닙니다. 마드무아젤, 처음 봤을 때 당신은 삶의 관조자였어요. 극장 1층 정면의 특별석에 느긋하게 앉아 무대 위의 연극을 말없이 즐기는 사람의 표정이었죠."

"그런데 지금은요?"

"더 이상 구경꾼의 모습이 아니에요. 어처구니없게 들릴지 모르겠지만 지금 그레이 양의 얼굴을 보면 마치 힘겨운 시합을 치르는 권투 선수처럼 경계의 빛이 느껴져요."

캐서린이 웃으며 말했다.

"제가 돌봐 드리는 할머니가 종종 애를 먹이시긴 해요. 하지만 분명한 건 그렇다고 그분과 사생결단의 싸움을 벌이는 건 아니라는 사실이에요. 탐정님도 언제 한 번 저희 집에 오셔서 그분을 만나보세요. 아마 담력과 원기 왕성함에 반해서 그분의 대단한 팬이 되실 거예요."

웨이터가 캐서롤로 요리한 닭고기를 노련한 손길로 갖다 놓는 동안 잠시 침묵이 흘렀다. 웨이터가 자리를 뜨자 푸아로가 말했다.

"내가 헤이스팅스라는 친구 얘기를 한 적이 있던가요? 나더러 '인간 굴'이라고, 조개처럼 입이 무겁다고 한 친구죠. 에 비앙(글쎄)……. 마드무아젤을 만나니 비로소 강적을 만났다는 생각이 듭니다. 단독으로 행동한다는 점에서 당신은 나보다 한 수 위예요."

"농담 마세요."

캐서린이 가볍게 말했다.

"에르퀼 푸아로는 절대 농담 같은 건 안 합니다. 사실을 말했을 뿐입니다."

또다시 침묵이 흘렀다. 푸아로가 질문을 던지면서 침묵을 깨뜨렸다.

"고향으로 돌아간 뒤에 리비에라에서 사귄 친구를 만난 적이 있습니까, 마드무아젤?"

"나이튼 소령은 본 적이 있어요."

"아하, 그래요?"

푸아로의 반짝이는 눈동자와 시선이 마주치자 고개를 캐서린은 떨어뜨렸다.

"그렇다면 반 올딘 씨가 런던에 머물고 있다는 얘기군요?"

"네."

"그럼 내일이나 모레쯤 한번 만나 봐야겠네요."

"그분에게 전해 줄 소식이라도 있으신가 보죠?"

"왜 그런 생각을 하셨습니까?"

"저…… 그냥 궁금해서요. 딴 뜻은 없어요."

푸아로는 눈을 반짝이며 그녀를 건너다 봤다.

"가만 보니 마드무아젤, 하고 싶은 얘기가 많은 눈치인데 왜 말을 못 하는 겁니까? 블루 트레인 사건이 우리 둘이서 만들어 가는 로망 폴리시에(탐정 소설)라는 사실을 잊으셨어요?"

"맞아요. 여쭤 보고 싶은 게 있어요."

"그래요?"

캐서린은 결심을 굳힌 듯 문득 고개를 쳐들었다.

"무슈 푸아로, 파리는 무슨 일로 다녀오신 거예요?"

푸아로는 얼핏 미소를 지었다.

"러시아 대사관에 볼일이 있어서요."

"아."

"내 말이 대답이 되지 못한다는 것을 압니다. 좋아요. 입 무거운 인간 굴 노릇은 그만두죠. 이제부터 탁자 위에 내가 가진 카드를 모두 올려 놓겠습니다. 진짜 굴이라면 이런 짓은 절대 하지 않을 겁니다. 당신은 지금 데릭 케터링이 범인으로 드러난 이번 사건의 결과에 대해 내가 만족하지 않는다고 생각하고 있어요. 맞죠?"

"지금까지 궁금했던 게 바로 그 점이에요. 저는 니스에서 탐정님이 이번 사건을 마무리하신 줄 알았거든요."

"속에 있는 말을 다 하시지는 않는군요. 하지만 모두 다 인정합니다. 데릭 케터링을 지금의 자리에 있게 만든 건 바로 나, 내가 한 수사였어요. 하지만 예심판사는 지금도 로슈 백작에게 어떻게든 혐의를 두려고 합니다. 그러나 좋습니다. 그레이 양, 지금까지 내가 한 일은 후회하지 않아요. 내게는 오직 한 가지 의무밖에 없습니다. 바로 진실을 밝혀내는 일이죠. 그러다 보니 곧장 케터링을 지목한 겁니다. 하지만 그걸로 끝났을까요? 경찰에서는 그렇다고 하지만 나, 에르퀼 푸아로는 만족할 수 없습니다."

그는 별안간 말을 멈췄다.

"마드무아젤, 최근에 마드무아젤 레녹스에게서 소식이 온 적이 있습니까?"

"아주 짧고 간단한 편지가 한 번 왔었어요. 제가 영국으로 돌아간

일 때문에 마음이 상했나 봐요."

푸아로가 고개를 끄덕였다.

"케터링 씨가 체포되던 날 밤에 레녹스 양과 잠깐 만났습니다. 여러 가지 면에서 아주 흥미로운 만남이었죠."

또다시 그는 침묵에 빠졌다. 캐서린은 한참 생각의 고리에 빠져 있는 그를 방해하지 않았다.

푸아로가 마침내 입을 열었다.

"마드무아젤, 지금 나는 미묘한 입장에 처해 있어요. 그래도 이 말은 해야겠습니다. 아무래도 케터링을 사랑하는 사람이 있는 것 같은데 혹여 내 말이 틀렸으면 말씀해 주세요. 그리고 그 여자를 위해서, 그래요, 그 여자를 위해서라도 부디 내가 맞고 경찰이 틀렸기를 바라는 심정이에요. 그 여자가 누군지는 아시죠?"

잠시 침묵이 흐르더니 캐서린이 입을 열었다.

"예, 알 것 같아요."

푸아로는 그녀를 향해 탁자 너머로 몸을 기댔다.

"마드무아젤, 난 아직 수사 결과에 만족하지 않아요. 천만에요. 절대 만족 못 합니다. 중요한 사실들에 근거해 볼 때 범인은 분명 케터링이 맞습니다. 하지만 계산에 넣지 않은 것이 한 가지 있어요."

"그게 뭔데요?"

"처참하게 망가진 피해자의 얼굴입니다. 마드무아젤, 나 자신에게 수도 없이 물었습니다. '데릭 케터링이 과연 살인을 저지른 뒤에 그토록 끔찍한 폭력을 행사할 만한 인간이었을까?' 하고 말이죠. 무슨 목적으로 그랬을까요? 도대체 뭘 얻으려고 그랬을까요? 과연 그것이 케터링 같은 사람이 벌일 만한 행동이었을까요? 하지만 아무리 머리를 굴려 봐도 도저히 만족할 만한 답이 떠오르지 않더군요. '왜 그랬을까?' 이 문제에 대한 해결책이 될 수 있는, 내가 가진 유일한 단서가 바로 이겁니다."

푸아로는 수첩을 뽑아 들고 뭔가를 꺼내더니 집게손가락과 엄지손가락 사이에 끼웠다.

"생각나십니까, 마드무아젤? 기차 통로에 깔려 있던 발판에서 내가 이 머리카락들을 떼어 내는 걸 보셨죠?"

캐서린은 몸을 앞으로 숙이고 그가 보여 준 머리카락들을 자세히 살폈다.

푸아로는 수차례나 천천히 고개를 끄덕였다.

"마드무아젤께선 이게 뭘 의미하는지 모르실 겁니다. 하지만 왠지 모르게 난 당신이 아주 많은 것을 꿰뚫어 보고 있을 거라는 생각이 듭니다."

캐서린이 천천히 말했다.

"그동안 여러 가지 생각을 해 봤어요. 좀 이상한 생각들이었죠. 그래서 파리에는 무슨 일로 가셨느냐고 묻는 거예요, 무슈 푸아로."

"내가 당신에게 편지를 썼을 때……."

"리츠 호텔에서 말인가요?"

알쏭달쏭한 미소가 푸아로의 얼굴에 피어올랐다.

"맞아요. 리츠 호텔에서였어요. 이래 봬도 가끔은 나도 호사를 부릴 줄 안답니다. 물론 백만장자가 돈을 지불할 때 얘기지만."

캐서린이 얼굴을 찡그리며 말했다.

"러시아 대사관 말예요. 갑자기 그곳 얘기가 왜 나왔는지 이해가
안 가요."

"직접적으로는 이해가 안 갈 겁니다. 내가 그곳을 찾아간 건 정보
를 얻기 위해서였어요. 특정한 인물을 만나 그자를 협박했죠. 그래
요. 마드무아젤, 나 에르퀼 푸아로가 그자를 협박했습니다."

"경찰하고 함께요?"

푸아로가 무덤덤하게 대답했다.

"아뇨. 신문 기자하고요. 경찰보다 훨씬 더 치명적인 무기죠."

캐서린은 푸아로와 눈이 마주치자 미소를 지으며 고개를 저었다.

"다시 입이 무거운 사람으로 돌아가시려는 건 아니죠, 무슈 푸아
로?"

"아니요, 천만에요. 신비주의는 내 취향이 아니거든요. 자, 모든
걸 털어놓겠습니다. 나는 반 올딘 씨의 보석, 즉 그 루비들의 거래에
그자가 적극 가담했을 거라고 의심했습니다. 계속해서 다그쳤더니
결국 모든 사실을 털어놓더군요. 그 보석들을 어디에서 넘겼는지,
또 바깥 거리를 오락가락했던 남자, 즉 점잖게 백발을 길렀지만 걸
음걸이는 젊은 사람처럼 경쾌하고 빨랐던 그자에 대해서도 알아냈
습니다. 그리고 내 임의로 그자에게 이런 이름을 붙여 줬죠……. '마
키스'라는."

"그러면 런던에는 반 올딘 씨를 만나기 위해서 오신 건가요?"

"꼭 그래서만은 아닙니다. 다른 볼일이 있었어요. 런던에 온 뒤로 두 사람을 더 만났습니다. 극장 대리인하고 할리 가의 의사 한 명이었죠. 두 사람을 만나 특별한 정보를 얻어낼 수 있었어요. 자, 지금까지 말한 것들을 종합해 보고 당신 생각과 내 생각이 같은지 한번 추리해 보시죠."

"제가요?"

"예. 한 가지만 말씀드리겠습니다, 마드무아젤. 지금까지 난 과연 그 보석들을 훔쳐간 자와 케터링 부인을 살해한 자가 동일인물일까 하는 의심을 품어 왔습니다. 한동안은 확신이 서지 않았는데……."

"그런데 지금은요?"

"그런데 지금은 알아냈죠."

침묵이 흘렀다. 이윽고 캐서린이 고개를 쳐들었다. 두 눈이 빛나고 있었다.

"전 푸아로 탐정님처럼 똑똑하지 못해요. 탐정님이 지금까지 해주신 말씀 중에 절반은 아무리 생각해도 왜 그렇게 되는지 잘 모르겠어요. 제 머릿속에 떠오른 생각들은 탐정님하고는 전혀 다른 각도에서 본 거라……."

"아, 그건 당연합니다. 거울은 진실을 보여 줍니다. 하지만 사람마다 각자 다른 위치에 서서 들여다보죠."

"어쩌면 황당하다 싶으실지도 몰라요. 탐정님이 보는 것과는 전혀 다른 시각이라서. 하지만……."

"네?"

"이게 혹시 도움이 될까요?"

푸아로는 그녀가 내민, 신문에서 오려 낸 기사를 받아들었다. 그는 기사를 읽고 나더니 고개를 쳐들고 근엄하게 끄덕였다.

"방금 전에도 말했지만 마드무아젤, 사람들은 저마다 다른 각도에서 거울을 들여다봅니다. 하지만 결국 같은 거울이기 때문에 비춰지는 사물은 똑같기 마련이죠."

캐서린은 자리에서 일어섰다.

"서둘러야겠어요. 지금 가야 간신히 기차 시간을 맞출 수 있거든요. 무슈 푸아로……."

"예, 마드무아젤."

"저기…… 그리 오래 걸리진 않겠죠? 저…… 저는 너무 오래 걸리면 못 버틸 것 같아요."

그녀의 목소리가 갈라졌다.

푸아로는 안심하라는 듯이 캐서린의 손등을 토닥였다.

"용기를 내요. 캐서린. 지금 무너지면 안 됩니다. 끝이 얼마 안 남았어요."

새로운 추리

"무슈 푸아로가 뵙고 싶어 하시는데요, 사장님."

"망할 자식!"

반 올딘이 말했다.

나이튼은 짐작이 간다는 듯 조용히 입을 다물었다.

반 올딘은 의자에서 일어나 방 안을 오락가락했다.

"자네, 오늘 아침에 신문에 난 가증스런 기사들 봤나?"

"대충 훑어보긴 했습니다."

"아직도 이러쿵저러쿵 말이 많던가?"

"죄송하지만 그런 것 같습니다."

백만장자는 도로 자리에 앉아서 손으로 이마를 짚었다. 그는 으르렁거리듯이 말했다.

"일이 이렇게 될 줄 알았으면 맹세코 한 줌도 안 되는 그 벨기에

놈에게 굳이 진실을 캐내라고 하지 않았을 걸세. 그때는 머릿속에 온통 루스의 살해범을 잡아야 한다는 생각뿐이었거든."

"그래도 사위분이 무죄로 풀려나기를 바라신 건 아니잖아요?"

반 올딘은 한숨을 내쉬었다.

"차라리 내 손으로 법을 집행하고 싶은 심정이네."

"그건 별로 현명한 처사가 아니었을 겁니다."

"아무려면 무슨 상관인가? 그건 그렇고 정말 그 작자가 날 만나고 싶어 하던가?"

"예, 사장님. 아주 급해 보였습니다."

"그렇다면 그럴 만한 일이 있나 보군. 시간이 되면 오전 중에 이리로 오라고 하게."

직원의 안내를 받아 반 올딘의 방으로 올라온 푸아로는 쌩쌩하고 기운이 넘쳤다. 그는 자신을 대하는 백만장자의 태도에서 불손함을 전혀 느끼지 못한 듯, 온갖 자질구레한 일들을 주제로 신나게 떠들어 댔다. 그는 런던에 주치의를 만나기 위해서 왔다고 설명하면서 유명한 외과의사의 이름을 갖다 댔다.

"아뇨, 아닙니다. 파 라 게르(전쟁이 아닙니다). 한때 경찰에 몸담았던 시절에 단 훈장이 있어서요. 악랄한 조직폭력배가 쏜 총에 맞았죠."

푸아로는 왼쪽 어깨를 살짝 짚으면서 진짜로 아픈 것처럼 몸을 움찔했다.

"반 올딘 씨, 선생을 볼 때마다 운 좋은 사람이라는 생각이 듭니다. 선생님은 우리가 흔히 떠올리는 미국의 백만장자, 소위 만성 위장 장애에 시달리는 인간들하고 거리가 멀거든요."

반 올딘이 말했다.

"나는 건강만큼은 제법 자신 있는 사람입니다. 보다시피 난 생활 자체가 아주 단순합니다. 소박한 식단을 과하지 않게 적당히 섭취하고 살죠."

푸아로가 비서에게 돌아서면서 물었다.

"전에 그레이 양을 만나 보신 적이 있으시죠?"

"아…… 예. 한두 번."

나이튼이 대답했다. 그의 뺨이 붉게 달아오르자 반 올딘이 화들짝 놀라며 외쳤다.

"그 여자하고 사귄다는 얘기를 나한테 한 번도 안 하다니 수상한데, 나이튼?"

"관심이 없으실 거라고 생각했습니다."

"그 아가씨라면 나도 썩 마음에 들더군."

반 올딘이 말했다.

"그런 여자가 세인트 메리 미드 같은 촌구석에 또다시 처박혀 있어야 한다는 사실이 참으로 가슴 아픈 일이죠."

푸아로가 거들자 나이튼이 흥분해서 말했다.

"정말 좋은 여자입니다. 자기와 아무 연고도 없는 심술 맞은 노파를 돌봐 주려고 그런 벽지에 처박혀 있을 사람은 그 여자밖에 없을 겁니다."

"나는 평소 이러쿵저러쿵 말을 안 하는 편이지만 그래도 그레이 양 일은 안됐습니다. 자, 그럼 일 얘기로 들어가죠."

푸아로가 얼핏 눈을 반짝이며 말했다.

두 사람 모두 의아한 얼굴로 그를 쳐다봤다.

"지금부터 내가 하는 말을 듣고 절대 충격받거나 놀라시면 안 됩니다. 반 올딘 씨, 만약에 말입니다. 만약에 데릭 케터링이 선생님의 따님을 죽이지 않았다면 어쩌시겠습니까?"

"뭐요?"

두 남자는 놀라서 얼이 빠진 표정으로 그를 노려봤다.

"케터링 씨가 자신의 아내를 죽이지 않았다면 어떻겠냐고 여쭤봤습니다."

"당신 미쳤습니까, 푸아로?"

반 올딘이 외쳤다.

"아뇨, 미치지 않았습니다. 나더러 괴짜라고 해도 썩 틀린 말은 아닐 겁니다. 적어도 혹자들은 그렇게 부르니까요. 하지만 나는 맡은 일에 관한 한 지극히 '정신이 멀쩡'합니다. 다시 묻겠습니다. 반 올딘 씨, 만약 내 말이 사실이라면 기쁘시겠습니까, 아니면 유감스러우시겠습니까?"

반 올딘은 그를 노려봤다. 그러더니 마침내 대답했다.

"당연히 기쁘겠죠. 무슈 푸아로, 괜히 한번 떠보는 겁니까, 아니면 확실한 근거를 두고 하는 말입니까?"

푸아로는 천장을 쳐다보며 조용히 대답했다.

"혹시나 해서요. 어쩌면 로슈 백작이 진범일지도 몰라서 하는 소리입니다. 최소한 그자의 알리바이를 뒤집어엎는 데는 성공했으니까요."

"그걸 어떻게 해냈습니까?"

푸아로는 겸손하게 어깨를 으쓱했다.

"나름대로의 비법이 있습니다. 약간의 재주와 머리만 있으면 간단히 해결되죠."

"하지만 그 루비들, 백작이 가지고 있던 루비들은 가짜였잖습니까?"

"물론 그 루비들이 아니었다면 백작은 살인을 저지르지 않았을 겁니다. 하지만 반 올딘 씨가 한 가지 간과한 부분이 있습니다. 적어도 그 루비들에 관한 한 제3자가 백작보다 먼저 현장에 있었을 가능성이 있다는 점이죠."

"하지만 이건 지금까지와는 전혀 다른 추리잖아요."

나이튼이 큰 소리로 외쳤다.

"당신은 이 앞뒤 안 맞는 추리를 정말로 믿는 겁니까, 무슈 푸아로?"

백만장자가 따지고 들었다.

"아직 증명된 건 아닙니다."

푸아로가 조용히 대답했다.

"아직까지는 추리에 불과하지만 반 올딘 씨, 이 자리에서 말씀드릴 수 있는 것은 최소한 사실을 조사해 볼 가치는 있다는 겁니다. 함께 프랑스 남부에 있는 현장에 가서 사건을 검토해 주셔야겠습니다."

"정말로 그게…… 내가 꼭 가야 하는 일입니까?"

"그게 선생님도 바라는 일일 거라고 생각하는데요."

푸아로가 대답했다.

반 올딘은 푸아로의 말투에 담긴 힐난하는 듯한 어감을 놓치지 않았다.

"그래요, 지당한 말씀입니다. 언제 떠날 생각입니까, 무슈 푸아로?"

"지금은 일이 많으셔서 안 됩니다, 사장님."

나이튼이 나지막이 말했다.

하지만 이미 마음의 결정을 내린 백만장자는 비서의 만류를 뿌리쳤다.

"아무래도 이 일이 먼저인 것 같네. 좋습니다, 무슈 푸아로. 내일 출발합시다. 차편은 뭔가요?"

"블루 트레인이 될 것 같습니다."

푸아로는 이 말을 하고 가만히 웃음을 지었다.

다시 블루 트레인을 타고

소위 이 '백만장자들의 열차'는 간혹 당장이라도 큰일이 날 것만 같은 위험한 속도로 휘어진 선로를 질주했다. 반 올딘과 나이튼, 푸아로 이렇게 세 사람은 말없이 한자리에 모여 앉았다. 루스 케터링과 그녀의 하녀가 운명적인 마지막 여행에서 그랬듯이 반 올딘과 나이튼 역시 이어 붙은 객실 두 개를 사용했다. 푸아로의 객실은 이들과 멀리 떨어진 객차 저편이었다.

반 올딘에게는 가장 가슴 아픈 기억을 건드린다는 점에서 이번 여행이 더없이 고통스러웠다. 푸아로와 나이튼은 그의 심기를 건드리지 않도록 나지막한 목소리로 간간이 이야기를 나눴다.

그러나 기차가 순환선을 따라 서행을 마치고 리옹 역에 도착하자 푸아로는 별안간 활기를 띠기 시작했다. 그때서야 반 올딘은 푸아로가 기차 여행을 제안한 데는 사건을 재구성하려는 의도가 일부

포함되어 있음을 깨달았다. 푸아로가 직접 일인다역을 맡았다. 하녀가 되어 방으로 숨어들기도 하고, 케터링 부인이 되어 예고 없이 나타난 남편을 놀라움과 근심이 뒤섞인 표정으로 쳐다보기도 하고, 아내가 같은 기차를 타고 여행 중이라는 사실을 발견한 데릭 케터링이 되어 보기도 했다. 또한 여러 가지 가능성을 실험하면서 하녀의 객실에 몸을 숨길 수 있는 최선의 방법을 연구했다.

푸아로는 문득 무엇인가 떠오른 듯 반 올딘의 팔을 움켜쥐었다.

"몽 듀(세상에)! 깜빡 잊은 게 있습니다! 파리에서 내려야겠어요. 서두르세요. 당장 내려야 하니까 어서요."

그는 옷 가방을 움켜쥐고 황급히 열차에서 내렸다. 반 올딘과 나이튼은 영문을 모르면서도 순순히 뒤를 따랐다. 반 올딘은 푸아로의 능력에 대한 자신의 견해를 재차 확인했기 때문에 기차에서 내리는 일이 좀처럼 내키지 않았다. 그러나 기차에서 내려선 세 사람은 개찰구 앞에서 저지당하고 말았다. 차표를 차장에게 맡겨 뒀다는 사실을 세 사람 모두 까맣게 잊었던 것이다.

푸아로가 빠르고 유창하게 열심히 상황을 설명했지만 무신경한 인상의 역무원에게는 도통 쇠귀에 경 읽기였다.

반 올딘이 문득 제안했다.

"일단 이 상황을 벗어납시다. 무슈 푸아로, 대단히 급한 일이 있는 모양인데 일단은 칼레에서 여기까지의 요금을 지불합시다. 그러고 나서 뭔지는 모르겠지만 당신이 염려하는 일을 해결하도록 합시다."

그런데 푸아로의 입에서 유창하게 흘러나오던 말이 별안간 뚝 끊기더니 몸이 흡사 돌처럼 굳어 버렸다. 상대를 열심히 설득하느라 뻗었던 팔은 마비가 온 사람처럼 그 자세 그대로 멈춰 있었다.

그가 순진스럽게 말했다.

"이런 바보 천치가 있나. 이런, 요즘 내 머리가 어떻게 됐나 봅니다. 다들 열차로 돌아가서 조용히 여행을 계속하죠. 우리가 썩 운이 나쁘지 않다면 아직 기차가 떠나기 전일 겁니다."

세 사람은 정확히 기차 출발 시간에 맞춰 도착했다. 기차가 막 움직이던 참이라 마지막 차례인 나이튼은 옷 가방부터 먼저 던져 넣고 몸을 휙 날렸다.

차장은 친절하게 몇 마디 주의를 주더니 세 사람의 짐을 객차로 옮기는 일을 도왔다. 반 올딘은 딱히 말은 없었지만 푸아로의 기이한 행동에 질린 눈치가 역력했다. 잠시 나이튼과 단둘이 남자 그가 한마디 했다.

"이건 헛수고야. 저 친구는 지금 갈피를 못 잡고 있어. 제아무리 머리가 비상해도 냉정을 잃고 놀란 토끼처럼 정신없이 허둥대는 인간은 아무짝에도 쓸모없는 법이네."

잠시 후 푸아로가 돌아왔다. 그런데 비굴하리만큼 저자세로 연방 미안하다고 하는 것도 그렇고 눈에 띄게 풀이 죽은 모습을 보니 모진 말이 필요 없을 것 같았다. 반 올딘은 겉으로는 그의 사과를 점잖게 받아들였지만 내심 가시 돋친 말을 하고 싶은 욕구를 참느라 애를 먹었다.

세 사람은 열차에서 저녁을 먹었다. 식사를 마친 뒤, 푸아로가 별안간 반 올딘의 객실에서 셋이 함께 밤을 새우자고 제안했다. 두 사람은 그만 어리둥절해졌다.

백만장자는 그를 호기심 어린 눈으로 쳐다봤다.

"우리한테 뭐 숨기는 거라도 있습니까, 무슈 푸아로?"

"내가요? 왜 그런 생각이 드셨을까요?"

푸아로는 어린아이처럼 놀란 표정을 지으며 두 눈을 크게 떴다.

반 올딘은 아무 대답도 않았지만 역시나 못마땅한 얼굴이었다. 그는 차장을 불러 침대 정리를 할 필요가 없다고 일렀다. 놀랄 법도 하련만 차장은 반 올딘이 건네준 엄청난 액수의 팁을 보고 즉시 입을 다물었다. 세 사람은 말없이 앉아 있었다. 푸아로는 안절부절 못하는 것이 불안해하는 눈치가 분명했다. 이윽고 그가 나이튼에게 고개를 돌렸다.

"나이튼 소령, 혹시 객실 문이 채워져 있습니까? 통로로 향하는 문 말입니다."

"예. 방금 전에 제가 채웠는데요."

"확실합니까?"

"정 그러시면 다시 가서 확인하고 오겠습니다."

나이튼이 웃으면서 대답했다.

"아뇨, 됐습니다. 괜한 수고 마십시오. 내가 가 보죠."

푸아로는 두 방을 연결하는 문으로 빠져나갔다가 금세 돌아와서 고개를 끄덕였다.

"맞군요. 말씀하신 대로 잠겨 있어요. 노인네가 유난 떤다 생각하고 용서해 주십시오."

그는 방금 전에 나갔던 문을 닫고 원래 앉았던 오른쪽 구석 자리로 돌아갔다.

그렇게 몇 시간이 흘렀다. 세 사람은 꾸벅꾸벅 졸면서 불안한 듯 수시로 깜짝깜짝 놀라 눈을 뜨곤 했다. 초호화판 열차에 침실을 예약하고 미리 비용까지 지불해 놓고서 그 좋은 시설을 굳이 마다하기는 세 사람 모두 이번이 처음일 터였다. 푸아로는 이따금 시계를 흘깃거리다가는 이내 고개를 끄덕이고는 마음을 가라앉히고 다시 선잠을 청했다. 한번은 자리에서 일어나 옆방으로 통하는 문을 열고 날카로운 눈으로 들여다보고는 고개를 저으며 자리로 돌아왔다.

"왜요? 무슨 일이 일어나기를 기다리고 계신 거예요?"

나이튼이 나지막이 속삭였다.

푸아로가 고백했다.

"신경이 날카로워져서요. 뜨거운 양철 지붕 위에 올라간 고양이 같은 심정이에요. 작은 소리에도 깜짝깜짝 놀라니."

나이튼이 하품을 하며 투덜거렸다.

"하다하다 이렇게 불편한 여행은 처음이네요. 지금 탐정님이 무슨 도깨비놀음을 하고 있는지 본인은 아시는지 모르겠습니다."

나이튼은 마음을 가라앉히고 어떻게든 잠을 청해 보려고 했다. 나이튼과 반 올딘이 선잠에 빠져 들 무렵 푸아로가 열네 번째로 손목시계를 쳐다보더니 건너편에 앉은 백만장자의 어깨를 톡톡 두드렸다.

"응? 무슨 일입니까?"

"5분 내지 10분 뒤면 리옹에 도착할 겁니다."

"오, 이런!"

어스름한 불빛 때문일까, 반 올딘의 얼굴은 창백하고 수척해 보였다.

"그러면 우리 가여운 루스가 죽은 게 바로 이 무렵이었겠군요."

그는 앉아서 정면을 똑바로 응시했다. 자신의 인생을 슬픔으로 몰아넣은 끔찍한 비극을 마음속으로 되새기고 있었다. 그의 입술이 파르르 떨렸다.

열차는 언제나처럼 브레이크의 긴 파열음을 내면서 서서히 속도를 늦추며 리옹 역으로 접어들었다. 반 올딘은 창문을 내리고 상체를 밖으로 내밀었다.

"만약 데릭이 아니라면…… 만약 당신의 새로운 추리가 맞다면 그럼 그 남자가 기차에서 내린 게 여기겠군요?"

그는 어깨너머로 물었다.

놀랍게도 푸아로는 고개를 저었다. 그가 생각에 잠겨 대답했다.

"아뇨. 기차를 떠난 남자는 없었습니다. 한데…… 그래요, 여자가 내렸을 가능성은 있습니다."

나이튼은 놀란 나머지 숨이 턱 막혔다.

"여자?"

반 올딘이 날카롭게 되물었다.

푸아로가 고개를 끄덕이며 대답했다.

"예, 여자요. 반 올딘 씨, 기억하실지 모르겠지만 그레이 양이 증언할 때 그런 말을 했습니다. 야구 모자를 쓰고 외투를 걸친 청년이 승강장에 내렸는데 겉보기에는 산책을 하러 나간 것 같았다고요. 짐작에는 그 젊은이가 여자일 가능성이 큽니다."

"그럼 그 여자가 누구란 말입니까?"

반 올딘의 얼굴은 의심스런 기색이 역력했지만 푸아로는 진지하고 단호하게 대답했다.

"그 여자의 이름은…… 아니, 그보다 오랜 세월 동안 사람들에게 알려진 이름은 키티 키드입니다. 하지만 반 올딘 씨, 당신은 그 여자를 다른 이름으로 알고 있습니다. 바로 에이다 메이슨이라는 이름으로요."

나이튼은 깜짝 놀라 벌떡 일어서며 외쳤다.

"뭐라고요?"

푸아로는 그를 향해 돌아섰다.

"아! 깜빡 잊을 뻔했군요."

그는 주머니에서 뭔가를 홱 잡아 빼더니 앞으로 내밀었다.

"담배 한 대 권해도 될까요? ……아, 이건 바로 당신 담뱃갑에서 나온 겁니다. 기차가 파리 시내의 순환선을 돌 때 당신이 올라타면서 무심코 떨어뜨린 거죠."

나이튼은 마비된 듯 빳빳이 선 채 푸아로를 노려보았다. 다음 순간, 그가 도망치려는 움직임을 보이자 푸아로는 경고의 뜻으로 손을 들어올렸다.

그는 순하디 순한 목소리로 말했다.

"아뇨, 움직이지 마십시오. 옆 객실로 통하는 문은 열려 있지만 바로 이 순간부터 당신은 거기서 한 발짝도 못 움직입니다. 기차가 파리를 출발했을 때 내가 통로로 통하는 문을 열어 놓고 우리의 벗 경찰들을 주위에 포진시켜 놓았기 때문이죠. 익히 알겠지만 프랑스 경찰은 당신을 잡으려고 혈안이 되어 있거든요. 나이튼 소령……아니, 그보다는 마키스 씨라고 불러야겠죠?"

설명

"설명요?"

푸아로는 빙긋이 웃었다. 그는 지금 네그레스코 호텔에 있는 반 올딘의 개인 스위트룸에서 점심 식탁을 앞에 두고 백만장자와 마주 앉아 있었다. 그와 마주 앉은 사람, 즉 반 올딘은 편안하긴 해도 몹시 혼란스러운 얼굴이었다. 푸아로는 의자에 등을 기대고 담배에 불을 붙인 뒤 생각이 많은 얼굴로 천장을 응시했다.

"알겠습니다. 설명해 드리죠. 시발점은 바로 나를 혼란스럽게 만든 한 가지 의문이었습니다. 그 한 가지가 뭔지 아세요? 바로 만신창이가 된 피해자의 얼굴이었습니다. 범죄를 수사하다 보면 이런 일은 흔히 있는데 그럴 때마다 즉각적으로 떠오르는 의문이 있습니다. 바로 신원 파악을 어렵게 하려는 의도가 아닐까 하는 거죠. 이번에도 자연스럽게 가장 먼저 그런 생각이 들더군요. 죽은 여인이 정말로 케터링 부인이 맞을까? 하지만 그건 번지수가 틀린 생각이었습니다. 그레이 양의 확실하고도 신뢰성 높은 증언 때문에 그 생각은 바로 접었죠. 죽은 여인은 루스 케터링이 분명했습니다."

"메이슨을 제일 처음 의심한 건 언제였습니까?"

"한동안은 의심하지 않았지만 별것 아닌 한 가지 특이한 점이 그녀에게 관심을 쏠리게 했습니다. 그 여자는 기차 통로에서 발견된 담뱃갑을 두고 케터링 부인이 남편에게 준 거라고 증언했습니다. 하지만 당시 두 사람의 관계를 고려해 볼 때 외관상 그럴 가능성은 지극히 낮았죠. 그 얘기를 듣는 순간 에이다 메이슨의 진술에 담긴 보편적인 진실성이 의심스럽더군요. 염두에 둬야 할 수상한 점은 메이슨이 케터링 부인의 하녀로 지낸 지 불과 두 달밖에 안 되었다는 사실이었습니다. 정황상 그녀가 이번 범죄와 연관되었을 거라고 보기는 힘들었어요. 그녀는 파리에서 내렸고 그 뒤에도 여러 사람이 케터링 부인의 살아 있는 모습을 목격했기 때문이죠. 한데……."

푸아로는 앞으로 몸을 기울였다. 그는 집게손가락을 힘주어 치켜들더니 반 올딘 앞에서 강하고 단호하게 흔들었다.

"한데 난 뛰어난 탐정입니다. 의심하는 일이 전문이란 얘기죠. 이 세상 모든 사람과 사물이 나 푸아로에게는 의심의 대상이 됩니다. 난 남에게 전해 들은 이야기를 절대 그대로 믿는 사람이 아닙니다. 해서 생각했죠. '에이다 메이슨이 파리에 남았다는 사실을 어떻게 믿지?' 그리고 처음에는 그 질문에 대한 답이 더 이상 완벽할 수 없이 만족스럽게 여겨졌습니다. 바로 선생님의 비서 나이튼 소령의 증언 때문이죠. 그는 이번 사건과 전혀 관련이 없는 외부인이기 때문에 전적으로 공명정대한 증언으로 여겨질 만했습니다. 또한 케터링 부인이 죽기 전에 차장에게 직접 남긴 말도 있었어요. 하지만 이 점은 일단 접어 두기로 했습니다. 왜냐하면 아주 흥미로운 생각이, 어찌 보면 기상천외하고 얼토당토않은 생각이 마음속에서 생겨났기 때문입니다. 만에 하나 그것이 사실로 드러난다면 바로 그 증언은 쓸모없는 것이 될 테니까요.

난 내 추리에 걸림돌이 되는 중대한 장해물에 집중했습니다. 바로 블루 트레인이 파리를 출발한 뒤에 리츠 호텔 앞에서 에이다 메이슨을 봤다는 나이튼 소령의 증언이 그것이었습니다. 그때는 충분히 결정적인 증언이라고 생각했지만 사실을 면밀히 조사해 본 결과 두 가지에 주목했습니다. 첫째는 희한한 우연의 일치로 나이튼 역시 정확히 두 달 전에 선생님의 비서로 채용되었다는 점이고 둘째는 그의 이름 첫 글자가 똑같이 '케이'라는 점이었습니다. 그렇다면……, 어디까지나 가정이지만 기차에서 발견된 것은 그의 담뱃갑이라는 얘기가 성립되더군요. 그럼 에이다 메이슨과 그가 한패라는 가정 하에, 그 담뱃갑을 보여 줬을 때 메이슨이 그걸 알아본다면 어떤 행동을 할지는 불 보듯 뻔하지 않겠습니까? 메이슨은 처음 담뱃갑을 봤을 때 깜짝 놀라면서 재빨리 그럴듯한 추리를 폈습니다. 케터링을 용의선상에 올려놓는 데 유리하게 작용하는 내용이었죠. 비엥 앙땅듀(물론) 그건 그녀의 원래 의도가 아니었습니다. 에이다 메이슨이 애초에 희생양으로 삼으려던 자는 로슈 백작이었으니까요.

육안으로 얼굴을 확실하게 알아볼 수는 없었지만 만에 하나 그자가 알리바이를 증명해 낼 경우를 대비해 케터링을 끌어다 댄 겁니다. 자, 당시로 기억을 되돌려 보시면 실제 일어났던 중요한 사실 한 가지가 떠오르실 겁니다. 그때 난 에이다 메이슨에게 그녀가 본 남자는 로슈 백작이 아니라 데릭 케터링일지도 모른다고 말했습니다. 메이슨은 그때는 잘 모르겠다는 반응을 보이더니 내가 호텔로 돌아온 뒤에 전화를 걸어서 그러더군요. 곰곰이 생각해 봤는데 문제의 그 남자가 케터링 씨가 분명하다는 확신이 들어서 반 올딘 씨를 찾아가 그렇게 전했다고 말이죠. 난 이미 그런 일을 예상했습니다. 그녀가 갑자기 확신에 찬 행동을 하는 이유를 설명할 수 있는 건 오직 한 가지뿐이었죠. 그 여자는 반 올딘 씨가 묵고 있던 호텔을 나선 뒤에 누군가와 상의했고, 그때 모종의 지시를 받고 행동에 옮긴 겁니다. 그렇다면 지시를 내린 사람은 누구였을까요? 바로 나이튼 소령이었습니다. 그리고 어찌 보면 아무것도 아니지만 중요한 의미를 지닐 수도 있는 또 다른 아주 사소한 점이 있었습니다. 나이튼은 언젠가 얘기를 나누던 중에 자신이 지내던 요크셔의 한 주택에 보석 강도가 들었다는 얘기를 무심코 한 적이 있습니다. 단순히 우연의 일치일 수도 있지만……, 어쩌면 같은 사슬 위에 놓인 또 다른 작은 연결 고리일 수도 있었죠."

"하지만 무슈 푸아로, 한 가지 이해가 가지 않는 점이 있습니다. 진작 알아채지 못한 걸 보면 아무래도 내가 아둔했던 모양인데 그럼 파리에서 기차를 탄 남자는 누굽니까? 데릭 케터링인가요, 아니면 로슈 백작인가요?"

"대답은 너무나 간단합니다. 애초에 기차를 탄 남자는 없었습니다. 아, 참으로 마른하늘에 날벼락 같은 소리죠! 대단히 영악한 발상이라는 걸 모르시겠어요? 기차역에 남자가 있었다는 얘기를 우리에게 한 사람이 누굽니까? 바로 에이다 메이슨입니다. 그리고 그 여자가 파리에 남았다는 나이튼의 증언 때문에 우리는 에이다 메이슨을 믿었던 겁니다."

"하지만 루스가 자기 입으로 직접 차장에게 파리에서 하녀를 내리게 했다고 말했다지 않습니까?"

반 올딘이 이의를 제기했다.

"아! 그게 있었군요. 우리에게는 분명히 케터링 부인의 증언이 있습니다. 하지만 달리 보면 우리가 갖고 있는 건 사실 그녀의 증언이 아닙니다. 왜냐고요? 반 올딘 씨, 죽은 여인은 증언을 할 수 없으니까요. 우리가 들은 건 케터링 부인의 증언이 아니라 기차에 타고 있던 차장의 증언이었습니다. 그렇다면 얘기는 전혀 달라지죠."

"그럼 차장이 거짓말을 했다는 소립니까?"

"아뇨, 그럴 리가요. 그 친구는 사실이라고 생각하는 걸 말했을 뿐입니다. 하지만 그 친구에게 파리에다 하녀를 남겨 두고 왔다는 말을 한 여자는 케터링 부인이 아니었습니다."

반 올딘은 그를 응시했다.

"반 올딘 씨, 루스 케터링은 기차가 리옹 역에 도착하기 전에 죽었습니다. 자기가 모시던 부인이 입었던 바로 그 옷을 입고, 저녁 식사가 담긴 바구니를 사고, 차장을 불러서 그 유효적절한 말을 한 건 바로 에이다 메이슨이었습니다."

"어떻게, 그런 말도 안 되는!"

"아뇨, 반 올딘 씨, 말도 안 되는 소리가 아닙니다. 요즘 여자들을 보세요. 전부 비슷비슷해 보이지 않습니까? 그건 바로 생김새가 아니라 옷차림으로 사람을 알아보기 때문입니다. 에이다 메이슨은 선생님 따님과 키가 같습니다. 그런 여자가 따님이 입고 있던, 바로 그 털이 북슬북슬한 외투를 입고 앙증맞은 빨간색 모자를 눈썹까지 푹 눌러쓰고 양쪽 귀 위로 적갈색 곱슬머리를 살짝 늘어뜨렸다고 생각해 보세요. 차장이 속은 것도 그리 놀랄 일은 아닙니다. 기억하시겠지만 차장은 그 전에는 마담 케터링과 말을 한 적이 없었습니다. 물론 차표를 건네받을 때 아주 잠깐 하녀를 본 적은 있지만, 그때 받은 인상은 단지 검은색 옷을 입은 깡마른 여자라는 점이 전부였죠. 남달리 머리가 좋다면 마담 케터링과 메이슨이 생김새가 다르다는 사실 정도는 구분해 냈겠지만 차장이 그것까지 생각했을 가능성은 몹시 희박합니다. 그리고 기억할 점은 에이다 메이슨, 혹은 키티 키드가 단번에 겉모습이며 목소리를 바꿀 수 있는 배우였다는 사실입니다. 차장이 자기 주인마님의 옷을 차려입은 하녀의 모습을 알아챌 위험성은 전혀 없었어요. 하지만 객실에 들어와 마담 케터링의 시체를 발견하고 전날 밤에 자신과 얘기를 나눈 여자가 아니라는 걸 깨달을 위험성은 있었죠. 바로 여기에서 범인이 왜 피해자의 얼굴을 알아보지 못할 지경으로 만들었는지 알 수 있습니다. 에이

다 메이슨에게 닥칠 가장 큰 위험은 기차가 파리를 떠난 뒤에 캐서
린 그레이가 마담 케터링의 객실을 찾아올지도 모른다는 점이었습
니다. 그래서 자칫 처하기 쉬운 곤란한 상황을 예방하려고 바구니
에 담긴 저녁 식사를 주문하고 방에 틀어박혀 있었던 거죠."

"그렇다면 루스를 죽인 자는 누구고, 또 언제 죽였다는 소립니까?"

"우선 명심해야 할 사실은 이번 범죄가 바로 나이튼과 에이다 메
이슨 두 사람의 공모로 계획되고 저질러졌다는 점입니다. 그날 나
이튼은 선생님의 사업차 파리에 갔습니다. 그러다 열차가 순환선을
돌 때 어디에선가 올라탔죠. 마담 케터링은 그를 보고 놀랐겠지만
크게 의심하지는 않았을 겁니다. 짐작건대 그자는 마담 케터링의
관심을 창밖으로 끈 뒤 그걸 보려고 고개를 돌릴 때 목에다 슬그머
니 밧줄을 감고……. 모든 건 불과 1~2초 만에 끝납니다. 나이튼과
에이다 메이슨은 객실 문을 잠근 뒤, 본격적으로 일에 착수하죠. 먼
저 두 사람은 죽은 여인의 겉옷을 벗깁니다. 그리고 시체를 깔개로
둘둘 말아 바로 옆 객실 의자 위에 놓인 여러 가방들 사이에다 내려
놓습니다. 그런 다음 나이튼은 루비가 든 보석함을 챙겨서 기차에
서 내리죠. 범죄 시각을 그때부터 대략 12시간 뒤가 되도록 일을 꾸
몄기 때문에 나이튼은 완벽하게 안전합니다. 게다가 그의 증언과
차장에게 꾸며 댄 마담 케터링의 말이 공범, 즉 메이슨에게 완벽한
알리바이가 되어 주죠.

에이다 메이슨은 리옹 역에서 저녁 식사가 담긴 바구니를 산 다
음 화장실 칸에 들어가 문을 잠급니다. 거기서 재빨리 주인 옷으로

갈아입고 다갈색 곱슬머리 가발을 달아 최대한 주인과 비슷하게 변장을 하죠. 메이슨은 침대 정리를 하러 온 차장에게 준비된 각본대로 데려왔던 하녀를 파리에 남겨 뒀다는 말을 합니다. 그러고는 차장이 침대를 정리하는 동안 창밖을 내다보며 서 있습니다. 통로를 지나다니는 사람들에게 뒷모습을 보이기 위해서였죠. 영리하지 않고는 생각해 낼 수 없는 대비책이었습니다. 알다시피 그레이 양은 그때 통로를 지나간 사람들 중에 한 명이었고, 또 그 시간까지 마담 케터링이 살아 있었다고 기꺼이 맹세한 사람이었습니다."

"계속해 보시오."

"기차가 리옹에 도착하기 전, 에이다 메이슨은 주인의 시체를 침대 위에 옮겨 놓고 그녀가 입었던 옷을 침대 발치에 가지런히 개켜 놓은 다음 남자 옷으로 갈아입고 기차에서 내릴 차비를 했습니다. 데릭 케터링은 아내의 객실에 들어왔다가 메이슨의 의도대로 아내가 침대에 누워 있는 광경을 보곤 잠이 든 줄 알았고, 그동안 에이다 메이슨은 옆 객실에 숨어서 사람들 눈을 피해 기차에서 내릴 기회만 엿보고 있었죠. 열차가 리옹 역에 들어서고 차장이 승강장으로 뛰어내리자마자 곧바로 뒤따라 내린 메이슨은 고개를 숙이고 찬바람을 쐬러 나온 사람 행세를 했습니다. 그러다 보는 사람이 아무도 없다는 생각이 들자 서둘러 반대편 승강장으로 건너가 제일 먼저 도착한 기차를 잡아타고 파리의 리츠 호텔로 돌아갔죠. 그곳에는 나이튼과 공범인 여자가 전날 밤에 메이슨의 이름으로 예약해 둔 방이 있었습니다. 거기서 메이슨은 여유롭고 편안한 마음으로 반 올딘 씨가 도착하기만을 기다린 겁니다. 결국 그 보석들은 지금 도 또 그전에도 그 여자의 손에 없었습니다. 나이튼은 아무 의심도 받지 않은 채 반 올딘 씨의 비서 자격으로 전혀 발각될 우려 없이 그것들을 니스로 가져가는 데 성공합니다. 그리고 거기서 파포폴루 스에게 넘겨 주기로 한 계획에 따라 마지막 순간에 메이슨의 손을 거쳐 그리스인에게 넘겨준 거죠. 사전에 짜인 각본대로 깔끔하게 대성공을 거둔 겁니다. 마키스 같은 게임의 황제만이 해낼 수 있는."

"그럼 리처드 나이튼이 악명 높은 범죄자고 수년 동안 이번 일을 계획해 왔다는 말입니까?"

푸아로는 고개를 끄덕였다.

"마키스라는 이름의 이 신사가 가진 최대 장점 중 하나가 바로 누 가 봐도 그럴듯한 매력 만점인 태도입니다. 선생님 역시 제대로 알 지 못하는 상황에서 그를 비서로 채용한 순간 그의 매력에 넘어간 희생자가 된 거죠."

"그 친구가 내 비서 자리를 얻기 위해 절대 약은 수를 쓰지 않았 다는 건 얼마든지 장담할 수 있어요."

"아주 교활한 방법을 썼기 때문입니다. 워낙 교활해서 반 올딘 씨 처럼 사람 보는 눈이 대단한 사람도 감쪽같이 속아 넘어간 거죠."

"경력도 모두 살펴봤습니다. 아주 훌륭했어요."

"예, 그랬을 겁니다. 그 또한 계획의 일부였으니까요. 리처드 나이 튼으로서 그의 삶은 흠잡을 데라곤 없었습니다. 좋은 집안에서 태 어나 좋은 친구들과 교분을 쌓고 전쟁에 나가 명예롭게 군 복무를 마치고, 하나같이 의심할 구석이라곤 없었죠. 하지만 난 마키스라는 수수께끼 같은 인물에 대한 정보를 수집하던 중에 그 둘이 여러 면에서 유사하다는 사실을 알게 됐습니다. 나이튼은 진짜 프랑스 사람처럼 프랑스어 실력이 뛰어났으며 마키스란 작자가 활동하던 바로 그 시기에 미국과 프랑스 그리고 영국에 머물렀습니다. 가장 최근의 소문에는 마키스가 스위스에서 보석만 전문으로 터는 강도짓을 일삼는다고 했는데 반 올딘 씨가 나이튼 소령을 우연히 만난 곳도 바로 스위스였어요. 또한 선생님이 그 유명한 루비를 사기 위해 협상 중이라는 소문이 처음 퍼져나가기 시작한 것도 정확히 그때였죠."

"하지만 살인은 왜?"

반 올딘이 더듬거리며 말했다.

"영리한 도둑이라면 자기 머리를 올가미에 밀어 넣지 않고도 보석들을 충분히 훔쳤을 텐데요."

푸아로는 고개를 저었다.

"마키스가 사주한 살인 사건은 이번이 처음이 아닙니다. 그는 타고난 살인마이자 증거를 전혀 남기지 않는 것을 철칙으로 삼고 있어요. 남자건 여자건 죽은 다음에는 말을 못하는 법이니까요.

마키스는 역사적으로 이름난 보석에 강한 애착이 있었습니다. 그래서 오래전부터 계획을 세워 자신은 선생님의 비서로 들어오고 공범, 즉 메이슨을 그 보석의 임자가 될 것임에 분명한 선생님 따님의 하녀로 들여보낸 거죠. 또한 이처럼 신중에 신중을 기한 용의주도한 계획을 세워 놓고도 선생님이 그 루비를 사던 날 밤에 뻔뻔하게도 조직폭력배 두 놈을 고용, 파리 시내에서 선생님을 급습하게 해서 지름길로 가려는 시도까지 감행했습니다. 비록 계획은 실패로 돌아갔지만 그는 전혀 동요하지 않았을 겁니다. 그는 이번 계획이야말로 완벽하게 안전하다고 믿었죠. 리처드 나이튼이란 인물에겐 어떤 혐의도 둘 수 없었으니까요. 하지만 위대한 인물이 전부 그러하듯 마키스라는 거물에게도 약점은 있었습니다. 그만 그레이 양과 진정한 사랑에 빠진 거죠. 그리고 그녀가 데릭 케터링을 마음에 두고 있다는 생각에 기회가 오자 케터링에게 살인죄를 뒤집어씌우려는 유혹을 떨쳐내지 못했습니다. 그럼 반 올딘 씨, 이제부터 아주 희한한 얘기를 해 드릴까 합니다. 그레이 양은 절대 쓸데없는 공상을 일삼는 여자가 아닙니다. 그런데 어느 날, 몬테카를로의 카지노 정원에서 나이튼과 한참 얘기를 나눈 뒤에 혼자 앉아 있는데 문득 선생님의 따님이 바로 옆에 있는 듯한 환영을 느꼈다더군요. 그레이 양 말로는 죽은 여인이 뭔가를 다급하게 말하려고 했는데, 그녀가 하려던 말이 나이튼이 자신을 죽인 살인범이라는 얘기 같았다는 겁니다! 그땐 허무맹랑한 생각이다 싶어 아무에게도 말하지 않았답니다. 그런데 그때의 환영이 너무나도 사실적이어서 얼토당토않은 줄 알면서도 그에 따라 행동한 거죠. 그레이 양이 나이튼이 접근해 와도 거절하지 않고 자신도 데릭 케터링의 유죄를 확신하는 것처럼 행동한 것은 그 때문이었습니다."

"정말 희한한 일이군요."

"예, 아주 희한한 일이죠. 상식으로는 도저히 설명할 수 없는 일입니다. 참, 그런데 별것은 아니지만 도무지 갈피를 잡기가 힘든 점이 있었어요. 선생님 비서는 분명히 전쟁에서 입은 총상의 후유증으로 다리를 절었습니다. 그런데 이 마키스라는 작자는 전혀 다리를 절지 않았거든요. 바로 그 점이 걸림돌이었습니다. 하지만 어느 날, 레녹스 템플린 양과 우연히 얘기를 나누다가 나이튼이 다리를 절게 된 것은 당시 레이디 템플린이 운영하던 병원에서 그를 담당하던 의사도 전혀 예상하지 못했다는 얘기를 들었습니다. 그렇다면 위장술이라는 얘기가 성립되죠. 그래서 런던에 있을 때 문제의 그 외과 의사를 찾아가 몇 가지 기술적 설명을 듣고서 내 생각을 굳혔습니다. 엊그제 나이튼이 있는 자리에서 그 외과 의사의 이름을 슬쩍 꺼내봤습니다. 그럼 보통 사람 같으면 전쟁 중에 그가 자기를 돌봐줬다는 얘기를 할 텐데 그 친구는 아무 말도 않더군요. 바로 이 별것 아닌 사소한 점이 이번 사건에 대한 내 추리가 옳았다는 결정적인 확신을 안겨 주었죠. 더불어 그레이 양도 신문에서 오려 낸 기사를 전해 줬는데, 나이튼이 입원했던 시기에 레이디 템플린의 병원에서 강도 사건이 일어났다는 내용이었습니다. 그레이 양은 파리의 리츠 호텔에서 내가 보낸 편지를 받고 자신과 내가 똑같은 생각인 걸 알게 된 겁니다.

난 리츠 호텔 주변을 수소문하는 과정에서 다소 어려움을 겪긴 했지만 결국 원하던 것을 얻어냈습니다. 바로 에이다 메이슨이 호텔에 도착한 것이 사건이 일어나기 전날 저녁이 아니라 사건이 일어난 다음 날 아침이라는 증언이었죠."

긴 침묵이 흐르더니 이윽고 백만장자가 탁자 너머로 손을 내밀어 푸아로의 손을 움켜쥐었다.

그가 잠긴 목소리로 말했다.

"이번 일이 내게 무엇을 의미하는지 잘 알 겁니다, 무슈 푸아로. 아침에 당신 앞으로 수표를 보내겠습니다. 허나 이 세상 어떤 수표도 당신이 해 준 일에 대한 내 마음을 전하지는 못할 겁니다. 푸아로, 당신은 진짜 탐정 중의 탐정입니다. 언제까지라도 최고의 탐정으로 남을 겁니다."

푸아로는 한껏 가슴을 내밀며 자리에서 일어섰다.

그가 겸손하게 말했다.

"난 그저 에르퀼 푸아로일 뿐입니다. 허나 선생님 말마따나 내 분야에 관한 한 난 거물입니다. 물론 선생님도 못지않은 거물이십니다. 선생님 같은 분을 위해 일할 수 있어서 참으로 기쁘고 행복합니다. 이제 여행으로 입은 손해를 수습하러 가야겠습니다. 슬프군요, 나를 그토록 훌륭하게 돌봐 주던 조르주가 없으니."

푸아로는 호텔 라운지를 지나다가 친구인 바로 그 덕망 높은 파포풀루스 부녀와 우연히 마주쳤다.

"난 당신이 니스를 떠난 줄 알았습니다, 무슈 푸아로."

푸아로가 반갑게 내민 손을 잡으며 그리스인이 말했다.

"일 때문에 돌아올 수밖에 없었습니다, 파포풀루스 씨."

"일요?"

"예, 일요. 일 얘기가 나왔으니 말인데 건강이 좀 나아지셔야 할 텐데, 좀 어떠십니까?"

"훨씬 좋아졌습니다. 실은 내일 파리로 돌아갈 예정이랍니다."

"듣던 중 반가운 소리군요. 부디 그리스의 전직 장관을 완전히 파멸시키신 게 아니면 좋겠군요."

"내가요?"

"듣자 하니 당신이 그분에게 아주 멋진 루비를 팔았다더군요. 그런데 우리끼리니까 하는 얘깁니다만 미렐이라는 여자가 그걸 달고 다닌다던데 사실인가요?"

"그래요. 맞는 얘기요."

"그 유명한 '불의 심장'하고 아주 흡사한 루비라던데요?"

"확실히 비슷하긴 합디다."

그리스인이 무심코 말했다.

"정말로 보석 보는 안목이 탁월하시군요. 존경스럽습니다. 지아양, 이렇게 빨리 파리로 돌아가신다니 허전해서 어쩌죠? 일을 끝마치면 좀 더 많은 시간을 가질 생각이었는데."

"당신이 말한 그 일이란 게 무엇이었는지 물어봐도 실례가 안 되겠습니까?"

파포폴루스가 물었다.

"실례는요. 당치 않으십니다. 방금 전에 마키스란 작자를 감옥에 처넣는 데 성공했답니다."

파포폴루스의 고상한 얼굴 위로 먼 산을 바라보는 듯한 표정이 스쳐갔다.

그가 중얼거렸다.

"마키스? 왜 꼭 어디선가 들어본 이름처럼 느껴지지? 아니야…….
생각이 나질 않아요."

"그러실 겁니다. 대단히 악명 높은 범죄자이자 보석 강도의 이름
이니까요. 바로 얼마 전에 케터링 부인이라는 영국 여인을 살해한
혐의로 체포되었죠."

"그게 사실입니까? 정말 대단하군요!"

뒤이어 정중한 작별 인사가 오가고 푸아로가 멀찌감치 사라지자
파포폴루스가 딸에게 돌아섰다.

"지아, 저 친구는 악마다!"

그가 감동한 목소리로 말했다.

"저는 마음에 들던데요."

"나도 마찬가지란다. 그래도 저 친구는 악마야."

바닷가에서

미모사는 거의 시들어 있었다. 바람에 묻어오는 꽃향기가 얼핏 고약하게 느껴졌다. 분홍색 제라늄이 레이디 탬플린 별장의 계단 난간을 칭칭 휘감았고 그 밑에서는 무더기로 핀 카네이션이 달콤하고 진한 향내를 뿜어 올렸다. 지중해는 1년 중 가장 선명한 푸른빛을 자랑했다. 푸아로는 레녹스 탬플린과 테라스에 앉아 있었다. 이틀 전에 반 올딘에게 했던 이야기를 방금 전 그녀에게도 똑같이 들려준 터였다. 레녹스는 이마를 찌푸린 채 우울한 눈빛을 하고 열심히 이야기를 경청했다.

푸아로의 이야기가 끝나자 그녀가 간단히 물었다.

"그럼 데릭은요?"

"어제 풀려났죠."

"그럼 떠났겠군요……. 어디로 갔을까요?"

408

"어젯밤에 니스를 떠났습니다."

"세인트 메리 미드로 갔나요?"

"예, 세인트 메리 미드로 갔습니다."

잠시 침묵이 흘렀다.

"제가 캐서린 이모를 잘못 알았어요. 저는 이모가 관심이 없으신 줄 알았거든요."

"워낙 내성적이라서 그래요. 다른 사람을 믿지 못하죠."

"그래도 저는 믿었으면 좋았을 텐데."

레녹스는 씁쓸한 표정으로 말했다.

푸아로가 점잖게 말했다.

"그래요. 그래야 했을지도 모르죠. 하지만 마드무아젤 캐서린은 지금까지 살면서 많은 시간 동안 남의 이야기를 들으면서 보냈어요. 그렇게 남의 얘기를 들으며 산 사람들은 정작 자기 얘기를 털어놓기가 쉽지 않아요. 슬픔도 기쁨도 오직 마음속에만 간직한 채 아무에게도 털어놓지 않죠."

"전 바보였어요. 이모가 정말로 나이튼을 좋아하는 줄 알았어요. 제대로 알았으면 좋았을걸. 아마도 제가 그렇게 생각한 건……. 그래요, 그러길 바라서였을 거예요."

푸아로는 레녹스의 손을 잡고 다정하게 꼭 쥐었다.

"기운 내요, 마드무아젤."

레녹스는 바다 너머를 똑바로 응시했다. 평소에 보기 싫게 경직되어 있던 그녀의 얼굴에 일순간 애처로운 아름다움이 감돌았다.

그녀가 마침내 입을 열었다.

"그래요. 어차피 이루어지지 못할 일이었어요. 저는 데릭의 짝이 되기에는 너무 어렸어요. 그를 보면 전혀 자라지 않은 어린아이 같다는 생각이 들어요. 그 사람이 필요로 하는 건 성모님의 손길이에요."

긴 침묵이 흘렀다. 이윽고 레녹스가 충동적으로 그에게 휙 돌아섰다.

"하지만 전 분명히 도와 드렸어요, 무슈 푸아로, 어쨌든 도와 드렸다고요."

"맞아요, 마드무아젤. 범죄를 저지른 사람이 반드시 기차에 타고 있으란 법은 없다고 한 말로 내게 이번 사건의 진실에 대한 첫 번째 암시를 줬어요. 그전까지는 뭐가 어떻게 된 건지 전혀 감을 잡을 수가 없었거든요."

레녹스는 깊은 한숨을 쉬었다.

"그렇다면 다행이에요. 어쨌든 잘 된 일이에요."

저 멀리 뒤쪽에서 기차 엔진 소리가 길게 삐익 하고 들려왔다.

레녹스가 말했다.

"그놈의 지긋지긋한 블루 트레인이군요. 기차는 피도 눈물도 없다는 생각이 안 드세요, 무슈 푸아로? 사람들이 목숨을 잃고 죽어가는데도 쉬지 않고 변함없이 달리잖아요. 웃기는 얘기죠? 하지만 탐정님은 제 말뜻을 아실 거예요."

"그럼요, 알다마다요. 마드무아젤, 사람의 인생도 기차하고 똑같답니다. 쉬지 않고 흘러가죠. 또 그렇기 때문에 좋은 겁니다."

"왜요?"

"결국 기차도 종착역에서 여행을 마치니까요. 왜, 영국에도 비슷한 속담이 있지 않습니까?"

"'사랑하는 사람을 만나는 순간 여행은 끝난다.' 저한테는 해당되지 않는 말 같아요."

레녹스가 웃음을 터뜨렸다.

"아뇨, 그렇지 않아요. 당신은 젊습니다. 그것도 본인이 생각하는 것보다 훨씬 더. 기차를 믿으세요, 마드무아젤. 그것을 이끄시는 분은 자비로운 하느님이니까."

엔진 소리가 또다시 삐익 하고 들려왔다.

"기차를 믿으세요."

푸아로가 다시 말했다.

"그리고 이 에르퀼 푸아로를 믿으세요. 모든 걸 알고 있는 사람이니까요."

〈끝〉

옮긴이 | 김소연

고려대학교 영어영문학과를 졸업하고 현재 SBS 번역 대상 최종 심사기관으로 위촉된 (주)엔터스코리아의 전속 번역가로 활동 중이다. 역서로『뜀뛰는 개구리』,『지도 제작자의 아내』,『비너스의 탄생』,『페이책』,『나를 바꾼 그 때 그 한마디』,『찬란한 삶을 사는 이에게』,『리어왕』,『베니스의 상인』,『해저 2만리』,『침니스의 비밀』등이 있다.

애거서 크리스티 전집

블루 트레인의 수수께끼

3판 1쇄 찍음 2021년 7월 2일
3판 1쇄 펴냄 2021년 7월 9일

지은이 | 애거서 크리스티
옮긴이 | 김소연(엔터스코리아)
발행인 | 박근섭
편집인 | 김준혁
책임편집 | 정미리
펴낸곳 | 황금가지

출판등록 | 2009. 10. 8 (제2009-000273호)
주소 | 135-887 서울 강남구 신사동 506 강남출판문화센터 5층
전화 | 영업부 515-2000 **편집부** 3446-8774 **팩시밀리** 515-2007
홈페이지 | www.goldenbough.co.kr

도서 파본 등의 이유로 반송이 필요할 경우에는 구매처에서 교환하시고
출판사 교환이 필요할 경우에는 아래 주소로 반송 사유를 적어 도서와 함께 보내주세요.
06027 서울 강남구 도산대로 1길 62 강남출판문화센터 6층 민음인 마케팅부

© ㈜민음인, 2013. Printed in Seoul, Korea
ISBN 978-89-8273-740-4 04840
ISBN 978-89-8273-700-8 04840 (set)

㈜민음인은 민음사 출판 그룹의 자회사입니다.
황금가지는 ㈜민음인의 픽션 전문 출간 브랜드입니다.